ZHONGGUO XIAOSHUO
100 QIANG

中国小说100强（1978—2022）

黑白男女

刘庆邦 著

北京联合出版公司
Beijing United Publishing Co.,Ltd.

图书在版编目（CIP）数据

黑白男女 / 刘庆邦著. -- 北京：北京联合出版公司，2023.9

（中国小说100强）

ISBN 978-7-5596-7018-2

Ⅰ.①黑… Ⅱ.①刘… Ⅲ.①长篇小说－中国－当代 Ⅳ.①I247.5

中国国家版本馆CIP数据核字(2023)第111281号

黑白男女

作　　者：	刘庆邦
出 品 人：	赵红仕
出版监制：	张晓冬　范晓潮
责任编辑：	孙志文
特约编辑：	和庚方　郭　漫
封面设计：	武　一

北京联合出版公司出版
（北京市西城区德外大街83号楼9层　100088）
北京兴星伟业印刷有限公司印刷　新华书店经销
字数199千字　650毫米×920毫米　1/16　21印张
2023年9月第1版　2023年9月第1次印刷
ISBN 978-7-5596-7018-2
定价：68.00元

版权所有，侵权必究

未经书面许可，不得以任何方式转载、复制、翻印本书部分或全部内容。
本书若有质量问题，请与本公司图书销售中心联系调换。
电话：010-65868687

中国小说100强（1978—2022）丛书

编委会

丛书总策划

张　明　　著名出版人
张　英　　资深媒体人

编委主任

吴义勤　　中国作协副主席
　　　　　中国小说学会会长

编　委

吴义勤　　中国作协副主席、中国小说学会会长
宗仁发　　《作家》杂志主编
谢有顺　　中山大学教授、中国小说学会副会长
顾建平　　《小说选刊》副主编
张　英　　资深媒体人
文　欢　　作家、出版人

总　序

"中国小说100强"（1978—2022）是资深出版人张明先生和腾讯读书知名记者张英先生共同策划发起的一套大型文学丛书。他们邀请我和宗仁发、谢有顺、顾建平、文欢一起组成编委会，并特邀徐晨亮参与，经过认真研讨和多轮投票最终评定了100人的入选小说家目录。由于编委们大多都是长期在中国文学现场与中国文学一路同行的一线编辑、出版家、评论家和文学记者，可以说都是最专业的文学读者，因此，本套书对专业性的追求是理所当然的，编委们的个人趣味、审美爱好虽有不同，但对作家和文学本身的尊重、对小说艺术的尊重、对文学史和阅读史的尊重，决定了丛书编选的原则、方向和基本逻辑。

从文学史的角度来说，1978年以后开启的新时期文学是中国当代文学的黄金时代，不仅涌现了一批至今享誉世界的优秀作家，而且创造了许多脍炙人口的文学经典，并某种程度上改写了20世纪中国文学史的版图。而在中国新时期文学的经典家族中，小说和小说家无疑是艺术成就最高、影响力最大的部分。"中国小说100强"（1978—2022）就是试图将这个时期的具有经典性的小说家和中国小说的经典之作完整、系统地筛选和呈现出来，并以此构成对新时期文学史的某种回顾与重读、观察与评判。呈现在读者面前的这套丛书是对1978—2022年间中国当代小说发展历程的一次全面、系统的整体性回顾与检阅，是中国当代文学经典化的重要成果，从特定的角度集中展示了中国新时期文学在小说创作方面的巨大成就。需要说明的是，与1978—2022年新时期文学繁荣兴盛的局面相比，100位作家和100本书还远远不能涵盖中国当代小说的全貌，很多堪称经典的小说也许因为各种原因并未能进入。莫言、苏童、余华等作家本来都在编委投票评定的名单里，但因为他们已与某些出版社签下了专有出版合同，不允许其他出版社另出小说集，因而只能因不可抗原因而割爱，遗珠之憾实难避免，而且文学的审美本身也是多元的，我们的判断、评价、选择也许与有些读者的认知和判断是冲突的，但我们绝无把自己的标准强加于别人的意思。我们呈现的只是我们观察中国这个时期当代小说的一个角度、一种标准，我们坚持文学性、学术性、专业性、民间性，注重作家个体的生活体验、叙事能力和艺术功力，我们突破代际局限，老、中、青小说家都平等对待，王蒙、冯骥才、梁晓声、铁凝、阿来等名家名作蔚为大观，徐则臣、阿乙、弋舟、鲁敏、林森等新人新作也是目不暇接，我们特别关注文学的新生力量，尤其是近10年作品多次获国家大奖、市场人气爆棚的新生代小说家，我们禀持包容、开放、多元的审美立场，无论是专注用现实题材传达个人迥异驳杂人生经验、用心用情书写和表现时代精神的现实主义作家，还是执着于艺术探索和个体风格的实验性作家，在丛书里都是一视同仁。我们坚信我们是忠实于自己的艺术理想、艺术原则和艺术良心的，但我们并不认为自己的角度和标准是唯一的，我们期待并尊重各种各样的观察角度和文学判断。

当然，编选和出版"中国小说100强"（1978—2022）这套大型丛书，除了上述对文学史、小说史成就的整体呈现这一追求之外，我们还有更深远、更宏大的学术目标，那就是全力推进中国当代文学"经典化"的历程和"全民阅读·书香中国"建设。

从1949年发端的中国当代文学已经有了70多年的发展历程，但对这70多年文学的评价一直存在巨大的分歧，"极端的否定"与"极端的肯定"常常让我们看不到当代文学的真相。有人认为中国当代文学达到了前所未有的高度和水平。王蒙先生在法兰克福书展上就说：中国当代文学现在是有史以来最繁荣的时期。余秋雨、刘再复甚至认为中国当代文学的成就远远超过了现代文学。也有人极端否定中国当代文学，认为中国当代文学都是垃圾。他们认为现代文学要远远超过当代文学，中国当代文学连与现代文学比较的资格都没有。比如说，相对于鲁（迅）、郭（沫若）、茅（盾）、巴（金）、老（舍）、曹（禺）这样大师级的人物，中国当代作家都是渺小的侏儒，根本不能相提并论，两者比较就是对大师的亵渎。应该说，与对中国当代文学的肯定之声相比，对当代文学的否定和轻视显然更成气候、更为普遍也更有市场。尽管否定者各自的角度和出发点不同，但中国当代作家、作品与中外文学大师、文学经典之间不可比拟的巨大距离却是唱衰中国当代文学者的主要论据。这种判断通常沿着两个逻辑展开：一是对中外文学大师精神价值、道德价值和人格价值的夸大与拔高，对文学大师的不证自明的宗教化、神性化的崇拜。二是对文学经典的神秘化、神圣化、绝对化、空洞化的理解与阐释。在此，我们看到了一个非常有趣的悖论：当谈论经典作家和文学大师时我们总是仰视而崇拜，他们的局限我们要么视而不见要么宽容原谅，但当我们谈论身边作家和身边作品时，我们总是专注于其弱点和局限，反而对其优点视而不见。问题还不在于这种姿态本身的厚此薄彼与伦理偏见，而是这种姿态背后所蕴含的"当代虚无主义"。这种"虚无主义"的最大后果就是对当代作家作品"经典化"的阻滞，对当代文学经典化历程的阻隔与拖延。一方面，我们视当下作家作品为"无物",拒绝对其进行"经典化"的工作,另一方面又以早就完全"经典化"了的大师和经典来作为贬低当下泥沙俱下的文学现实的依据。这种不在同一个层面上的比较,不仅毫无意义,而且只能使得文学评价上的不公正以及各种偏激的怪论愈演愈烈。

其实,说中国当代文学如何不堪或如何优秀都没有说服力。关键是要进行"经典化"的工作,只有"经典化"的工作完成了才有可能比较客观地对当代的作家作品形成文学史的判断。对当代的"经典化"不是对过往经典、大师的否定,也不是对当代文学唱赞歌,而是要建立一个既立足文学史又与时俱进并与当代文学发展同步的认识评价体系和筛选体系。当然,我们也要承认,"经典化"问题是一个非常复杂的问题,并不是凭热情和冲动一下子就能完成的,但我们至少应该完成认识论上的"转变"并真正启动这样一个"过程"。

现在媒体上流行一些对于中国当代文学经典化冷嘲热讽的稀奇古怪的言论,其核心一是否定中国当代文学有经典、有大师,其二是否定批评界、学术界有关"经典化"的主张,认为在一个无经典的时代,"经典"是怎么"化"也"化"不出来的,"经典化"是一个实实在在的"伪命题"。其实,对于文学,每个人有不同的判断、不同的理解这很正常,每一种观点也都值得尊重。但是,在"经典"和"经典化"这个问题上,我却不能不说,上述观点存在对"经典"和"经典化"的双重误解,因而具有严重的误导性和危害性。

首先,就"经典"而言,否定中国当代文学早就不是什么新鲜事,对当代文学的虚无主义态度在很多人那里早已根深蒂固。我不想争论这背后的是与非,也不想分析这种观点背后的社会基础与人性基础。我只想指出,这种观点单从学理层面上看就已陷入了三个巨大误区:

第一个误区,是对经典的神圣化和神秘化的误区。很多人把经典想象为一个绝对的、神圣的、遥远的文学存在,觉得文学经典就是一个绝对的、乌托邦化的、十全十美的、所有人都喜欢的东西。这其实是为了阻隔当代文学和"经典"这个词发生关系。因为经典既然是绝对的、神圣的、乌托邦的、十全十美的,那我们今天哪一部作品会有这样的特性呢?如果回顾一下人类文学史,有这样特性的作品好像也没有。事实上,没有一部作品可以十全十美,也没有一部作品能让所有人喜欢。在这个问题上,我们应该明确的是,"经典"不是十全十美、无可挑剔的代名词,在人类文学史上似乎并不存在毫无缺点并能被任何人所认同的"经典"。因此,对每一个时代来说,"经典"并不是指那些高不可攀的神圣的、神秘的存在,只不过是那些比较优秀、能被比较多的人喜爱的作品而已。从这个意义上说,当今中国文坛谈论"经典"时那种神圣化、莫测高深的乌托邦姿态,不过是遮蔽和否定当代文学的一种不自觉的方式,他们假定了一种遥远、神秘、绝对、完美的"经典形象",并以对此一本正经的信仰、崇拜和无限拔高,建立了一整套关于中国当代文学的伦理话语体系与道德话语体系,从而充满正义感地宣判着中国当代文学的死刑。

  第二个误区,是经典会自动呈现的误区。很多人会说,是金子总是会发光的。但对文学来说,文学经典的产生有着特殊性,即,它不是一个"标签",它一定是在阅读的意义上才会产生意义和价值的,也只有在阅读的意义上才能够实现价值,没有被阅读的作品没有被发现的作品就没有价值,就不会发光。而且经典的价值本身也不是固定不变的。如果一个作品的价值一开始就是固定不变的,那这个作品的价值就一定是有限的。经典一定会在不同的时代面对不同的读者呈现出完全不同的价值。这也是所谓文学永恒性的来源。也就是说,文学的永恒性不是指它的某一个意义、某一个价值的永恒,而是指它具有意义、价值的永恒再生性,它可以不断地延伸价值,可以不断地被创造、不断地被发现,这才是经典价值的根本。所以说,经典不但不会自动呈现,而且一定要在读者的阅读或者阐释、评价中才会呈现其价值。

第三个误区，是经典命名权的误区。很多人把经典的命名视为一种特殊权力。这有两个层面的问题：一，是现代人还是后代人具有命名权；二，是权威还是普通人具有命名权。说一个时代的作品是经典，是当代人说了算还是后代人说了算？从理论上来说当然是后代人说了算。我们宁愿把一切交给时间。但是，时间本身是不可信的，它不是客观的，是意识形态化的。某种意义上，时间确会消除文学的很多污染包括意识形态的污染，时间会让我们更清楚地看清模糊的、被掩盖的真相，但是时间同时也会使文学的现场感和鲜活性受到磨损与侵蚀，甚至时间本身也难逃意识形态的污染。此外，如果把一切交给时间，还有一个前提，那就是对后代的读者要有足够的信任，要相信他们能够完成对我们这个时代文学的经典化使命。但我们对后代的读者，其实是没有信心的。我们今天已经陷入了严重的阅读危机，我们怎么能寄希望后代人有更大的阅读热情呢？幻想后代的人用考古的方式对我们这个时代的文学进行经典命名，这现实吗？我不相信后人对我们身处时代"考古"式的阐释会比我们亲历的"经验"更可靠，也不相信，后人对我们身处时代文学的理解会比我们亲历者更准确。我觉得，一部被后代命名为"经典"的作品，在它所处的时代也一定会是被认可为"经典"的作品，我不相信，在当代默默无闻的作品在后代会被"考古"挖掘为"经典"。也许有人会举张爱玲、钱钟书、沈从文的例子，但我要说的是，他们的文学价值早在他们生活的时代就已被认可了，只不过很长时间由于意识形态的原因我们的文学史不谈及他们罢了。此外，在经典命名的问题上，我们还要回答的是当代作家究竟为谁写作的问题。当代作家是为同代人写作还是为后代人写作？幻想同代人不阅读、不接受的作品后代人会接受，这本身就是非常乌托邦的。更何况，当代作家所表现的经验以及对世界的认识，是当代人更能理解还是后代人更能理解？当然是当代人更能理解当代作家所表达的生活和经验，更能够产生共鸣。因此，从这个角度来说，当代人对一个时代经典的命名显然比后代人更重要。第二个层面,就是普通人、普通读者和权威的关系。理论上,我们都相信文学权威对一个时代文学经典命名的重要性,权威当然更有价值。但我们又不能够迷信文学权威。如果把一个时代文学经典的命名权仅仅交给几个权威,那也是非常危险的。这个危险表现在什么地方呢?就是几个人的错误会放大为整个时代的错误,几个人的偏见会放大为整个时代的偏见。我们有很多这样的文学史教训。在这个问题上,我们既要相信权威又不能迷信权威,我们要追求文学经典评价的民主化、民主性。对一个时代文学的判断应该是全体阅读者共同参与的民主化的过程,各种文学声音都应该能够有效地发出。这个时代的文学阅读,最理想的状态应该是一种互补性的阅读。为什么叫"互补性的阅读"?因为一个批评家再敬业,再劳动模范,一个人也读不过来所有的作品。举个例子:现在我们一年有5000部以上的长篇小说,一个批评家如果很敬业,每天在家读二十四小时,他能读多少部?一天读一部,一年也只能读三百部。但他一个人读不完,不等于我们整个时代的读者都读不完。这就需要互补性阅读。所有的读者互补性地读完所有作品。在所有作品都被阅读过的情况下,所有的声音都能发出来的情况下,各种声音的碰撞、妥协、对话,就会形成对这个时代文学比较客观、科学的判断。因此,文学的经典不是由某一个"权威"命名的,而是由一个时代所有的阅读者共同命名的,可以说,每一个阅读者都是一个命名者,他都有对经典进行命名的使命、责任和"权力"。而作为一个文学研究者或一个文学出版者,参与当代文学的进程,参与当代文学经典的筛选、淘洗和确立过程,更是一种义不容辞的责任和使命。说到底,"经典"是主观的,"经典"的确立是一个持续不断的"过程","经典"的价值是逐步呈现的,对于一部经典作品来说,它的当代认可、当代评价是不可或缺的。尽管这种认可和评价也许有偏颇,但是没有这种认可和评价,它就无法从浩如烟海的文本世界中突围而出,它就会永久地被埋没。从这个意义上说,在当代任何一部能够被阅读、谈论的文本都是幸运的，这是它变成"经典"的必要洗礼和必然路径。

总之，我们所提倡的"经典化"不是要简单地呈现一种结果，不是要简单地对一个时代的文学作品排座次，不是要武断地指出某部作品是"经典"，某部作品不是"经典"，不是要颁发一个"谁是经典"的荣誉证书，而是要进入一个发现文学价值、感受文学价值、呈现文学价值的过程。所谓"经典化"的"化"实际上就是文学价值影响人的精神生活的过程，就是通过文学阅读发现和呈现文学价值的过程。可以说，文学的经典化过程，既是一个历史化的过程，更是一个当代化的过程。文学的经典化时时刻刻都在进行着，它需要当代人的积极参与和实践。因此，哪怕你是一个对当代文学的虚无主义者，你可以不承认当代文学有经典，但只要你还承认有文学，你还需要和相信文学，还承认当代文学对人的精神生活具有影响力，你就不应该否定当代文学经典化的重要性。没有这个"经典化"，当代文学就不会进入和影响当代人的生活，就失去了存在的意义。每一个人，哪怕你是权威，你也不能以自己的好恶剥夺他人阅读文学和享受文学的权利。

从这个意义上说，当代文学的经典化当然是一个真命题而不是一个伪命题。在一个资讯泛滥的时代，给读者以经典的指引是文学界、出版界共同的责任，而这也是我们编辑出版这套书的意义所在。

最后，感谢张明和张英先生为本套书付出的辛劳，感谢北京立丰天文化传播有限公司、北京金圣典文化有限公司的资金支持，感谢全体编委和北京联合出版公司各位编辑，感谢所有对本套丛书的出版给予大力支持的作家和他们的家人。

是为序。

吴义勤

2022年冬于北京

目　录
Contents

开　头 ____1

第 一 章　没了儿子____5

第 二 章　儿媳去了哪里____19

第 三 章　姐妹相惜____31

第 四 章　挖掘自己的力量____45

第 五 章　公爹和儿媳____61

第 六 章　蒋妈妈____77

第 七 章　蒋志方的追求____92

第 八 章　我才不守寡呢____108

第 九 章　亲家____123

第 十 章　尤四品____136

第 十 一 章　留住孙子____152

第 十 二 章　世俗是什么____164

第 十 三 章　矿上来了演出队____178

第 十 四 章　改嫁之后____194

第 十 五 章　黄鼠狼把公鸡的脖子咬断了____206

第 十 六 章　蒋妈妈和卫君梅谈话____224

第 十 七 章　把错事做对____238

第 十 八 章　同情还是爱情____253

第 十 九 章　失怙少年陶小强____269

第 二 十 章　一手托两家____286

第二十一章　不信东风唤不回____301

结尾不是结束____315

开　头

　　世界上人很多，以数十亿计。而以性别论，全世界不过就两个人，一个男人，一个女人。男人和女人相互纠缠，互相依赖，男人离不开女人，女人也离不开男人。男人没有女人衬着，就失去了男人的本义，不能算是真正的男人。女人离开男人的怀抱呢，恐怕得干着，日子也不会好过。

　　男女天生有些差别，两相比较，一般来说，男人被说成强者，女人被说成弱者。遇上凶险的事，或是在重体力劳动场合，都是男人冲上前去顶着，让女人往后撤，把女人保护起来。矿井深，矿井黑，矿井里处处埋伏着凶险，煤矿规定，不许女人下井。不许二字，规定得有些生硬，也有些严厉，让有些女性稍感不悦。但女人们很快明白，差别就是政策，政策体现差别，不让女人下井，正是来自男人世界对女人世界原始性的温柔和关爱。

　　太阳为阳，月亮为阴；白天为阳，夜晚为阴；男人为阳，女人为阴。不管什么时间，也不管什么空间，阴阳应该平衡才是。可到了煤矿，男女比例明显失调，阴阳比重严重失衡。特别是到了井下，连一个女人都看不到，连一点儿女性气息都嗅不着，让清一色的雄性矿工备感压抑。什么东西越是稀少，人们对什么东西越是稀罕。井下越是见不到女人，矿工们对女人越是渴望。走在伸手不见手的巷道里，有人老是产生幻觉，觉得有一个女人在前面巷道的拐弯处等他。他匆匆赶过去一瞅，哪里有什么女人，只有一根废弃的木头支柱，柱子上生着一朵灰白色的蘑菇。他把蘑菇采下来，放在鼻子前闻了闻，装进工作服的口袋里去了。在井下看不到女人的实体，他们只能在嘴上拿女人说事儿，过一过嘴瘾。脸上抹把煤，等于把脸皮加厚几分，他们说到女人时，一开口就把女人的衣服脱光了，说得有些赤裸，有些无所顾忌，对自己的生理有所刺激。没说女人之前，他们像是死头绵羊，干活儿打不起精神。说上一阵女人后，他们的劲头就提起来了，一个个变成了生龙，或是活虎。

在工作面跟班的队长、班长们，从不反对手下在劳动场合谈女人，不管手下谈得多么生动，多么下流，他们也不制止。他们已经总结出来了，谈女人也是生产力，不谈女人，就会影响生产力的发挥。从工种上分，采煤工不谈女人，煤炭产量低；机电工不谈女人，烧了发电机；掘进工不谈女人，巷道压得低；放炮工不谈女人，放炮如放屁。在"文化大革命"期间，到处流行"抓革命，促生产"的说法。井上一天到晚把革命口号喊得震天响，不见得对煤炭生产有什么促进作用。窑哥们儿在井下谈一谈女人呢，煤炭产量倒有所提高。从这个意义上说，是谈女人，促生产。

有的矿工不满足于动嘴，还愿意动动笔。他们下井时不能带烟卷，可以带一支与烟卷相似的粉笔。身上活跃着艺术细胞的挖煤人还是有的，他们在矿车的车厢上刷刷勾勒上那么几笔，一个丰满的女性人体便勾画出来。车厢的厢壁是乌黑的，比学校教室里的黑板还要黑。而粉笔是雪白的，画出的女人的身体白得有些亮眼，在沾满煤粉的矿车上一下子凸显出来。矿车是运煤用的，电机车拖着成串的矿车在井下的巷道里跑来跑去。这样一来，画在矿车上的裸体女人等于在井下巡回慰问，"女人"仿佛对矿工们说：你们好，你们辛苦了！衣衫不整的矿工们高兴坏了，他们噢噢叫着，近乎欢呼。

一个窑哥子把矿灯从头顶取下来了，两手拿着，将矿灯下移，放在两腿之间性器所在的位置。这种动作构成一个巨大的象征，象征着矿灯伸出的光柱代表他的性器。妈妈的，这不得了，这个厉害，前所未有的厉害。它光芒万丈，灿烂辉煌，能量无比，法力无疆。"性器的柱头"直接指到矿车厢壁"女人的身体"上去了，"女人"跑到哪里，它就锲而不舍地指到哪里。不仅如此，它穿越着井下的大小巷道，似乎把每条巷道都刺破了。

在矿上工作的女人还是有的，只不过她们都在地面。矿上的食堂、医院、煤楼、灯房、学校，还有机关科室，都可以看到她们多姿的身影。物以稀为贵，她们都懂得自身的价值。在矿院里走碰面，男人若看哪个女人一眼，那个女人马上就想，这个男人对她有想法了，可能在打她的主意。因此，她们的神情都有骄傲，样子都有些拿捏，甚至还有那么一点警惕。男人看她们十眼八眼，她们两眼端着，一眼都不回。矿上的女人都被说成白女人。有的女人脸蛋子长得并不白，皮肉也不细，但在矿工眼里，她还是白女人。脸不白，并不代表她的身体也不白。而在井下干活儿的男人，却被说成黑男人。有的男人细皮嫩肉，长得并不黑，但男人前面冠的还是一个黑字。因为他们在煤窝里一滚，一爬，就把手弄黑了，脸弄黑了，全身上下都弄黑了。富含油分的煤的粉末无孔不入，除了把矿工的表皮部分染黑，矿工的鼻孔、耳孔、尿孔、汗毛孔等，所有带孔的隐私部位也被染黑了。更有甚者，矿工通过气管的呼吸，把煤的粉尘吸进肺里去了，并在肺的气泡里沉积下来，久而久之，矿工的肺叶子也变成乌黑的颜色。事实摆在那里，有人说矿工的身体里外都是黑的，也有一定道理。

黑男人也罢，白女人也好，每个人的生活无外乎两种方式，一种是醒着，一种是睡觉。有人醒着的时候多一些，有人睡觉的时候多一些。不醒着无法生活，不睡觉无法继续生活。好比有白天，也有黑夜，清醒和睡觉都是必须。

与醒和睡相对应，每个人生来分两个阶段，一个阶段是生，一个阶段是死。拿生和死相比较，人的一生总是很短暂，还没怎么过呢，就完了。而死总是很漫长，一死便是永远，永远。

钻进石头缝子里掏煤，井下死人容易些，也多一些。除了日常性的零星死亡，稍有不慎，碰上透水和瓦斯爆炸，还会造成大面积死亡。死在井下的都是男人，而且都是能冲能打的青壮男人。男人一死，就把他们的女人留下了，也把他们的父母和孩子抛下了。

有一个叫龙陌的大型煤矿，在秋后的一天夜间，井下发生了瓦斯爆炸，一次炸死了一百三十八名矿工。

第一章　没了儿子

　　下午，周天杰在菜园里拔辣椒棵子。过了中秋，辣椒不再开花，不再结新的辣椒，他要把日渐衰老的辣椒棵子全部连根拔起，腾出地来，准备种蒜。长了一春又一夏，辣椒的根扎得很深，抓地抓得很紧，要把辣椒棵子拔掉，得费一把子力气。周天杰的岁数超过了六十，人老得像一棵老辣椒，气力逐渐减少。他一只手拔不掉一棵辣椒，须两只手都上去，才能把一棵辣椒拔掉。这样说来，他每拔掉一棵辣椒，所费的就不是一把子力气，而是两把子力气。他两手抓住一棵辣椒的下半部，憋足一口气，身子往后挣，屁股往下蹲，吭地一下，才把辣椒棵子拔掉了。由于惯性的作用，拔掉辣椒棵子后，他会不由得后退两步，几乎蹲在地上。拔掉辣椒带出土，每拔掉一棵辣椒，地上都会带出一窝蓬松的新土。新土里有辣椒断裂的白色的根须，还有刚刚抖落的辣椒的叶子。叶子上爬有一只和辣椒叶子颜色相同的青虫，叶子落地时，青虫与叶子相脱离，青虫掉落在新土旁边的地上。青虫靠吃辣椒和辣椒的叶子为生，辣椒棵子突然被拔除，青虫失去了赖以生存的条件，它顿时恐慌起来，仿佛到了世界末日。它躺在地上打滚撒泼，似乎在大声喊叫：我没法儿活了，还我辣椒，还我生存的权利。周天杰看到了在地上翻滚的青虫，他想到的是他喂养的几只鸡，要是鸡在跟前，会把青虫当作一口活食儿吃掉。有心把青虫捏起来，送到鸡笼子那里喂鸡，想到青虫太小了，还不够招惹公鸡或母鸡的馋虫呢，就罢了。去掉辣椒棵子的遮蔽，周天杰还看到了一两个不知什么时候落在地上的辣椒。辣椒已经坏透了，一层灰白色的薄皮，里面包着一兜浆水。他没有尝过坏辣椒，不知辣椒变成一兜浆水时，是不是还有辣味？

拔掉辣椒棵子后，周天杰并没有马上把辣椒棵子扔掉，他还要把上面剩余的辣椒摘一摘。辣椒的叶子还是青的，辣椒有的青，有的红，还有的半青半红。辣椒长得不算大，可每一只辣椒都辣味十足。周天杰最看不惯矿街上卖的那些辣椒，辣椒长得很大，皮肉很厚，掰开用舌头一舔，是甜的，一点辣味都没有。男人挤去了蛋子儿，就不再是男人。辣椒变了种，变得没了辣味，还叫什么辣椒呢！吃那样发甜的东西，还有什么意思呢！周天杰特意从老家找来辣椒种子，他种的辣椒还是一摸就辣得沾手，一吃就辣得沾嘴，能从前门辣到后门。他身旁放有一只用五彩炮线编成的小篮子，他把摘下的辣椒放进小篮子里。等辣椒棵子全部拔下，辣椒全部摘光，他会让妻子把红辣椒串成串儿，挂在墙上晒干。把青辣椒放进坛子里用盐腌起来，腌成咸辣椒，等冬天下雪的时候吃。

摘辣椒时周天杰闻到了散布在空中的辣味、青味、腥味，还有一种苦涩味。这种苦涩味只有摘罢园时的辣椒才有。不用说，这种苦涩味也是从土地里长出来的。土地真是一种神奇的东西，它里面含有多少种味道，恐怕谁都猜不透。也许人世间所有味道都在土地里蕴藏着，就看你需要什么味道了，你种甜瓜，它就给你甜味；你种苦瓜，它就给你苦味；你种西红柿，它就给你甜中带酸的味；你种蒜呢，它就给你不同于大葱和辣椒的另一种辣味。

周天杰家住在一楼，他把楼前面的一块空地开垦起来，并用从矿上木材厂讨来的板皮栅起来，种成了自家的菜园。菜园里除了种有他爱吃的辣椒，还有茄子、黄瓜、西红柿、豆角、韭菜、荆芥、苋菜等。矿街的菜摊上卖的有什么菜，他的菜园里差不多都有，想吃什么菜，到菜园里现摘就是了。不少人家把买来的菜放在冰箱里，为的是让蔬菜保鲜，防止蔬菜很快坏掉。周天杰的蔬菜从来不往冰箱里放，只让它们长在菜园里。长在菜园里的菜从来都是水灵灵的，十天八天都不会坏。这样一来，他们家就不用到矿街上买菜，就把买菜的钱省下了。下过一场雨，黄瓜和豆角结得吃不完，他摘下黄瓜、豆角舍不得白白送人，就拿到矿街去卖。黄瓜一块钱两根，豆角两块钱一把，他家吃菜不用花钱不说，种的菜还赚了钱。秋天的阳光黄黄的，照耀着菜园里的一切。种在栅栏周边的玉米结了穗儿，向日葵低下了头，鸡冠花的"鸡冠"成了紫红，像是喝多了酒。从板皮栅栏外边攀栏而入的是一些野生的牵牛花，它们不仅翻过了栏头，还在栏头上方举起了"喇叭"。"喇叭"是粉红色，上面走着一些白筋。"喇叭"做的是吹奏的样子，但它们始终没有吹响，早上把"喇叭"打开，傍晚就把"喇叭"合上了。也许它们从来就没有准备发声，天生就是沉默的"喇叭"。

公鸡在鸡窝里叫起来，它一叫声音就很大，好像有人要杀它一样。周天杰扭脸一看，见孙子小来不知什么时候潜到鸡窝那里，打开鸡窝，正伸手往外掏公鸡。鸡窝里一共养有四只鸡，三只母鸡，一只公鸡。男人和女人相比，女人长得好看一些，穿着也漂亮一些。而公鸡和母鸡相比，公鸡的羽毛要华丽一些，身手要矫健一些。周天杰喝道：小来，你干什么？把鸡放下！

公鸡听到了援声，像是找到了后台，叫得更加厉害：救命啊，快救命啊！它不仅大声喊叫，还使劲拍打翅膀。

小来没有搭理爷爷，他拽住公鸡的一条腿，正使劲把公鸡往窝外拽。

爷爷提高了声音，他的声调似乎比公鸡呼救的声调还要高：小来，你个臭小子，我的话你听见没有！

小来这才说：我拔几根鸡毛。

拔鸡毛干什么？

做毽子。

你给谁拔的？谁让你拔的？

我自己想拔的。

胡说，一定是别人指使你拔的。你要是敢拔鸡毛，我就把你的脑袋拔下来！小来的爸爸在井下遇难后，周天杰接过了儿子的责任，对孙子倍加爱护，也相当严厉。

小来知道爷爷雷声大，雨点儿小，不会拔他的脑袋。他不管公鸡如何撒泼，挣扎，还是把公鸡从鸡窝里揪出来，摁住公鸡的脑袋，把公鸡尾巴上绿莹莹的鸡毛拔下了几根。让小来没想到的是，当他把公鸡松开时，公鸡竟然在他手上啄了一下，把他的手背啄出一个血点儿。咦，反了你了，你竟敢叨老子！小来正要把公鸡报复一下，见爷爷拿着一棵辣椒棵子向他走来，只好暂时放弃对公鸡的报复，赶紧跑掉了。他打得过两条腿的公鸡，打不过两条腿的爷爷。目前来说，他对付爷爷的办法只有一个字，那就是跑。除了跑，还是跑。他已经试验过多次，爷爷人老腿老，每次都追不上他。好比爷爷是一头老狮子，"老狮子"的威风还在,吼得还很响,但奔跑的速度已经不行了。

周天杰没有追孙子,说好小子,你就捣蛋吧你,看我回头怎么收拾你!

周天杰家的房子是三居室,两间在阳面,一间在阴面。原来,向阳的两间,一间有窗户,一间有阳台。有阳台的那间虽说有窗有门,但阳台上有半人高的水泥护栏拦着,家里的人并不能直接走进菜园里去。周天杰到菜园里干活,要么出家属楼的北门,绕一个大圈子,绕到菜园里去;要么跨上阳台的护栏,从护栏上跳下去。见他翻护栏,孙子小来也学着往护栏上爬。结果有一次,小来从护栏上摔下去,摔在放在护栏下面的一只水桶上,把额角磕破了。周天杰把自己的腿跑断摔断都没什么,宝贝孙子可不能受到任何伤害。他之所以坚持活着,很大程度上是为了孙子,为了把孙子这个独苗养大成人。儿子没有了,若孙子再有个好歹,他还怎么活呢!孙子额角受伤,把他心疼坏了。他找到矿上工会的洪主席,还没说话,先哭了一鼻子。家里每次遇到困难,他不找别的领导,都是直接找洪主席。矿上一次死了一百三十八个矿工,留下一百多个工亡矿工家属户,如果每户家属遇到困难都去找矿长,矿长肯定应接不过来。矿上专门作了研究,要求每个矿级干部和每个科室的一把手,都要负责联络安抚几户工亡矿工家属。周天杰家归洪主席分工联络,家里有什么事儿,周天杰只能去找洪主席。洪主席还很年轻,才三十多岁。一见周天杰落泪,洪主席叫着周师傅,要周师傅别哭,有话只管说。他还从纸盒里抽出两张面巾纸,递给周师傅,让周师傅擦泪。每次找到洪主席,周天杰不吵也不闹,只是掉眼泪。儿子遇难时,妻子哭,儿媳哭,妻子和儿媳都哭得昏倒在地,悲痛欲绝。他咬牙忍着,倒是没怎么哭。不料天上有云,地上有水,早哭晚不哭,晚哭早不哭,他像把泪水攒下来了,只要一提到儿子，他就悲从心来，禁不住想落泪。他也看出来了，年轻的洪主席很重视他的眼泪，他每次落泪都能收到不错的效果。这次也是一样，当他说了情况，向洪主席提出，希望矿上帮他家把阳台上的钢筋水泥护栏拆掉，打通住室和菜园的关系，能从屋里直接走到菜园里。洪主席说，这事儿不难解决。他找到矿上的施工队，不但帮周天杰家拆除了护栏，把护栏拉走，还在阳台与菜园连接的地上砌了两层台阶。没有了障碍，周天杰到菜园里种菜就方便了，家里人到菜园里摘菜也方便了。汤锅里需要下什么青菜，临时到菜园里摘都来得及。

周天杰又拔了几棵辣椒，妻子老吴到菜园里来了。老吴走到周天杰跟前，回头朝住室看了看，小声对周天杰说，他们的儿媳妇郑宝兰睡过午睡之后，一声不吭就出去了，不知道又到哪里去了。周天杰不说话，继续从辣椒棵子上往下摘辣椒。他的眉头不知不觉皱了起来，两个眉头像卧着两个辣椒，而且是红辣椒。老吴老是盯儿媳的梢，老是向他打儿媳的小报告，一听就让他心烦。他从辣椒棵子上摘下一个辣椒，见辣椒被虫子咬过，甩手就把辣椒扔掉了。他没把辣椒扔到篮子里，扔到了老吴脚边的地上，差点砸在老吴的脚面上。老吴问周天杰为什么不说话，是聋了，还是哑了？周天杰说：她想去哪儿就去哪儿，那是她的自由，你管那么多干什么！

一家人在一块儿住着，不管她去哪儿，总该跟家里人说一声吧。拴住人拴不住心，我看她是越来越野脚了，打圈子的母猪都没有她野脚。我早就把她看透了，她迟早得走，这个家她早晚守不住。

放屁，你怎么知道她守不住！只要你守得住，她就守得住。

老吴怔了一下，被丈夫呛得几乎含了泪，她说：我说的是她，你怎么拐到我头上来了！

不拐到你头上，还能拐到狗头上。我跟你说过多少遍了，你就是记不住。你想让她守住，她就守得住。你不想让她守住，往外推她，她就守不住。好了，别操那么多心了，帮我拔辣椒棵子吧。

我拔不动。

等哪天把我气死，你就拔得动了。

你别说这个，不等你死，我先死。我早就活够了。

你想先死，没那么便宜。都是男人先死，女人后死。他把一棵拔下来的辣椒递给老吴，让老吴帮他摘上面剩余的辣椒。他的目的是把老吴留在家里，留在菜园里，不让老吴到处侦察儿媳的行踪。

儿子没出事之前，他们这个家庭应该说是一个幸福的家庭。周天杰作为一个钻了三十多年黑窟窿的老矿工，除了受过两次轻伤，身上留下两块煤癜，直到退休，他不缺胳膊不少腿，还是一个能跑能跳的全活人。他退休后，儿子顶替他参加了工作。他领着一份退休工资，在采煤队上班的儿子，所挣的工资比他的退休工资多得多。有一个月，儿子所在的采煤队夺了高产，儿子一个月就挣了八千多块。他们用攒下的钱在矿上的家属院买了房子，为儿子娶了媳妇，接着又添了孙子，该有的都有了。周天杰的老家在邻县的农村，在矿上买下房子之后，他让妻子到矿上来了，把老母亲也接到矿上来了，等于从此与农村告别，一家人都成了矿上人。每个矿也是一座城，不算大城，也算小城，矿上人也算城里人。周家祖祖辈辈都是农民，千年的农根根连根，周天杰做梦也没想到，到了儿子这一辈，他们家把农根拔掉了，成了城里人。趁儿子上白天班，儿子傍晚下班后，他有时会陪儿子喝点小酒儿。他一再跟儿子碰杯，说来，咱爷儿俩干一杯。酒喝上头，他把自己比成井下工作面支撑顶梁的一根木头柱子，说自己这根柱子老了，朽了，不顶用了，只能撤下来，由儿子这根新柱子顶上去。在井下是这样，在家里也是这样，以后他不是家里的顶梁柱了，儿子才是家里的顶梁柱。跟所有当过矿工的父亲一样，周天杰也曾一再嘱咐儿子，要灯上长眼，头上长眼，心里长眼，时时处处注意安全。有了安全，就有了一切。没了安全，一切都会完蛋。他向儿子传授自己没出过重伤事故的经验时，不惜贬低自己，说自己的经验只在一条，那就是怕死。只要一到井下，他的每根汗毛都竖着，随时准备接收危险信号。只要发现哪里不对劲，他拔腿就跑。那时流行一个口号，叫一怕苦，二不怕死。不怕苦可以，要他不怕死，他绝对做不到。他成天价想的是，他要是死了，他的老婆怎么办呢，孩子怎么办呢？光说大话没用，小话才有用。只为着自己的老婆孩子有个依靠，他也得好好活着。他对儿子说，人人都怕死，怕死不为丑。皇帝老子怕死，妖怪也怕死。妖怪要是不怕死，就不会老惦着吃唐僧的肉，老追求长生不老。儿子在矿务局上过技校，安全生产方面的知识比他懂得多。儿子的品性也很好，是个乖孩子。儿子让他放心，说他会注意安全的。为了让爸爸相信自己，儿子又主动喝了一杯酒。

在儿子没出事之前，婆婆老吴和儿媳郑宝兰的婆媳关系也不错。儿媳叫婆婆一口一个妈。婆婆叫儿媳，一口一个宝兰。婆媳俩不笑不说话，先笑后说话，说完话还在笑。儿媳问了婆婆的生日，记在心里。婆婆说的生日是阴历，要记住婆婆的生日，还得把阴历转换成阳历。到了婆婆生日的前一天，儿媳一再提醒自己的丈夫，千万别忘了祝妈生日快乐。第二天一大早，当妈的刚起床，儿子就对她说：祝妈生日快乐！儿子结婚前，从没有祝过她生日快乐，儿子娶了媳妇，才开始祝贺她生日快乐。她快乐，当然快乐。不光生日当天快乐，她天天都快乐。好儿子不如好媳妇，老吴心里明白，儿子的心长在儿媳身上，儿子娶了媳妇，就开始长了心。当今能记住婆婆生日的儿媳能有几个呢？郑宝兰记住了。仅凭这一点，老吴就不能说儿媳不好。两好搁一好，一好瞎搭了。儿媳对她好，她就对孙子好。母牛天生护犊子，母羊天生护羔子。她对孙子好，等于对儿媳好。到了孙子过生日，她不仅买回了生日蛋糕，还一下子给了孙子两千块钱。那时孙子还不认识钱，把钱当成了花纸，接过就撒了一地。老吴说：我的宝贝孙子呔，快让你妈帮你收起来，给你买玩具，给你买好吃的。古往今来，婆媳能够和谐相处的总是很少。在封建社会，都是婆婆辖治儿媳，把儿媳治得像奴隶一样。如今社会解了放，开了封，事情打了颠倒，不再是婆婆辖治儿媳，变成了儿媳排斥婆婆。不少婆婆在儿媳面前畏首畏尾，得看儿媳的脸色行事。周家没有出现这样的情况，老吴不排斥自己的婆婆，儿媳也不排斥她。在这个四世同堂的家庭，称得上四时和睦，其乐融融。

儿子突然遇难，如黑云压下来了，炸雷打下来了，暴雨泼下来了，使这个原本平静的家庭顿时失去了平衡，变得风雨飘摇，危机四伏。其中一个突出的问题，是如何对待儿媳郑宝兰的去留，在这个不容回避的问题上，周天杰和老吴产生了严重的分歧。老吴的意见是，人去不中留，留得住身留不住心，郑宝兰想走，就放她走。老吴的理由是，郑宝兰正是离不开男人的时候，离开了男人她就不能过，没法儿活。老吴举例说，在儿子没出事儿之前，郑宝兰和儿子天天都要干那事儿。儿子上白天班，他们晚上干。儿子上夜班，他们白天干。儿子只要一回家，可以不吃饭，不喝水，所做的第一件事就是小两口躲到卧室里关上门亲热。老吴的心情是矛盾的。儿子干的是重体力劳动，她担心儿子房事太勤，太消耗精力。可是，她又不能反对儿子和儿媳亲热。他们爱，他们亲，不就是通过床上那件事体现嘛。倘若他们井是井水，河是河水，井水不往河里流，河水不往井里灌，当父母的就该发愁了。因此上，老吴不但不反对儿子和儿媳亲热，只要儿子一回家，她就把孙子从儿媳身边抱走，抱到家属院外边的矿街上去玩。给儿子和儿媳的亲热创造条件。儿媳理解婆婆的用心，每次他们尽情亲热之后，看到婆婆领着小来从外边回来，她脸上就一阵红，像是有些害羞。但害羞归害羞，儿子一回来，她就顾不上害羞了，小来一会儿不离开她，她就说：去去，别老缠着我，跟你奶奶玩去！看看吧，就是这样一个欲火熊熊的女人，要是没有男人时常给她浇点儿水，她怎么会熬得住！

周天杰问老吴：你让宝兰走，那咱们的孙子小来呢？

孙子留下。

她要是不同意留下呢？

同意不同意，她说了不算。孙子姓周，是咱周家的后代，她同意留，得留，她不同意留，也得留。

周天杰听人说过一些法律上的规矩，他说：话不是这样说法，孩子留下，还是带走，都是孩子的妈妈说了算。要是孩子的妈妈坚持把孩子带走，孩子的爷爷、奶奶是留不住的。就算把官司打到法院，法官也会把孩子判给妈妈。周天杰的儿子是单传，孙子也是单传。当有了孙子小来时，他激动的心情难以言表，觉得什么都有了，看天天高，看路路长，一切充满阳光。人一辈子活什么，活的就是儿子，孙子。儿子没有了，如果孙子再被儿媳带走，就会看天天低，看路路短，一切陷入黑暗，黑得比井下的煤墙还黑。他对妻子说：孙子就是我的命根子，要是看不见孙子，我一天都不想活，我去找儿子去。这样说着，周天杰喉头哽咽了一下，眼圈红湿，差点儿滚下泪来。

见丈夫伤心，老吴的眼圈儿也湿了，她叹了一口气，让丈夫说怎么办呢？

丈夫的主意是，一定要把孙子留住，千方百计也要把孙子留住。

要留住果子，就得留住树。要留住分子，就得留住分母。而要留住孙子小来呢，就得先把小来的妈妈郑宝兰留下。小来已经失去了爸爸，不能再让小来失去妈妈。要留下郑宝兰，没有别的办法，只有对郑宝兰好。以前对郑宝兰好，今后要好上加好。真心实意把郑宝兰当成自己的孩子看待，贴心贴肺为郑宝兰着想，有好吃的，尽着她吃；有好穿的，尽着她穿，让她不好意思提出离开这个家，不好意思提出改嫁。能拖住她一年是一年，能拖住她三年是三年。拖得时间长了，也许她就死心了，就踏实了。她就一直是咱们的儿媳妇，也一直是咱孙子的妈妈。

　　听了丈夫的主意，老吴答应按丈夫的主意办，继续把郑宝兰当孩子看，一如既往对郑宝兰示好。通过持续温暖郑宝兰的心，把郑宝兰继续留在周家，这是他们老两口子达成的一个共识，选准的一个方向，也是他们必须共同遵守的一个原则。原则难免带有一些理论性，总是有些虚，一碰到具体事情，老吴就把原则忘记了。好比原则是一个鸡蛋，具体事情是一块石头，鸡蛋和石头一碰，鸡蛋就破碎了，蛋清蛋黄流了一地。每遇到想不开的具体事情，老吴就背着儿媳，在丈夫跟前发牢骚，甚至发脾气。周天杰心里也不好受，有时也很烦躁，但他胸怀家庭大局，毕竟看得远一些。他装作一切都很平常，按下自己的不良情绪，耐心开导老吴。这次把老吴开导通了，把老吴劝得平静下来，可老吴有些管不住自己似的，一遇到对儿媳看不惯的具体事情，她又在丈夫面前磨叨。手上摘着辣椒，她心里也辣辣的，估计郑宝兰在外边一定有人了。

　　有什么人？

　　男人呗，野汉子呗！

　　你看见了，抓住了，你这样说有什么根据？

案板上放辣椒，明摆着。

没根据的话不要瞎说，瞎说是恶心郑宝兰，也是恶心咱们两口子。

外边要是没人，她动不动往外跑什么！

不要说别人，你还往外跑呢！

我什么时候往外跑了？

你难道不出去买粮，买油？难道不出去看病，走亲戚？

这是两码事，反正我在外边没有男人。

谁知道你在外边有没有男人？

一听这话，老吴急眼了，她立起眼来，差点把手里的辣椒棵子抽在丈夫身上。她叫着周天杰的名字，问周天杰怎么说话呢，说话还凭不凭良心，我在外边有没有男人，你还不清楚吗！

周天杰说：看看，急眼了吧。将心比心，人心都是一样的，每个人都有自尊心。我不过跟你说句笑话，你都受不了。谁要是说小来他妈在外边有男人，她也受不了，也会很伤心。所以说，咱们还是把孩子往好处想，没影的事儿不要瞎说。他又抓到一棵辣椒棵子，觉得有些费劲，奋力拔了好几下，才把辣椒棵子拔掉。拔掉辣椒棵子的同时，他的身体失去了重心，一下子蹲坐在地上。他没有马上站起来，把一只手伸向妻子，说看什么，拉我一把呀！

老吴拉住周天杰的一只手，把他拉得站立起来。老吴说：看来你也老了。

谁能不老呢，树要老，蚕要老，到头来，谁都躲不过一个老字。

我还以为你不会老呢！老吴的嘴不由得撇了一下。

周天杰听得出来，老吴话后有话，话后面的话不太好，隐含着对他的怀疑。他还不能把老婆话后面的话点破，点破容易走板儿，与谁脸面上都不好看。他说：这话怎么说的，你是挖苦我？还是打击我？

谁敢打击你呀,你不是要强嘛,不是不服老嘛!

老是客观存在,是自然规律,不是服不服的问题。人到了该老的时候,你服,他得老;你不服,他也得老。好比这辣椒棵子,到了秋天,它的叶子就该变黄了,就不会结辣椒了。我老还是不老,你最有发言权。

太阳往西边转移,周天杰的老母亲拄着拐棍从屋里移出来了,坐在门口一侧的一只三条腿的圆凳子上晒太阳。老母亲八十多岁了,耳不聋,眼不瞎,只是脑子出了点问题,像是有些痴呆。人身上的一切毕竟受大脑支配,脑子一转不过来,她的耳朵、眼睛似乎都不怎么听使唤了。周天杰喊她吃饭,她能听见,但不一定答应。她的眼睛追着人看,只是不怎么眨眼,看人看得有些死。她不再外出,待在家里一天到晚无非是三件事:吃饭,睡觉,上厕所。对了,还有一件事是晒太阳。只要夏天不下雨,冬天不下雪,她都要到门外坐一坐。她和郑宝兰形成了鲜明对比:郑宝兰在家里坐不住,她在家里坐得牢牢稳稳;郑宝兰愿意往外跑,她哪儿都不想去,只愿待在家里。木制的圆凳子是三条腿,她加上拐棍,也是"三条腿",她像是把自己变成了一只木头凳子。孙子周启帆工亡的事家里人还瞒着她,对她说周启帆到国外学习去了。她每天必问周天杰:帆帆还没回来吗?帆帆什么时候回来呢?周天杰说:外国离咱这儿远得很,坐了汽车坐火车,坐了火车还要坐飞机,帆帆回来一趟不容易。她又说:我的好孙孙,奶奶的好帆帆,奶奶天天想他,他一点都不想奶奶吗?他再不回来,奶奶恐怕都见不着他了。周天杰嫌老娘絮叨,说快了快了,你等着吧。另外,老人每天还关心一件事,今天来不来照相的?矿上出事故时,从全国各地来了好多记者,到矿上采访。事故现场在井下,井口被严密封锁,不许记者下井。记者拿着"长枪短炮",只能在地面钻来蹿去,乱摄乱拍。南方某报社的一个记者，不知怎么打听到周天杰的儿子与事故有关，就找到周天杰家里来了，拿着煤块子一样的照相机，对家里的每个人和每个角落狂拍一气。当照相机的镜头对准周天杰的母亲时，老太太有些害怕，身子往一边直躲。老吴对她说：没事儿，是照相的。噢，人家要给她照相。老太太很少照相，对照相比较看重，她说别着急，她去梳梳头，换件衣服。周天杰不想让记者给老太太照相，也不让老太太收拾打扮自己，说算了算了，别照了！说话不及，记者叭叭叭，已给老太太连拍了好几下。这给老太太留下了一个遗憾，她觉得自己的衣衫不够整洁，头发有些乱，照出相来不会太好看。从那以后，老太太只要从自己住的在阴面的那间小屋里出来，事先都要以梳子蘸水，把自己的满头白发梳得光溜溜的，并用一只黑色细钢丝做成的可弯曲、带弹性的发卡，往后把头发拢起来，露出前额。老太太还穿上一件蓝色带绣花的新罩衫，每一个扣子都扣得严严实实。这件罩衫是儿媳老吴给她买的，以前她都是过年时才穿。现在她为了准备照相，每天都把罩衫穿在身上。可惜，那个照相的记者再也没有来过，再也没人为老太太照过相。这没什么，老太太不着急，老太太有的是耐心，她做的还是照相的准备。凡事还是事先有准备好一些，要是没准备的话，照相的来了，再梳头换衣服就来不及了。她问周天杰：天杰，天杰，照相的今天来吗？

　　周天杰有些哭笑不得，他在心里叫道：娘啊，我的亲娘啊，你要活活折磨死你儿子啊！他的回答难免有些不耐烦：照相，照相，你八辈子没照过相吗！你不是劳动模范，又不上光荣榜，老想着照相干什么！

第二章　儿媳去了哪里

龙陌矿由两大块组成，一块是生产区，另一块是生活区，两个区域也分别叫井口和家属院。生活区在北面，生产区在南面。生活区依山而建，地面稍高一些。生产区开在造山运动的缓冲地带，地面比较平坦。从家属院到井口上班，矿工走的是下坡路，屁股跨上自行车，两脚基本不用蹬，一路滑行就到了井口。而从井口到家属院，矿工走的却是上坡路。在井下汗巴流水地干了一班，升井后他们本来想轻松一下，可骑上自行车后，他们得伸头，塌腰，两脚不停地倒腾，才能骑到家。骑车要爬坡，他们把上老婆的身也说成"爬坡"。路上爬坡是回家"爬坡"的前奏，有回家"爬坡"的好事吸引着，他们在路上爬坡也爬得兴致勃勃。

连接生产区和生活区的路有二三里长。没建煤矿之前，这是一条又细又弯的土路，路两侧不是庄稼地，就是荒草滩。到了夜晚，这里漆黑一片，只有草丛里的虫子和猫头鹰在叫。开凿矿井的同时，这条路的地基被抬高，路面被加宽，建成了一条并排可行两辆汽车的水泥路。随着煤矿建成、投产，几千名矿工陆续来到这里，他们的老婆、孩子也随之而来。人一多，需求一多，路两边就盖起了不少砖房子。房子连接起来，一条路很快变成了一条街，这条街叫矿街，也叫商业街。街上卖肉的、卖粮的、卖菜的、卖水果的、卖日用百货的，称得上应有尽有。矿上的人下班后，洗了澡从生产区往生活区走，想买什么东西，往街边一停顺手就买到了。矿街上还有美容美发、洗浴桑拿、足疗按摩、卡拉OK等，你想进去享受一下，没有人会拦你。当然了，矿街上的小饭店、小酒馆也不少，胡辣汤、水煎包、羊肉汤、热火烧、米饭、炒菜、馄饨、油条、等等，你吃什么都可以。冬天下大雪，小饭店里烈火烹油，小酒馆里猜拳行令，更加热气腾腾。到了夜晚，矿街上仍然灯火通明，亮如白昼。几百米井下，巷道纵横交错，矿车往来如梭，是一座地下的不夜城。与地下忙于开采原煤的不夜城相对应，煤矿的地面也是一座繁华的不夜城。平地开井，因煤兴城，许多煤城就是这样来的。

　　周天杰把菜园里的辣椒棵子拔完了，老吴也把辣椒棵子上的辣椒摘了下来，还不见郑宝兰回来。周天杰嘴上说不让老吴干涉郑宝兰的自由，那是说给老吴听的。其实，对于郑宝兰外出不打招呼，并迟迟不归，周天杰更在意，心里更是没有着落。郑宝兰一出去就是一下午，她会到哪里去呢？儿媳没回来，孙子小来从外边回来了。小来一回来就向周天杰告状，说虎虎不带他玩儿。

　　周天杰对于小来告的状不予理会，他问小来：你拔的鸡毛呢？你做的毽子呢？拿过来给我看看。

　　小来没拿出鸡毛和毽子，却说：爷爷，虎虎说我爸爸死了。

　　闻听此言，周天杰吃惊不小，脸上不由得白了一下。儿子遇难的事，他除了瞒着老母亲，还一直瞒着孙子小来。之所以瞒着老母亲，是他觉得老母亲年事已高，会承受不起丧失孙子的沉重打击。之所以没告诉孙子真相呢，是他认为孙子还小，尚不懂得死亡是怎么一回事。瞒老母亲是容易的，因为老人家的脑子已经糊涂，而且会越来越糊涂。隐瞒孙子就不那么容易，因为小家伙是聪明的，会越来越懂事。周天杰正色对孙子说：你不要听虎虎胡说，他要是再敢胡说，爷爷带你去揍他！说着，看了一眼老母亲。见母亲像是没听见小来说的话，才放下心来。

小来要求爷爷现在就去揍虎虎。

那好吧。周天杰从屋里推出自行车，把小来抱起来，放在自行车后面的儿童座椅上，推着小来往家属院外面走去。小来问爷爷：我爸爸怎么老也不回来呢？

周天杰对孙子的说法与对老母亲的说法口径是一致的，他说：我不是跟你说过了嘛，你爸爸到外国学习去了。现在矿上采煤是炮采，是在煤墙上打眼儿，装上炸药，通过放炮把煤崩下来。等你爸爸学成回来，矿上采煤就不用炮采了，改用机器采。大机器的轮子轰隆轰隆一转，煤就采出来了。

小来以为爷爷说的炮采是过年时放的花炮，他说：爷爷，我也会放炮，我也要用炮去崩煤，崩好多好多煤，够装一大火车的。

好，我孙子真棒，真有志气。你现在还小，等你长大了，长成一个男子汉，爷爷再给你讲挖煤的事。

我已经长大了，我是男子汉，不是女子汉。

对，完全正确，周小来是我们家的男子汉，堂堂的。

什么是堂堂的？

爷爷被问住了，一时不知怎么对孙子解释，说堂堂的嘛，就是堂堂的。

甜吗？

不甜，这个堂，不是那个糖。

我想吃棒棒糖。

走，爷爷给你买。

周天杰没带小来去找虎虎，小来大约已经把揍虎虎的事忘记了。他推着小来，向矿街上走去。他问小来：咱去找你妈妈可以吗？

小来点了一下头，说可以。

周天杰倘若一个人出来，他没法去找郑宝兰。一个当公爹的，怎么可以到处找儿媳妇呢？带上小来就不同了，小来仿佛是他找儿媳的一个理由，又仿佛是一个路牌或通行证，他们想找谁都行，想去哪里都可以。试想想，一个当爷爷的，带着孙子，去找孙子的妈妈，别人有什么屁可放呢！来到矿街街口处的一个小超市，周天杰买了一根棒棒糖给小来吃。超市旁边，是一个卖水果的摊点。季节既然到了秋天，各种水果都已成熟，红的是苹果，黄的是柿子，紫的是葡萄，白的是酥梨，橙的是橘子，半青半红的是大枣儿，等等。各色水果都用纸箱子盛着，琳琅满目地摆了一大片。

一个正吃葡萄的叫王俊鸟的女人，看见了在吃棒棒糖的小来，王俊鸟把手中的一串葡萄提高，提溜到眼前，炫耀似的对小来说：小来，来，来，吃葡萄。

大枣儿一样的棒棒糖在小来嘴里含着，把小来的腮帮子撑得鼓鼓的，小来顾不上说话。周天杰替小来对王俊鸟说：小来正吃糖，没法儿吃葡萄，你自己吃吧。他有些躲避这个女人似的，推上小来，赶快走掉了。周天杰知道，王俊鸟的丈夫冯俊卿和自己的儿子周启帆在同一个采煤队上班，在同一场事故中遇难。王俊鸟小时候得过脑膜炎，发过高烧，把脑子烧坏了。她的脑子本来就不好使，冯俊卿出事后，她的脑子又受到强烈刺激，变得更加差劲。她一会儿哭，一会儿笑；一会儿清楚，一会儿糊涂。她在家里待不住，就天天在矿街上走来走去。看见矿街上的男人，她逮谁跟谁笑，好像每一个男人都是她的丈夫，又不是她的丈夫。见谁掏钱，她就往人家身边凑。矿上的人都了解她的不幸遭遇，可怜她的处境，买了油条，愿意送给她一根，买了葡萄，愿意送给她一串。也有人逗她，说王俊鸟，你们家冯俊卿回家去了，后面还跟着一个小姐。王俊鸟信以为真，慌慌张张跑回家一看，丈夫冯俊卿并没有回家，更没有什么小姐。她隐约记起，冯俊卿好像已经死了。于是，她马上躺在地上大哭，一边哭，一边打滚，两只脚乱弹蹬一气。周天杰由王俊鸟联想到自己的儿媳郑宝兰，他可不愿意让郑宝兰变成这样子。

周天杰没有沿着矿街往生产区走，他骑上自行车，下了水泥路，带着小来拐到乡间的一条土路上去了。矿上的家属院外面有一个村庄，叫陈家湾。因家属院四周搭了院墙，就把家属院和陈家湾隔开了，隔成了两个世界，一个是吃工资饭的矿山世界，一个是吃种地饭的农村世界。其实，两个世界的人并不那么容易隔开，他们我中有你，你中有我，多有往来，互有交叉。陈家湾的人房子多，矿上有不少人在村里租房子住。矿上女孩子少，村里的女孩子被矿上的小伙子看上，就嫁到矿上，做了矿工的老婆。别的不说，郑宝兰的娘家就住在陈家湾，她是经人介绍，嫁给周天杰的儿子周启帆为妻。砖头砌的院墙有时不过是一个摆设，夏天的一场暴雨，把院墙冲倒了一截，形成了一个豁口。村里的人图方便，踏着豁口就走到家属院里来了。家属院里也有人愿意抄近道，踏过豁口就走到田野里去了。周天杰带着孩子不走豁口，豁口处不能骑车是一个方面，更重要的方面是，他担负的对孙子有言传身教的重任，他教孙子从小就要走"大路"，走"正路"，不能走"小路"，翻"豁口"。

　　周天杰名义上是带着小来，找小来的妈妈，内心深处，是自己想找一找儿媳。小来早就不吃奶了，妈妈也不再让他摸奶，他找不找妈妈都无所谓。而周天杰一心想留住儿媳，需要随时掌握儿媳的动向。他也明白，儿子不在了，想留住儿媳不是那么容易。儿媳好比是一匹马，儿子就是一根拴马桩。"拴马桩"存在的时候，他根本不用操心，儿媳那匹"马"会牢牢地拴在"拴马桩"上，连个蹶子都不会尥。现在"拴马桩"没有了，他拿什么拴儿媳那匹年轻的"母马"呢！又好比，儿子是儿媳的家园，儿媳失去了丈夫，等于失去了家园，儿媳到哪里才能找到她的家园呢！拴马桩也好，家园也罢，反正对儿媳来说，谁都不能代替周启帆，老吴不能代替，他不能代替，小来也不能代替。有时在半夜里，周天杰隔着房门都能听见儿媳在睡梦中哭泣，或大声喊儿子的名字。被惊醒之后，他迟迟不能入睡，并产生自责。这样把儿媳留在家里，他是不是显得过于自私，是不是太不讲人道了？可是，周天杰没有办法，儿子出事后，他们这个本来完整的家庭已经破碎，他实在不想让这个家庭继续破碎。

　　家属院离郑宝兰的娘家只有二里多路，周天杰带着小来，到郑宝兰的娘家去了，也就是到小来的姥姥家去了。因离娘家比较近，郑宝兰会时常回到娘家，帮娘家的亲人做些家务。周天杰估计，郑宝兰也许又到娘家来了。郑家的院子不小，五间正房，东西各两间厢房。院子里栽有石榴树，还有柿子树。进得院子，周天杰让孙子先喊姥姥。别人是否在家，周天杰不敢肯定，但小来的姥姥肯定在家。如同他的老母亲一年到头不出家门一样，小来的姥姥也是一天到晚守在家里。有所不同的是，他的母亲岁数大了，患的是老年痴呆。而他的亲家母因长年患糖尿病，把两只眼睛蚀瞎了。亲家母的眼珠子虽然还存在着，还可以在眼眶里转动，只是已失去了应有的功能，也失去了光彩。她失去了目光，几乎等于失去了整个世界，只能一个人在东厢房的床边坐着。好在她的耳朵还算好用，小来叫她第一声，她就听见了。她的样子有些欣喜，摸索着从床边站起来，说我的宝贝外孙子来了，快过来让姥姥搂搂！

周天杰满院子打量，往正房打量，没看见郑宝兰的身影。他不会问郑宝兰回来没有，只用眼睛问一下就行了。亲家母的眼睛不好使了，正好可以显出他的眼睛好使，他想看什么，都不会为亲家母察觉。他说：你外孙子想姥姥了，让我带他来看看你。说着把小来往亲家母跟前领。

小来却躲着身子不让姥姥摸到，更不愿意让姥姥搂他。落在地上的楝枣子是白色的，尝起来有点儿苦。小来见姥姥的两个眼珠子很像两棵楝枣子，好像也很苦，他未免有些害怕。

你姥姥可喜欢你了，快，让你姥姥摸摸，看你又长高了没有。周天杰劝说小来。

不，姥姥是瞎子！小来拒绝得很坚决。

周天杰拿眼睛瞪了小来一下，说哎，不许瞎说！

姥姥眨眨眼皮，把伸出的双手慢慢放下，说：姥姥的眼睛原来不瞎，是去年才看不见的。姥姥说不定哪天就死了，姥姥要是死了，就再也听不见我的宝贝外孙儿喊姥姥了。

不，你没死，你还会说话呢！虎虎说，我爸爸死了！

周天杰差点捂了小来的嘴，说你这孩子，真没记性，我不是跟你说了嘛，你爸爸到外国学习去了。好了，也算看过你姥姥了，咱们回家去吧。临走时，周天杰像是礼节性地问了亲家母一句：海生哥呢，下地去了吗？

没有，他哪里还有心种地，到他儿媳妇的娘家找他儿媳妇去了。那个浪媳子，带着孩子说是走娘家，走了十来天都不见回来。听人说她要改嫁。人说家家都有一本难念的经，看来念经的方式也差不多。周天杰到儿媳的娘家找儿媳，他的亲家郑海生去儿媳的娘家，也是找儿媳。郑海生的儿子郑宝明，与他儿子周启帆，是在同一场瓦斯爆炸事故中遇难的，郑家与周家同命相连。郑家的儿媳褚国芳曾说过不改嫁，现在怎么要改嫁呢！这个意外听来的消息，让周天杰有些吃惊。改嫁是一股风，风吹过来，地上的草都会动。改嫁是一波浪，一个浪头涌起来，很可能会激起别的浪头。褚国芳是郑宝兰的嫂子，倘若褚国芳改了嫁，谁能保证郑宝兰不动心呢！周天杰说：人说话得算数，褚国芳答应过不改嫁，她怎么又想起来改嫁呢？

她的嘴是两张皮，下面也是两张皮，上面的两张皮不当下面两张皮的家。没有男人压着她，她成天价急得狗跳墙，哪里会熬得住！

我回去跟小来他妈说说，让小来他妈过来劝劝她。周天杰怕小来听懂小来姥姥说的难听话，赶紧带小来走了。走在小路上，他问小来：你妈妈到哪里去了呢？

我也不知道。我妈可能去找我爸爸了吧。

周天杰心里寒了一下，说不可能，你爸爸去学习的地方离咱们这里太远了。小来，爷爷问你，你是跟爷爷亲呢？还是跟妈妈亲呢？

跟妈妈亲。

好小子，人家说隔辈儿亲，看来隔辈儿如隔山，你还是跟你妈最亲。那，你妈要是不要你怎么办呢？

小来不干了，身子在自行车后面的儿童座椅上乱扭乱晃，说不，妈妈要我，妈妈要我。

自行车的车把晃动了一下，自行车差点拐进小路一边的豆子地里。周天杰要小来坐好，不要乱晃。你要是乱晃，爷爷骑不稳，自行车会摔倒的。自行车要是摔倒，你的头会磕破的。你的头要是磕破，是会流血的。你的头要是流了血，是会很疼的。要是把你疼得哇哇哭，爷爷是很心疼的。爷爷一心疼，也会哭的。爷爷要哭起来，是很难听的。周天杰说着，果然哭了一声。他的哭一点都不像人哭，像是老绵羊的叫声，咩哎哎哎！

　　小来笑了，要求爷爷再哭，再哭。

　　爷爷在哭，你在笑，笑得屁都打出来了，真不像话！爷爷不哭了。周天杰没有往回矿上家属院的方向骑，而是向离家属院更远的方向骑去。这里是浅山地带，土地高高低低，一点儿都不平整。你以为前面没地了，一抬头，又一块庄稼地出现在你面前。好像每一块庄稼地都出人意料似的。也是因为地貌变化多端的原因，这里的土地东一鳞，西一爪，显得有些零碎，很难连成片。加上土地承包给了各家各户，种什么没有统一布置，你种谷子，我种红薯；你种芝麻，我种玉米；你种香椿树，我种向日葵，好像每一家都不愿向邻家学习，都要在土地上画出自己的图画。这样也好，地里的庄稼品种会显得丰富一些，秋天的田野色彩也显得斑斓一些。

　　骑到一块坡地的下面，周天杰抬头往坡地上看了一眼，一眼就看见了儿子周启帆的坟。这块地是亲家郑海生家的，地里种的是花生。花生的棵子长得比较浅，没有把儿子的坟挡住。这里不像平原，平原上每堆起一座坟，都显得很突兀，老远都看得见。这里埋坟都是就一道山埂，贴近埋在埂的下面。这样埋坟有一个好处，不必占用可耕地，避免了死人与活人争土地。这样埋坟也有一个不足，坟容易跟山埂混在一起，不太好发现。大概是为了弥补这个不足，每一座坟新起的时候，都会在坟上栽一棵桐树。坟不长，树长，过不了几年，桐树就会长高，变粗，成为坟的醒目标记。人走到哪里，随哪里的风俗。周天杰为儿子埋坟时，也在坟上栽了一棵桐树。三四年过去，桐树已长得有两三人高，有碗口粗。如果说桐树的枝条是儿子的手臂的话，他似乎看见儿子正向他招手。他为什么没把儿子的骨灰运回老家，埋在老家的坟园里呢？因为儿子是一个年轻人，还是一个恶死的人，按祖祖辈辈传下来的规矩，年轻人或恶死的人，死后是不能埋进老坟的。若是他死了，埋进老家的坟园当然不是问题，而儿子尚不具备埋进老坟的资格。人终究会变成一把土，入了土才会安然。怎么办呢？周天杰跟亲家商量，征得亲家的同意，就把儿子的骨灰装进一口棺材，埋在这块坡地的一道山埂下面了。说来亲家郑海生当时是犹豫的，答应得并不是很痛快。郑海生的意见是，如果周启帆是一个外人，埋在他家的地里倒不是问题。问题是，周启帆是他的女婿，牵涉到他的女儿郑宝兰。周启帆和郑宝兰是夫妻，夫妻不一定同日生，也不一定同日死，但最终是一定要同穴的。按祖传的规矩，女儿一旦嫁出去，就成了人家的人，死后就不能埋回娘家的地里。周启帆埋在他家的地里了，以后郑宝兰怎么办呢？周天杰流着眼泪央求了郑海生，说权当让启帆和宝明做个伴儿，先走一步说一步吧。郑海生也失去了儿子，也在悲痛之中，眼睛也哭得红肿着，总算答应了周天杰的央求。

在儿子的坟墓旁边，周天杰没有看见儿媳郑宝兰。有一年儿子的忌日，周天杰曾远远看见，郑宝兰来到了儿子坟前。郑宝兰没带什么供品，也没给儿子烧纸，只是在坟前垂头站着。也许郑宝兰在和儿子说话，但他听不见郑宝兰说的是什么。还有一次，郑宝兰和老吴闹了气，郑宝兰也悄悄到儿子的坟前来过。儿子坟墓前放有一块带平面的石头，那是为儿子烧纸时摆供品用的，上面可以摆酒，摆肉，摆水果，摆馒头。郑宝兰坐到石头上去了，她可能把自己当成了供品，当成了肉或馒头。"供品"是专门供给周启帆的，她大概想让周启帆起来，把"供品"拿走。然而，郑宝兰在石头上坐了半下午，周启帆也没有把"供品"拿走。在此期间，周天杰一直躲在附近的一片小树林里，悄悄观察着郑宝兰的表现。因为公爹要和儿媳保持一定的距离，他不能走到儿媳身边去，不能跟儿媳交谈，劝儿媳回家，只能天也黯然，云也黯然；儿媳黯然，他也黯然。直到天完全黑下来，朦胧中见郑宝兰起身往家里走，他才抄了一个近道，一路小跑着提前回家去了。周天杰几乎摸到了儿媳的规律，只要儿媳不打招呼离开家，就极有可能是回了娘家，或是来到儿子坟前。他摸到的规律今天被儿媳打破了，在这两个地方他都没有看见儿媳。

　　看到儿子的坟时，周天杰没有从自行车上下来，连骑车的速度都没有放慢，带着小来就骑了过去。儿子遇难的事，虽然一直瞒着小来，从没有带小来指认过小来爸爸的坟，但每次带着小来路过这里，他都有些担心似的，生怕小来往坟头那里看，生怕小来向他提问。关于儿子去世的事，他总有一天会告诉小来，只是眼下还不到时候。小来现在还太小，承受人世变故的能力还很弱，他不能让小来的心灵过早受到伤害。至于什么时候再告诉小来，也许是小来上小学的时候，也许是小来上中学的时候，到时候再说吧。每次路过这里，周天杰还有一个担心。小来不知道他爸爸埋在这里，不等于小来的爸爸周启帆不认识小来，倘若周启帆的灵魂从坟里飞出来，抓住小来的手，不放小来走，并把自己的魂附在小来身上，那就糟了。想到这一层，周天杰的汗毛有些发硬，差点儿出了冷汗，他赶快唤魂似的喊：小来小来，你没有瞌睡吧？你没有睡着吧？小来答应了没有，他还是不放心，继续跟小来说话：你千万不要睡着，想睡觉等回到家再睡。爷爷给你唱段戏可以吗？还没等小来说可以不可以，他就唱开了：辕门外三声炮，如同雷震，天波府里走出我保国臣……

周天杰握住车闸，突然从自行车上跳了下来。他看见儿媳郑宝兰了，郑宝兰在前面的一块玉米地里，正帮别人家收玉米。幸亏他眼观六路，发现及时，要是骑车骑到玉米地边，让郑宝兰看见他就不好了。他一再对郑宝兰承诺过，不干预郑宝兰的行动自由，郑宝兰想去哪里都可以。要是让郑宝兰发现，郑宝兰一会儿不在家，他就满世界找郑宝兰，就表明他的承诺是假的。那样的话，郑宝兰会认为他在跟郑宝兰的踪，在小着郑宝兰的心，郑宝兰就该对他这个当公爹的有意见了。趁郑宝兰没有看见他，也趁他的后背挡住了小来的视线，小来也没有看见妈妈，他把自行车打了调转，沿原路退回。

小来对爷爷临时调转车头不能理解，也不想从原路返回，他扭身指着前进的方向，要求往那边走。爷爷随口编了一个谎话：我觉得前面的玉米地里可能有大灰狼，大灰狼是很可怕的，咱们不能往那边走了。一听说玉米地里可能有大灰狼，小来就不坚持往那边走了。他说：我不给大灰狼开门！

对，要及时识破大灰狼的诡计，把大灰狼关到门外头。

第三章　姐妹相惜

　　卫君梅用镰刀把一棵玉米割下来，递给郑宝兰，由郑宝兰负责把结在玉米秆子上的玉米棒子掰下来，放在旁边的荆条筐里。这里收获玉米一般采用两种办法：一种办法是，玉米棵子还长在地里时，人钻进玉米棵子丛中，逐棵逐个把结在玉米秆子上的玉米棒子掰下来；还有一种办法是，直接把玉米棵子放倒，再掰下上面的玉米棒子。卫君梅不愿采取前一种办法收玉米。因玉米种得比较密，玉米叶子锯齿样的边缘又很锋利，人钻在玉米棵子丛中，暴露出的皮肤很容易被玉米叶子划伤。而采用后一种办法收玉米，人的皮肤被玉米叶子划伤的情况就可以避免。太阳已经西斜，小鸟叫着飞走了，田里弥漫着被砍倒的玉米棵子甜丝丝的气息。卫君梅对郑宝兰说：宝兰，我怎能忍心让你帮我干活呢！

　　郑宝兰说：君梅姐，我在家里心里空得慌，出来手里抓挠点儿东西，心里好受些。她手里抓到的是玉米棒子。这棵玉米只结了一个棒子，所有的养分大概都集中到棒子上去了，棒子又粗又长，顶端金色的玉米子儿都胀破了包皮，从包皮里露了出来。她一手抓着玉米秆，一手握住棒子，往下一掰，又一拧，才把一个沉甸甸的大棒子取下来。当她的手转着圈儿拧棒子时，棒子吱哇叫了一声，似乎并不情愿，仿佛在说：你的手轻一点儿好不好，你都把我拧疼了。郑宝兰把玉米棒子取下来后，并没有剥去青色的包皮，就把棒子扔进筐里去了。此时的玉米棒子还会从层层包皮里继续吸取营养，直到把包皮吸得发黄发干，人们才会把包皮剥下来。

　　在地里干活儿的还有卫君梅的两个孩子，女孩子慧灵，男孩子慧生。慧灵是姐姐，慧生是弟弟。姐姐上小学二年级，弟弟还不满五周岁。姐弟两个在向地边运送掰过棒子的玉米棵子。他们的办法是把带着叶子的玉米棵子扛在肩膀上，一趟一趟往地边扛，扛到地边堆起来。玉米收完之后，这块地要马上翻起来，种冬小麦，所以要及时把玉米棵子收拾出来。姐姐一次扛三棵玉米，弟弟还小，肩膀还嫩，一次只能扛一棵玉米。弟弟扛了几趟就不想扛了，他觉得扛玉米一点儿都不好玩儿，不如逮蛤蟆好玩儿，也不如捉蜻蜓好玩儿。看到一棵植物上结有紫色的浆果，他想去摘浆果。看到脚前飞起一只绿色的蚂蚱，他把蚂蚱指给姐姐看，说蚂蚱，蚂蚱！姐姐不让他去摘浆果，对蚂蚱似乎也不感兴趣。姐姐像是要给弟弟做一个榜样，又像是一个监工，希望弟弟能够专心干活儿。她不能吵弟弟，要是吵了弟弟，她担心弟弟会产生逆反情绪，跟她撂挑子。她的办法是不断表扬弟弟，用表扬把弟弟套牢。她说：慧生最能干了，最热爱劳动了。慧生这么小就帮助妈妈干活儿，真不简单！等慧生干完了活儿，姐姐就给你讲故事，讲好多好多故事。慧生想听什么故事，姐姐就给你讲什么故事。

　　慧生受到姐姐的表扬和引导，果然把摘浆果和捉蚂蚱的事忘记了，好像把肩膀上扛着的玉米棵子也忘记了,他说:我想听乌龟和兔子赛跑的故事。

那好吧。你是想当乌龟呢?还是想当兔子呢?

慧生皱起小眉头,像是想了一下,说:我想当乌龟。

你当乌龟,我就当兔子,来,咱俩赛跑。一二三,开始!

当乌龟的应该爬行,慧生却跑了起来。他的脚绊到了一棵露出地面的玉米茬子,摔了一个大马趴。玉米棒棵子还在他的身上压着,像压着一棵小树。这样一来,慧生四肢着地,真的像是在模仿乌龟的动作。这可不是慧生所需要的动作,如果"乌龟"这样爬,就赛不过"兔子"了。慧生欲哭,他满脸通红,眼里已经含了泪。

姐姐没让他哭出来,姐姐说:慧生勇敢,慧生坚强,好了,起来吧!她拿开压在弟弟身上的玉米棵子,拉住弟弟的一只胳膊,把弟弟拉得站立起来。弟弟站起来后,姐姐把玉米棵子重新放回弟弟肩上,姐弟俩一块儿向地边走去。

慧生没哭出来,看到这一切的郑宝兰,眼里却泪花花的,她对卫君梅说:别让两个孩子干了,孩子这么小,让人看着心里还不够难受的。

卫君梅说:不干咋办呢,他们的爸爸不在了,我从小就得培养他们,让他们学会自强,自立。她抓住一棵玉米,用月牙镰刀钩住玉米的根部,贴着地皮一拉,便把一棵玉米割了下来。这棵玉米棵子上结有两个玉米棒子,一个棒子大一些,一个棒子小一些。她割玉米割得快,郑宝兰掰玉米棒子掰得慢,再割下玉米后,她没有把玉米棵子直接递到郑宝兰手里,而是放到了地上。

郑宝兰问:他们的爸爸不在了,两个孩子都知道了吗?

卫君梅拐起胳膊,用衣袖擦了擦额头上的汗,走到郑宝兰身边,小声对郑宝兰说：两个孩子都知道了，不过都不是我告诉他们的。慧灵是在学校里听她同学说的，回来跟我哭了一大场。慧生呢，是今年清明节的时候，慧灵背着我，领着她弟弟到他们爸爸的坟前去了，姐弟俩跪在坟前，给他们的爸爸磕了头。

小来他爸爸不在的事，我至今还瞒着小来。他爷爷奶奶都不让我跟孩子说实话，老是说启帆到外国学习去了。这样瞒着孩子，瞒到啥时候才是个头儿呢！

这个你不用着急，也不用发愁。爷爷奶奶都是好心，你也是好心，你们是在保护孩子，免得孩子幼小的心灵过早受到伤害。我也想瞒着孩子，可慧灵已经懂事了，这孩子像他爸爸，灵透得很，我想瞒也瞒不住她。爸爸是罩在孩子头上的一把伞，伞没有了，雨点儿迟早会落在孩子头上，没有大雨点儿，也有小雨点为儿。我们想为孩子遮风挡雨，但终究不能代替他们的爸爸。等孩子一找再找找不到爸爸，迟早会明白过来，原来爸爸已经不在了。当孩子知道爸爸不在的时候，他们跟别的孩子就不一样了，离他们长大就不远了。你看我的这两个孩子，我不用怎么说他们，也不用吵他们，他们就变得这样乖。是他们的爸爸的离去使他们变乖的。就算他们有时候做了错事，我也不骂他们，不打他们，只瞪他们一眼，就把他们吓得眼泪八岔的。

君梅姐，你这样做，你不觉得对孩子太狠心了吗？

不是我狠心，是老天爷狠心。是老天爷对咱们太狠心了。过去我常听人说老天爷有眼，老天爷最公正。自从你龙民哥出事后，我再不相信老天爷了，再也不去给老天爷烧香了。我就是要看看，老天爷对咱们还能怎样！

郑宝兰仰脸天上看了看，似乎要找一找老天爷在哪里。天很高，云彩很淡，一只孤鸟从天空飞过，她没找到老天爷在哪里。她摇了摇头，并轻轻叹了一口气。

卫君梅把沾在郑宝兰衣服上的一缕玉米缨子替郑宝兰拈去，有些怜惜地说：说来说去还是怨我，当初我要是不给你介绍对象就好了！

你不能这样说，千不怨，万不怨，还是怨我自己的命不好。

卫君梅和郑宝兰是初中同学，也是无话不说的好姐妹。在学校里，女同学的表现与男同学不同些。男同学常常独来独往，有没有要好的伙伴都无所谓。而女同学总愿意找另一个女同学结成伙伴，或结成同盟，以显示自己有人缘，不孤单，并显示出"团结"的力量。当时，卫君梅和郑宝兰是"梅兰团结如一人，誓看全校谁能敌"的架势，二人上学一路走，放学一路回，下雨共打一把伞，一枚杏子分开吃。有一个男同学悄悄给郑宝兰递纸条，郑宝兰还没有完全看清纸条上写的是什么，就马上把纸条拿给卫君梅看。来到男同学所指定的约会地点，是卫君梅和郑宝兰同时出现在男同学面前。那位男同学见他给郑宝兰写的纸条拿在卫君梅手里，什么话都没敢说，转身就走了。卫君梅命他站住，站住，他走得更快些。

草要发芽，树要开花，二人难免会谈到将来找对象的事。她们先是说不找对象，一辈子都不找。对象是夹板子，一找对象，就被夹板子夹住了。对象是个鬼，找到了对象，就得跟着鬼走，就没有了自己。她们不想被夹板子夹住，也不想跟鬼在一起，所以还是不找对象好一些。后来她们听说，不找对象不行，好比只有肉没有骨头不行，只有骨头没有血液也不行，肉要和骨头在一起，血要和肉在一起。她们的口气稍稍松了一点，说找对象也不是不可以，定的标准要高一些。至于高到哪里，她们你看我，我看你，一时都拿不出具体标准。她们只好采取否定的态度，商量来商量去，认为有三种人不能作为她们将来要找的对象。一种是身体有病的人。凡是有病的人，不能长期支撑门户不说,身上都有一种气味儿,难闻得很。一种是当警察的人。郑宝兰说到,她有一个表姑,嫁了一个男人是警察。警察在外边抓坏人抓惯了,看谁都是怀疑的目光,好像每一个人都跟坏人沾边。警察一回到家,不跟老婆说话,先往门后找,到卫生间搜,还掀起床单往床下瞅,看看家里藏的是不是有别的男人。半夜里,表姑当警察的男人会突然起身,把枪口对着表姑,要表姑老实交代,以前是不是跟别的男人好过,表姑胆敢不说实话,他就崩了表姑。表姑成天担惊受怕,久而久之,好像自己真的变成了一个坏人,常在睡梦中被自己的噩梦惊醒。还有一种是煤矿工人。她们这里地底下蕴藏的煤多,开的煤矿就多,大煤矿小煤窑都有。因为离煤矿比较近,对煤矿工人的情况,她们多多少少都知道一些。近朱者赤,近墨者黑。挖煤的人的人成天在煤窝里滚,他们的脸是黑的,手是黑的,全身上下都是黑的。拿一块白布投进盛满黑颜料的大染缸里染,再把布拿出来,整块布就变成黑的,黑得到边到沿。同样的,拿一个人放进煤井里染呢,人也会被染成黑的,进去是一个人,出来就变成一块人形的煤。卫君梅对郑宝兰说过,千万不要跟煤矿工人握手,你的手本来是白的,跟煤矿工人的手一接触,就会变成黑手。卫君梅还对郑宝兰说过悄悄话,说千万不要跟煤矿工人接吻,你的嘴唇本来是红的,牙齿本来是白的,倘若被煤矿工人吻到了呢,嘴唇就会变成黑的,白牙也会变成黑牙。卫君梅在郑宝兰耳边说悄悄话时你你的,把郑宝兰的脸都说红了,好像她和煤矿工人已经有了某种联系似的。她说:你说话别老你你的,你才是你呢!卫君梅笑了,说我只是打个比方,又没有真的说你,你脸红什么!郑宝兰不承认自己脸红,说你的脸才红了呢!卫君梅抬手把自己的脸摸了摸,问是吗,它要是敢红,我就打它!说着,真的在自己的腮帮子上摩擦似的拍了两下,说:我叫你红,我叫你红!后来她们还共同说到一种更为严重的情况，使她们不和煤矿工人谈对象的决心更加坚定。煤矿事故多，井下容易死人，如果和煤矿工人谈对象，并嫁给煤矿工人，就有可能当寡妇。当时她们还是中学生，并不知道当寡妇的具体内容是什么，更没有把寡妇与自身联系起来，只隐隐约约知道，当寡妇是一种不幸的遭遇，寡妇的日子不好过。说到寡妇时，她们有些惊诧，甚至有点儿夸张，好像看到电视剧中一个惊险的镜头一样。就这样，姐妹两个在将来找对象的问题上达成了共识，形成了约定。在约定中，煤矿工人是被排除在外的，是免谈的。

首先打破约定的是卫君梅。不仅她自己打破了和郑宝兰的约定，自己嫁给了煤矿工人，她给郑宝兰介绍了一个对象，竟然也是煤矿工人。卫君梅结婚早，生孩子早。给郑宝兰介绍对象时，她已经有了自己的女儿。那个时段的卫君梅，气色红通通的，脸上笑盈盈的，浑身都充满着热情，洋溢着幸福。她像是一股春风，吹到哪里，哪里春暖花开。她好像是一支火把，照到哪里，哪里就一片光明。一花独秀不是春，有福是需要与别人分享的。于是，她想到了自己中学时的好友郑宝兰，就把周启帆介绍给了郑宝兰。周启帆与她丈夫陈龙民是工友，两个人在同一个采煤队上班。卫君梅给郑宝兰介绍周启帆时，提供的周启帆的情况不是很多，只说周启帆的父亲是一个退休的老矿工，周启帆家在矿上的家属院里有三间房子，家庭条件不错。她的话题有些跑偏，说到的更多的是自己的丈夫陈龙民。他说陈龙民这人太好了，百能百巧百样好，没有一样不好。陈龙民是一个感情丰富的人，有时正看着她，眼里突然就泪汪汪的。她问陈龙民为何这样？陈龙民说：因为你是我的恩人。提起陈龙民对她的好，她的眼里几乎也含了泪水，她说，她不但这一辈子给陈龙民当老婆，下一辈子还要给陈龙民当老婆。

听着卫君梅的话,郑宝兰没有插言,只是抿着嘴儿笑。卫君梅见郑宝兰对她的话反应平平,回想起了她当年和郑宝兰的约定,她说:那时我们年龄还小,并不是真正了解煤矿工人。自从我嫁给了你哥陈龙民,当了煤矿工人的家属,我才渐渐对煤矿工人有了比较深入的了解。就是因为他们在井下常年见不到女人,他们对自己的妻子才特别稀罕,特别亲切。就是因为他们的作业环境艰苦,时常面对凶险,他们才有自觉的生命意识和紧迫的危机感。他们每一次下井,都像是和妻子经历一次离别;每天从井下出来回到家,都是和妻子重逢。不管是离别还是重逢,他们都对自己的妻子特别珍爱,也特别珍惜。

郑宝兰说:你把陈龙民说得这么好,是要推销他吗?

我倒是想推销他呢,恐怕再怎么推销也推销不了,他说了,他这辈子只跟我一个人好。

郑宝兰让卫君梅把双手伸开,给她看。卫君梅把双手伸在郑宝兰面前,郑宝兰把卫君梅两个手心打了一下,说:我看你的手不黑呀!郑宝兰又让卫君梅张开嘴,把嘴唇和牙齿给她看。卫君梅明白了郑宝兰的意思,她张开嘴,露出牙,故意凑近郑宝兰的脸,似乎要咬郑宝兰一口。郑宝兰说:我看你的嘴唇和牙也不黑呀!

好你个臭丫头,原来你是笑话你姐呢!反正我把周启帆介绍给你了,一块好煤摆在那里,采不采你自己决定。过了这个村,没这个店,要是错过了周启帆,可别怨姐有好事儿不想着你。矿上到处都写着安全第一,卫君梅也跟郑宝兰说到了安全的事。她没有在这个事情上打保票。谁都不敢在这个事情上打保票。她只是对郑宝兰转达了陈龙民的一些说法。陈龙民说过,现在矿上上上下下对安全生产都非常重视,全矿已经连续好几年没发生过大的工亡事故了。

卫君梅带着郑宝兰到矿上的女澡堂洗过澡,下进汤池里,卫君梅在前面走，郑宝兰在后面跟；卫君梅往身上撩水，她也往身上撩水。郑宝兰试出来了，池子里的水热乎乎的，一点儿都不深。郑宝兰看见卫君梅的身体又白又丰满，通体闪耀着迷人的亮光。相比之下，她显得有些瘦，有些平常，似乎缺少应有的光彩。

郑宝兰嫁给周启帆了，成了周启帆的新娘。新娘备了礼品，到卫君梅家看姐，也是谢媒人。卫君梅问他：哎，怎么样？

郑宝兰的脸顿时红透，说烦人，他天天都要，要起来没够儿。

你就烧包吧你，他要是不要，你就该着急了。

由陈龙民请客，两家人在矿街上的一家酒馆里吃了一顿饭。陈龙民和周启帆以兄弟相称，卫君梅和郑宝兰以姐妹相称，他们你敬我，我敬你，都喝了不少酒。两兄弟把酒杯碰得轻轻的，没怎么闹酒。两姐妹却喝得满面春风，流光溢彩，手舞足蹈，不亦乐乎！卫君梅以郑宝兰的娘家姐自居，指着周启帆说：你要是敢欺负我们家宝兰，我可不依你。

周启帆嘿嘿笑着，一句话都不敢说，比一个大闺女还腼腆。

卫君梅要周启帆说话，不许装憨。

陈龙民打圆场，说喝酒喝酒。

卫君梅态度严肃，说不行，要周启帆必须表态。

周启帆只好说：我哪敢欺负她呀，她欺负我还差不多。

我不信，她怎么欺负你了，你。你要是说得不对，我罚你喝酒！

郑宝兰说：姐，他拙嘴笨腮的，别让他说了，我替他喝酒还不行吗！

噢，宝兰心疼女婿喽，宝兰心疼她的周郎喽！

有一个词，卫君梅和郑宝兰在学校都学过，一开始是不会读，后来会读了，又忘了怎么写。这个词的名字叫戛然而止。之所以记不住这个词，是觉得这个词有些生僻，跟她们的生活没有关系，可能一辈子都用不着这个词。世界上许多东西都是这样，当你觉得井水不犯河水时，当你觉得遥不可及时，你不会感兴趣，也不会往心里去。而某样东西一旦降落在你面前，并拦住你的去路，你才不得不重新审视它，以看清他本来面目。在卫君梅和郑宝兰看来，戛然而止这个词是大逆不道的，面目是狰狞的，是让人深恶痛绝的。天哪，原来什么词都有所指，什么词都是有用的。一把琴弹得好好的，琴弦嘣地一下断掉了。一只鸟在天上飞，随着一声枪响，那只鸟一头栽了下来。不，戛然而止的不是琴声，也不是飞鸟，是他们丈夫的生命。井下积聚的瓦斯，以爆炸性的灾难，以迅雷不及掩耳之势，降临到众多矿工头上，瞬间造成了大面积的死亡。这种灾难的可怕之处，在于它不管青红皂白的毁灭性，不管你年龄大，还是年龄小；不管体力强壮，还是身单力薄；不管你的性格活泼外向，还是沉默寡言，它不由分说，照单全收。卫君梅的丈夫陈龙民，郑宝兰的丈夫周启帆，是众多被夺去生命的其中二人。在卫君梅和郑宝兰的体会中，她们丈夫的生命不仅属于丈夫个人，她们的生命与丈夫的生命紧紧相连，她的生活与丈夫的生活不可分离，她们的世界与丈夫的世界是一个整体。丈夫的生命终止了，她们的生命随之被撕裂，她们的幸福生活随之被打破，她们的世界犹如一下子跌进万丈深渊，眼前一片黑暗。

问题在于：丈夫死了，她们还活着；丈夫的生活结束了，她们的生活还得继续下去；丈夫的世界消失了，她们得重建一个世界。也就是说，一个阶段的终止，同时也是一个新的阶段的开始。按道理讲，她们牺牲了丈夫，付出了惨痛的代价，今后的生活应当得到补偿，应当得到上苍的怜悯和眷顾，日子起码应当风平浪静一些。是呀，还有什么比年纪轻轻突然丧失相亲相爱的丈夫更惨痛呢！除了幼年丧父，老来丧子，恐怕没有比青年丧夫更悲哀了。惨痛复惨痛，悲哀复悲哀，让人难以接受的现实正在这里，因一个年轻矿工的失去，这三种人生悲剧会在一个家庭同时上演。拿郑宝兰来说，她失去了丈夫，小来失去了爸爸，公爹失去了儿子。卫君梅也是如此，是卫君梅失去了丈夫，慧灵慧生失去了爸爸，婆婆失去了儿子。难就难在，上苍似乎并没有怜悯和眷顾她们，她们的日子也没有平静下来，相反，荒漠连连，雄关漫道，她们的挣扎好像刚刚开始，磨难也好像刚刚开始。

陈龙民家住陈家湾，家里有房子，还有土地。他生前没在矿上买房子，没到家属院里去住，带着妻子儿女，还是住在自家的老房子里。他到矿上挖煤，妻子卫君梅在村里种地。他挖煤挣的是工资，卫君梅种地挣的是粮食，他们家钱和粮都不缺。陈龙民去世后，矿上为了照顾他们家的生活，给卫君梅安排了一份工作，在矿上的职工食堂当保洁员，也就是打扫卫生。一个月干下来，卫君梅也能挣七八百块钱。虽说有了一份工作，卫君梅还是舍弃不了她的土地。她的观点是，煤有挖完的那一天，煤矿也有关闭的那一天，而土地呢，只要地面不沉陷，只要不变成湖泊，就一直可以种庄稼，可以打粮食。说到底土地才是最可信赖的。井下是三班倒，二十四小时都有人干活儿。食堂的炊事员呢，也是三班倒，啥时候到食堂都可以买到饭。相应的，食堂餐厅里的保洁员也分早班、中班、晚班，每班都有两个保洁员值班。因为三种班轮着上，卫君梅可以做到两兼顾，两不误。比如上中班，下午四点才上班，在四点之前的多半个白天，她就可以去种地。也许有人会说她这么干太辛苦了，卫君梅不这么认为。辛苦听来文诌诌的，像是一个书面用语，那是给别人预备的。她肚子里没有辛苦的想法，嘴里也从来不说辛苦。一个靠劳动吃饭的人，说什么辛苦不辛苦。除了让人家笑话。

这一片玉米，三天两天收不完。卫君梅刚要对郑宝兰说，今天就干到这儿吧,这时玉米地里又进来一个人,来人身穿印有龙陌煤矿字样的工作服,手持一把镰刀,径直向站立着的玉米走去。来人不看卫君梅,也不看郑宝兰,像是直奔玉米而来,眼里的目标只有玉米。这本是卫君梅家的玉米地,来人却像走进自家的玉米地一样,连跟卫君梅打个招呼都不打,直接跟玉米说上了话。他说话的办法,一个是砍,一个是杀,说话不及,他已经把结有棒子的玉米放倒了好几棵。

来人的一举一动都被卫君梅和郑宝兰看在眼里,她们都认识这个青年男子。青年男子二话不说的举动像是把她们吓着了,二人你看我,我看你,一时不知说什么才好。她们就那么眼睁睁地看着青年男子一步一步走进玉米地,一棵一棵把玉米放倒,竟像傻子一般,一点作为都没有。好像她们受到了一场奔袭,还未做出反应,就当了人家的俘虏。卫君梅又看了郑宝兰一眼,郑宝兰又看了卫君梅一眼,她们还是不知道怎样应对才好。女人就是这样,不管她们平时如何口齿伶俐,说话如何五马长枪,一遇到出乎意料的事,她们总是有些发蒙,脑子总是有些不够使。

慧灵喊了一声妈,卫君梅激灵一下,总算清醒过来,对青年男子大声喊道:蒋志方,这是我们家的玉米地,你干什么?

蒋志方所答非卫君梅所问,他说:我下班后又办了一点事,来晚了。

谁让你来的,没人请你来。我们家的玉米,我们自己会收,你走吧!卫君梅的口气是冷淡的,也是拒人的。

蒋志方没有走,也没有作任何解释,他只叫了一声嫂子,只管接着割玉米。他叫嫂子的声音有些低沉,还有些伤怀,仿佛千言万语都在里面。他毕竟是一个年轻力壮的小伙子,割玉米像割小麦一样,速度比卫君梅快多了。

蒋志方把玉米割倒后,郑宝兰没有跟过去掰玉米棒子,她还在看卫君梅的眼色。郑宝兰听卫君梅说过，蒋志方在追求卫君梅，追得千方百计，死心塌地，卫君梅都有些烦了。卫君梅对郑宝兰交过底，说不管蒋志方怎样追求她，她是坚决不会答应的。蒋志方比卫君梅小六岁，还从未结过婚，而卫君梅的年龄超过了三十，已是两个孩子的妈妈，怎么说两个人都不适合走到一起。卫君梅对郑宝兰说什么，除了感受到卫君梅对她的信任，她也就是一听。在卫君梅和蒋志方的事情上，她没有发言权，说什么都不好。她觉得自己该走了，对卫君梅说：君梅姐，要不我先回去吧。

卫君梅不放郑宝兰走。她领会到了郑宝兰的聪明，意识到郑宝兰在回避什么。她不喜欢郑宝兰这样的聪明，也不领郑宝兰的情，说慌什么，要走咱们一块儿走。她又对蒋志方说：天快黑了，我们都准备收工了。

蒋志方说：要收工你们只管收吧，我把这两趟子玉米割到地头，把玉米棒子掰下来，给您送回家去。

算了吧，你收我们家的玉米，村里人又不认识你，闹了误会就不好了。

误会都是暂时的，时间长了，他们就知道我了。

时间长？多长时间算短？多长时间算长呢？卫君梅听出来，蒋志方又把话说长了，他总是把话往长里说。他的话从表面看并不长，可话背后的意味长，深长。这意味深长的话，不是对"他们"说的，正是对卫君梅一个人说的，是日久见人心的意思，也是不达目的决不罢休的意思。而对这样一个执着的人，卫君梅有些无可奈何，心里也有些乱，她对女儿慧灵说：天不早了，你带弟弟先回去吧！

慧灵对蒋志方是警惕的，她说不，妈妈跟我们一块儿回去。

你这孩子，都这么大了，还老缠着我干什么！那走吧，咱们一块儿走。

地头放着一辆架子车，卫君梅把架子车拉到地里，将装满玉米的荆条筐放到架子车上，拉着架子车回家去了。她没有再跟蒋志方说话，只把蒋志方一个人撇在地里。

走到一个岔路口，郑宝兰不再跟卫君梅往前走，她要回自己家。卫君梅让郑宝兰到她们家吃晚饭，郑宝兰说不了，她出来的时候，没跟家里人说去哪儿，小来的爷爷奶奶不知怎么着急呢，又该到处找她了。

卫君梅说：下次再出来的时候，要跟两个老人说一声，你得理解老人的心情。

郑宝兰说：我出来的时候，自己也不知道自己要去哪儿，既没有方向感，也没有目的地，直到在地里看见你了，我才去了玉米地。

你等等，带几穗嫩点儿的玉米，回家煮着吃。卫君梅拿起玉米，揭开一点包皮，用指甲掐试露出来的玉米子儿，给郑宝兰挑拣比较嫩的玉米。

不用了，小来他爷爷在菜园边上种的也有玉米，玉米也能吃了。郑宝兰说着就要走。

卫君梅急了，突然对郑宝兰发起了脾气，她说：你走吧，我看你敢走！你今天要是不带玉米，就永远别让我再看见你，就当你没有我这个姐，我也没有你这个妹子！按说为点小事，卫君梅不至于发这么大的脾气，可她不知别着了哪根筋，自己也管不住自己似的，不知不觉就把脾气发大了。

郑宝兰被吓着了，只得顺从卫君梅，说好好好，我带走玉米还不行吗！

第四章　挖掘自己的力量

　　回到家，卫君梅没有再给两个孩子安排活儿，让两个孩子玩去吧，或看电视去吧，她自己到小灶屋里去做晚饭。这里的人煮玉米，不是把玉米的包皮全扒光，而是只扒去外面的老皮，厚皮，留下里面的嫩皮，薄皮，连皮在清水里煮。他们说，这样煮出来的玉米还带有嫩玉米的清香气，好吃得很。卫君梅本来也想煮带嫩皮的玉米吃，想到那样做饭太省事了，不像一顿正儿八经的晚饭，就没煮。她挑出两穗嫩玉米，剥成玉米豆，放在锅里煮。待玉米豆煮熟了，再搅一点面糊下进去，做成玉米稀饭。她还馏了馒头，炒了南瓜菜，把饭菜摆在大屋里的方桌上，才招呼两个孩子吃饭。丈夫陈龙民曾对她说过，看一个人的老婆聪明不聪明，心眼够不够使，有一个重要的衡量标准，就是看她会不会做饭，做的饭好吃不好吃。如果她做的饭火候合适，味道不错，让人爱吃，就表明她是一个聪明老婆，起码心智没什么问题。而如果一个人的老婆做的饭，不是生了，就是糊了，不是咸了，就是淡了,就很难说她是一个聪明老婆,过日子就差点儿劲。陈龙民每次吃卫君梅做的饭,都一再说好吃好吃,我老婆做的饭真好吃。言外之意,陈龙民是在夸她真聪明。得到陈龙民的鼓励,卫君梅总是百样生法给丈夫做好吃的。卫君梅记得,陈龙民还跟她说过,一家人做饭认真不认真,代表着这个家庭的趣味、气氛和心劲。如果一家人老是马马虎虎,凑凑乎乎,饥一顿饱一顿,就表明这个家庭的人对家庭生活不是很热爱,气氛不是很和谐,过日子的心劲也不是很足。卫君梅觉得陈龙民的话很有道理,把陈龙民的话牢牢记在心里。陈龙民去世后,她的心魂没有散,心劲没有撤。表现在做饭上,每顿饭她都提前计划,认真对待。她有心气不顺的时候,也有生病的时候,但只要到了做饭时间,她必定按时去做饭。她是为了管住自己,也是为两个孩子做个样子。她给两个孩子碗里都盛了不少玉米豆,问孩子,玉米豆好吃吗?两个孩子都说好吃。她说:锅里还有,吃完这一碗,妈再给你们盛。

慧灵说:我们自己去盛,自己的事情自己做。

卫君梅夸慧灵说得对,说人人都有两只手,靠谁都不如靠自己。她又说,咱们自家种的玉米,自家收回来的玉米,吃起来格外香。

这时慧生提出了一个问题:蒋叔叔是咱们家的人吗?蒋叔叔指的是蒋志方,蒋志方给慧生买过电动小汽车,还教慧生背过锄禾日当午,汗滴禾下土,慧生对蒋叔叔是熟悉的。

慧灵先做出回答:蒋叔叔不是咱家的人,他是外人。

什么是外人?

还是慧灵回答:外人嘛,就是别人家的人。

那蒋叔叔为啥割咱家的玉米呢?

慧灵嫌慧生的话太多,比碗里的玉米豆还多。既然慧生的话比慧生碗里的玉米豆还多,她应当把慧生碗里的玉米豆捞出一些,帮慧生吃掉，然而，她却从自己碗里用筷子夹一粒玉米豆，送到慧生面前，让慧生张开嘴。慧生张嘴把玉米豆吃到了，她才说：我看玉米豆能不能占住你的嘴。

有话好好说，卫君梅觉得慧灵不应该这样对待慧生，她解释说：蒋叔叔不要咱们家的玉米，他帮助我们家收玉米，是在做好事。

吃过晚饭，卫君梅一个人在小灶屋里刷锅刷碗洗筷子。说是小灶屋，因为灶屋的面积确有些小，一个人在里面做饭还可以，两个人进去，就有些转不开身。丈夫去世后，这间小灶屋是卫君梅和泥垒砖，自己搭建起来的。吊在屋顶的灯泡瓦数很小，屋里显得有些暗。她手上刷着一只碗，刷着刷着就停顿下来，似乎忘了手里拿的是何物。待她意识到自己走神了，摇摇头无声地笑了一下，再接着刷。可碗刚沾到锅里的水，刚把碗刷了两下，她的手不知不觉又慢了下来。她的神走到夜色中的玉米地里去了，似乎正在和蒋志方对话：小蒋，你到底要干什么？

我不干什么。

不干什么，那你这是干什么？

我就是想帮帮嫂子。

我跟你说过了，我不需要你帮，也不需要别的任何男人帮我。我就是要试一试，靠我自己的力量，能不能继续活下去，能不能把两个孩子养大。

嫂子你不能这样，我知道你心里很苦，你不能这样老是苦着自己。

我的苦已经过去了，现在我心里一点儿都不觉得苦。谁要是认为我苦，老是同情我，只会给我心里添苦。

你不苦我苦，就算嫂子是在帮我还不行吗！

我能帮你什么？

嫂子知道。

我不知道。

嫂子是个灵透人。

人家说我是个傻女人。

你先别说话,让我看看你的眼睛。

卫君梅仿佛看见,蒋志方停止了割玉米,正一步一步向她接近,她似乎在夜色中看到了蒋志方明亮的目光,听到了蒋志方有些粗重的呼吸,并感到蒋志方身上散发的阵阵热气。这不好,让蒋志方碰到她就不好了。她躲避似的往后退,身体碰到了后面的墙,她的神才从玉米地里回来,重新回到她身上。她看到自己手里还拿着一只刷了一半的碗,碗上沾的水滴到了她的脚面上。神魂颠倒,身不守心,心不守身,这算什么!她几乎骂了自己。

蒋志方在玉米地里收玉米,卫君梅绝不会到玉米地里去。蒋志方想收多久,对她来说无所谓。土地承包给各家各户之后,每年收的小麦都吃不完,已很少有人家吃玉米。玉米是粗粮,人们除了刚收下新玉米时尝个新鲜,一般不再储存,玉米一晾干就卖掉了,换成了钱。卫君梅她们回家时,把盛玉米的荆条筐和拉玉米的架子车都弄回了家,卫君梅不知道蒋志方把玉米棵子割倒后,掰不掰上面结的玉米棒子,要是掰下玉米棒子,不知蒋志方会放在哪里,怎样处理?算了,不想那么多了,一切随蒋志方的便吧。卫君梅给自己定下了规矩,天黑之后,除了上夜班,如果没有紧急的事情,她就不再出门。她要在家里守着两个孩子,也让两个孩子能够看到她。卫君梅早就听说过一句俗话,这句话确实够俗的,她听了跟没听见一样,从来不往心里去。她以为这句俗话跟她没有关系,一辈子都不会有关系,去它的十万八千里吧。这句俗话怎么说的呢,它专对寡妇而言,说是寡妇门前是非多。

寡妇门前怎么就是非多呢？卫君梅当闺女时，包括嫁给陈龙民后，对这句话都没有理解，也不愿意理解。陈龙民出事后，她有些自欺欺人似的，仍不愿意把自己和寡妇联系起来，不愿承认自己是寡妇。她觉得寡妇这个说法太难听了，里面似含有贬低之意，歧视之意。谁要敢当面说她是寡妇，她立马就跟人家急。可是，事实是一块石头，石头摆在了那里，石头是很硬的。在很硬的"石头"面前，要强的卫君梅，不得不学会面对事实，正视事实。比如在陈龙民活着的时候，她的白天和黑夜是没有多少界限的，可以把白天当黑夜使，也可以把黑夜当白天用，白天黑夜是可以混搭的。陈龙民上夜班，白天要睡觉。陈龙民白天睡觉时，她把门一关，跟陈龙民一块儿睡，照样睡得昏天黑地。晚上她到矿上的礼堂看电影，或是去听戏，陈龙民让她只管去，看完电影听完戏，只要别忘记回家就行了。现在不行了，在卫君梅眼里，阳间是阳间，阴间是阴间；太阳是太阳，月亮是月亮；白天是白天，黑夜是黑夜，是不可混为一谈的。把黑夜摘出来说吧，黑夜已经不再属于她卫君梅。过去的黑夜是温暖的，现在变得有些荒寒；过去的黑夜是活泼的，现在如死水一潭；过去的黑夜是安全的，现在处处暗藏杀机，充满凶险。且不说别人，就拿她婆家弟弟陈龙泉和弟媳申应娟来说，她们在黑夜中目光炯炯，并虎视眈眈，不放过她的任何行踪。陈龙民去世后，弟弟和弟媳两口子一致认定，她卫君梅在老陈家一定守不住，一定会另嫁他人。他们的理由是，她太年轻了，正是离不开男人的时候。她长得也太白净，太招人，就算她不想改嫁，但矿上有那么多单身男人，他们都像饿虎一样，也不会放过她。她成天小着心，申应娟尚且无中生有，说得七个八个。她夜里要是去玉米地，要是去见蒋志方，申应娟没风也能捕到风，没影也能捉到影，不知会怎样编排她呢。所谓是非，就是从别人口里弄出来的，没有是非，别人也会搬弄出是非。这个别人不是外人,往往是内部的人,是和她比较亲近的人。

树不动风动,蒋志方找到卫君梅家里来了,在门外敲门,叫嫂子。卫君梅正在给慧灵检查作业,她没有开门,对着门缝问:谁?来人一叫嫂子,她就听出了来人是谁,但她还是问了一声,她的口气似有些不耐烦,还有些拒人。

是我,小蒋。我把玉米棒子掰下来了,我用用架子车,把玉米棒子拉回来。

你不用管了,只管扔在地里吧,明天我自己去拉。

慧生听出了蒋志方的声音,兴奋了一下,说是蒋叔叔,要去给蒋叔叔开门。

慧灵一把拉住了慧生的手,瞪了慧生一眼,不许慧生去开门。

蒋志方又敲了两下门,他敲得轻轻的,很收敛的样子。

卫君梅对蒋志方已经有了一些了解,别看蒋志方不声不响,性格低沉,但他是一个长有犟筋的人,是把犟筋当主筋的人,如果不给他开门,他会这样一直敲下去。要是那样的话,会被过路的人看去,也会被申应娟听去,那样就不好了,一会儿就可能传得又是风,又是雨。为了让蒋志方尽快离开,卫君梅还是把门打开了。她没让蒋志方进屋,只把搬进屋的两个架子车辁辘搬了出去。大半个月亮在东边的天空升了起来,朦胧的月光洒了一地。架子车的上装在门口一侧的墙上依靠着,蒋志方把上装平下来,放在连接两个车辁辘的车轴上。架子车上装两侧下方,各刻有一个木槽,木槽正好卡在车轴上,车轴不转辁辘转,架子车便可以运行。架子车的辁辘是橡胶制品,里面可以充气,拉起来相当轻便。以前这里的农用运输工具是木制独轮车,载重量不大,推起来还死沉死沉。改用架子车之后,运输效率大大提高。一只秋虫在墙角叫，叫得断断续续，听起来如梦语。蒋志方接过架子车的车杠，身子进了两根车杠之间的车辕子，没有马上走，他小声说：嫂子，我想给你买一样东西，希望你不要拒绝。

卫君梅顿时紧张起来，问：啥东西？

手机。

啥是手机？

你没见过手机吗？手机就是移动电话，现在好多人都有手机。

噢，我知道了，手机我见过，我用不着。

你要是有了手机，接听电话就方便了，打电话也方便了。

没人给我打电话，我也不给别人打电话。

等你有了手机，就有人给你打电话了，还可以给你发短信。

慧灵在屋里喊妈，说给她检查作业还没检查完呢。一辆摩托车从门前的村街上开过来，摩托车上如矿灯一样的灯光扫在卫君梅和蒋志方身上。卫君梅不再和蒋志方说手机的事，赶紧转回屋里去了。

蒋志方抬头看了看越升越高的月亮，迟疑了一会儿，这才拉起架子车，向村外的玉米地走去。村街里的电线杆子上有几盏路灯，走到村外，路灯就没有了。他等于是一条道走到黑，越走越黑。走到村外，没有了路灯，倒显出了月光的明，越来越明，他又等于一条道走到明。借着月光照路，他把架子车拉到玉米地里，往车厢里装玉米棒子。玉米棒子放进车厢时，他听见响声有些大，如棒槌捣衣，几乎吓了他一惊。再往车厢里放玉米棒子时，他就轻轻拿，轻轻放，尽量不发出声音。田野里秋虫的叫声比较繁密，随着天气渐凉，秋虫像是在进行最后的歌唱，进行告别演出，声调里难免有一些忧伤。月光只照着蒋志方一个人，他有点想哭。装完了玉米棒子，他没有马上拉起架子车回村，在支在地上的架子车的前端坐下了。月光从天空照下来，把他的影子投在地上。他的影子是弯曲的，显得有些黑。他要好好想一想，他是谁？他到这里究竟要干什么？他要达到什么样的结果？他有了思路，但他并没有抓住自己的思路，并没有沿着这个思路走下去，他刚踏上思路，还没问清自己是谁，思路就模糊了，一如月光下的田野。事情的雷同在于，卫君梅走神时把神走到了玉米地，他呢，在想象中也仿佛看见卫君梅来到了他身边，他有些激动，说嫂子，你总算来了！

我来怎样，不来又怎样？

嫂子来了就好。

来了有什么好？

来了当然好，说明嫂子还知道地里有个我，说明嫂子还算理解我的心。

你的心是什么心？

嫂子知道。

我不知道。

日久见人心，时间长了嫂子就知道了。

是猫头鹰的叫声，把蒋志方从想象中拉了回来。从想象中回到现实的蒋志方，并没有完全否定自己的想象，他觉得自己的想象并不是完全凭空，实现的可能并不是一点都没有。也许卫君梅真的到玉米地来了，只不过没有走到他身边。卫君梅或许藏在没有割倒的玉米棵子里，正在里面观察他。卫君梅或许躲在地边山埂的树后，看看他到底有什么表现。这样想着，他就往玉米棵子那里看。站立的玉米棵子有些发黑，像一堵墙壁。他的目光碰了"壁"，没有看到什么。他又向一棵小树那里看。一看小树不要紧，越看越像卫君梅站在那里，上面是卫君梅的头，下面是卫君梅并立的腿，中间是卫君梅的腰身。卫君梅不说话，也不向他招手，就那么不声不响地站在那里。卫君梅似有些怨艾，又像是和谁赌气。蒋志方怎么办？他呆着不动吗？两个人就这样保持着距离吗？不能，距离是让人缩短的，是为了拉近的，蒋志方不能错过这个和卫君梅拉近的机会。于是，蒋志方站起来了，小心翼翼地向卫君梅走去。他走走停停，像是给卫君梅留些思想上的准备，以免惊着了卫君梅。又像是担心一下子和卫君梅走得太近，卫君梅会还原成一棵小树。担心什么就有什么，当蒋志方离卫君梅越来越近时，卫君梅到底还是呈现出了小树的轮廓。蒋志方想起来了，他白天看见过的，这是一棵还没有长大的松树。蒋志方没有泄气，因小树在月色中幻化成了卫君梅，他觉得小松树看起来也很美，也很可爱。

　　蒋志方把玉米棒子拉到卫君梅家门口，不等蒋志方敲门，卫君梅就开门走了出来。她可能是听到了车轮在村街上碾动的声音，或是估计蒋志方该回来了，反正她一开门，蒋志方恰好走到门口。在丈夫陈龙民活着时，不知有多少次，都是陈龙民下班后刚走到家门口，卫君梅就适时地把门打开了。有一次下大雪，陈龙民是一路推着自行车走回家的，等走到家门口，他已经变成一个雪人。"雪人"还没开口叫门，卫君梅就把门打开了，赶紧接过自行车，放进屋里，并拿起扫把，为丈夫扫身上的雪。丈夫说真巧，他刚到门口，刚要喊开门，门就开了。卫君梅说哪里有那么多巧，巧都是从不巧来的，都是事先准备的，她准备了一百个巧，九十九个都是不巧，只有这一个是巧。巧合的是，蒋志方也说了一个真巧。

　　卫君梅没有说巧还是不巧，她让蒋志方把架子车放下吧，她自己往屋里收拾。她还对蒋志方说：谢谢你！

　　蒋志方不愿听这样的客套话，没说不用谢。他听出来了，卫君梅没打算让他进屋，是想让他走。蒋志方不想马上走人，有些不舍地看着卫君梅。这可不是玉米地边的那棵松树,这是真实的卫君梅。松树不会呼吸,卫君梅会呼吸。松树不会说话,卫君梅会说话。松树身上散发的是凉气,卫君梅身上散发的是一波一波的热气。感到了卫君梅身上散发的热气,蒋志方应当感到温暖才是,他却突然打了一个冷战。

卫君梅注意到了蒋志方的冷战,她说:天凉了,你回去吧,别受了凉。

蒋志方说:嫂子,我上次跟你说的事,你考虑得怎么样了?

我没考虑,我也不会考虑。我跟你说了,我只跟我的两个孩子在一起。

我劝你还是考虑一下,我等你。

你不要等我,不要浪费自己的青春年华。天底下的好女人多得是,你该找谁找谁去。

我就看着你好。

你看着我好瞎搭了。你看着我好,不等于我看着你好。他看我好,我也看他好,在这个世界上只有一个人。可惜这个人不在了。我不说,你也知道这个人是谁。卫君梅说罢,只管从蒋志方手里要过车杠,两手一掀,把车厢里盛的玉米棒子倾倒在地上,将架子车的上装卸下,依旧靠在墙上,搬起车轮进屋去了。进屋之后,卫君梅掩上了门,没有再出来。她连倾倒在地上的玉米棒子也不再收拾。那些躺在月亮地里的玉米棒子有些失落,它们像一群没了娘的孩子。

月光落地静无声,蒋志方怏怏而回。

申应娟定是发现了一个陌生男人帮卫君梅收玉米,夜里往卫君梅家送玉米,又开始骂他们家的羊。他们家的羊是一只母羊,大概因为母羊的生活太好了,吃得太肥了,到了该发情的时候也老不发情,到了该走羔儿的时候也不走羔儿。每当申应娟需要骂卫君梅的时候,就把矛头对准那只不会争辩的母羊。母羊不给她生小羊羔儿，不给她生财，她有理由骂母羊。名义上母羊是替罪羊，实际上，替罪羊是卫君梅。申应娟对母羊的谩骂是拟人化的，她骂母羊骚，母羊浪，母羊三天不挨捣就急得跳墙，上房。她骂母羊：谁不知道你的屁股翘，奶子大，哪个公羊都想往你身上跳。一个公羊往你身上跳了还不够，你想让十只公羊，一百只公羊都往你身上跳，把你的水门弄得翻赤着。公羊在家里弄了你还不够，你还把公羊带到玉米棵子里弄你。公羊大白天弄了你还不够，你还调着屁股让公羊在月亮地里弄你！骂着骂着，她就把羊和人混为一谈，说你个千人日万人骑的东西，你真不要鼻子啊，真不要脸啊！一个人唱歌，老是得不到掌声，唱歌的积极性很难维持。一个人骂人也是，如果她的骂得得不到回应，她也不甘心。申应娟骂了母羊这么多，拴在院子里一棵枣树上的母羊在地上卧着，一声不吭，一动不动，很安详的样子。这不行，申应娟必须整出点动静来。她从柴草垛边拣起一棵湿玉米秆子，在母羊的屁股上抽打起来，一边抽，一边骂：我叫你浪，我叫你不要脸，我打死你个浪八圈儿，我把你的脸皮揭下来！申应娟这样做，如同有的歌手在向观众要掌声。只不过，她不是向观众挥手，而是用玉米秆子抽母羊。还好，母羊总算没有辜负她的期望，母羊站起来了，围绕枣树转了两圈儿。母羊没有手，不可能鼓掌，但母羊咩咩叫了几声。别管如何，申应娟的努力总算没有白费，总算得到了一些回应，她情绪高涨，骂得更激烈，也更恶毒。她的目的是把卫君梅骂得耳朵发烧，身上起潮，出来接茬儿。只有那样，她才能充分施展骂人的才艺，好好和卫君梅较量一番，最终把卫君梅打翻在地。

申应娟开骂第一声，卫君梅就听见了，就听出申应娟是指羊骂她。看来蒋志方帮她们家收玉米的事还是被申应娟发现了，或是申应娟听人说了，不然的话，申应娟不会骂得又是玉米地，又是月亮地，不会增加那么多新的内容。卫君梅不能接茬儿，不能和申应娟对骂。她倘若和申应娟对骂，就正中了申应娟的下怀。她已经把申应娟看透了，申应娟之所以不断挑起事端，其目的就是把她赶走，不让她继续在陈家的宅子里住。申应娟不是怕她另嫁他人，是怕她守在老宅子里，不另嫁他人。这是因为，陈龙民和陈龙泉只有弟兄两个，卫君梅生有一个儿子，而陈龙泉的老婆申应娟生了两个闺女，没有生儿子。这使申应娟有了一种危机感。往远了看，远到几十年之后，老的老了，闺女都出嫁了，陈家只剩下卫君梅的儿子陈慧生，陈家的所有财产都是陈慧生继承，这让申应娟心里很不平衡。陈龙民去世后，申应娟心中暗喜，觉得这是一个转机。她认为卫君梅守不住寡，就会改嫁另走一家。卫君梅一走，会把两个孩子也带走。那样的话，卫君梅和陈家就没什么关系了，陈家的一切都归陈龙泉所有。归陈龙泉所有，就是归申应娟所有，申应娟想怎么支配都可以。申应娟的算盘打到了这里，她也征得了丈夫陈龙泉的同意，两口子心往一处想，劲往一处使，目的就是让卫君梅尽快扫地出门。陈龙民去世好几年了，卫君梅迟迟不另嫁他人，申应娟未免有些着急。卫君梅真是申应娟家的一只羊就好了，羊可以骂，可以打，可以卖掉，也可以宰杀。可惜卫君梅不是她家的一只羊，她的意志不能代替卫君梅的意志，这只能让她急上加急，急得恨不能自己嫁人。

陈龙民死后，矿上除了赔偿给卫君梅十万块钱，每月还发给卫君梅的两个孩子各八百多元的抚养费，直到把卫君梅的两个孩子分别抚养到十八岁。这样的事也让申应娟非常眼气。天爷，十万块钱哪，这可是一笔大钱，陈龙泉挣一辈子，恐怕也挣不了这么多钱。这笔钱都到卫君梅的账上去了，陈龙泉作为陈龙民一娘同胞的亲弟弟，一分钱都分不到。还有，卫君梅的两个孩子还什么都不会干，每人每月都能领到八百多块钱。她家也有两个孩子，有谁给她的孩子一分钱呢！凭什么？凭什么！就因为卫君梅的男人死了，卫君梅就占这么大的便宜吗，这太不公平了，实在让人好恼！由恼到恨，申应娟恨不得和卫君梅好好干上一架才好。这个臭娘儿们，她把头缩在肚子里，怎么连屁都不敢放一个呢！

卫君梅不是没接过申应娟的茬，申应娟第一次借羊骂她时，她就对申应娟提出了质问。卫君梅是一个性格刚强的人，也是一个点火就着的人，按她的脾气，她不仅要对申应娟的胡嚼乱骂提出质问，还想抽申应娟两个嘴巴子，让申应娟闭嘴。她之所以没采取过激的言语和动作，是碍着丈夫的亲弟弟陈龙泉的面子，打狗看主人面，她不想伤了和陈龙泉的和气。同时不必隐瞒，卫君梅心里也有一些顾虑，申应娟之所以如此放肆，因为背后站着陈龙泉，很可能得到了陈龙泉的支持。也就是说，申应娟是狐假虎威，狗仗人势。而自己的男人没有了，她要是和申应娟干起来，有谁给她撑腰呢！有一次，申应娟骂她骂得实在让人受不了，她找陈龙泉去了，她把陈龙泉叫成慧生他叔，说慧生他婶子这样骂人，你也不管一管。卫君梅一试就试出来了，陈龙泉的态度冰冷得很，脸上像挂了一层霜，陈龙泉说：她是骂羊，又不是指名道姓骂你，你拦那么宽干什么！卫君梅还能说什么呢？狐狸背后站着老虎，卫君梅跟老虎讲不出道理；狗后面站的是人，卫君梅拿人没办法。又好比一些小国老是向中国挑事儿，因小国后面有超级大国美国的支持，中国拿美国也没什么好办法。卫君梅眼里本来含了泪，见陈龙泉和申应娟合穿一条裤子，明显在庇护申应娟，她没有让眼泪流出来，生生把眼泪憋了回去。

陈龙民出事后，卫君梅的公爹不堪打击，一病不起，时间不长就去世了。家里的两个老人，现在只剩下婆婆一人。卫君梅也曾找过婆婆，让婆婆评评理。婆婆的大儿子没有了，婆婆还有孙子，孙子应该是婆婆的命根子，唯一的命根子。婆婆看在自己命根子的份儿上，应该为她说一句公平话。让卫君梅深感失望的是，婆婆没有站在她的立场，没有帮她说公平话，婆婆说：老头子死了，你们想把我也气死吗，你们是嫌我这个老不死的死得慢吗！

几年前，这个家庭可不是这样。那时候，公公婆婆住堂屋，大儿子一家住东厢房，二儿子一家住西厢房，虽说不在一个锅里吃饭，但都住在一个大院子里，彼此相处得还算和睦。逢年过节，公爹会把合家老小都召集到堂屋里，一块儿吃大锅饭，吃大块肉，喝热辣辣的酒。儿子儿媳轮番给老人敬酒，兄弟两个相互敬酒，妯娌两个也相互敬酒。公爹一再哈哈大笑，一再说好哇好哇，做梦都没想到能过到如今这一步。申应娟以前不会织毛衣，是卫君梅一针一线教会的。过年时申应娟不会炸麻花儿，是卫君梅手把手教她和面，教她盘条，教她学会了炸麻花儿。申应娟一口一个嫂子叫着，连女人之间隐秘的事情都愿意跟卫君梅说。家庭的平衡关系突然被打破，源于陈龙民的猝然离去。卫君梅听丈夫讲过，井下的石头顶板都是靠木头柱子支着，一旦柱子被压断，顶板就会落下，重则把人拍扁，轻则把人的骨头砸断。丈夫的去世，咔嚓如柱子断，呼啦似顶板倾，使这个家庭很快发生了改变。陈龙民活着时，也许大家庭的每个成员都意识不到陈龙民有多么重要，只是觉得他是这个家族的长子，对家里的事操心多一些，付出也多一些。陈龙民的突然消失，才使他们感到事情非同小可。至少在卫君梅看来，陈龙民就是这个大家庭的一个支撑点，也是一个平衡点，抽去了陈龙民这根"柱子"，家庭的"顶板"就失去了支撑，发生了倾斜。往大里说，陈龙民的离世，使他们这个家庭像是经历了一次改朝换代。

朝一改代一换，一切都改变了模样。如果说原来是公爹的朝，现在换成了陈龙泉的朝；原来是公爹的代，现在换成了陈龙泉的代。陈龙泉当了朝，当了代，当然要重用自己的人，要偏向自己的老婆。同时，陈龙泉当然要排挤异己，不允许卫君梅与他分庭抗礼。陈龙泉自己没有儿子，哥哥有一个儿子。从陈龙泉的所作所为来看，陈龙泉并不认为陈慧生是他们家的根，对陈慧生一点儿都不亲近。相反，因陈慧生不是陈龙泉的种，陈龙泉有可能把陈慧生视为竞争对手，未来的敌人。卫君梅在电视里看见过公狮子咬死小狮子的纪实镜头，就是因为小狮子不是那头公狮子的种，它宁可把母狮子生下的小狮子杀死，以催促母狮子早日发情，自己和母狮子交配，下种。公狮子咬起小狮子来毫不留情，场面相当残忍。由动物世界的动物想到人类世界的陈龙泉，又想到自己的儿子，卫君梅几乎有些不寒而栗。和年轻力壮的陈龙泉相比，她的还是儿童的儿子，完全处于弱势的地位，儿子的处境是危险的。为保护儿子，她必须时时处处提高警惕。

惹不起，就躲。卫君梅采取了措施，她请人帮忙，把门框、门板拆除，把门口用砖头垒了起来。同时，在原来的后墙上开了一个门。她不和申应娟住得门口对着门口了，等于给自家的房子来了一个向后转，留给申应娟一个房子的后背。她也不和陈龙泉一家在一个院子里生活了，她宁可不要院子，让自家的门口直接对着村街。村街旁边，属于她家的宅基地只有窄窄的一溜儿，所以她只能把灶屋搭得很小很小。

面向院子的门口虽然堵上了，但还有一扇窗子没有封闭起来。卫君梅把窗子关上了，把窗帘也拉严了，但窗玻璃和窗帘的隔音效果有限，申应娟的叫骂还是能钻进来。申应娟的骂离她家的母羊越来越远，实际指向却越来越清晰，说你生了一个母羊羔子，又生了一个公羊羔子。你生一个公羊羔子有什么了不起的，还不知道是谁的野种呢！

慧生也听到了申应娟的骂，他对妈妈说：婶子在说谎话呢，她家的羊没有生过羊羔子，她说羊生了羊羔子。

卫君梅说：好了，睡吧。

说谎话不是好孩子，我不说谎话。

卫君梅拉灭了灯，让两个孩子都睡下，她也躺下了。

卫君梅一拉灭灯，就被申应娟注意到了，她把拉灭灯说成是挤眼子，继续骂道：挤上你的眼子干什么，偷汉子偷舒坦了吧！你以为你挤上你的眼子，我就看不见你了，我照样可以看见你，照样骂你个脸皮厚的骚东西！

卫君梅睡不着。外面下了月光下露水，到了后半夜，露水还有可能凝结成霜。她闭上双眼，选择的是睡着的方向，但她就是睡不着。在睡觉这个事情上，正确的方向可以选择，可能不能到达目的地，就不是自己所能掌控。也许她的方向越正确，付出的努力越多，达到目的的心情越急切，她越是还在原地踏步。两个孩子都睡着了，她悄悄起身，把两个孩子都看了看，帮他们盖了盖被子，再躺下还是睡不着。这时候，卫君梅只好求助于陈龙民。她在心里默念：龙民，龙民，你在哪里？龙民，龙民，你好狠心，你怎么能舍得撇下我不管呢！就算你舍得撇下我，两个孩子还小，你怎么能忍心撇下孩子不管！你这一走，你倒是省心了，你哪里知道，人家是怎样欺负我们，你哪里知道，我们孤儿寡母遭的是什么样的罪！这样默念了一会儿，卫君梅的眼泪从两个眼角漉漉流了下来，流到了枕头上。

第五章　公爹和儿媳

　　周天杰带着孙子小来回到家,老吴问周天杰到哪里去了?是不是又找郑宝兰去了?周天杰说,他带着小来到庄稼地里转了一圈儿,地里豆子熟了,玉米熟了,该熟的都熟了,空气好得很,小来玩得很高兴。他不会跟老吴说去了小来的姥姥家,更不会说看到了郑宝兰在帮卫君梅收玉米。老吴成天价疑神疑鬼,只要老吴一提到郑宝兰,周天杰不知不觉就有些回避。其实,如果他大大方方承认带着孙子去找了郑宝兰,也不是什么大不了的事。可是,老吴老是因为郑宝兰的事跟他生气,跟他闹别扭,他就不得不警惕,嘴门口不得不多派一个把门的。为了减少和避免老吴跟他生气,凡是关于郑宝兰的事,他跟老吴能不说实话,就尽量不说实话。这几乎成了一种本能反应,连他自己都有些管不住自己。同样的,每当老吴派郑宝兰的不是,周天杰要么缄口,要么护着郑宝兰,替郑宝兰说好话。这似乎也成了一种本能的反应。不管老吴对郑宝兰这也看不惯,那也看不惯,能说出郑宝兰一百个不好,他不会附和老吴,连郑宝兰的一个不好都不说。他要是也跟着老吴派郑宝兰的不是,郑宝兰的日子就没法儿过了。什么叫胸怀全局,顾全大局?留住郑宝兰就是全局,把孙子养大就是大局。在事关全局和大局的问题上,周天杰一定要承担起责任。他让老吴做饭吧。

老吴问他做什么饭?周天杰如果不具体说出做什么饭,老吴就不做。老吴作为一个家庭主妇,她起码有半个脑子是做饭的脑子。儿子周启帆活着时,她做饭的积极性很高,做饭的脑子很好使,蒸包子,包饺子,闷卤面,炸麻花,炒笋鸡,炖排骨,每天想着点子做好吃的。那时不用周天杰作什么布置,菜谱在老吴的脑子里写着,刷新着,全家人只等着吃现成的饭就是了,等着啧啧称赞好吃就是了。自打儿子去世,随着郑宝兰魂不守舍,老吴做饭的脑子好像也被儿子带走了,做饭的积极性一落千丈。她甚至对每天做三顿饭有些厌倦,说人不吃饭难道就不行吗,为啥非要吃饭呢,真烦死个人哪!

周天杰说:家里有什么就做什么。

老吴看着周天杰,样子有些呆,说:家里有什么呢?我不知道家里有什么。

连家里有什么都不知道,你真是完蛋了。家里有你,这一点你不会忘记吧!

老吴的样子有些不解,有她和没她,与做饭有什么关系呢?她看看自己的左胳膊,又看看自己的右胳膊,难道丈夫要她就地取材不成!

周天杰只好明确做出安排:馏馒头,打玉米稀饭,炒两个菜,一个是辣椒炒鸡蛋,一个是西红柿炒茄子。

做不做郑宝兰的饭呢?要是做着她的饭,她不回来吃怎么办呢?

当然要做她的饭，不管她回来不回来吃，都要做她的饭。

老吴把周天杰安排的晚饭在脑子里记了一下，她做饭的脑子似乎回来了一点，她问：你说打玉米稀饭，家里哪有玉米呢？

菜园的边上种的是什么？那是高粱吗？掰下来的是玉米，难道长在玉米棵子的就不是玉米吗！

菜园里种的不算粮食，要不是你提醒我，我还真想不起来。

对了，今后我就是你的大脑，我说什么，你好好执行就行了。你去掰两穗玉米，一穗儿剥成玉米豆儿，打成稀饭；一穗儿带着嫩皮囫囵煮。

干吗做两样子呢？

小来和小来他妈牙口好，囫囵的给他们啃。咱们的牙口不好，剥成豆儿的咱们吃。

老吴一听，脸子呱哒就撂了下来。老吴一贯反对家里做两样子饭，反对对个别人搞特殊照顾。儿子死后，周天杰老是给郑宝兰开小灶，让郑宝兰在家里搞特殊，这让老吴觉得很不舒服。要说给周天杰的老娘搞点特殊，还说得过去。老太太年纪大了嘛！郑宝兰年纪轻轻的，成天拉着脸子，仰着个壳子，啥活儿都不想干，却像人人都欠她钱一样，凭什么哈着她！你说郑宝兰牙口好，还拉上小来干什么，少拿小来当幌子，少跟我来这一套。她说：我够不着掰玉米。

够不着，跳起来。

我跳不动。

跳不动，搬个凳子，踩着凳子掰。

我怕摔下来。你想摔死我呀！

好好好，我去掰，行了吧！

趁周天杰去菜园里掰玉米，老吴往小来嘴里放了一粒巧克力豆，问：小来，你爷爷带你到哪里去了？是不是到你姥姥家去了？

小来点点头。

到你姥姥家都看见谁了？看见你妈妈了吗？

小来摇摇头。

说话，你又不是哑巴，老摇头干什么！

没看见。我妈妈呢？

这要问你爷爷。

周天杰掰下玉米穗子进屋，老吴叫着周天杰，让周天杰说吧，刚才到底到哪里去了。你就骗我吧，你就把你老婆当外人吧，你到底安的什么心！

周天杰一听就明白，老吴从小来口里打探了消息，他说：你说话真难听，这有什么骗不骗的！我们在地里转来转去，转到小来姥姥家的家门口，见开着门，我们就顺便拐进去看了一下。只有小来的姥姥在家，我们在那里待了十分钟不到，就出来了。

那你刚才为啥不跟我说实话？

不是没来得及嘛，咱孙子现在啥都会说，孙子跟你说了，不是一样嘛！周天杰突然压低了声音，样子有些神秘地对老吴说：我给你说一个情况，就咱俩知道就行了，等郑宝兰回来，你不要跟郑宝兰透露。说到这儿，他引而不发，没有对老吴说情况，在观察老吴的表情。他的意思是告诉老吴，你才是我最亲近的人，你才是我最依赖的人，有什么秘密我只跟你一个人说，怎么样？

老吴的情绪果然缓和不少，她看着周天杰，问是什么情况？

见老吴走上了他为老吴指引的思路，周天杰有些得意。他把得意隐藏着，说我告诉你吧，有人给褚国芳介绍了对象，褚国芳要改嫁了！

褚国芳？老吴眨着眼皮，好像一时想不起褚国芳是谁。

看你这记性，褚国芳是小来的舅妈，是郑宝兰的娘家嫂子，想起来了吧？家里已经有了一个痴呆，你可不能再痴呆。你要是再痴呆，恐怕我离痴呆也不远了。

我看痴呆挺好，明天我就去痴呆。

你以为痴呆是逮蚂蚱呢，谁想逮就逮一个。我跟你说着玩呢，我可不想让我的老婆变成痴呆。哎，你对褚国芳改嫁有什么看法？

老吴似乎并不觉得周天杰跟她说的情况有什么新奇，她说：想改嫁就改嫁呗，拴驴的驴桩子没有了，驴早晚也是个跑。

这话周天杰不爱听。女人就是这样，说到人家，就忘了自家。你知道不知道，按你这样的说法，你儿子也是一根驴桩子，你儿媳也是一头驴，你儿子没有了，你儿媳也得跑。你知道不知道，嫁人的事是会互相学习，改嫁的事也会互相学习，互相传染。要是郑宝兰的娘家嫂子改了嫁，是会传染给郑宝兰的。郑宝兰这么长时间撑着不改嫁，她是要为他娘家嫂子做一个榜样。如果人家不愿意拿郑宝兰当榜样了，恐怕当榜样的人也会打退堂鼓。这些话周天杰只是在心里说，嘴上并没有说出来。老吴的情绪刚有所缓和，他不想和老吴再争论。一争论就难免呛呛，一呛呛，老吴又会闹情绪，撂挑子。他说好了，做饭吧。周天杰不当甩手掌柜，他给老吴打下手，和老吴一块儿做饭。他把一穗儿玉米的包皮扒掉，揪下玉米粘连的细细的须子，将整个玉米穗儿一撅两半截，然后往一只搪瓷盆里抠玉米豆。

饭做好了，仍不见郑宝兰回来。周天杰没敢告诉老吴，他看见了郑宝兰在帮卫君梅家收玉米，他相信郑宝兰收完玉米会回来。不过周天杰心里也有些打鼓，郑宝兰帮卫君梅干了活儿，卫君梅会不会留郑宝兰在她家吃饭呢？倘若郑宝兰受邀不过，留在卫君梅家吃晚饭，她吃到什么时候才会回来呢？周天杰的意见还是要等，等郑宝兰回来，全家人一块儿吃。

这是周天杰给家人定下的一个规矩，做好的饭菜端上桌，必须等全家人全部到齐，他宣布吃吧，家人才能动筷子。不管是逢年过节，还是平常日子；不管是饭菜丰富，还是简单；不管有大鱼大肉，还是只有素菜，规矩是不能改变的。以前不知有多少次，都是家人眼巴巴地等周启帆一个人回家吃饭。有一年腊月的一天，周启帆过生日。那天周启帆上的是八点班，一大早就下井去了。在周启帆下井期间，家里亲人几乎全部动员起来，为周启帆过生日做准备。老吴为儿子做了一桌子菜，都是儿子爱吃的。郑宝兰为丈夫定制了一个大大的生日蛋糕，蛋糕上方用彩色奶油写了生日快乐。周天杰买了白酒、红酒，还买了饮料。小来也在妈妈的教导下，在一个煮熟的鸡蛋上画了笑眼笑嘴笑耳朵，准备作为生日礼物献给爸爸。在正常情况下，周启帆升了井，洗了澡，大约下午五点钟就可以回到家。可那天不知周启帆在井下发生了什么麻烦，五点过去了，六点过去了，七点过去了，眼看着八点也要过去了，却迟迟不见生日的主人周启帆归来。入井三分险，他们是懂得的，难免有一些担心。周天杰以一个老矿工的口气说：没事的，不能按时下班是常有的事，不会出什么事的，放心吧。然而，郑宝兰还是坐不住了，她说她去看看，迎接启帆一下。赶上那天下大雪，郑宝兰冒着大雪，向井口走去。郑宝兰想着，他会在风雪路上碰见周启帆，可走过来一个人，又走过来一个人，都不是她的周启帆，她一直走到了井口，黑的是井，白的是雪，仍不见周启帆。她问了井口值班的师傅，知道了周启帆还没下班，她就在井口一侧等。周天杰也坐不住了，也冒着大雪向井口走去。为了显示自己的沉稳，他没有走井口，只走到半路就停下了。以他的经验判断，井下应该没出什么事，要是出了事，救护车早就叫成了一片，井上的人早就慌成了一团。临出来时，他一再叮嘱老吴，不让老吴再出来，让老吴抱着小来，好好在家等着就是了。可母子连心，老吴哪里坐得住！她抱着孙子，把窗外纷飞的大雪指给孙子看，说你看，雪下得多大呀！她自己眼里并看不见雪，她的心比纷飞的雪片子乱得多。大人的心情会感染孩子，小来似乎也对下雪不感兴趣，他问：我爸爸什么时候回来呀！这样一来，等周启帆归来的亲人井口有，半路有，家门口有，像是形成了三个梯队。又像是，全家人在参加一场接力比赛，周启帆跑第一棒，郑宝兰跑第二棒，周天杰跑第三棒，老吴和小来跑第四棒，比赛的终点是他们共同的家。

　　周启帆终于从井口冒出来了，尽管周启帆满脸都是黑的，郑宝兰还是一眼就把他认了出来。周启帆手里没拿接力棒，他手里拿的是从头顶摘下来的矿灯。周启帆的手是黑的，胳膊是黑的，胳膊很像是一根接力棒，黑色的接力棒。郑宝兰上去就把"接力棒"抓住了，说快跟我回家吧，一家人等你等得都快急死了。周启帆笑了，笑得露出一口白牙，显得格外灿烂，他说好，等我简单洗个澡，换上干净衣服，咱们就回家。郑宝兰不容他洗澡，也不容他换衣服，说不就是黑一点嘛，黑一点怕什么！你知道不知道，今天是你的生日，你个大傻瓜！周启帆还是坚持洗了澡换了衣服再回家，说哪有这样黑头黑脸回家的，吓着孩子怎么办！那天郑宝兰不知中了哪门子邪，她就是不让周启帆洗澡，也不让周启帆换衣服，她在心里叫道：我的黑黑的人啊，你快快跟我回家！她一只手抓住"接力棒"不够，两只手都上去，抓住了"接力棒"。她知道自己的两只手都变成了黑的，并感觉到了煤粉子的滑腻，她不怕，她乐意。君梅姐说得好，嫁给挖煤的做老婆，就不要怕自己变成一块煤。矿灯是不允许带回家的，必须交回灯房，在灯房里充电。不然的话,第二天再下井灯就不明了。周启帆说:你总得让我把灯交回去吧,不然的话,矿上是要罚款的。郑宝兰同意了让周启帆把矿灯交回,但她寸步不离地跟着周启帆。周启帆一交掉灯,她就拉着周启帆踏上了回家的路。路上积了雪,天地一片白。在白雪中,周启帆显得更黑,他说:哪有这样回家的,简直太不像话。郑宝兰从路上抓起一把雪,团成雪球子,递给周启帆,让周启帆擦擦自己的脸。周启帆拿起雪球子往脸上一擦,白色的雪球子好像变成了煤球子。就这样,郑宝兰一路给周启帆团雪球子,周启帆一路往脸上擦,总算擦去了脸上的煤污,露出了本来的面目。周启帆每用完一个雪球子,没有把雪球子随手扔到路上,而是奋力把雪球子扔到很远的地方去了。今天是他的生日,他很快乐,他像是在和妻子做一种雪地游戏,别的人从没有做过的游戏。

周天杰一看见儿子和儿媳的身影,一路小跑着回家去了,他进家就说:回来了,回来了,赶快把菜热一下!

等,是一种代价。他们等的过程,就是付出代价的过程。就是因为他们付出了代价,终于把亲人等回来了,他们才觉得特别欣喜,特别宝贵,特别值得珍惜。那天,周天杰和周启帆父子喝了不少酒,室外大雪飘飘,周启帆喝得泪流满面。

周启帆逝去后,他们可以等到风雨雷电,可以等到寒霜冰雪,再也等不到周启帆。现在,吃饭前,他们又开始等郑宝兰。郑宝兰不是矿工,没有下井,一般来说,郑宝兰不会出什么危险。可是,他们在等郑宝兰回来时,心情更复杂一些。复杂得如放在桌子上渐渐凉去的菜的味道一样,苦辣酸甜咸都有。每个人的心情又不尽一样,老吴就不太愿意等。当年等儿子,她有的是耐心,如今等儿媳,她的耐心就差一些。她看了一眼周天杰,又看了一眼周天杰,意思是等等等,天都黑透了，到底要等到啥时候？

　　周天杰不说话，也不看老吴，只看着自己的内心。在很多情况下，人活的就是一种等待，有可等待的，就等于有盼头儿，如果什么可等的都没有，人还有什么盼头儿呢！周天杰也曾对老吴说过，饭菜可以凉，人心不能凉。饭菜凉了可以热一热，人心要是凉了，再热起来就难了。

　　还没人喊老太太出来吃饭，老太太拄着拐棍，晃晃悠悠，主动从自己住的卧室走了出来。吃饭的点都过了，她大概饿了。老太太的心思有自己的方向，固定的方向，她问：启帆还没回来吗？启帆什么时候回来呢？

　　老太太这样问话，等于揭开周天杰和老吴心口上的伤疤，在往伤口上撒盐，一再撒盐。两口子都忍着，不知该怎样回答。两口子也不愿回答，故意让老太太的问话碰壁，再弹回老太太自己嘴里。

　　听不见别人回答她的问话，老太太似乎也不在意，她像是在问自己。而她问自己时，又像是发生在梦里，连自己听见没听见都很难说。老太太的卧室离放在客厅的餐桌并不远，但她像是走了很远的路，已经走得很累很累。走到餐桌前，她一手扶着桌面，就在一个凳子上坐下了。坐下后，她呻吟似的长出了一口气。

　　老吴把那穗儿煮熟的玉米放在一个瓷盘子里，被小来看见了。玉米外面还包着一层薄如蝉翼的包皮。玉米没煮之前，包皮是鹅黄色，玉米煮熟之后，包皮变成了姜黄色。包皮紧紧贴在玉米穗子上，透露出玉米饱满的颗粒。玉米生着时，闻不到玉米的香味。玉米一旦煮熟，它的穿透性的香味就散发出来，让人一闻见就想吃。小来说他要吃玉米，伸手往玉米上摸。

　　老吴说别摸，烫！

小来已经把玉米摸到了,他说不烫。

老吴说:不烫也不许吃,等你妈回来,你和你妈一块儿吃。

我要妈妈。

你妈妈在哪儿呢,你要妈妈,你妈妈不要你了。

周天杰瞪了老吴一眼,要老吴不要瞎说。

小来闹起人来,说不,妈妈就要我,妈妈就要我!

这时郑宝兰回来了,进门就叫来来,问来来怎么了?

周天杰对小来说:快,你妈回来了!

小来叫着妈妈,妈妈,向门口跑去。

郑宝兰蹲下身子,把带回的玉米放在地上,一下子把小来抱在怀里,说:亲一下妈妈。

小来在妈妈脸上亲了好几下。

周天杰说:才半天没看见你妈,看跟你妈亲的。他装作没有看见郑宝兰去帮卫君梅收玉米,说巧了,你妈刚给你煮了玉米,你又买了这么多玉米,你们娘儿俩真是想到一块儿去了。

郑宝兰说,玉米不是她买的,是她帮卫君梅家收玉米去了,卫君梅送给她的。她说了不要,卫君梅非要送给她。

周天杰立即对郑宝兰的行为大加赞赏,说好,你去帮卫君梅家收玉米,我特别赞成。人与人之间就是要互相关心,互相爱护,互相帮助。卫君梅家的玉米收完了吗?要是没收完,你明天想去帮她家收还去吧。反正咱们家也没什么事,你去帮卫君梅干点儿活,权当活动活动身体。你一定累了吧,好了,洗把手吃饭吧。小来,给你妈拿玉米吃。小来刚才就要吃,你妈没让他吃,你妈对小来说:小来,不行,你从小就得学会尊敬你妈妈,等你妈妈回来,你妈妈先吃,你才能吃。小来很乖,很听话,他真的没有吃。好了,全家人都到齐了,我宣布,开饭喽!

　　在郑宝兰回家之前,周家的气氛是沉闷的,郑宝兰一回来,家里的气氛顿时活跃起来。这种活跃的气氛,是周天杰一个人营造出来的,渲染出来的。他像是在独奏,独唱,又像是在跳个人舞,在演独角戏。没人配合他,没人为他喝彩,甚至连喝倒彩的都没有,只有他一个人唱来唱去,跳来跳去。

　　老太太的嘴一接触到饭,仿佛注意力都集中到饭上了,不管周天杰说什么,她似乎都听不见。

　　老吴不但不与周天杰配合,不管周天杰表演什么节目,她都撇着嘴在冷眼旁观,在心里笑话周天杰,仿佛在说:小丑儿,小丑儿,你就表演吧你。老吴心里明白,周天杰是表演给郑宝兰看的,心目中的观众是郑宝兰,要喝彩,只能是郑宝兰喝彩。

　　郑宝兰倒是领会到了公爹的苦心,公爹是想让她过得开心一些。没领会到公爹的苦心还好些,一领会到老人的一番苦心,郑宝兰心里泛上来的都是苦,一点儿都笑不出来,光想哭。

　　小来还不是一个成熟的观众,有奶便是娘,有妈妈在跟前,他就不愿跟爷爷玩儿了。

　　这没关系,周天杰是忘我的,不管"观众"的反应如何,都不会影响周天杰的正常发挥。此一刻,好像别人的嘴都是用来吃饭的,只有他的嘴是用来营造气氛的。他也会往嘴里放一片辣椒,辣椒的辣味儿不但没有把他的舌头变硬,他的舌头受到辣味的刺激,似乎变得更麻溜。他不惜虚构地对郑宝兰说:我本来打算把两穗儿玉米都剥成玉米豆儿,打成玉米稀饭,你妈说你和小来牙口儿好,喜欢啃囫囵玉米,就单独给你和小来煮了一个。看来还是你妈想得周到,我得向你妈好好学习。

当面说谎，你把别人都当小孩子哄呢。不过老吴还算维护周天杰的面子，没有当面揭穿周天杰的把戏，老吴只是瞪了周天杰一眼，说：说说说，累不累呀！

吃过晚饭，周天杰把郑宝兰放在地上的玉米收拾起来，到卧室躺在床上，就不再说话。窗外月光如水，秋虫在菜园里长一声短一声地叫，周天杰闭上眼睛，一句话都不想说了。

这时轮到老吴说话，老吴说：累了吧，不能了吧，嘴扎起来了吧！你说那么多有什么用呢，你把嘴皮子都磨出火泡来了，还不是漫地里烤火一面热。我跟你说过多少遍了，你就是听不到耳朵眼里去。你想巴结人家，是巴结不上的。你看，你跟人家说了那么多好听的，人家连吭一声都不想吭。热脸子碰了个凉屁股，连我都替你臊得慌。

周天杰动了动，像是要说话了，但他还是没有说，只是翻了个身，把脸冲向月亮。月亮从来不说话，他想当一会儿月亮。

你给我个脑把子干什么，到了我这里，你一句话都没有了，是不是？

周天杰当不成月亮，只得平过身来说：你让我说什么？

不是我让你说什么，你自己想说什么，就说什么。

周天杰本来想说，我什么都不想说，但话到嘴边又咽了回去。他要是那样说了，老吴又会跟他来劲，说他跟郑宝兰有话说，到了她这儿就什么都不想说了。他说：我刚才说得有点多了，该你说了。这样吧，你说吧，我听着。我最喜欢听我老婆说话了。

周天杰手里的高帽子还没卖完，还在贩卖高帽子。不管周天杰有多少存货，老吴都不会买的。老吴自有老吴的办法，老吴所采取的办法有些出乎周天杰的意料。人说君子动口不动手，老吴不动口，却动了手。她动手不是大动，称不上暴力，没有把周天杰弄疼。而正是因为没有把周天杰弄疼，周天杰脑子里月光般明了一下，才格外警惕。老吴动的是周天杰身体的哪个部位呢？是周天杰的下身，是周天杰腿裆之间的东西，也就是人们所说的敏感部位。呀，这个老吴，发的哪门子神经！在周天杰年轻的时候，在老吴还是小吴的时候，周天杰对夫妻生活很是热衷，说他热衷此道完全可以。好比他每天升井之后都要到澡堂的汤池里泡个热水澡，腿一撩就进去了。他每次都争取泡得时间长一些，泡得舒服一些，泡出浑身汗来。有时候泡一次不过瘾，连泡两次甚至三次的情况也是有的。总之，是他主动的时候多，妻子主动的时候少。妻子主动的表现就是用手摸他的下身。妻子每次摸他，不管他在夜半，还是在清晨；不管他是"刚下马"，还是正在熟睡，他都是心花怒放，从不让妻子失望。不仅他争气，他的下身也很争气，每次都能给他以强有力的支持。妻子刚摸到他的下身时，假如下身还像半截绳子，妻子摸到"绳子"时，如同很快给"绳子"注入了活力，"绳子"腾腾弹了几下，就成了一根棍子，还是铁棍子。周天杰现在不行了，早就不行了，准确地说，自从儿子离去，他就成了不行的状态。以前，他把夫妻之间的床上生活看成是一种娱乐。儿子去世，痛彻心肺，娱乐是要停止的。这一停不要紧，他就失去了能力。后来，他也曾作过重新启动的尝试，遗憾的是，一试二试都失败了，他再也没能把自己的下身发动起来。算了，人老了，叶黄了，那个事就别想了。他不想，老吴更不想。这很自然，在男女的事情上，女的总是比男的退化得快。

老吴之所以摸周天杰的下身，周天杰稍微一想，就明白了老吴心中的小九九。不是老吴本身有什么要求，老吴是在拿他的下身做试验，看看他到底还有没有残存的作为一个男人的能力。因为他想留住儿媳，对儿媳比较照顾，老吴老是对他产生怀疑，好像他和儿媳之间有什么见不得人的事似的。哪能呢，他是一个自律很严的人，是一个恪守道德的人，也是一个重名誉的人，就是把他的脑袋割下来，他也不会干任何让人不耻的事。既然老吴想试验，就把他的下身拿去实验好了，怎么实验他都不会反对。他相信，他的下身再也不是什么敏感部位，而是变成了迟钝部位，麻木部位，不管老吴怎样摆弄，都不会有什么起色。果然，老吴先是把手捂在上面暖了一会儿，然后又是抚，又是揉，他的下身没有任何反应。周天杰心说：挺好，挺好，你就摸吧，你天天摸才好呢，本人欢迎。他几乎想笑，但他憋着，不让自己笑出来。要是笑出来，他怕打击老吴的积极性，致使老吴终止试验行动，并失去事情本身的严肃性。月光透过窗户，照在床上，周天杰敞开着，一副把自己交出去的架势，配合老吴配合得很好。

老吴的试验还没有结束，她揪起那个叫茎的东西，往上拉，想把它树立起来。她往上拉时，那个东西倒是稍稍长了一点，但要把它树立起来，恐怕不大容易。那个东西像是扶不起来的天子，你拉着它还好些，稍一松手，它就倒下去，缩回来。这哪里还是以前的那根"铁棍子"，连半截儿绳子都不是，充其量，只像一小截儿鸡肠子，而且还是掏去了肠瓢子的鸡肠子。老吴收了手，放弃了试验。

老吴对周天杰失望了，同时也放心了。

可惜的是，老吴的放心并不能长期维持，一遇到具体事情，她就忘记了自己的试验成果，又变得疑神疑鬼。这天后半夜，老吴睡了一觉醒来，发现周天杰不在床上。月光洒满一床，不知周天杰到哪里去了？这个老东西，是不是跑到郑宝兰的房间去了？她翻身起床，连件衣服都没披，连拖鞋都未及穿，光着脚就到郑宝兰的房间门口去了。她侧耳听了又听，没听出郑宝兰房间里有什么动静。又听了一会儿，她听见房间里传出说话的声音，她头皮一紧，发根一竖，刚觉得情况不妙，却听出是孙子小来在说话。小来喊妈妈，说他要撒尿。郑宝兰说：自己起来撒到尿盆里去吧，睁开眼撒，不要撒在地上。老吴从郑宝兰房间门口退回来了。有孙子和郑宝兰在一个房间住，孙子一天比一天大，谅周天杰也不敢轻易到郑宝兰的房间去。那么，三更半夜的，一个大活人，会到哪里去呢？不会是得了夜游症吧？

老吴又向通往菜园的门口走去，看看老头子是不是在菜园里。她走到门口就看见了，周天杰正在门外台阶上的月亮地里坐着。那是老太太白天枯坐的凳子，这会儿周天杰坐在上面了。都说儿子仿娘，乍一看周天杰真像老太太。加上月光把周天杰的头发照得发白，周天杰又是那么静默，老吴一时真的分不清是老太太，还是周天杰呢！她只得问了一声：天杰，是你吗？

周天杰转过脸来说：不是我是谁！不好好睡你的觉，爬起来干什么？

我还没问你呢，你倒先问我。你在这里装神弄鬼的干什么，是想吓死我啊！

我听见鸡在鸡窝里乱了一阵，我估计是黄鼠狼个龟孙钻进菜园子里来了。黄鼠狼可能在哪棵菜棵子底下正趴着，我看不见它，它能看见我。

你不是用钢筋把鸡窝门口栅得很密嘛，黄鼠狼又钻不进鸡窝，怕什么！

黄鼠狼钻不进鸡窝也不行，它光在鸡窝门口蹿来跳去，会造成鸡的恐惧，影响鸡的情绪。公鸡还无所谓，母鸡的情绪一不好，下蛋就困难了，下蛋的数量就会减少。就算还能下出蛋来，鸡蛋的营养成分也会差一些。

那你怎么着，打算在这里守着母鸡守一夜吗？

周天杰仰望了一下西斜的月亮,说月亮可真亮,他好久没见过这么亮的月亮了。

我可没心思看月亮,一看你不在床上,我还以为你翻人家的墙头去了呢!好了,别操那么多心了,回屋睡觉吧,别着了凉。

你不要胡思乱想,更不要胡说八道,把我惹急了,小心我抽你。

第六章　蒋妈妈

有人在楼下喊蒋妈妈，向蒋妈妈报告，王俊鸟又在街上哭呢，让蒋妈妈快去看看吧！

蒋妈妈从三楼的窗口探出头来问：谁又欺负她了？

我也不知道，好多人在那里围着看笑话呢。

欺负一个有病的人，也不怕遭罪。好，我马上过去。

在矿街上一个卖水果的摊位旁边，王俊鸟正坐在地上，用手背抹着眼睛呜呜地哭。她的手背不是手巾，对眼泪没有什么擦拭的效果，她越抹，泪腺像是受到挤压，流出的眼泪就越多。她脸上沾有尘土，眼泪流在脸上，她一抹拉，就抹了个满脸花。她一条腿伸着，一条腿蜷着。她一只脚上穿着鞋，一只脚上没穿鞋，掉下的那只鞋在旁边的地上扣着。她的鞋是带襻儿的，像是用合成的黑色塑料制成的。她的袜子破了，后面露出了脚后跟，前面露出大脚趾。她身上穿的衣服有些脏污，扣子也扣得错了位，把第一个扣子扣在了第二个扣眼子里。

一个扣子只能占一个眼，一个扣错了位，下面一系列扣子都得跟着错位，以致最下面一个扣子无眼可扣，衣服襟子的下摆一个长，一个短。她脚前的地上扔着两个红柿子，红柿子烂成了爆炸的形状。不该的是，她脖子一侧也巴着一个烂柿子，烂柿子糖稀一样的汁液正顺着她的脖子往下流淌。看样子，很可能是有人拿柿子偷袭了她，她不知道是谁偷袭的，觉得委屈，就坐在地上哭起来。

女人笑起来很容易，一天不知道要笑多少次。一个女人在路上走，走着走着就露出了笑容，谁都不知道她为什么笑。和笑相比，女人哭起来就不那么容易。起码从数量上讲，如果一个女人一天笑一百次的话，恐怕连一次都不哭。笑可以无来由，有的女人笑了，可能自己都不知道自己为什么笑。一个女人笑过，有人问她笑什么？她说我笑了吗？没有呀！说着又笑起来。而哭必定是有来由的，没有来由很难哭得出来。人不伤心难落泪，说的就是这个道理。因女人的笑来得比较容易，人们往往不大重视。太阳升起来，数支菱花开，太阳又升起来，又有数支菱花开，谁注意得了那么多呢！看见一个女人在路边哭就不一样了，不说怜香惜玉之心人皆有吧，反正谁都想停下来看一看，听一听。王俊鸟是这条矿街上的常客，她在家里待不住，每天都到矿街上去生活。刮风她去，下雨她去，可谓风雨无阻。上街买东西的人不能算矿街上的常客，王俊鸟不买也不卖，却天天到矿街上来，她才是矿街上真正的常客。这里有外出打工的人，有外出求学的人，也有在外地当了官的人，他们长时间不回来，一旦回来，并经过这条熟悉的矿街，所见到的第一个面熟的人可能就是王俊鸟。别的人不一定在矿街上出现，而王俊鸟一定在矿街上存在着。她像是信守着一个承诺，在等待外出的人归来。她的存在让归来的游子心生感慨，这个不幸的女人，她的不幸还在继续啊！

围观的人当中，有人突然喊了一句：王俊鸟，别哭了，冯俊卿回来了！

这句话生效，王俊鸟果然不哭了，张着眼睛往人群里找。她转着脑袋在周围找了一圈，没看见丈夫冯俊卿在哪里，她说："你骗人！"

那人说：我没骗你，你看，这不是冯俊卿嘛！说着，就地取材似的把一个站在他前面的小男孩儿往王俊鸟跟前推。

小男孩儿受惊不小，转过身往人圈子外边挤。他听人说过，王俊鸟是个疯女人，让疯女人碰到是可怕的。可小男孩儿挤不出人圈子，他往哪里挤，哪里的人圈子马上合拢，合得像铁桶阵，不放他出去。周围的人一边推他，还一边起哄：冯俊卿，不要走！冯俊卿，不要走！

见别人笑，王俊鸟也笑了，她说：他不是冯俊卿，他是一个小孩儿。

趁别人放松了对小男孩儿的注意，小男孩儿赶紧挤出了人圈子，逃跑了。

那么，又有人推荐了一个"冯俊卿"出来，这个"冯俊卿"是一个妇女。推荐者说：这是男扮女装的冯俊卿。

妇女知道，冯俊卿已经死了，说她是冯俊卿，等于说她是个鬼，很不吉利。她立即跟说她是冯俊卿的人翻脸，说放屁，你才是冯俊卿呢，你妹子才是冯俊卿呢！

找不到替代冯俊卿的人怎么办呢？这时候竟有一个壮年男人自告奋勇站了出来，叫着王俊鸟，说他就是冯俊卿。

王俊鸟把这个自称是冯俊卿的人看了一下，眉头皱了起来，她好像有些吃不准，这个人是不是冯俊卿。

"冯俊卿"把腰身挺了挺，膀子端了端，说：我去北京打工了，刚回来，你难道不认识我了！

围观的人纷纷出来作证：说没错，他就是你男人冯俊卿。冯俊卿从北京给你带回不少好吃的，赶快跟他回家去吧。冯俊卿再去北京会带上你，让你到天安门广场去看升国旗，还去动物园看大熊猫，起来跟他走吧。

在关键时刻，蒋妈妈过来了。如同矿街上的人都认识王俊鸟，大家也认识蒋妈妈。一见蒋妈妈过来，围观王俊鸟的人圈子就闪开了一条道，让蒋妈妈直接走到了王俊鸟身边。

王俊鸟认不准哪个人是冯俊卿，对蒋妈妈却认得准，她脆脆地叫了一声蒋妈妈，欣喜的像一个终于见到了妈妈的孩子。

蒋妈妈一眼就看见了巴在王俊鸟脖子上的烂柿子，很是生气，她大声质问：谁干的？谁干的？这是哪个缺德鬼干的？还有没有一点儿良心？欺负这样一个弱女人，是会遭报应的！

王俊鸟在模仿蒋妈妈的表情，见蒋妈妈生气，她也生气；见蒋妈妈瞪眼，她也瞪眼；见蒋妈妈咬牙，她也咬牙。只是蒋妈妈说的话她记不住，也学不会，要是能学会蒋妈妈说的话，她一定会给蒋妈妈帮腔。

有人可以自称是冯俊卿，但不会有人承认往王俊鸟身上投了烂柿子。事情不再好玩，围观的人松懈下来，纷纷散去。

蒋妈妈把巴在王俊鸟脖子一侧的烂柿子抓下来，扔掉，掏出手绢把王俊鸟的脖子擦干净，又给王俊鸟穿上鞋，把王俊鸟拉站起来，说好了，走吧。蒋妈妈像拉着一个小孩子一样，拉着王俊鸟的手向家属院里走去。王俊鸟侧脸看着蒋妈妈，一声接一声地叫蒋妈妈，老是对蒋妈妈笑。蒋妈妈一边答应一边说：你老喊我干什么，这么大了，连一点儿自我保护能力都没有，连自己照顾自己都不会，真让人替你发愁啊！蒋妈妈这才发现王俊鸟的衣服扣子都扣得错着位，就蹲下身子，把王俊鸟的扣子解开，一一扣好。

王俊鸟在家属院里其中一栋楼上住有一套一居室的房子，蒋妈妈没有把王俊鸟送回王俊鸟住的房子，而是把王俊鸟领回她自己家去了。她住的房子是两居室。进屋之后，蒋妈妈对王俊鸟说：卫生间的热水器里有热水，你先去洗澡吧。你先把水管里的凉水放一放，等把热水放出来你再洗。冬天有一次，王俊鸟事先没放一下凉水，水龙头一开就开始洗，凉水冲在她身上，她却嚷着水太烫了，光着身子就跑了出来。蒋妈妈还是不放心，她到卫生间取下洗浴用的喷头，把喷头对着水池，拧开水龙头放水，直到水温正合适，她才说可以了，让王俊鸟洗去吧。

不知道有多少次了，只要王俊鸟在外面受了委屈，都是蒋妈妈把王俊鸟领回家，百般对王俊鸟进行抚慰。她给王俊鸟搓过澡，剪过指甲，梳过头，揉过肚子，有时还留王俊鸟在家里吃饭。每次来蒋妈妈家之前，王俊鸟都是脏头脏脸，衣衫不整。经过蒋妈妈的梳洗打扮之后呢，王俊鸟就变得干干净净，衣着齐整。如果说王俊鸟来之前像个没娘的孩子，来过之后就像是变成了有娘的孩子。

王俊鸟的父母死得早，她从小跟着哥嫂长大。她四五岁时得过脑膜炎之后，个头长了，智力水平没有随着个头长，一直停留在四五岁的水平。经人介绍，冯俊卿娶她为妻之后，一直对她爱护有加，从来没有嫌弃过她。冯俊卿把王俊鸟叫成小鸟儿，叫来叫去就叫成了习惯，小鸟儿起床了，小鸟儿吃饭了，小鸟儿穿新衣服了，小鸟儿真漂亮！王俊鸟听冯俊卿把她叫成小鸟儿，也听成了习惯，冯俊卿一叫小鸟儿，王俊鸟就知道是叫她。冯俊卿带她去矿街上买东西时，偶尔叫她一声王俊鸟，她倒不习惯了，对冯俊卿说：你别叫我王俊鸟，叫我小鸟儿。

王俊鸟为冯俊卿生下儿子后，冯俊卿从一个担心，变成两个担心；从一份牵挂变成两份牵挂。下了班，那个大步流星走在最前面的人不会是别的人，必定是冯俊卿。在澡堂里洗澡，那个洗得最快的人，也是冯俊卿。在业余时间，工友们有时会聚在一起打打牌，喝点酒。不管是在牌场，还是在酒场，从来不见冯俊卿的身影。工友们都理解冯俊卿，他们说，他老婆的心眼儿不够使，只能由冯俊卿多操心，别人为家里操五个心六个心就够了，冯俊卿恐怕要为家里操十二个心。其实王俊鸟养儿子养得不错，儿子吃奶时，她是儿子不离怀；儿子会走后，她是儿子不离眼，把儿子养得调皮捣蛋，甚是可爱。

　　家属院里的那些家属们，喜欢和王俊鸟逗着玩儿，说俊鸟，冯俊卿跟别的女人好上了，冯俊卿不要你了，冯俊卿要跟你离婚。一开始听到这样的话，王俊鸟总是大惊失色，转身就往家里跑。后来再听到这样的话，王俊鸟只是嘻嘻笑，说俺俊卿只跟我一个人好，俊卿要我，俊卿可喜欢我呢！

　　有年春天的一天，王俊鸟跟随几个娘们儿到矿区附近的麦田里挖野菜。那几个娘们儿商量好了，要跟王俊鸟做一个游戏，游戏的内容是把王俊鸟单独留在地里，看她自己能不能找到回家的路。挖野菜时，她们东一个西一个，故意撒得很开。王俊鸟低头挖了一会儿野菜，当她抬起头来找别人时，一个人都不见了。她茫然四顾，大声喊哎，听不见任何人回答。王俊鸟看天天高，看地地远，天地间仿佛只剩下她一个人。这可怎么办呢？她的家在哪里呢？王俊鸟害怕了，往地上一坐哭了起来。她哭得泪水滂沱，好像这一次冯俊卿真的不要她了。不知王俊鸟哭了多长时间，冯俊卿得到消息，才循着哭声，在麦田里找到了自己的娇妻。冯俊卿伸手把王俊鸟抱了起来，为王俊鸟擦着眼泪说：我来了，小鸟儿不哭了，小鸟儿跟我回家。

王俊鸟的哭还止不住，她说：我再也不挖野菜了，我再也不挖野菜了！

好，不挖了，不挖了。咱家里有菜吃，小鸟儿想吃什么菜，哥就给你买什么菜。

回家时，冯俊卿没舍得让王俊鸟在地上走，他蹲在地上，让王俊鸟趴在他的背上，搂住他的脖子，像背一个小孩子一样，一路把妻子背回了家。趴上冯俊卿的后背，王俊鸟不哭了，一声接一声地把冯俊卿叫哥，哥！哎！哥！哎！眼看到了家属院门口，冯俊卿才说：别喊了，让人家听见笑话。

要是冯俊卿不出事，他们这个家庭应该能够维持下去。幸福不幸福不好说，至少不是现在这种样子。冯俊卿出事后，婆婆担心王俊鸟一个人带不好孩子，把孩子带回农村老家去了。婆婆不仅带走了孙子，还把矿上赔偿的抚恤金全部带走了。亏得矿上给王俊鸟孩子的抚养费是按月发放，每月都是发到王俊鸟手里，王俊鸟可以用这笔钱维持生存。按王俊鸟婆婆的意思，想把冯俊卿在矿上买的房子卖掉，拉着王俊鸟一块儿回老家。不料王俊鸟死活不回去，她说她还要在矿上等冯俊卿回来。儿媳有这样的痴心，婆婆也不好勉强她，把她一个人留在了矿上。

蒋妈妈隔着卫生间的玻璃门问王俊鸟：洗好了吗？

王俊鸟答：洗好了。

洗好了就出来吧，别老玩儿水了，我给你拿浴巾。

蒋妈妈从阳台的晾衣竿上取下散发着阳光味道的浴巾，递给王俊鸟。见王俊鸟正照镜子，她也看了镜子里的王俊鸟一眼。淋浴之后，王俊鸟又变成了一个俊俏的小媳妇。大概因为王俊鸟不知操心，不会发愁的缘故，逝去的岁月似乎并没有在王俊鸟脸上留下痕迹，她的额头还是光光的,眼睛还是大大的,鼻梁还是高高的,脸蛋还是鼓鼓的,恐怕比一个少女差不到哪里去。这样一个孩子,如果不是小时候得过脑膜炎,如果不是发烧把脑子烧坏,不知有多聪明呢!

王俊鸟接过浴巾时,蒋妈妈发现王俊鸟的身子有些异样,不由得又看了王俊鸟一眼。这一看不要紧,蒋妈妈疑惑起来。王俊鸟的肚子怎么有些鼓呢?要是吃了柿子,要是把柿子吃多了,王俊鸟的肚子应该上边鼓,现在怎么是下边鼓呢?显然,王俊鸟的小肚子里装的不是柿子,而是别的东西。王俊鸟的小肚子里装的会是什么东西呢?天爷,天奶奶,王俊鸟不会是怀孕了吧?

蒋妈妈,我的袜子呢?王俊鸟洗完澡,穿上衣服,在找她的袜子。

你的袜子都破成那样了,老大都露了出来,还穿什么穿,我给你扔了。蒋妈妈拿出一双新袜子,把上面粘的纸质标签撕去,递给王俊鸟说:给,穿这双吧。

王俊鸟笑了,说新袜子,新袜子,谢谢蒋妈妈!

你不用嘴甜,坐下,我有话问你。蒋妈妈指着客厅里的一个单人沙发让王俊鸟坐。

王俊鸟见蒋妈妈的表情严肃起来,她也不敢笑了。

我问你:你最近来了吗?

来了。

什么时候来的?

今天来的。

我问的不是你,我问的是你身上来了吗?

虱子?虱子没来。

什么虱子,你这孩子,不是在跟我打哑谜吧。蒋妈妈想起来了,她不能按与正常人对话的方式和王俊鸟对话,得尽量把话往直白处说。

她又问：你最近身上见红了吗？

王俊鸟想了想，这一次像是明白了，她说：没有。

多长时间了？

我也不知道。

你是不是怀孕了？

王俊鸟点点头。

怀的是谁的孩子？

王俊鸟不假思索地说：冯俊卿的孩子。

蒋妈妈真是哭笑不得，冯俊卿去世都好几年了，王俊鸟怎么可能怀冯俊卿的孩子呢。但这个话蒋妈妈不能和王俊鸟明说，她知道，王俊鸟有时候清楚，有时候糊涂；有时候相信冯俊卿已经死了，有时还抱有幻想，想着冯俊卿还会回来。在这种情况下，很可能有人利用了王俊鸟对冯俊卿的痴情和幻想，冒充冯俊卿，钻了王俊鸟的空子，并致使王俊鸟怀孕。真是什么样的人都有，这样的人太可恶了，也太可恨了。蒋妈妈问：俊鸟，这个孩子你打算要吗？

王俊鸟明确回答：要呀！

我的孩子，你自己还照顾不了自己呢，要是再生一个孩子，你的日子可怎么过啊！

蒋妈妈把王俊鸟送回家，她到矿上工会的女工部找韩部长去了，把王俊鸟怀孕的事跟韩部长说了说。韩部长对蒋妈妈所反映的情况很惊奇，也很重视，她马上带蒋妈妈到工会洪主席的办公室去了。因蒋妈妈协助矿工会做了许多工作，洪主席把蒋妈妈视为不在工会编制的工会干部，对蒋妈妈很是热情，马上给蒋妈妈泡茶、端茶。蒋妈妈把发现王俊鸟怀孕的事又详细说了一遍，洪主席说：谢谢蒋妈妈，这些情况您要是不说，我们还真不知道。蒋妈妈要走，洪主席不让她走，说咱们一块儿商量一下，看这个事情怎么处理。他们一块儿商量出来的处理意见是三点：第一点，委托蒋妈妈带王俊鸟到矿医院检查一下，看看王俊鸟是否真的怀孕了。第二点，要是王俊鸟真的怀孕了，为了爱护王俊鸟，也是为帮助王俊鸟解除负担，还得请蒋妈妈陪王俊鸟去医院，让妇产科医生为王俊鸟做一个流产手术。因为王俊鸟比较听蒋妈妈的话，对蒋妈妈比较信任，这个事情还得蒋妈妈费心。检查和手术所发生的费用，全部由矿工会承担。第三点，以欺骗手段，对智力不健全的工亡矿工家属实行性侵，并致使受害人怀孕，这是一种不道德的行为，也是一种犯罪行为。此事由洪主席和矿上的保卫科沟通，由保卫科出面调查，争取把犯罪嫌疑人查出来，移送到司法机关处理。

洪主席对蒋妈妈家里的事情也知道一些，蒋妈妈临走时，他问了蒋妈妈一句：您的儿子找好对象了吗？

蒋妈妈先说没有，又说我也不太清楚。孩子大了，有了自己的主意，我的话他也不听，随他去吧。

蒋妈妈的儿子叫蒋志方。蒋妈妈只有蒋志方这么一个儿子。

蒋妈妈的丈夫蒋清平也是死于井下事故。蒋清平不是死于那场重大的瓦斯爆炸事故，是死于瓦斯爆炸事故两年前的一次采煤工作面冒顶事故。蒋清平是采煤队的跟班副队长，还是矿务局的劳动模范。那天工作面冒顶冒得很高，石头冒下来，黄泥冒下来，上面出现了一个可怕的空洞，用矿灯往上一照，几乎照不见底。要继续采煤就得把空洞补上。这有些像神话传说中的女娲补天，只不过，井下"补天"用的不是石头，是木头。女娲补天不见得有什么危险，而在井下"补天"是危险的。"补天"的重任落在了蒋清平的肩上，他说我来吧。蒋清平登上临时用木头搭起的脚手架，用木头横梁和用荆条编成的荆芭，"补天"一样修补顶板。眼看蒋清平就要把顶板修补好了，又一阵更大、更凶猛的冒落物冒下来，把蒋清平埋在了下面。等矿上的救护队员赶到井下把蒋清平扒出来，蒋清平已经停止了呼吸。那次事故只死了蒋清平一个人。

  丈夫蒋清平出事时，蒋妈妈正在老家的村里当民办教师。每天和一群百灵鸟一样的小学生在一起，她过的是快乐的日子。她很喜欢当老师，愿意把老师一直当下去。如果她再干两年，有可能从民办老师转为正式教师。但她没等到转成正式教师，丈夫一出事，她当正式教师的梦想就中断了。丈夫出事时，矿上给的抚恤金还比较低。好在当时有一项辅助性的抚恤政策是，矿工因工亡后，其适龄子女中可以有一个顶替工亡矿工参加工作，而且是国家正式工。这样一来，正在老家读高中的蒋妈妈的儿子蒋志方就终止了学业，顶替父亲到矿上当了一名工人。蒋妈妈已经失去了丈夫，万万不可再失去儿子，她必须和儿子在一起，天天陪伴儿子。她锁上老家的房门，在矿上买了两间房子，常年住到了矿上。矿上没有把儿子分配到井下，她儿子经过技术培训之后，到选煤楼上当了一名机电修理工。选煤楼在地面，在选煤楼里上一天班，虽然也是满手黑、满脸黑，但选煤楼里没有冒顶，没有透水，没有瓦斯爆炸，安全系数比井下大多了。蒋妈妈心里明白，这是矿上在照顾她的儿子，也是在照顾她，她心里踏实多了。

  为了接受那次重大瓦斯爆炸事故所造成的血的教训，矿上对安全教育抓得紧而又紧。这种教育自上而下分好多层次，矿上教育，队里教育，班组也在教育。教育除了有安全生产技能方面的传授，也是一种安全叮嘱。叮嘱无处不在，矿领导有叮嘱，队领导有叮嘱，班组长有叮嘱，工友之间有叮嘱，连家里的亲人也有叮嘱。矿工去下井，临出门妻子又叫住了他，说过来。妻子冲他努着嘴，把红红的嘴唇努成一枝花蕾。丈夫会意，回身在"花蕾"上亲了一下。"花蕾"随即开成了"花儿","花儿"的叮嘱是:好好去好好回来,回来我给你好吃的。

矿上想把一些工亡矿工家属也动员起来,让他们从自己的亲身经历出发,讲一讲亲人离去后,对她们的心灵所造成的创伤,对她们的精神所造成的痛苦,以及她们后来的生活所遇到的种种难处。这样现身说法,会讲出个性化的细节,感情色彩也浓一些,估计会对矿工的心灵形成比较有力的冲击,收到意想不到的安全教育效果。想法有了,可当他们找到那些工亡矿工家属,动员她们站出来讲一讲时,她们几乎都摇了头。提起她们逝去的亲人,无一例外,她们眼里都含了泪,神情都很悲恸。让她们给大家讲一讲时,她们不是说自己嘴笨,就是说自己害怕在人多的场合说话。想法是好想法,家属不愿配合也是白搭。其实他们也明白,人人长有一张嘴,用嘴吃饭是一回事,用嘴说话又是一回事。人人都会吃饭,不见得人人都会说话。说话与说话又有区别,说私话是一回事,说公话又是一回事;跟一个人说话是一回事,对很多人讲话又是一回事。有人在私下里说话,小嘴儿叭叭叭,快得跟转动的缝纫机一样,差不多能把别人的嘴缝住,只有她一个人在说话。但一让她到会场上说点公话,她的嘴像缝纫机坏了飞轮一样,立马儿哑巴。

韩部长是从省城分配到龙陌矿的女大学毕业生,当上女工部长后,她一心要在自己分管的工作中做出一番成绩。她不甘心让一个好的想法落空,就抱着再试试的念头,找到了蒋妈妈。提起丈夫蒋清平,蒋妈妈也流了泪,也表示了不愿再回首往事的意思。但耐不住韩部长态度恳切,差不多也流了泪,她说:蒋妈妈,我们年轻人在矿上开展点儿工作也不容易,您就当我是您的孩子,权当支持一下我的工作吧。蒋妈妈犹豫了一会儿才说:那我就试试吧。

那天下午，矿上的大礼堂里坐满了人，恐怕上千人都不止。去听讲的人大部分是矿工，还有一些矿工家属。蒋妈妈从她的一个梦讲起，说这个梦老是重复，不知做了多少次。她不想做这样的梦，也曾对自己下过命令，不许再做这样吓人的梦。但梦由人出，并不受人的控制。人醒着时，可以给自己的思想指定一个方向，思想之马会沿着指定的方向前行。而人一旦睡着了，一旦进入梦乡，碰见什么样的梦就不一定了。有时是一棵树，有时是一个石磙，有时是一片水，有时是满地钱币，还有时是鱼鳖虾蟹，或是妖魔鬼怪。反正梦是信马由缰，连霸王、张飞、李逵都管不住自己的梦。她经常做的是一个什么梦呢？老是梦见丈夫蒋清平在井下出事了。丈夫的身体看上去是完整的，不缺胳膊不少腿，但丈夫就是不睁眼，不说话，也不出气。她晃丈夫，丈夫不动；她喊丈夫，丈夫不理，坏了，丈夫出事了，丈夫的身体变成了尸体。悲从心来，她开始大哭。她哭得痛彻心肺，声音很大，以致把自己哭醒。是的，每次都是她自己的哭声拯救了自己，把自己从万恶的噩梦中解救出来。醒来之后，她都会长出一口气，如释重负，顿感轻松，并深感庆幸。她不止一次听解梦的人说过，所有的梦都是反着来，梦忧得喜，梦喜得忧；梦见捡钱要破财，梦见破财要发财。从这样的解释来判断，她梦见丈夫不出事，预示着丈夫可能要出事；梦见丈夫老出事呢，就告诉她丈夫平安无事。从这个意义上说，她的噩梦像是为丈夫打了保票，做梦的过程虽然让她付出了痛苦，但她宁可做这样的梦，宁可一个人在睡梦中承受痛苦。让她万万不能接受的是，天到底还是塌了，地到底还是陷了，她重复了多少遍的噩梦到底还是变成了现实。噩梦并不可怕，现实才是最要命的，最可怕的。还有，梦就是梦本身，任何对梦的解释都是靠不住的，都是自欺欺人。

那天矿上的一辆小汽车开进村时，她正给班里的学生上语文课。

村长在教室门口招手让她出来，说矿上来人了，请她到矿上去。她一听就知道发生了什么事，顿觉天旋地转，手脚冰凉。但她的意志还算坚强，说是要给学生布置一下作业，她又返回教室去了。她说同学们，我家里有点儿事，我回去一下。下半堂课，同学们把课文抄写一遍。先抄完的同学可以朗读课文，注意要用普通话朗读。说这番话时，她的喉头有些哽咽，眼泪一直在眼眶里打转转。但她使劲忍着，没让眼泪流出来。出了教室，她的眼泪才夺眶而出。从那以后，她再也没有踏进过教室，再也没见过那些她的可爱的学生。说到这里，蒋妈妈的喉头又有些哽咽，眼睛也有些发湿。

坐在蒋妈妈旁边的韩部长，拿出一叠面巾纸，递给蒋妈妈，让蒋妈妈擦眼泪。

蒋妈妈接过面巾纸，没有往眼睛上擦，她低下头，擦了一下鼻子。擦过之后，她接着往下讲。她说丈夫活着时，她没有想那么多，只是对丈夫的安全有些担心。丈夫永远离去后，她才体会到了，每个人来到这个世界上，生命都不是孤立的，与其他生命有着共生的关系。特别是和亲人之间，骨肉相连，血脉相连，心心相连，是互相依存的关系，谁都离不开谁。也就是说，每个人的生命既是属于自己的，也是属于亲人的。由于各种各样的变故，世界上每天都有不少鲜活的生命突然消失。这种消失带有偶然性也带有强制性，割裂性，是全人类所面临的共同的问题。伤亡事故不但煤矿有，死于交通事故的人更多，据说平均每两三秒钟就会死一个人。这种非正常死亡，当然会给死者带来痛苦，但更多的痛苦留给了生者，要由死者的亲人来承担。这种痛苦是大面积的，是深刻的，也是久远的。说它是大面积的，因为死者上有父母，中间有妻子和兄弟姐妹，下面可能还有孩子，死的是一个人，牵涉到的是众多的亲人，还有亲戚。说它深刻，因为这种痛苦铭心刻骨，一痛再痛，很难消失。说它久远，这种痛苦有可能会世代代代流传下去，成为一种家族记忆。蒋妈妈把话题转回她自己，她说因为丈夫死于井下的冒顶事故，她对冒顶这个字眼特别敏感，也特别恐惧，一听有人说到冒顶，她心里就咯噔一下，好像遭到了灭顶之灾。同样的原因，她觉得顶板也多起来，屋顶是顶板，天顶也是顶板。不知不觉间，她进屋先看屋顶，出门先看天顶，仿佛屋顶和天顶也会冒顶，随时会塌下来。这样说着，她不由得看了一眼礼堂里的天花板，好像天花板也是一块顶板，也有可能冒落。见她仰脸看天花板，不少听众也随着她往上看，黑压压的听众里起了一点小小的不安。

蒋妈妈毕竟当过多年老师，她自我掌控得很好。说到伤心处，她的眼泪多次在眼里打转转，眼看就要掉下来。但她把眼泪控制在眼眶范围内，没让眼泪越过眼眶。她宁可让眼泪流到肚子里，流到鼻腔里，也不愿让矿工和家属们跟着她伤心落泪。

她能控制自己，却不能控制听众的情绪，整个礼堂里一片眼泪，一片唏嘘。连韩部长都感动得不能自已，一次又一次用面巾纸擦眼泪，以致沾泪的纸巾在桌面上攒成一堆。

韩部长是这场现身说法报告会的主持人，在介绍蒋妈妈时，她好像没说蒋妈妈的名字，只说这是我们的蒋妈妈。也许韩部长提到了蒋妈妈的名字，但大家都没有记住，只记住了蒋妈妈。

那场报告会之后，全矿的人都知道了矿上有个蒋妈妈，蒋妈妈成了大家的蒋妈妈。

第七章　蒋志方的追求

龙陌矿的食堂如同城市里的饭店，进去吃饭也不用备碗筷。消过毒的碗筷都在装有玻璃门的柜子里整齐地码放着，随时用随时取就是了。那些碗都是矿上在厂子里定制的，不知用的是什么材料，碗型都比较大，拿在手里却相当轻。更难得的是，碗壁和碗底都做了夹层，不管刚出锅的饭菜温度有多高，盛在碗里，端在手上，一点儿都不烫手。瓷饭碗可以打碎，铁饭碗可以打碎，这样的饭碗比瓷饭碗和铁饭碗都要结实。如果不小心将饭碗掉在地上，饭碗蹦了一个高后，仍完好如初。

食堂比饭店的优越之处还有不少。饭店都是白天营业，能营业到晚上十点就算不错，稍晚一点，服务员就会给你脸子看。矿上的食堂昼夜二十四小时都有饭菜供应，餐厅里整夜都灯火通明。饭店里的餐厅面积一般来说都比较狭小，餐桌放得挤挤挨挨，端盘子的服务员扁着身子才能通过。矿上食堂的餐厅要阔大许多，餐厅里固定摆放的餐桌有几十张，同时可容纳几百位矿工就餐。餐厅的墙上或头顶，安装有悬挂式的电视机，电视机里播放的节目多是综艺类的，矿工一边吃饭，一边可以听唱歌，看跳舞，欣赏小品。食堂里供应的菜七荤八素，有热菜，也有凉盘。你想吃什么，用手一指，炊事员马上给你盛。除了品种丰富的饭菜，食堂里供应的还有酒，白酒、啤酒都有。几个工友约好同坐一桌，每人买一份与别人不重样的菜，要上一瓶白酒或几瓶啤酒，频频举杯，喝得相当快乐。

拿餐厅和井下的工作面相比：工作面空气污浊，餐厅饭菜飘香；工作面危险，餐厅安全；到工作面是付出，到餐厅是享受。如果他们在井下工作面是老鼠的话，到了地面餐厅，他们就变成了老虎，想吃鸡就吃鸡，想吃牛就吃牛。

吃完了饭，他们连碗筷都不用收拾，所有餐具往桌子上一推，站起来就可以走人。碗筷自有人为他们收拾，桌面自有人为他们擦拭，他们是真正的服务对象，是脱下矿靴、摘下矿帽的上帝。

卫君梅这天上白班，早上八点上班，下午四点下班。她推着类似火车上列车员推的敞厢式小推车，正在餐厅里穿行。看到哪个餐桌上有人用完了餐，她就推车过去，把碗筷收拾起来，分门别类轻轻放进车厢里。然后拿起搭在车把上的专用抹布，把桌面擦拭干净。她们的工作是轻、快、净，还要面带微笑。轻是走路要轻，拿放东西要轻；快是眼快手快反应快，一见有人用完了餐，立即过去收拾；净当然是收拾得干净，擦拭得干净，一点汤汤水水都不许留下。微笑嘛，显示的是保洁员的服务态度。在餐厅里服务，成天拉着个脸子可不行。你在自己家里怎么拉脸子都可以，到了工作岗位，必须面带笑容。这些服务标准，卫君梅都做到了。

矿上给每个保洁员都配发了工作服，工作服是一件玉红色的带袖围裙。卫君梅把两只胳膊往袖筒里一插,两根带子往后腰一系,工作服就穿上了。从前面看,这样的工作服像一件旗袍,勾勒出了卫君梅的腰身。与围裙相配套的,是一顶同样玉红色的折叠式小帽儿。这种小帽儿的装饰性、标志性大于实用性,也就是说,它注重的是审美价值,而不是实用价值。戴上这种小帽儿,人一下子显得有些俏巴,让人想起春来时盛开的红玉兰,还让人想起"早有蜻蜓立上头"。就拿卫君梅来说吧,这样的小帽儿只能用来顶在头顶,额头遮不住,脑后的马尾小辫也包不住。围裙和小帽儿都不能算是包装,却收到了意想不到的"包装"效果,以致卫君梅成了一道风景,她走到哪里,就餐人的目光就追踪到哪里。

和卫君梅同上白班的还有一个保洁员,那个保洁员穿的工作服跟卫君梅是一样的。因为与卫君梅的肤色、眉眼、身材、姿态等方面不可等量齐观,工作服穿在她身上,只能是"工作"的效果,没有"包装"的效果。看来,"包装"也有条件,也分对象,也要透过现象看本质。如果本质不上档,再"包装"也无济于事。好在那个保洁员很坦然,她是来打扫卫生的,不是让卫生来打扫她的,要那么多人看她干什么!那些人的眼睛是那么的饿,要是人家都看她,她还受不了呢。

卫君梅到一张餐桌边收拾碗筷,另一边还有一位矿工正在吃饭。见卫君梅走过来,就停止了吃饭,两只眼睛改"吃"卫君梅。也许在他看来,"吃"卫君梅比吃饭更重要。他把卫君梅叫成卫师傅,说卫师傅,你这样不行啊!

卫君梅笑了一下,不知她做错了什么。

你在这里太浪费粮食了。我本来吃一碗饭就够了,一看见你,我又得多吃一碗。

卫君梅也把矿工叫师傅,她说:师傅真会说笑话。

卫君梅走到另一张餐桌边，有位矿工叫住了她，问她姓名的最后是哪个字，是煤炭的煤？还是妹子的妹？

是哪个字呢？卫君梅没有明确回答，她说：哪个字都可以。

那就是妹子的妹吧，以后我就叫你妹子怎么样？

卫君梅还是说：师傅真会说笑话。

也有人说话不太讲分寸，手上还有一些小动作。遇到这样的情况，卫君梅脸上寒了一下，并不显得十分生气，她说：我丈夫是你的兄弟，他走了。卫君梅的声调不高，但话里的分量千钧万钧，对方一听，随即就低下了眉。

餐厅里的保洁员不负责洗碗筷，她们只把碗筷收拾到小车里，推到食堂的后堂就完了。那里有人负责清洗碗筷，并负责给碗筷消毒。食堂里说是一天二十四小时有饭吃，但吃饭的人们还是愿意遵循亿万年所形成的自然规律，习惯在早、中、晚三个时间去食堂吃饭。实在没办法了，他们才在半上午，半下午，或半夜里，去食堂喂一下肚子。比如半夜里正是肚子休息的时候，你硬把肚子的口袋口打开，往"口袋"里装东西，肚子很不情愿，也很不舒服。所以不到习惯吃饭的那个时间，人们还是尽量不进食堂。这样一来，开饭的高峰时间段一过，到食堂就餐的人逐渐稀少，宽阔的餐厅一下子变得空旷起来。这时候，卫君梅不必在餐桌之间穿梭，她退至餐厅一角，在一张空桌子边坐了下来。演员跳舞，有在舞台上的时候，也有退到幕后的时候。在台上手舞足蹈，退到幕后可以稍事休息，放松一下。而偌大的餐厅，对卫君梅来说，像是舞台，又像是观众席。卫君梅看见了，她的"舞蹈"尚未结束，只是告一段落，观众已经寥寥无几。虚眼之际，她看见一个人的背影像是陈龙民。有一年春天，卫君梅约了郑宝兰，带着孩子，到著名的宋朝古都游览。在她们外出游览期间，陈龙民只好到矿上的食堂吃饭。她回来后听陈龙民说,食堂里的饭菜一点儿都不好吃,只有老婆做的饭菜最好吃。她跟陈龙民说笑话:我上一辈子欠了你的债呗,到了这一辈子,老天爷就罚我天天给你做饭吃。陈龙民说:不是你欠我的,是我欠你的。她问陈龙民:你欠我什么?陈龙民说的是:什么都欠……

一个人端着饭碗,隔山迈垅向卫君梅走过来,跟卫君梅打招呼:你好啊!

卫君梅赶紧站起来,说你好你好!

走过来的人在桌边坐下,示意让卫君梅也坐下,跟卫君梅搭话:一个人在这里发什么呆呢,心思又走远了吧?

卫君梅摇头,否认自己有什么心思。

你的情况我知道一些。一个人不能把自己老吊在一棵树上,有些心思,该放下就放下;有些感情,该转移就转移。我的意思你明白吧?

不明白。

其实你是明白的,问题是你的心思太重了,压得自己有些喘不过气来。

卫君梅愣了一下。她发愣不是因为人家点破了她的心思,是她看见食堂门口又进来了一个人,这个人不是别人,是蒋志方。她知道,蒋志方一天三顿饭都在家里吃,不在食堂吃,蒋志方来食堂不是为吃饭,肯定是来找她。不知为什么,一看见蒋志方,她心里就有些紧张。

蒋志方上的是夜班。下了夜班,洗了澡,吃了饭,蒋志方应该拉上窗帘睡觉。他没有睡觉,到食堂找卫君梅来了。他上次说要送给卫君梅一部手机,手机已经买好,他得尽快把手机交到卫君梅手里。他事先没有跟卫君梅约定时间,卫君梅上班的时间等于是他们约定的时间，这个时间像上班一样可靠。他事先也没有和卫君梅约定地点，卫君梅上班的食堂等于是他们约定的地点，到食堂里找卫君梅，一找一个准。蒋志方进了食堂，他的目光像是受到了指引，一眼就把坐在餐厅一角的卫君梅看到了。见有就餐的人和卫君梅说话，他犹豫了一下，还是朝卫君梅走去。

跟蒋志方打招呼好呢？还是不打招呼好呢？犹豫之间，卫君梅额头上出了一层细汗。

嫂子，你上次托我给你买的手机，我给你买回来了，也不知道合不合你的意？蒋志方说着，从衣服口袋里把手机掏了出来。那是一款翻盖儿式的手机，手机的盖子是玉红色，看上去很是小巧，精致。

卫君梅怎么办呢？蒋志方上次跟她说过，要送给她一部手机。一部手机不是一穗儿玉米，手机是值钱的东西，买一部手机，少说也得花千儿八百的，她怎么能随便要别人的东西呢！再说，没人给她打电话，她也不给别人打电话，她过的是封闭的生活，不是开放的生活，手机的确用处不大。这不，蒋志方还是把手机给她送来了，这个蒋志方，真是一个固执的人哪！蒋志方这次倒是没说是送给她手机，说成是她托蒋志方买的。她什么时候托蒋志方买过手机呢？从来没有过。但当着别人的面，这个话她不能说，蒋志方一番好心好意，她得给蒋志方留面子，就当是她托蒋志方买的吧。她说：挺好的，谢谢你！多少钱？我给你。

蒋志方当然不会收卫君梅的钱，他说不着急，钱随后再说。要是有电话来，你把手机的盖儿打开，摁一下标有电话听筒的绿键，就可以接听了。他翻开手机的盖儿，给卫君梅演示了一下，才把手机给了卫君梅。

卫君梅接过手机，觉得手机有些烫手似的，对这种现代化的通讯工具好像一点儿都不稀罕，赶紧装进围裙的口袋里了。

那个在桌边吃饭的人，看看蒋志方，又看看卫君梅，似乎看出一点端倪。他听说有一个年轻人对卫君梅有意，可能就是这个给卫君梅买手机的年轻人。他正吃的菜是西红柿炒鸡蛋，他说菜里放的糖太多了，太甜了，他妈的。

卫君梅对蒋志方说：你把发票给我吧。

蒋志方从口袋里掏出一个纸片，纸片不是发票，也不是手机的使用说明书，纸片上抄写的是两个手机号码，一个号码前写的是卫君梅，别一个号码前写的是蒋志方。

卫君梅接过纸片，看了一眼，没再多说什么，把纸片也装进了口袋。她说她该去干活儿了，推起小推车，向餐厅中央走去。她知道蒋志方正在看着她，她没有回头看蒋志方。

那个吃饭的人也起身离去。他买的菜没有吃完，碗里的小米稀饭也没有喝完，放下筷子就走了。他追上卫君梅，小声对卫君梅说：我看这小子是心血来潮，你千万不要搭理他。

卫君梅没有搭理他，只管往前走。

出了食堂，蒋志方仰脸看了看天。人生活在地上，看地的时候多，很少往天上看。有的人三天两天都不往天上看一眼，天是空的，有什么可看的呢！天上打闪了，打雷了，或者下雨了，下雪了，有的人才记起头顶上还有个天，才想起往天上看一眼。蒋志方不是这样，他有出门看天的习惯。他看天的感觉跟母亲不一样，母亲会觉得天像顶板，他从来没有这样的感觉。白天他看见的是蓝天，白云，夜晚他看见的是月亮，星辰。这天的天气不错，天很高，很蓝，没有云彩。阳光照在人身上，让人从心底荡漾起无边的暖意。卫君梅收下了手机，太好了，简直太好了，还有比这更好的吗，恐怕没有了。不错，手机是一件礼物,但同时,手机也是一件信物啊!卫君梅收下了信物,等于认同了他的信誓,等于接受了他的一颗心,这让蒋志方几乎落下泪来。此前,他曾经想过给卫君梅一些钱,也曾经想过给卫君梅买一件比较好的衣服,想来想去,他觉得还是买一部手机最合适。以前卫君梅没有手机,他想跟卫君梅说句话都很难。有时晚上来到卫君梅的家门口,他能听见卫君梅在门里说话,却不敢进去和卫君梅交谈。过年过节时,他想给卫君梅发一个短信,对卫君梅表示祝福。卫君梅没有手机,他不知把短信发到哪里去。现在好了,他只要想听一下卫君梅的声音,只要想跟卫君梅说话,随时随地都可以拨打卫君梅的手机。他有什么想法要对卫君梅表达,只需把想法写在手机的屏面上,然后把发送键轻轻一点,想法很快就会在卫君梅的手机上显示出来。以前他给父亲写信,要用钢笔把信写在纸上,写完了还要装信封,贴邮票,送到镇上的邮电所去。邮电所的邮政人员把信一总送到县里的邮政局,邮政局经过分检,信搭了汽车搭火车,搭了火车还要再搭汽车和自行车,才能送到在矿上工作的父亲手里。也就是说,以前想表达想法,得经过很多环节,需要很多条件,哪一个环节走不到,哪一个条件不具备,想法就不能送达。现在简单了,也方便了,一部手机在手,不怕刮风下雨,不怕山高路远,可以把两颗心紧紧连在一起。不过,蒋志方这会儿还不能给卫君梅打电话,也不能给卫君梅发短信,还得忍着点儿。卫君梅正上班,他不能分卫君梅的心,不能干扰卫君梅的工作。要打电话,发短信,他只能等到卫君梅下班之后再打,再发。

离矿上的食堂不远,是矿上办公区的广场。办公区的广场不同于矿上的工业广场,工业广场在井口,广场上放有采煤用的机械设备和支护材料,有矿车在贯穿广场的轨道上穿行。工业广场不是休闲区,是闲人免进的地方。相比之下,办公区的广场是开放性的休闲娱乐场所，只要是矿上的职工或家属，谁都可以到广场上观光浏览一番。广场的面积不算小，左边一个小花园，右边一个小花园，中间是假山和喷泉。假山周围建有水池，水池里养有观赏鱼。喷泉喷上去，又落在水池里，哗哗的，像下雨。鱼儿总是喜欢下雨，红鱼、黄鱼、白鱼在水池中游来游去，显得相当活跃。

蒋志方没有到小花园里去看花，他在摆放在广场边的一块黑板报前站下了。国庆节期间，矿上组织黑板报比赛，要求每个队都要出一块黑板报，并把黑板报摆放到广场周边参赛。最后由宣传科组织评委，根据黑板报的内容、布局、字体、装饰等，给每一块黑板报打分，评出一二三等奖。蒋志方面前的这块黑板报是选煤队出的，在评比中得的是二等奖。这块黑板报是由蒋志方编写的。队里的支部书记老朱知道他念过高中，见他的字写得也不错，就把写黑板报的任务交给了他。一开始他不敢接受任务，说他从没有办过黑板报。老朱跟他开玩笑，说他以前还没当过新郎呢，到时候一当就会了。老朱拍了他的肩膀，说我相信你一定能办好，你不但能办好，说不定还能得奖呢。老朱还给了他两天假，那两天他不用到选煤楼上班，在队部专事办黑板报。为了不辜负支部书记的信任，蒋志方办黑板报办得很用心。黑板报的内容是庆国庆和安全月活动相结合，别的队办黑板报，一般是抄录报纸上现成的文章。蒋志方除了抄录，自己还写了一首诗歌，诗歌的题目是《因为有爱》，大意是，因为有爱，天才这样高，地才这般阔。因为有爱，花儿才开得如此热烈，如此绚丽。因为有爱，内心才柔软无际，坚强无比。爱，意味着勇敢的承担，执着的追求。爱，意味着冲破一切艰难险阻，永不放弃。爱是炽热的情怀，包含在不动声色的煤里。爱是天轮的牵挂，罐笼在哪里，牵挂到哪里。爱是满眼的泪水，泪无尽期，爱无尽期。写这首诗时，他想的是卫君梅。如果要给这首诗设定一个读者的话，他所设定的第一个读者就是卫君梅。卫君梅每天上下班时从黑板报前经过，他不知道卫君梅在这块黑板报前停下过没有，不知卫君梅看没看过这首诗。反正蒋志方自己非常喜欢这首诗，只要从黑板报前经过，他必定会停下来重读一遍。其实诗是从他心里生长出来的，他早就背得滚瓜烂熟。尽管如此，他还是读了再读。蒋志方以前从未发表过作品，如果说这首诗也算作品的话，如果黑板报也算报的话，他是第一次在报上发表作品。他希望作品能在报上保留得时间长一些。他甚至希望，最近最好不要下雨，免得雨水把黑板报上的粉笔字冲刷掉。一星期过去了，经过风吹日晒，写在黑板报上的粉笔字已不如刚写上时清楚，他用彩色粉笔画的装饰性报头也已经褪色，比如向日葵黄色的花瓣就变成了白色。不过花儿还在，叶儿还在，诗还在，爱还在，一点儿都不影响真正的欣赏者对黑板报的欣赏。

　　杨书琴也在黑板报前站下了，她不看黑板报，看的是蒋志方，她说：志方，还没看够呢！连我都会背了，泪无尽期，爱无尽期，对不对？

　　蒋志方叫了一声杨师傅，样子有些不好意思。

　　我去食堂买了几个馒头，这样就不用在家里蒸馒头了。杨书琴把手里提的用塑料袋装的几个馒头给蒋志方看了一下。杨书琴是蒋志方的工友，同在选煤队的选煤楼上上班。原煤从井下的工作面采出来，提升到地面的装煤楼上，需要先过一遍钢丝网做成的震动筛。震动之后，碎煤漏下去了，筛子上留下的都是块煤。这是选煤的第一道工序，叫筛选。选煤的第二道工序是手选。进行手选的都是一些女工，临时工，她们分站在不停运转的皮带运输机两侧，负责把混杂在煤块里的个别矸石拣出来。矸石黑头黑脸，表面像煤，实质不是煤，是石头。

只有把石头拣出来，才能保证煤质的纯净。杨书琴就是一个拣矸工。杨书琴的丈夫也是在那场重大瓦斯爆炸事故中遇难的，她只有一个女儿。杨书琴对蒋志方说：走吧，跟我去我家吧，中午我给你包饺子吃。她说得轻轻的，语调里充满温情。见蒋志方站着不动，她问：你爱吃什么馅儿的饺子，是猪肉？牛肉？还是羊肉？

蒋志方爱吃什么馅儿的饺子呢？他不能回答，不管他回答爱吃什么馅儿的饺子，都意味着答应了跟杨书琴走。他想说，他什么肉馅儿的饺子都不爱吃，那样说显然不是实话，他又说不出口。他说他中午不吃饭，他该回家睡觉了。

猜猜杨书琴怎么说，杨书琴说：你到我家里睡也可以呀！

这可使不得，万万使不得。蒋志方的脸一下子红透了，他要杨师傅不要开这样的玩笑。当地的农民在矿街两旁建了不少房子，平房楼房都有。他们建房子的目的并不一定是为自己住，大多是为了租给矿工及其家属，还有外地来的打工者，以房生财。蒋志方听说，杨书琴就在一个院子里租了人家一间房，自己带着女儿在那儿住。杨书琴曾多次跟她说过，邀他到她家里去坐坐，他一次都没去过。蒋志方难免把杨书琴和卫君梅作过比较，这两个人所遇到的变故是一样的，两个人目前的处境也是一样的，但她们的想法和处世风格不太一样。卫君梅不想再嫁人，杨书琴想再次把自己嫁出去；卫君梅不想再依靠男人，决心靠自己的力量自强自立，杨书琴认为男人是重要的，离开了男人，女人就是无源之水，无本之木，不拉一个男人一块儿过，那才是傻子。提起死去的丈夫，卫君梅说到的都是丈夫的种种好处，杨书琴不愿再提起死去的丈夫，说人都没有了，再提他有什么用；卫君梅说话委婉，想得多，说得少，杨书琴肠子直，想到什么都愿意说出来。有一次在班上，趁井下检修，运煤的皮带暂停运转，杨书琴把蒋志方叫到选煤楼一个背人的地方，对蒋志方说了自己的意愿。她说：我听说你对卫君梅好，我才敢跟你说这个话，要不是听说了你对卫君梅有意，这事我连想都不敢想。咱俩成天在一块上班，低头不见抬头见，难道我一点儿都不入你的眼吗？

蒋志方说：杨师傅，我很尊重你。

尊重是咋说？

尊重一个人，就是不能对这个人产生任何想法。

那，你还是别尊重我好一些。你为啥不尊重卫君梅呢？

我对卫君梅也很尊重。

不是吧，我听说你经常去找卫君梅，还帮着卫君梅家收玉米。

蒋志方低下了眉，把挎在身上的工具袋摸了摸。

你还很害羞啊！我不明白，你看上了卫君梅哪一点呢？卫君梅，哪一点比我强呢？除了她是小脸，我是大脸，她长得稍微比我好看一点，我哪里比她差呢！杨书琴把自己和卫君梅作了比较：卫君梅比你大六岁，我才比你大三岁；卫君梅有两个孩子，我只有一个孩子；还没怎么着呢，卫君梅就让你干活儿，你要是娶了我，除了上班，我啥活儿都不让你干，保证把你伺候得好好的；最重要的是，卫君梅已经有了两个孩子，她肯定不会再生孩子了，你要是娶了我，我可以为你生一个亲骨肉，说不定还能为你生一个儿子呢！你要是不相信，咱们先试试也可以。他们说话的地方是一个角落，上面的灯泡上沾了不少煤尘，光线有些昏暗。可杨书琴的眼睛很亮，恐怕要比灯泡亮许多。旁边的配电柜里，传出电流的嗞嗞声。杨书琴的嘴唇上沾的有煤尘，她伸出舌尖，把煤尘舔了一下，舔到嘴里去了。杨书琴的舌头很红，比刚开的玫瑰花的花片还要红。看杨书琴满怀渴望的样子，如果蒋志方同意试，他们当场就可以试起来。

蒋志方说震动筛的网眼破了一点，他得去修补一下。

杨书琴不放蒋志方走，抬起一条腿，拦住了蒋志方去路。没错儿，她抬的不是胳膊，的确是一条腿。她的腿有些粗，却相当灵活。她说她的话还没说完呢，又说：我就是震动筛！

这一次，蒋志方没有再说他很尊重杨师傅，他说的是：杨师傅，你要自己尊重自己。

又有一个女工喊蒋志方：志方，志方，你钻到哪个老鼠洞子里去了！

杨书琴这才把腿收回，放蒋志方走了。

见蒋志方和杨书琴在黑板报前面站着，选煤队的支部书记老朱也停下了。老朱是骑着摩托车由此路过，摩托车停下后，他并没有从摩托车上下来，两腿跨在摩托车上，一只脚还支着地。他说：杨书琴，不待这样的啊，不要看见英俊小伙儿就走不动。蒋志方还是一个童男子，还不知道女人的厉害，你不要打他的算盘。

打算盘？我打他的算盘了吗？我什么都没打呀！杨书琴一脸无辜的样子，说黑板报上写了这么多"因为有爱"，兴你们看，难道就不许我看看吗！

想打算盘也可以，在心里打打就行了，最好别把算盘珠子打出声音来。哎，志方，咱们的黑板报得了二等奖，矿上给了三百元奖金，奖金在办事员那里放着，得空你去办事员那里领一下。

蒋志方说：奖金我可不能领，那是奖给队里的，我个人怎么能领呢！

奖金虽说是发给队里的，但黑板报是你编写的，我们商量，奖金最好还是发给你。

蒋志方态度坚决，说他绝不会要。他说，为出黑板报，队里还给了他两天假，对他已经够可以了。

杨书琴说：奖金你们都不要，干脆给我得了。

老朱说：给你可以，矿上再组织黑板报比赛，下一期黑板报你来写。

杨书琴连连摆手，说别别别，你别吓唬我，我识那几个字，早让我就着馒头当菜吃了。她这才提着馒头走了。

老朱问蒋志方是不是准备回生活区的家属院，要是回家属院的话，可以趁他的摩托车，他要回家取点东西。说着从摩托车上下来，拍了拍摩托车的后座。

老朱的摩托车是电动的，噪音一点儿都不大。蒋志方骑在摩托车上，一路上，老朱跟蒋志方说了不少话。他要蒋志方给队里的支部写入党申请书，争取尽快入党。他认为蒋志方各方面素质都不错，很有发展前途。要是入了党，前途就更远大。在选煤楼上拣矸石的女工，除了杨书琴，还有三个也是工亡矿工家属。井下只有男人，没有女人。到选煤楼上打了颠倒，是女人多，男人少，一个男人有好几个女人盯着。老朱劝蒋志方，千万要和那些半路失去男人的女人保持距离，她们都得过男人的好处，突然没了男人，她们都是又饥又渴，抓住一个算一个。她们对付男人都很有经验，各人有各人的圈套。你一不小心，进了她们的圈套，再想退出来就难了。老朱也知道蒋志方对卫君梅印象很好，但他没有具体说到卫君梅，他说的"半路失去男人的女人"，是一个泛指，其中当然也包括卫君梅。他明确对蒋志方说：像你这样的条件，找对象应该把标准定得高一些。也不说有多高，起码应该找一个没结过婚的大闺女。不然的话，人生一世，你就太亏了，也太对不起自己了。

老朱说着，蒋志方听着，电动摩托车向前开着，蒋志方没有说话。

老朱是蒋志方的领导，是蒋志方的顶头上司，上司这样看重他，关心他，主动让他趁车，还跟他说了这么多推心置腹的话，如果换一个人，不知有多么感激呢，一路诺诺唯恐不及。可蒋志方就是蒋志方，他是一个有主意的人，也是一个执拗的人，不大会轻易认同别人的说法。他的好处是，就算他不认同，他也不会马上表现出来，更不会和人家辩驳。他得承认人家是好心，不能把好心当成驴肝肺，不能让好心人的面子上下不来。他的不会讨喜儿的地方也在这里，他从不奉承人，从不说假话，在很多情况下只能选择沉默，沉默。

电动摩托车靠电驱动，手机离开电也不行。蒋志方这会儿突然想起，他只把手机送给卫君梅了，却忘了给卫君梅拿充电器。充电器与手机配套，手机离不开充电器，把充电器捏在自己手里怎么行呢？蒋志方心里顿时充满自责：你是怎么搞的？你现在办事怎么这样不妥当呢？你慌里慌张的干什么？这样丢三落四的，让人家怎么看得起你！

进了家属院，蒋志方从摩托车上下来了，对老朱表示了感谢。蒋志方没有马上回家，走到一个花园边给卫君梅打电话。他要把忘了拿充电器的事跟卫君梅说一下，对卫君梅表示一下歉意。电话打通了，蒋志方心跳有些加快，比手机的脉冲信号还要快。他是第一次给卫君梅打电话啊，他将是第一次在手机里听到卫君梅的声音啊！让蒋志方失望的是，卫君梅没有接电话，他没能在手机里听到卫君梅的声音。蒋志方再次陷入自责：你不是计划好的等卫君梅下班后再给卫君梅打电话嘛，卫君梅还在上班，你这么着急给她打电话干什么！你怎么这么沉不住气呢，你离成熟还差得远啊！

郑宝兰带着小来从家里出来，准备到小花园里去玩。见蒋志方在花园边打电话，她就打了转折，领着小来向家属院外面走去。郑宝兰知道蒋志方在追求卫君梅，也知道卫君梅对蒋志方的态度半冷不热。

蒋志方追的是卫君梅,不是她郑宝兰,和她郑宝兰有什么关系呢?可不知怎么回事,她似乎觉得这事跟她有某种脱不开的联系,一看见蒋志方,她不知不觉就有些回避,甚至有一种说不来的羞怯。因为她曾经问过自己:如果蒋志方看上的不是卫君梅,而是郑宝兰,你会怎样?会怎样呢?这的确是一个问题,一个不能脱口就能回答的问题。

第八章　我才不守寡呢

卫君梅下班后，没有直接回家，拐到村里一家私人诊所去了。她夜里老是睡不着觉，长此下去如何得了。她想让大夫看看，给她点儿治失眠的药。

在诊所看病的陈大夫是陈家湾本村人。陈大夫的父亲原是村里的"赤脚医生"，"赤脚"的时代过去了，陈大夫的父亲也死了，但人总是要生病，医生还是需要的。陈大夫继承了父亲的遗志，在村里开了这家诊所。

陈大夫不再"赤脚"，连布鞋也不穿，他出来进去都是穿皮鞋，人们应该叫他"皮鞋医生"才是，可没有叫他"皮鞋医生"，都叫他陈大夫。陈大夫在县里学习过，中国的医术和西方的医术都懂一些，给人看病，既用手指把脉，也用听诊器听人的心跳和呼吸，走的是中西医结合的路子。卫君梅来到诊所，陈大夫像对所有的病人一样，让卫君梅把一只手放在桌子上，露出手腕，先给卫君梅把脉。一般来说，大夫在给病人把脉时，会把眼睛虚下来，便于把感觉集中在病人的脉搏上，一边把脉，一边思索。大夫发的是内功，不是外功，大夫不会直着眼睛看病人的脸，更不会直视病人的眼睛。陈大夫也是这样，他的手指一搭上卫君梅的手腕，两只眼睛就低下来，像是很快进入思索状态。卫君梅觉出陈大夫的手指在微微发颤，她吃不准是自己的脉搏在颤动，还是陈大夫的指尖在颤动，不经意间看了陈大夫一眼。这一看不要紧，发现陈大夫正在看她。陈大夫看得好像还比较用心，目光有着穿透般的力量。据说望也是诊断方法之一，卫君梅没有理由不让陈大夫看她。陈大夫看她，她把眼睛躲开就是了。把完了脉，陈大夫拿起了听诊器。卫君梅知道，为了不影响听诊效果，大夫在为患者听诊前，患者须解开衣扣，撩起衣服，露出皮肤。这叫配合诊断，如果患者不配合，大夫就没法诊断。卫君梅问：还听吗？陈大夫说：听一下吧，我主要是听听你的气管和肠胃。卫君梅在陈大夫面前的凳子上坐着，很不情愿似的把衣服撩开了。她的一件针织内衣在裤子里扎着，她没有解开裤腰带，只把内衣从裤带下面抽了出来，并往上拉了拉，露出胸口下面的一段。陈大夫把听诊器的两个听口对在两个耳孔里，一手执着系在胶皮管一端那个圆圆的、闪着金属光亮的东西，开始在卫君梅的皮肤上游走。金属的东西有点凉，刚接触到卫君梅裸露的皮肤时，卫君梅的肚子不由得吸了一下。陈大夫要求她呼气，说没事的。那光滑的圆东西在卫君梅光滑的肚子上面左走右走，走到左肋，又走到右肋，本来有些发凉的金属制品很快就被卫君梅暖热了。卫君梅主动把自己的病情说出来了，她说她主要是夜里睡不着觉。陈大夫不让她说，说他知道，他都知道。陈大夫终于把听诊器收了起来，说从脉息和呼吸两方面综合分析，卫君梅没什么大毛病。卫君梅的主要问题是心思太乱，心事太重，对有些事情过于执念，该放下来的没有放下来，导致虚火过旺，睡眠神经系统紊乱，不能正常运转。

那怎么办呢？能治吗？

当然能治。你来找我就对了，你只要好好配合治疗，我保证一星期之后你就能恢复正常睡眠。

真的？卫君梅有些欣喜。

真不真我不说，到时候让效果说。在没取得明显效果之前，我不收你一分钱。等你的睡眠正常了，一觉睡到大天亮，你再交费也不迟。

卫君梅说：不收钱可不行，该多少是多少，一分钱我都不会少交。又说：夜里睡不着觉太痛苦了，有时连想死的心都有。

你的心情我完全可以理解。睡眠太重要了，一个人的一生差不多有一半时间是用来睡眠的，这是自然的安排，也就是人们说的自然规律。如果不能正常睡眠，就是反自然，就是和自然规律对着干。自然是很强大的，自然规律是用来遵守的，不是用来抗拒的，谁抗拒谁吃亏，轻则落叶落花，重则枯根焦梢儿。特别是作为一个女人来说，美容美颜靠什么？不是靠吃这吃那，也不是靠搽东抹西，主要就是靠睡觉。觉睡好了，一好百好，既养身养心又养颜。你刚进来，我就看出你有些憔悴，就知道你夜里睡不好觉。这样吧，我给你拿点药，你睡觉前服下去，感觉一下效果如何。陈大夫说了给卫君梅拿药，却没有马上拿，他像是又想了一下，说：我这样吧，我先给你做一个头部按摩吧。

你还会按摩？

我在县里专门上过按摩课。

算了，不按吧。

还是按一下吧。放心，我只给你做头部按摩。按摩之后，也许你今天晚上就能睡一个好觉。

卫君梅当然想睡个好觉,她好长时间都没睡过好觉了,睡来睡去的都是坏觉,越睡越清醒。人该睡觉的时候,不能清醒,老清醒是可怕的。好比人该死的时候就得死,老活着也是可怕的。在美容美发店里,卫君梅看见过洗头女给去理发的男人做按摩,男人头顶堆着白色的泡沫,洗头女双手插进泡沫里,在男人头上按来按去。卫君梅以为,她仍坐在凳子上,陈大夫站在她身后为她做头部按摩,陈大夫却指了一下旁边的医用检查床,说脱掉鞋,躺下吧。

还躺吗?

躺下放松一些,按摩的效果会好一些。

卫君梅躺下后,陈大夫随手把床边用以遮蔽的白布帘拉上了。诊所里这会儿没有别的人来就诊,只有陈大夫和卫君梅两个人。陈大夫的诊所门口面向村街,村街上偶尔有摩托车的声响,嘟地一下子就过去了。一只斑鸠翩然落在诊所门口,在向门里探头探脑。它好像也是一个患者,也想和大夫探讨一下失眠问题,因不见有人接诊,翅膀一展就飞走了。

把帘子拉开吧。卫君梅说。

好吧,听你的,你说怎样就怎样,陈大夫把帘子拉开了。

卫君梅听说,每个人头上都有不少穴位,她不知道自己的穴位在哪里。陈大夫知道,他的手指一按,就把卫君梅的穴位按准了。卫君梅不知道自己头上的哪个穴位是管睡眠的,陈大夫知道,他所按的每个穴位大约都跟睡眠有联系。穴位可能是一个入口,入口下面还有通道,通过通道便可抵达睡眠区域。通道里像是有瞌睡虫在值班,没按穴位之前,瞌睡虫昏昏欲睡,值班值得并不好。瞌睡虫一打瞌睡,人就无法入睡。而陈大夫一按穴位呢,瞌睡虫如受到查岗一样纷纷活跃起来。瞌睡虫一活跃,人的脑子就不怎么活跃了。陈大夫的按摩见了成效，一直闭着眼睛的卫君梅果然有了一些睡意。

陈大夫的按摩在往下行，行到了卫君梅的耳朵上，还行到卫君梅的两个耳垂。卫君梅不知道人的耳垂上有没有穴位，或许有吧，不然的话，受过按摩训练的陈大夫为什么会按摩她的耳垂呢？

轻而又轻，柔而又柔。陈大夫此时的按摩，摩还有，按已经没有了，变成了捻。他的大拇指和食指捻住卫君梅悬胆一样的耳垂，在艺术性地捻。捻几下，把耳垂轻轻向下拉，稍稍拉长，松手，让耳垂弹回去。再捻，再拉，再弹，如此循环往复。卫君梅的耳垂悄悄起了变化，先是发热，发红，继而变大，变硬，像是有所肿胀。这不太好，感觉不太好，不再是想睡觉的感觉。卫君梅说：可以了，今天就按到这儿吧。

好的，别动，一会儿，一会儿就好。感觉怎么样？

还可以。

陈大夫的手不动了，但他的手并没有离开卫君梅的耳垂，他说：君梅，咱俩好吧。

卫君梅听见了陈大夫说的话，但她有些不大相信自己的耳朵，不大相信陈大夫会突然说出这样的话，脱口道：你说什么？

陈大夫说：这个话我早就想对你说，只是没找到机会，今天天赐良机，我终于把这个在心里藏了很久的话说了出来。君梅，你不知道，我早就喜欢你，一直想跟你好，说我一直暗恋着你也可以。由于我的怯懦，由于担心你拒绝我，我一直不敢说。今天鼓足勇气，终于把这个话说了出来。请原谅我，我很激动，也很紧张，说话可能有点儿语无伦次，请你一定听我把话说完。

——现在大形势变了，跟过去不一样了，大家都在追求个性的解放。现在谁跟谁好不算什么事，属于正常现象，谁都不会干涉。这不牵涉道德问题，是社会人性化的表现，是社会进步的表现。既然大形势为我们打开了思路，创造了条件，我们没有必要再压抑自己，捆绑自己，应该抓紧大好时机，共同分享社会发展的成果。

——咱俩好是很方便的，我是你的"医生"，你是我的"患者"，你随时都可以到我这里来，谁都说不出什么。我了解你，你一心都在两个孩子身上，非常自律。请相信我，你要是跟我好，我一定会严格保密，不会让别的任何人知道。我绝不会像一些浅薄的人那样，有一个女朋友，吹得满世界都知道。好，不是相互索取和伤害，好，是相互理解和尊重，好，首先是心灵的需要。你放心，我不会打扰和打乱你的正常生活，咱们过去怎么生活，以后还怎么生活，生活的秩序不会改变。

——刚才我说你的失眠是虚火过旺所致，还有一个病因我刚才没好意思说，这个病因才是最主要的，那就是阴阳失衡。太阳为阳，月亮为阴。白天出太阳，晚上出月亮。太阳月亮交相辉映才能实现阴阳平衡。如果只有太阳，没有月亮，或者只有月亮，没有太阳，就会造成阴阳失衡。你回想一下，龙民活着的时候，你从来没失眠过吧。那是因为你们阴阳互补，阴阳平衡。以前的平衡打破了，你得想办法寻求和建立新的平衡，这样才能从根本上解决失眠问题。我的意思你明白吧？

卫君梅从床上坐起来了，她的耳垂脱离了陈大夫的手。

君梅，我说多了吗？你没生我的气吧？

卫君梅摇了摇头。

我是真心实意想跟你好，没有任何强加给你的意思。你先不用答复我，我希望你回去想一想，看我的话有没有道理。

卫君梅从床上下来了，自己的脚找到了自己的鞋。她想，有一个蒋志方,她还没有应对好,现在又出来一个陈大夫,她该怎么办呢!说来说去,都是因为没有了陈龙民。要是陈龙民还活着,哪里会有这样的事呢!

回到家,卫君梅正在小灶屋里做晚饭,她的手机响了。她的手机在背包里放着,背包在卧室里的床上放着,她没有听见手机响。

在屋里写作业的女儿慧灵听见了手机响,她循着响声,从妈妈背包里把手机掏了出来,跑着把手机给妈妈送到灶屋,喊着妈,妈,你的手机响了。

卫君梅正在一个面盆里和面,她让慧灵把手机放那儿吧。用下巴往案板一角对女儿示意了一下。不用接,她就知道电话是蒋志方打来的。

妈,你买手机了?慧灵很欣喜的样子,没有把手机放在案板上。慧生也跟过来了,他可能把手机当成了一种玩具,一种会唱歌的电动玩具,伸着手,很想把"玩具"摸一摸。

卫君梅嗯了一下,没否认她买了手机。

手机还在响,一声连一声,好像一声比一声催得急。

妈,你怎么不接手机呢?

你没看我正占着手嘛。

那我替你接一下可以吗?

慧生的手也摸到了手机,他也要抢着接。

卫君梅说:你这孩子,真不懂事,电话又不是找你的,你接什么,给我放下!

慧灵把手机放到案板角上,手机像受到冷落似的,顿时不响了。

慧灵说:看看,不响了吧。老师说,来了电话不接是不礼貌的。

好好写你的作业去。

过了一会儿,手机丁地响了一下,收到一条短信。短信是蒋志方发来的,蒋志方一上来就谴责自己,说君梅嫂子,我好糊涂啊!我给您手机的时候,忘了带充电器。我明天再把充电器送给您。打扰您了,请谅解!

卫君梅把短信看了一遍,又看了一遍,没有给蒋志方回信。她还不会操作手机,不知短信怎么回。不会回不等于不想回,若是回信,她对蒋志方说什么呢?她试着打了一下腹稿,说蒋志方,谢谢您,太让您破费了!我实在不值得您这样,我担当不起啊!腹稿打到这里,卫君梅的鼻子酸了一下,差点掉了眼泪。

过了白露到秋分,白天一天比一天短,黑夜一夜比一夜长。卫君梅和两个孩子吃过晚饭,天已经黑下来了。月亮越变越弯,越变越细,从镰刀变成了鸽子毛,又从鸽子毛变成眉毛,后来连眉毛也不见了。在月亮隐退期间,星星倒显得多了起来,也比先前明亮些。但星星老是在闪烁,老是给人一种飘忽不定的感觉,让人不敢对它们指望什么。你正想对它多看一会儿呢,有一颗星星有可能会变成流星,划过天际,落到不知名的地方。卫君梅给自己定的规矩是,天黑不出门。陈龙民活着时,她夜里可以出门。虽然陈龙民不一定陪着她,但只要陈龙民在,她心里就有底气,天再黑也不怕。陈龙民一不在,她夜里就不再出去了。听陈龙民说,井下很黑,一天到晚都是黑夜。既然走进黑夜如同走进矿井,卫君梅到"矿井"里干什么呢!

卫君梅正要关门,秦风玲来了,秦风玲用塑料袋提着一兜子水果,有苹果,还有石榴。秦风玲要卫君梅不要关门,说这么早关门干什么,难道要睡觉吗?越睡得早,越睡不着。

卫君梅说:来就来了,带东西干什么!

秦风玲说话一点儿都不客气,说:我不是给你带的,我是给两个孩子带的。家里有孩子，你让我空着手来，岂不是让人家笑话我不懂事理嘛！

卫君梅只好接过水果，放在桌子上。让两个孩子过来喊秦阿姨。

慧灵说秦阿姨好。慧生模仿姐姐，也说秦阿姨好。

秦风玲应着好，好，夸两个孩子真乖，真懂事，不像我家那个鳖孙，天天跟我较劲，惹我生气。

你不要这样说孩子，你得先从你自己身上找原因。

我自己身上有什么原因，我恨不得把肝儿挖给他吃，把心掏给他吃，我哪一点儿对不起他！我看哪天把我折磨死，他个孽障就好过了。

卫君梅让慧灵带着慧生到里间屋去了。她还是关上了外间屋的门。

秦风玲在椅子上坐下，抬眼看见靠后墙的条几上面支着一个相框，相框的玻璃下面镶嵌着一幅放大的男人的照片。她正要把照片看仔细些，卫君梅问她有什么事吗？

秦风玲回过眼来反问：怎么，没事我就不能来吗，我想我妹子了，我来看看我妹子不行吗！

卫君梅苦笑了一下，说风玲嫂子，你就不能好好说话吗！

秦风玲再看照片，问卫君梅：这是我妹夫陈龙民的照片吗？

卫君梅点点头，说是。

你把照片放这么大干什么，你把照片摆在明面上干什么，你不怕两个孩子看见害怕吗？

陈龙民是他们的爸爸，他们怕什么！自从两个孩子知道他们的爸爸去世了，我就把陈龙民的照片放大了一张，一直放在这里。

我不赞成你这样做，这样会给孩子的心灵造成阴影，影响孩子的心理健康。

我与你的看法相反。他们的爸爸走了，这事掩不得，藏不得。我就是要把照片放在醒目的位置，不断提醒他们，让他们学会正视现实，面对现实。我就是要让他们知道，爸爸这棵大树不在了，不能依靠爸爸了，要坚强起来，把自己变成树，自己依靠自己。

这么多说头儿，你真够可以的。反正我们家陶刚死后，他的照片我再也没拿出来过，我不敢看，看了还不够让人伤心的呢。你呢，天天看着龙民的照片，你难道就不难受！

我愿意看着他，一进家就能看见他，好像他在家里等着我一样。看见他我也难受，看不见他我更难受。

以前只听说你们两口子好，不知道你们好到这种程度。花落了，水流了，人都不在了，两口子再好还能怎样呢。依我说，你不要再想他对你的好处了，翻箱倒柜，只想他对你不好的地方。五个指头有长短，嘴里的舌头也磨牙，我不信你们没闹过别扭，我不信他没惹你生过气。

卫君梅怎么说呢，陈龙民离去后，不知多少人对她说过，要她不要想陈龙民的好，改为想陈龙民的不好，不要再想陈龙民的优点，只想陈龙民的缺点。说这种话的，有她的朋友，也有她的亲戚，大家众口一词似的，都这样劝她。人来到世上，总会碰到个劝字，不是劝人，就是被人劝。让卫君梅不能理解的是，劝她的人好像事先商量好了，劝她用语竟然惊人的一致。好比要表扬一个人，大家都得说他的先进事迹，放弃一个人呢，都要说出他做过哪些错事。仿佛她只要听劝，只要多想陈龙民的不好，她和陈龙民的感情就扯平了，从此可以把陈龙民忘记。又仿佛她只要揪住陈龙民的不好不放，她对陈龙民的爱就会逐渐转化成恨。卫君梅由此知道了，人世间所谓的劝，原来是这样的贫乏，这样的无力，这样的毫无新意。劝，对劝者来说，只是一种说词，一种道义。劝，对被劝者来说，你感谢人家的好意就得了，对劝了什么则不必在意。卫君梅也曾顺着劝说者的思路，试图想一想陈龙民有什么不好的地方。可她想啊想啊，没找到陈龙民有什么不好。真的，就连她曾经认为的陈龙民的缺点，在回想中也变成了优点。只要陈龙民还活着，陈龙民全身都是缺点也好啊！活着的人，都是有缺点的人。死去的人，连缺点也没有了啊！比如陈龙民生前爱抽烟，下井前抽，升了井抽得更厉害。升井后，他不换衣服，不洗澡，先抽烟。一次抽一支不算完，要连抽两支才过瘾。卫君梅嫌他嘴里有烟味儿，衣服上有烟味儿，家里有烟味儿，劝他别抽了，把烟戒掉。陈龙民不但没有把烟戒掉，还变本加厉，由原来的每天抽半包加成每天抽一包。为此，卫君梅没少给他脸子看，也跟他赌过气。爱抽烟，应该说是陈龙民的一个缺点吧。可陈龙民走了，家里再也没有烟味了，反而让卫君梅感到非常非常失落。家里有一个抽烟的男人多好啊，家里有烟味儿多温暖啊，可是，一切都没有了。每年清明节，慧灵到陈龙民坟前烧纸时，卫君梅必不忘记嘱咐女儿带上一包烟，把纸点燃时，把香烟也点上一支，扔进火里，给陈龙民抽。卫君梅没对秦风玲做任何解释，把话岔开了，说：你找我肯定有事，没事儿你不会找我，有啥事，直说吧。

秦风玲笑了一下，这才说：人家给我介绍了一个对象，哪天我让那人到我家，我想请你去帮我相看相看，参谋参谋。

你看，我说你有事儿吧，你还说没事儿，到底还是有事儿。人家给你介绍对象，又不是给我介绍对象，关我什么事，我算老几，我不去！

秦风玲立马急眼，说你敢，我让你去，你就得去。我在这里一个亲人都没有，一个帮我拿主意的人都没有，我把你当亲人，你就是我的主心骨，你不帮我谁帮我呢！

我该你吗,我欠你吗,你不能这样赖皮。卫君梅知道,今年春天,秦风玲跟在矿街上一个卖卤猪肉的男人好上了,她动不动就到人家的卤肉锅里捞猪耳朵、猪肝儿、猪尾巴、猪大肠。她自家吃了不够,还把卤货分给别人吃。她吃人家的卤猪肉,作为交换条件,男人就把她关在卤肉房里,"吃"她的"肉"。后来她的行为被那个男人的老婆察觉了,卤肉男人的老婆在矿街上追着秦风玲骂,差点把猪大肠挂到秦风玲的脖子里。卫君梅认为秦风玲的表现很不好,不该为工亡矿工的家属丢脸。

　　秦风玲说:你死了男人,我也死了男人,谁让咱俩都是可怜的人呢!

　　你就不能消消停停过一段自己的日子吗,男人是人,你也是人,离了男人,难道你就不能活吗!

　　卫君梅的话把秦风玲给惹了,她明确地说,她就是离不开男人,离开男人就是不能活。她说:天上该有云彩就得有云彩,有了云彩才会下雨。坑里不能老干着,该有水就得有水,有水才会养得住鱼。男人身边没有女人,就不叫个男人。女人离开了男人呢,也不算是女人。当初我嫁给陶刚的时候,有人劝我,说不要嫁给煤矿工人,挖煤人的命在石头缝里夹着,石头不高兴了,轻轻一挤,挖煤的人就没命了。谁要嫁给煤矿工人当老婆,谁就得有思想准备,准备着当寡妇。我日他姐,我就不信这个邪。天下的人靠煤暖着,挖煤的人海了去了。那么多人给煤矿工人当老婆,当寡妇的还是少数,不当寡妇的还是多数。我一没往人家院子里扔过长虫,二没往人家领口里放过虱子,啥缺德事都没干过,哪正好当寡妇的事就临到我头上了。我日死他个亲姐,你看这事寸不寸,我侥幸着,侥幸着,寡妇到底还是落到老娘头上了。瓢泼大雨雨淋人,瓦斯爆炸不认人,这回当寡妇的不是我一个,你这么好的人,不也成了寡妇嘛!凭什么,凭什么给挖煤的人当老婆就得当寡妇,就得守寡,我才不干呢,我才不守那个寡呢!男人死了,我再找一个。两条腿的驴子不好找,两条腿的男人有的是。

什么寡妇不寡妇,你说你自己,不要扯上我。想找男人你就找呗,又没人拦着不让你找。

你猜人家给我介绍了一个什么人?

我猜不着。

天爷呀,又是煤矿工人。秦风玲把人家给她介绍的对象的大概情况对卫君梅说了一下。说这个人叫尤四品,跟她一样,也是外地人。尤四品原来在附近农村的砖瓦厂打工,做砖坯子,累死累活,一个月才挣一千多块钱。龙陌矿发生瓦斯爆炸以后,采煤队的人死的死了,没死的人有的吓破了胆,一提下井就腿肚子转筋。眼看采煤队的人稀稀拉拉,溃不成军,矿上就到矿街上贴了告示,紧急招工。尤四品知道挖煤挣钱多,就到矿上报名,当上了煤矿工人。尤四品现在抖起来了,一个月能挣五千多块钱呢!尤四品弟兄四个,因为家里穷,盖不起房子,今年都三十五了,一直没找下老婆。说起来,尤四品还是一个没尝过女人味儿的青头厮呢!

那好,恭喜你!那你还等什么,赶快嫁给人家吧。

我也有点纳闷,难道我上一辈子欠了煤矿工人的情吗,到了这一辈子,就该陪煤矿工人睡觉呢,就该着让煤矿工人弄吗!

说话讲点儿文明,不要说得这么难听。

就因为我是个粗人,不会说话,不会看人,我才请你帮我看看尤四品,看看这个人到底怎么样。我听说你特别厉害,特别会看人,扒了皮看骨头,一看一个准,十看十个准。

没有的事,我哪里会看什么人。我连自己看自己都看不清,更不要说看别人。但凡像你说的那样，我也不会落到如今孤儿寡母这一步。

哎，君梅，我听说有一个姓蒋的小伙子看上你了，连三赶四地追你，待好把身上的肉都割给你吃——

卫君梅竖起手在嘴前摇了摇，打断了秦风玲的话，向里屋努了努嘴，示意秦风玲说话小声点儿，别让两个孩子听见。

秦风玲会意，遂把声音压低，仍接着刚才的话茬儿说：人家待好把身上的肉割给你吃，你干吗老抻着，老是吊人家的胃口。

你听谁说的？

秦风玲说：你别管我听谁说的。接着又说：我听你同学郑宝兰说的。郑宝兰说，姓蒋的小伙子挺不错的，人长得文文静静，像个教书先生。

卫君梅没有埋怨郑宝兰，她说：人家的条件那么好，我的条件这么差，我哪好意思拖累人家。

什么条件不条件，情人眼里出条件，条件都是人为。只要他喜欢你，就说明你有吸引他的地方，在他眼里你就是好条件。要是搁我，我才不客气呢，我先把他拿下再说，先采采他的阳再说。

秦风玲，你胡说什么，也不怕闪了舌头！再胡说八道我就不理你了。

好好好，我不说了，算我嘴贱行了吧！

这时外面有人敲门，丁丁丁。

卫君梅的心跳突然加快，好像她的心门也被敲到了。坏了，说曹操，曹操就到，敲门的人很可能是蒋志方。蒋志方给她打了两次电话，她都没有接；蒋志方给她发了短信，她也没回，蒋志方大概心存疑惑，就找上门来了。谁呀？卫君梅问。

是我，老陈。我给你开的药，你忘了带了。

噢，是陈大夫。卫君梅将门打开，说：又劳陈大夫跑了一趟，真让人过意不去，谢谢您了！

没什么，不用谢。陈大夫把一个小药瓶递给卫君梅，叮嘱卫君梅：你睡前吃一片就可以了，不要多吃。

进屋坐吧。

不进去了。

多少钱？我给您拿钱。

回头再说吧，等下次你再去开药的时候，一块儿给我就是了。

第九章　亲家

　　亲家郑海生骑车来到周天杰家,周天杰正在楼前的菜园里种蒜。他把整头的大蒜掰开,分成一瓣一瓣,放在竹篮子里。种蒜时,一次取出一瓣,胚芽朝上,连皮将蒜瓣埋在细发松软的土里。过不了几天,蒜瓣就会发出鹅黄的嫩芽。再过几天,秋阳一照,嫩芽就会变绿,由嫩芽变成蒜苗。蒜苗和麦苗一样,不惧严寒冰雪,整整一个冬季,蒜苗都是绿的。到了春末夏初,蒜苗长高,抽出蒜薹,新蒜就可以刨了。蒜头年种下时是一瓣,来年刨出时就变成了滚圆的一头。蒜头有大有小,一头蒜有多少蒜瓣也说不准,有的五六瓣,有的七八瓣。周天杰小时候听过一个谜语,说是弟兄七八个,围着柱子坐,长大一分手,衣服就扯破,这个谜语的谜底就是大蒜。周天杰把"弟兄"和人联系起来,纠结了好长时间,弟兄们长大分手就分手吧,干吗非要把衣服扯破呢!衣服一扯破,不是等于把脸也撕破了嘛!他后来剥蒜时才明白了,原来每头蒜外面都包裹着几层外衣,要吃到里面的蒜瓣,必须要先剥去外衣。剥去外衣不算完，每个蒜瓣上还各自穿有内衣，得把内衣也剥去，才能真正吃到蒜。看来弟兄长大分手也好，衣服扯破也好，似乎带有一种不可抗拒的必然性，因为这是自然的安排。见亲家一来，周天杰就拍了拍手上的土，在水盆里洗了洗手，不干了。

亲家说：天杰哥，你只管种你的蒜，我没事儿。院子里的石榴熟了，我给小来摘了几个。小来呢？

周天杰给亲家拿烟，倒水，对亲家很是热情。但他没有回答亲家的话，没说小来去了哪里。他心下明白，亲家来给小来送石榴只是个幌子，幌子后面是来找他的闺女郑宝兰。他说：中午不要走了，我让你嫂子弄几个菜，咱哥俩儿好好喝两盅。

亲家还是强调他没啥事儿，说来看看小来，一会儿就走。他说：我听说那天你带着小来到我家去了，我还没见着小来，你们就走了。

是的，那天小来说是想姥爷了，闹着非要让我带他去找姥爷。我们去了，你不在家，也不知道你什么时候才能回家，我们待了一会儿，就回来了。

亲家又问小来去了哪里？说他也想小来了。

周天杰这才说：小来跟他妈到外面玩去了，估计不会走远，一会儿就回来。他没让老吴去找小来，对老吴布置任务说：你去卤肉摊儿上买点儿猪肝、猪耳朵回来，海生中午不走了，我陪海生老弟喝点儿。周天杰知道，郑海生越是嘴上说没事儿，越表明他心里有事儿，他心里的事儿至少有两件：一件是，他的儿媳褚国芳可能真的要改嫁了；另一件是，褚国芳改嫁，不会净身出户，她会要求分走一部分抚恤金。这两件事都会让郑海生头疼，疼得像是摔头都找不到硬地。没办法，郑海生只能跟他的亲闺女说一说，看看能不能从他闺女郑宝兰这里讨点儿主意。

郑海生对老吴说：嫂子你不用忙了，我中午真的不在这儿吃饭，我一会儿就走。

周天杰的热情劲儿上来了，他说：我说了不能走，你就不能走。怎么，我还管不起你一顿酒吗！你要是非走，就是看不起我周天杰！他热情得显然过头了，有些武断，有些不由分说，还有些居高临下，表现出把"热情"强加于人的意思。在和亲家郑海生的对比上，他一直认为自己地位优越，处于优势。他是国家的正式工，虽说退休了，每月领着退休工资，他还是国家的人。郑海生是一个农民，连国家的一分钱都拿不到。郑海生过的是土里刨食的日子，要花钱就得卖粮食。他是初中毕业生，市面上的大字小字他差不多都认识。郑海生连小学都没上完，除了认识自己的名字和老婆的名字，别的字恐怕认得了头认不了尾了。他下了几十年煤井，一次重伤都没受过。郑海生只到私人的小煤窑里打过工，鼻洼子上就受了不轻伤。郑海生受伤后带样儿带到了表面，留下了一块煤瘢，鼻洼子上长年像爬着一只吸血的蚊子。他去北京看过天安门，去北戴河煤矿工人疗养院看过大海，是见过大世面的人。郑海生成天在一亩三分地里打转转，至今连火车都没坐过。还有，他说起话来嘎嘣脆，像吃炒豆儿一样。郑海生说句话难着呢，像含了一嘴沙子，老也组织不起来。总的来说，不管哪个方面，他都比郑海生高出一大截。在他面前，郑海生最好是服从他的意志，不要再耍自己的小心眼儿。

郑海生的样子像是有些无可奈何，他说那好吧，听哥的。

哎，这就对了嘛！

咱哥俩儿说说话，酒就少喝点。你知道的，我喝酒不行，喝点儿酒就脸红。

脸红好呀，红脸比白脸强。你看戏台上，红脸都是忠臣，白脸都是奸臣。

说话郑宝兰从外面回来了，郑宝兰对爹一点儿都不热情，只问了一句来了，连爹都没叫。郑宝兰手上没领着小来。

爹问：小来呢？我想小来了，来看看小来。

郑宝兰一听就知道爹说的不是真话，爹自家的那一个烂摊子还顾不过来呢，哪有功夫想小来。她冷冷地说：小来好好的，你想他干什么！

爹摆出了当爹的架势，说：你看你这孩子说的，小来是我外孙子，我就小来这么一个外孙子，我怎么就不能想想他！

见爹有些不高兴了，郑宝兰意识到自己的话说得有些生硬了，这才告诉爹，小来看见了他奶奶，跟他奶奶一块儿上街上去了。亲不亲，娘家人。每一个出嫁的闺女都有娘家人，娘家最亲的亲人是谁呢，是娘，还有爹。娘的眼睛看不见路了，不能来看她了，只有爹还能来。爹来了，她应该高兴才是呀。可是，她一点儿都高兴不起来，对爹一点儿都不欢迎。爹每次来，跟她说的都是烦心事。好像爹没有烦心事不来，一有烦心事就该来了。又好像爹没烦心事想不起她，一有烦心事就想起她这个闺女了。难道她就是一只专盛烦心事的篓子，爹有什么烦心事都往她这只篓子里装。爹是爹，她又不是爹，爹跟她说那些烦心事有什么用呢！还不够让她心烦的呢！爹心里有烦事，难道她的日子就好过吗！真是一不家不知一家，一人不知一人，她心里的烦心事一点儿都不比爹少啊！说来说去，归根结底，那边，是因为娘家哥郑宝明不在了，这边，是因为丈夫周启帆不在了。两个人都在的时候，两家各成体系，各过各的日子，来往并不多。好比你家是一盘磨，我家也是一盘磨；你家有你家的循环，我家有我家的循环。你家不用帮我家推磨，我家也不用帮你家推磨；各自的循环相对封闭，你不能参加我家的循环，我也不能参加你家的循环。来往不多，并不等于关系疏远，互相忘记，你心里想着我，我心里也想着你。一到逢年过节聚到一起那可是其乐融融，皆大欢喜。郑宝兰清清楚楚地记得，有一年大年初二，她带着周启帆一块儿回娘家。在酒桌上，周启帆和她一块儿向爹娘敬酒，祝爹娘健康长寿。嫂子褚国芳模仿他们，给哥哥郑宝明使了一个眼色，他们也一起给爹娘敬酒。在祝酒辞上，他们大概不想重复周启帆和她说过的话，但一时又想不起祝什么，端着酒盅有些停顿。还是褚国芳反应快一些，她说祝爹永远健康，祝娘永远年轻吧！爹娘笑得哈哈的，都说好好好。敬完了酒，周启帆和哥哥开始划拳，喊哥儿俩好哇，八大仙哪。她注意到了，周启帆喊一个数，哥哥喊一个数，两个人伸出的手指加起来，周启帆喊对的时候多，哥哥喊错的时候多。周启帆一把数喊对，哥哥就得喝酒。嫂子怕哥哥喝多，要替哥哥喝。她对嫂子说：不要管他们，他们划，咱们也划。她们互相把手摸了摸，连喊了三遍都是哥儿俩好哇，谁都不输，谁都不赢，打的是平手。爹说：这俩孩子，你们两个怎么也成哥儿俩了呢！是呀，哥儿两个的老婆，应该喊成姐儿俩好才靠谱，怎么也成哥儿俩了呢！晕了晕了，好玩死了，可笑死了。一晃这都是过去的事了。周启帆再也不能陪她去娘家走亲戚，再也不能与哥哥划拳喝酒。她和嫂子的关系也迅速改变，由过去的"哥儿俩好"、"姐儿俩好"，一下子变得形同陌路，再也没有坐到一起。由此可见，亲戚之间的关系关键在于人的存在，而不在于来往有多频繁。人存在着，不管来往多少，亲情是不会改变的。人一不在了呢，亲情无所依，无所托，不管来往再多，都弥补不了那个存在。比如她的嫂子褚国芳，当哥哥郑宝明活着的时候，褚国芳是她的嫂子，这没有错。如今哥哥不在了，她就有些怀疑，褚国芳还是不是她嫂子呢。如果说褚国芳还是她的嫂子的话，哥哥不能证明了,谁来证明呢?人世间的许多关系是靠证明确认的,一旦失去了证明,事情似乎就变得扑朔迷离起来。再比如爹的走动,在周启帆活着的时候,爹很少到她家来,一年都不到她家里来一次。爹的家离矿街不远,爹有时也到矿街上买东西,但爹买完东西就回家去了,并没有往矿上的家属院里拐。爹认为她嫁了一个好人家,爹对她的日子很放心,不用再操她的心。现在爹到她家来的多了,这就不正常了,表明遇到危机了,已经破碎的家可能还要破碎下去。

郑宝兰知道爹有话跟她说,到自己的卧室里等爹去了。不一会儿,爹就到她的卧室来了。爹随手把卧室的门关上了。关门干什么,有啥话不能开着门说,关着门说话,没鬼也是有鬼!还没等爹把门关严,她伸手就把门拉开了。拉门时,带进一股风,风把对面的窗户吹得响了一下。郑宝兰也不让爹坐她的大床。床上的被子没有叠,枕头东一个,西一个,床上扔的还有衣服、袜子、书本等,有些零乱。郑宝兰自己坐在床沿上,指一个矮脚塑料凳子让爹坐。她坐得高,爹坐得低,她看见爹的头发差不多全白了。

爹说:宝兰,这一回你嫂子真的要改嫁了。

改就改呗!

她把小云也要带走。

带走就带呗!

她还要分抚恤金。

分就分呗!

你这孩子,你说得轻巧,你替我和你娘想了吗!褚国芳守不住寂寞,她走就走了,我不拦她,也拦不住她。她为什么还要带走我的孙女儿,为什么还要分走你哥的命换来的抚恤金。她要是把小云带走了,把抚恤金也分走了,我和你娘还有什么,等于我们人财两空,什么都没有了。我和你娘都是快死的人，活到这会儿，落得啥都没有了，一辈子白活了，我们还活个什么劲呢，不如死了干净。爹说着，眼圈儿有些发红。

这一次郑宝兰没说死就死呗，要是那样说，显得自己太没人心，也会深深伤害爹的心。不过，爹的这些话，郑宝兰确实不爱听。因为她和褚国芳有着差不多相同的命运，相同的处境，她不知不觉间就站在了褚国芳的立场，把自己当成了褚国芳。同时，她也产生了一些错觉，把亲爹当成了公爹，以为亲爹的想法也是公爹的想法，仿佛"公爹"已经跟她摊牌，正当面质问她，指责她。她得为褚国芳辩护，也为自己辩护。她说：人不能太自私，不能只为自己着想，也得替别人想想。你想想，没有我哥了，人家褚国芳还有什么。你儿子没了，人家凭什么还要当你儿媳妇。石榴长在石榴树上，石榴树没有了，你让人家往哪里长！你这么老了，我娘成了一个废人了，人家凭什么给你们当保姆，凭什么给你们打工，凭什么伺候你们！

爹插话：我没让她伺候我们，你哥死后，都是我伺候她，我做给她吃，做给她喝，啥活儿都不让她干。

这时周天杰从郑宝兰的卧室门口经过，手里拎着两只刚从菜园里拔出来的青萝卜，萝卜上头带着缨子，下头尾巴处带着泥。他躲着眼，没往卧室看，很快从门口走了过去。

郑宝兰接着说：别说你做给她吃，做给她喝，你给她倒洗脚水都是白搭，都笼不住她。有我哥在的时候，哪怕我哥让她提尿罐子呢，她乐意，不让她提她还着急呢！人在人情在，人不在了，啥事都得另说。你说不想让褚国芳带走小云，这话恐怕也说不过去。小云是你的孙女不假，可小云还是褚国芳的女儿呢。要说亲，褚国芳对小云更亲，因为小云是她亲生的亲骨肉。不信你问问小云，她跟谁最亲，她肯定说跟她妈最亲。不信你再问问小云，她愿意跟谁走，她肯定愿意跟她妈走。这是从血缘上说的，小云的血管里流着褚国芳的血，她们娘儿俩的心是相通的，相连的。从法律上讲呢，褚国芳是小云的第一监护人，只要褚国芳抱着小云不撒手，谁把小云都要不走。这两点你和我娘都要弄清楚，不要糊里糊涂，只想自己，不想别人。还有抚恤金的问题，你们也不能老在手里攥着。你们得知道，我哥是你们的儿子，也是褚国芳的丈夫。我哥没有了，矿上发的抚恤金所抚恤的第一个对象就是褚国芳，然后才是你们。要是褚国芳不走，不提出分抚恤金，你们把抚恤金攥着也就攥着。现在褚国芳要改嫁，提出要分走一部分抚恤金，你们就得分给人家，至少分给人家一半。

　　那，她要是分走抚恤金，不是便宜别的男人了嘛！

　　她爱便宜谁，是她的事，你就管不着了。

　　当初说好的，这笔钱谁都不动，等到小云长大上学的时候才用，褚国芳也是同意的，她怎么能说话不算话呢！

　　你不要老说当初，当初是当初，现在是现在，春天是春天，秋天是秋天，春天树发芽儿，秋天树落叶。当初我哥还活着呢，我嫂子成天唱着过，屁事都没有。现在我哥不是没有了嘛，褚国芳不是要走人了嘛，你们老攥着人家应得的那一部分钱算怎么回事！郑宝兰这样说着，差点和她自己应得那一部分抚恤金串了筋。他们家的情况和娘家的情况几乎是一样的，得到抚恤金后，他们的心情还悲痛着，谁都不敢动那笔钱。于是由公爹周天杰提议，全家人商定，要把那笔钱存起来，存成定期，等小来长大上学的时候和娶亲的时候再用。存钱的折子刚拿回来时，公爹让她看了一眼，随后，公爹就把折子收了起来。打那以后，她再也没见过存款折子长什么样，如同再也没见到周启帆一样。存款折子肯定在公爹手里，至于公爹把折子放在哪里了，不但她不知道，恐怕连家里的老鼠和菜园里的黄鼠狼也不知道。

爹说：反正存款的折子在你娘随身穿的衬裤口袋缝着，你娘连睡觉做梦时手都在口袋上摸着。你娘说了，存款折子是拿她儿子的命换来的，存款折子就是她儿子的命，也是她的命。谁想拿走存款折子，除了先要了她的命。

人得讲理，不能动不动拿命吓唬人。你不给人家钱，到时候人家把你们往法院里一告，你们准得输官司。那就不是光丢钱的事了，恐怕还得丢人。

依你这样说，那就一点儿办法都没有了吗？我找你，是想让你去劝劝你嫂子，看看她能不能不走。

我去劝她，谁来劝我呢！我看你们一点儿都不操我的心了，我真成了你们泼出去的水了。伤心如潮，潮水突然之间就打了上来。伤心的潮水打到郑宝兰的喉咙那里，她的喉咙有些哽咽。潮水扑上郑宝兰的眼睛，她的泪水一下子就涌了出来。

见女儿伤心落泪，爹好像突然之间才明白过来，女儿也是死了丈夫，跟褚国芳面临的是同样的痛苦，同样的难处。只因为女儿从来没在他面前叫过苦，从没有提过改嫁的事，他就把女儿的痛苦忽略了，以为女儿从没有起过改嫁的心。还因为他深陷于自家的难处里不能自拔，就无暇顾及女儿的难处。他有时甚至误认为女儿的家庭还是健全的家庭，女儿过的日子还是正常的日子。他有些愧悔，也有些自责，觉得自己真不是一个好父亲啊，真是一个混蛋啊，真对不起女儿啊！他的鼻子一酸，眼角子也湿了。

卤猪杂和凉菜端上桌，老吴让周天杰和亲家先喝着。家里的女眷不怎么喝酒，男人喝酒时，女眷和孩子先不上桌，等热菜上来，开始吃饭，全家人再一起吃。周天杰给郑海生面前的酒盅里倒满酒，给自己的酒盅里也倒满酒，端起酒盅说：海生老弟，咱们喝酒。

郑海生没看酒，也没看周天杰，他的眼神是迷蒙的，好像没听见周天杰说的是什么，对周天杰的话没有任何反应。

周天杰只好把酒盅冲郑海生举了举，再次邀郑海生喝酒。

郑海生这次像是听见了，他苦笑了一下，说天杰哥，我不会喝酒。他没有端酒盅。

周天杰不高兴了，说废话，我又不是不了解你，咱哥儿俩又不是没一块儿喝过酒，你在我面前装什么斯文！

斯文，什么斯文！天杰哥，我现在真的不行了，医生说我血压高，我一喝就头晕。

血压高算个屁，我的血压早就高到云彩眼儿里去了。老弟你要是再装，这酒咱就没法喝了。我问你，我周天杰有什么对不起你的地方吗？

没有没有。

那你为啥让我下不来台，我的酒盅都端了半天了，你为啥不端盅？

好好，我端我端，我喝我喝。郑海生这才端起酒盅，把盅里的酒喝干了。周天杰等着跟他碰一下盅，他没有跟周天杰碰，就把酒喝了下去。他的手端酒时有些发抖，酒洒到桌面上一些。

周天杰在心里说了一句不懂规矩，把自己酒盅里的酒喝干后，给郑海生和自己的酒盅里又倒上了酒。他拿起筷子，向郑海生示意，让郑海生吃点菜吧。不见郑海生动筷子，他没有再让郑海生，自己夹起凉拌萝卜丝吃起来。亲家的关系就是这样，它是所有亲戚关系中一种比较微妙的关系。儿女成了夫妻，他们只好成了亲家。亲家关系的建立是被动的，是儿女关系的附带关系，几乎等于是强加他们的，他们别无选择。说得不好听一点，亲家关系是一种不生不熟、不冷不热、不咸不淡的关系。说得好听一点呢，亲家关系是一种礼貌性的关系。儿女天天在一起，亲家却很少往来。即使偶尔到了一起，互相都有些端，有些不自然，甚至有所戒备。这是自尊的意思，也是留有余地。

周天杰对郑海生说：我看你的心思可是有点儿重啊！人走到哪一步，说哪一步，有什么想不开呢！郑海生对郑宝兰说的话，他断断续续听见了一些，果然不出他所料，郑海生说的果然是褚国芳要改嫁的事。周天杰觉得这样很不好，郑海生不该对郑宝兰说这些，这样会扰乱郑宝兰的心，给郑宝兰徒增烦恼。怎么，你儿媳妇要改嫁，你想让郑宝兰也改嫁吗？你家出现了混乱，你想我们家也出现混乱吗？周天杰有点儿后悔，不该对不懂事的郑海生这么热情，不该留他喝酒。酒喝到嘴里怎么是一股苦味儿呢！

第二盅酒没等周天杰让，郑海生主动把酒喝干了，他没提褚国芳的事，说的是郑宝兰。他说：我家宝兰也是个苦命的孩子啊！

什么什么，郑宝兰嫁到周家这么多年，早就成了周家的儿媳，成了周家孙子的妈妈，怎么又变成了"我家宝兰"了呢！"苦命"怎么着，不"苦命"又怎么着。天底下的人大都是"苦命"，甜命的人能有多少人呢！郑宝兰在他家是"苦命"，难道换个地方就成甜命了！周天杰危机感顿生，还有些烦躁，和人打架的心都有。

老太太听见客厅里有人说话，头发梳得光光的，拄着拐棍从自己住的小屋里走了出来。她看见了郑海生，但没认出郑海生是谁，她问：是照相的来了吗？

哪有照相的，你成天就记着照相，照相！回去吧，饭还没做好，饭做好了叫你。周天杰挑挑手梢儿，让老太太回到她的小屋去。

老太太看着郑海生，仿佛在问：照相的没来，这个人是谁呢？

周天杰说：这是启帆他岳父，你怎么连启帆他岳父都不认识了！

噢，是启帆他岳父。那，启帆呢，启帆回来了吗？

我都跟你说过一万遍了，启帆到外国学习去了，你怎么老也记不住，你到底还有没有一点儿记性。

这孩子，学啥习呢，一去这么长时间。再不回来，就看不见他奶奶了。老太太没有回自己的小屋，走到饭桌前坐下了。她看见了桌上放的酒瓶和酒盅，说噢，喝酒，我好长时间没喝酒了，给我也倒一盅。

酒桌上只有两个酒盅，郑海生赶快把自己面前的酒盅端到老太太跟前，叫着大娘，让大娘喝。

老太太的手颤巍巍的，刚要去摸酒盅，周天杰手快，抢先把酒盅端起来，重新放回到郑海生面前。

郑海生看出来了，周天杰对老人有些不耐烦。老人老有理，周天杰这样对待一个八十多岁的老人是蛮横的，过分的。郑海生想起来，自己的母亲在年纪大的时候，他对母亲也有些不耐烦，也吵过母亲。母亲死后，他非常懊悔，觉得对不起母亲。他想回过头来孝敬母亲，母亲已经不在了。因自己的教训在前，他一看见别人的母亲，就想起自己的母亲，对别人的母亲格外怜惜。他说：天杰哥，大娘想喝酒就让她喝吧。大娘这么大岁数了，她还能喝几口呢！

不行，她不喝酒都糊涂得一塌糊涂了，要是再喝两盅酒，酒水进到脑子里，不知会糊涂到什么样呢！周天杰说得斩钉截铁，两眼盯着郑海生，似乎把郑海生也捎带上了。

也许真的是两盅酒在郑海生体内发挥了作用，郑海生的犟劲儿也上来了，他要为大娘说话，维护大娘的权益，他说：你要是不让大娘喝酒，我也不喝了！他的意思是拿这个话将周天杰一军，让周天杰看在亲家的面子上，退让一步，同意让大娘喝酒。

不料周天杰说：不喝拉倒，不喝吓不住谁，要不喝都不喝，反正我也不想喝了。他大声喊老吴，让老吴上热菜吧，上饭吧。

正在厨房里忙活的老吴隔着屋子问：你们已经喝好了？

周天杰答：喝好了，喝得很好。

别着急，你们再喝点儿呗。

周天杰不再说话，他肚子里说：喝个屁！

老太太的脑子不好使了，她的耳朵还不聋，眼睛还不瞎。别人说的话，她都听见了，儿子从她面前把酒盅端走，她也看见了，她似乎明白了一点，她老了，不中用了，成了多余的人了。人到多余，该死就死，她怎么还不死呢！她站起来了，慢慢向自己的小屋走去，一边走，一边呻吟。

第十章　尤四品

卫君梅到底拗不过疯疯张张的秦风玲，她下班后来到秦风玲家，帮着和她同命相连的姐子相亲。

以前，卫君梅给人家介绍过对象，没有帮人相过亲。郑宝兰的对象周启帆就是她给介绍的。周启帆到她家，找她丈夫陈龙民借有关煤矿安全规程方面的书，她见小伙子模样周正，爱学习，说话照趟儿，就在郑宝兰和周启帆之间搭了桥，牵了线。虽说是她先看见的周启帆，对周启帆印象不错，但这不能算帮着郑宝兰相亲。郑宝兰和周启帆第一次见面虽说是她安排的，是在他们家，但她把他们约到一块儿就离开了，两个人的相亲过程始终是一对一，成与不成，都是依他们两个人的意志打叉儿或者打勾儿。相亲之后，两个人都打了对勾儿。可惜的是，周启帆没有把对勾儿打到头，只打了一个开头就走了。撇下的郑宝兰，也不知能把对勾儿打多久。从此后，卫君梅再也不会给人介绍对象了。人们都说，给人介绍对象是做好事，是积德，可风雨无常，命运难料，谁知道前面是坑还是井呢？谁知道是不是把人家往毒瓦斯里推呢？是不是把人家往万劫不复的爆炸里推呢？要是把人家推到水里火里，怎么说也不算做好事吧，也不算是积德吧。前不久，村里回来了一个女大学毕业生，毕业生没急着找工作，暂时在家里闲着。卫君梅听说，这个女大学毕业生学习很好，德行也很好，是那所大学里的优秀毕业生。见女孩子在前面翩翩地走，卫君梅一下子就想到了蒋志方，她觉得蒋志方跟这个女孩子是般配的。只想到这么一点点，她就像犯了什么忌讳似的，赶紧在心里谴责自己：你呀你呀，你以为你是谁，人家蒋志方找不找对象跟你卫君梅有什么关系，你操那么多心干什么！

卫君梅以前没帮人相过亲，却给人家当过伴娘。可能因为她长得比新娘更赢人一些，人们看她的注意力超过了新娘。有人还叫着她的名字起哄，把彩色玻璃纸做成的花瓣往她头上撒。现在不会有人请她做伴娘了，她永远失去了当伴娘的资格。是呀，结婚是大喜事，谁会请一个失去丈夫的女人陪伴新娘呢！

她比秦风玲年轻些，为了避免引起前去相看秦风玲的男人误会，卫君梅特意穿得很朴素。她上身穿了一件铁灰色的外套，下身穿了一件半旧的牛仔裤。她洗了脸，脸上什么东西都没搽。她梳了头，只用橡皮筋在后面儿扎一个小尾巴就完了。而她把秦风玲往一朵花儿里打扮，要秦风玲把花朵儿开得大一些，鲜艳一些，开它个香气扑鼻，迎风招展。她给秦风玲描眉画眼涂口红时，秦风玲嘴里嘟嘟囔囔，有些不大情愿，说来看她的人不知是猪是羊，不值得她这样重视，这样捯饬。

卫君梅要她闭嘴，说你既然想嫁人，就得真心实意，做好把自己嫁出去的准备。卫君梅正用一支伸出来的口红棒在秦风玲的唇面子上涂口红。秦风玲的嘴唇有些发白,她给秦风玲的唇面子上涂上口红,秦风玲的嘴唇立马就红了。秦风玲的嘴唇有些薄,有些软,她用口红棒在秦风玲的两片嘴唇上反复走过几道,秦风玲的嘴唇似乎变得厚一些了,也硬一些了,面貌大有改观。可秦风玲拿起镜子照了一下,说难看死了,像喝了狗血一样。

卫君梅不许她胡说,说再胡说我就不理你了!

一朵花已经开红了,看花儿的人还没来。秦风玲租住的是当地农家的一间房子,租金不贵,一个月才五十块钱,一年才六百块钱。说是一间,其实是两间。因为房子依山而建,从房子小小的后门再往里走,就走进了一间借山势开成的窑洞。窑洞里冬暖夏凉,天热时,秦风玲就在窑洞里睡,连电风扇都不用吹,舒服得很。到了冬天下大雪,秦风玲除了睡在窑洞里取暖,还把窑洞变成了储藏室。她把刚入冬时买来的大白菜和萝卜往储藏室里一放,直到春节,所有蔬菜都支棱棱的,青鲜鲜的。地方是好地方,只是人气不太旺。她的丈夫走了,儿子上了中学在寄宿制学校住校,目前房子和窑洞里只剩她一个人了。她出来是一个人,进去还是一个人。跟她形影不离的是她的影子,有时影子在她前面走,有时影子在她后面跟。影子像是一个人,但人是实的,影子是虚的,影子跟哑巴一样,不会跟她说话。秦风玲问卫君梅:你和陈龙民谈恋爱时,你们亲嘴儿吗?

这个问题有点突然,也有点那个,卫君梅说:你又胡说些什么!你的嘴刚化好妆,不会让你的嘴闲一会儿吗!

不会,你不让我说话,是想憋死我呀。我跟你说吧,我跟陶刚谈恋爱的时候,陶刚可会亲嘴儿了,他的嘴吸住我的嘴,逮住我的舌头就不撒口,恨不能把我的舌头吞进他肚子里。

得得得,你再说这些下作话我就走了。

秦风玲把卫君梅的两个肩头抱住了，说好好好，我不说了还不行吗，我用自己的牙咬住自己的舌头还不行吗！君梅我的好妹子，我的亲妹子，你要是走了，我跟谁说知心话呢！我恨我不是男的，我要是个男的，死缠烂打也得把你追到手，也得让你当我的老婆。

又来了，又来了！卫君梅晃了晃肩头，摆脱了秦风玲的搂抱。

你看你看，咱姐儿俩光顾了说话，我忘了给你拿葡萄了。我专门给你买了两嘟噜玫瑰香，又香又甜，我保证你吃了连葡萄皮儿都不想吐。秦风玲说着，到窑洞里去给卫君梅取葡萄。

给秦风玲介绍对象的是在矿街上开杂货店的一个小老板，小老板正领着尤四品往秦风玲家里走。小老板的杂货店里卖的有水桶、脸盆、暖水瓶、扫帚、拖把、垃圾篓、电线、灯泡、电插座，还有菜刀、面板、擀面杖等等。小老板把杂货店里插头、插座看成他的资源，把矿区的寡妇、寡汉也看成是他的资源。在他眼里，寡汉好比是插头，寡妇好比是插座，在他的撮合下，使"插头"和"插座"相结合，"插头"插进"插座"里，便能通"电"，并有可能生出新的资源。小老板是生意人，把业余时间给人介绍对象也当成了一项生意。经过调查，他把矿区里的寡妇和寡汉的名字记在进货用的账本上，按照各自的条件为他们配对。每配成一对，收取三千元到五千元不等的中介费。他不收烟，不收酒，也不到婚宴上享受媒人的礼遇，捞什么鲤鱼尾巴，他只收现金。截至目前，他已为两对男女配对成功。尤四品和秦风玲，是他介绍的第三对。据他所掌握的情况判断，这一对配对成功的可能性也很大。

在对尤四品介绍秦风玲时，小老板说秦风玲很性感。尤四品问啥是性感？小老板说：性感嘛，说得不好听一点，就是很浪。好比一只水羊，正处在走羔儿阶段，公羊一看见它，就想往它背上跳。

尤四品的评价是，那挺可怕的。

小老板说：不是可怕，是可爱。哪个公羊不希望水羊走羔儿呢！如果一只水羊老也不走羔儿，公羊还没闻闻它的水门呢，它压着尾巴就跑，那才叫可怕呢！小老板对尤四品说的秦风玲的第二个好处，说秦风玲是南方人，爱吃，做饭做得好。

尤四品对秦风玲的这个好处好像也不以为然，他说哪个女人不会做饭呢！

小老板说：会做饭和做得好可不是一回事，同样的食材，有的女人做成了猪食，有的女人做出了美味，你爱吃哪一种，当然是美味。男人找女人，有两条最重要，一条是陪你睡觉，给你泄火；另一条是，她把你的火泄得没了，马上给你做好吃的，给你增加营养，把你的火再点上。一个女人只要具备了这两条，就是一个好女人。娶到这样的女人，你就算是掉到女人的福窝里去了。

在给秦风玲介绍尤四品时，小老板说到尤四品的好处，也只说了两条。小老板很会点秦风玲的穴，他所说的两条，都是秦风玲的需要，都准准地点到秦风玲的穴位上了。他一说尤四品工资高，每月都能挣五千多块钱。二说尤四品三十多岁，身体强壮，能冲能撞，对于一个男人来说正是好时候。小老板说的这两条，与他跟尤四品说的两条是对应的，女人很性感对应男人身体强壮；女人厨艺好对应男人工资高。试想想，如果女人很性感，男人身体不好，女人只能干着急。如果男人身体强壮，女人对性不感兴趣，男人也只是解决问题而已。厨艺好和工资高也是，手里有钱，好厨艺才会显示出来。手里紧巴巴的，没钱买油，没钱买肉，厨艺再好也是白搭。除了这两条，小老板还笑着给秦风玲附加补充了一小条，说尤四品还是个青头厮呢！

秦风玲说：什么青头厮，红头厮，无所谓。秦风玲提了一个问题：

你说尤四品能冲能撞，是什么意思嘛？

小老板看着秦风玲，说秦风玲，我看你是明知故问。

我不是明知故问，我真的不明白。

你说你不明白，那你脸红什么！

秦风玲在自己脸上摸了一下，说我脸红了吗？没有呀。

你看电视上的动物世界，母牛在和公牛交配之前，都是先看公牛与公牛干仗。母牛看哪头公牛最能冲，最能撞，能把别的公牛都打败，它才会把屁股调给得胜的公牛，同意和那头公牛交配。

我明白了，你说的是牛。

我不跟你说那么多了，说多了好像我真成了媒婆的嘴似的。好处是用来体验的，不是用来说的。等你成了尤四品的老婆，体验到尤四品的厉害，你就知道了。等你们的好事盖到被窝里，说吧，你怎么感谢我？

怎么感谢呢？我也不知道，难道你让我在你跟前也当一回母牛不成！

不可能，要当母牛，你只能给尤四品当，我连碰你一指头都不碰。这样吧，事成之后，我不说多，你给我两千块钱就行了。

秦风玲摇头，说的也是不可能，她说：我一分钱都不会出。你给尤四品说老婆，这个钱应该由尤四品来出。说老婆的事，都是男家花钱。男的如果不出血，他凭什么用老婆！

小老板给尤四品开出的价码是五千块。

尤四品说：好，好。

小老板一喜，以为尤四品同意了，说还是尤师傅办事痛快。

尤四品接下来说：回头再说，回头再说。

什么叫回头再说，我说的这个介绍费，你到底同意不同意？

隔布袋买猫，我还没看见猫长什么样呢，你就跟我说价钱，是不是有点儿早呢！

猫绝对是好猫，一看见老鼠就来劲，这一点儿你放心。

尤四品正吸烟，嘴里冒出来的烟雾从他脸前升起，使他的五官变得有些模糊。他说，这事儿不着急，这么多年没找老婆，他不是也过来了嘛！

小老板以为尤四品是个挖煤的，往地洞子里一钻，成天跟煤打交道，也是跟石头打交道。尤四品的眼睛跟煤一样，两眼一抹黑，尤四品的心眼也跟石头一样，是个不透气的石头疙瘩。蒙一下尤四品，从这个寡汉条子的腰包里掏点儿钱，应该不成问题。小老板把尤四品低估了，既低估了尤四品的心智，也低估了尤四品的经验。实在说来，尤四品已经是一个老江湖了。他十六七岁出来打工，已在江湖上闯荡了十多年，将近二十年。他在饭馆里端过盘子，在养猪场喂过猪，在苹果园里挖过树坑，还烧过砖，下过小煤窑，当过沙石场的装卸工，等等。有人跟他开玩笑，说他除了没当过鸭，好像什么活儿都干过了。当然了，他吃过苦，受过罪，挨过饿，受过冻，上过当，受过骗，还挨过打骂，受过欺辱，等等。什么叫经验，经历过，体验过，就是经验。只要人还活着，什么经验都是可供回忆的资本，什么经验都是财富。尤四品的经验多了去了，车载不完，斗量不尽。他的感觉颇为不错，差不多有了一点儿当大爷的意思。往酒馆里一坐，他大声叫道：来一瓶北京小二，半斤酱牛肉，再来一盘皮蛋豆腐！他的气势直追梁山好汉。不过，谁要把他比作梁山好汉，他准定不干。梁山好汉算什么，他们被官府的暗探盯着，成天过的是东躲西藏的日子，也是饥一顿饱一顿的日子，稍不小心，就有可能掉脑袋。而他尤四品呢，最大的优越性就是他的自由。只要按时上下班，在井下听从班长的指挥，干活儿不惜力，出得井来，那就是阳光尽他晒，好风尽他吹，想干什么都可以。他想吃什么就吃什么，一人吃饱，全家不饥。他想穿什么就穿什么，不会有人对他指指点点。饿了，矿上有职工食堂，什么时候进去都有饭吃，吃完饭把碗筷一推，连碗都不用刷。困了，矿上有单身职工宿舍，宿舍里有他的床位，他倒头便可以睡。矿上的单身职工宿舍实行的是旅馆化管理，床上的被子、褥子、床单、枕头，包括床头柜等，都是矿上统一配备。床单脏了，不用他们洗。地脏了，也不用他们擦。矿上聘的有一些家属老娘们儿，专门为他们打理宿舍。有时他们睡过了头，或者假装睡过了头，那些老娘们儿还负有叫醒他们的责任。被叫醒后，有哥们儿伸着懒腰，有所埋怨，说他正在做一个好梦，中断他的好梦干什么！老娘们儿说：又在做春梦吧，好东西又流了一被窝儿吧。

尤四品的确有一个问题需要解决，这是他个人的问题，也就是性的问题，雄性的问题。他的两个梅圆形的蛋子儿下面有一个储精囊，是专门盛精子用的。他不知道精子是怎样生成的，是什么时候生成的，生成的程序是什么。他只知道，他一摸，储精囊里是满的，再一摸，储精囊还是满的。其实他不是摸，是用两个手指头捏。储精囊像是两个小小的口袋，他一捏就把"口袋"捏住了。他一捏，"口袋"一滚。这表明储精囊里的精子不只是充满的问题，而是满得有些发硬的问题。这样一来，储精囊里盛的不像是精子，像是蚕豆，而且是铁蚕豆。男人习惯把自己说成老大，把下面那个东西说成老二。尤四品改变了一下说法，他自己排行老四，就把下面的东西说成是老五。"铁蚕豆"跟老五是有联系的，"铁蚕豆"一硬，老五也跟着强硬起来。老五的强硬不分时候，常常是一触即发。老五老五，有你什么事儿，你硬个屁呢！老五不听话，呈现出比刚才还强硬的状态。尤四品知道，这都是"铁蚕豆"捣的蛋。他再次把"铁蚕豆"捏住了,试试能不能把"铁蚕豆"挤出来。然而,他把"铁蚕豆"捏得都有些疼了,"铁蚕豆"不但不出来,还愈发的"铁"。尤四品只好回过手来,对老五采取措施,采取强制性措施。他把老五摁得低下头来,就近把老五夹在两条大腿之间的腿缝子里。一方面,他利用大腿上发达带有弹性的肌肉把老五紧紧夹住,另一方面,他鼓动老五往前拱。往前拱时,他闭着眼,有自己的假想。在假想中,他把自己的腿缝子想象成是上初中时一位女同学的腿缝子,或是在食堂里一位当保洁女工的腿缝子。他在心里默念着:好紧哪,我操,好紧哪!他像是有所请求:放我进去吧,放我进去好吗!"铁蚕豆"那里终于一阵收缩,一阵痉挛,老五随即软了下来。他悄悄骂了一句:他妈的,这叫什么事儿呢!老五软是软了,两个储精囊也空了一些,但他并不觉得怎么痛快,更谈不上淋漓。他用腿使劲夹着老五,没让老五把精子射出来。精子射到半道,被堵在那里了,后来又退了回去。精子不是顺原路退回到储精囊,而是顺着比较畅通的尿道拐进膀胱里去了。那样精华的东西就这样被他糟蹋了,最后和尿液一块儿排了出来。原来痛快是和淋漓连在一起的,没有淋漓就谈不上痛快。

  为了取得痛快淋漓的效果,尤四品腰里揣了钱,到附近小镇上的洗头房去了。"洗头"不算贵,"洗"一次才一百块钱。如果拿他的月工资计算,一个月的工资够他"洗"五十多次的,天天"洗"都富裕。在洗头房里花钱"洗头"是痛快一些,也淋漓一些,但痛快和淋漓是有限的。因为洗头女每次在给他"洗头"之前,都会取出一个伸缩性很强的套子,套住他的"头",也就是套住老五。老五淋漓,只能淋漓在套子里。尤四品提出不要套子,人家说不要套子也行,那价钱就得往上提一提,不是一百块钱了,三百块钱才能"洗"一次。嗨,带不带套子差那么多，那还是把套子带上吧。有一次，他把套子弄破了，总算彻底淋漓了一回，洗头女说哎，哎，这算怎么回事？尤四品有些窃喜，他说：这不能怨我，是套子的质量有问题。

　　自由给尤四品带来了一个后果，后果不是很严重，但的确和后果沾边。那就是他变得散漫了，有些不愿意受约束了。他习惯了一个人独来独往，觉得自己目前这种状况挺好的，一个人过一辈子也不是不可以。比如在找对象和成家的问题上，他的态度就不是很积极。他每次回老家探亲，父母都问他找到对象了吗？他说快了快了。后来父母再问他，他就有些不耐烦，说：你们老催着我找对象干什么，我要是找了老婆，老婆就得管着我，我挣了钱，就得交到老婆手里，再想给你们寄钱，就不容易了。

　　小老板刚给尤四品介绍秦风玲时，尤四品听说秦风玲有一个儿子，娘儿两个租住农民的房子，连一间自己的房子都没有，他就不大热心，犹豫着去不去跟秦风玲见面。是小老板站在理论的高度，跟他说了一番他从没有听说过的高论，他的脑子像打开了一扇窗，明媚的阳光一下子照进了他的脑子里，才使他明白了男人和女人之间的事理。小老板大概也知道，尤四品和其他的单身窑哥子一样，实在憋不住了，会悄悄走进洗头房"洗头"，他问过尤四品：你一共睡过多少女人了？尤四品说没睡过。小老板说：你蒙谁呢？你不但睡过，还在做加法，睡一个往上加一个数。五个指头乘以十，我估计你累计的至少有这个数。尤四品赶紧否认，说哪有那么多，没有那么多。他到底还是吃了小老板的算计，被小老板算了进去。他的否认，实际上等于是承认，他这么一说，就露馅了。小老板的高论及时出台，他说：尤师傅，我跟你说吧，别说你睡五十个，就算你睡了一百个，一个都不作数，等于你一个都没睡。因为你不认识她们，跟她们不熟，叫不出她们的名和姓。

这样一来，你弄她们，跟弄猪弄狗一样，没有任何意义。你弄了动物，等于把自己也变成了动物。你必须弄清楚，人之所以为人，人之所以被称为高级动物，男人不光射一下精就完了，男人弄的是熟脸，是关系，是感情，是文化，还有意义。怎么样，这下你明白了吧！

小老板和尤四品走到矿街上，小老板见尤四品空着两只手，建议尤四品给秦凤玲买点儿礼物。一个人没谈过恋爱，就不会知道恋爱的滋味。一个人没成过家，就不会真正懂得女人。就从尤四品空着两只手来看，尤四品还不大懂得人情世故。人活在世上，离不开人情世故，不懂人情世故，就是不成熟。不管你的岁数是二十、三十，还是四十，如果在人情世故方面不成熟，就还是一个生坯子。拿树上的杏子作比，就是一个青鳖蛋子，又酸又涩又苦。

尤四品问买什么礼物。

你看着办，这是你对秦凤玲的心意。女人嘛，见男人空着手去见她，她心里肯定不舒服。你手里提着东西，她才会向你伸手。

我不知道买什么。

他们刚好走到一个水果摊前，小老板说：那就买点水果吧。

水果的品种有好多，香蕉苹果梨，柿子石榴枣，尤四品不知道买哪一种水果为好。他的手刚指向梨，小老板说：买什么水果都可以，千万不要买梨。

尤四品眼皮眨巴着，意思问小老板为什么。

小老板没说为什么，对他说：你就买点香蕉和苹果吧。

按照小老板的指点，尤四品买了一塑料兜子香蕉，又买了一兜子苹果。尤四品还算好问，他问小老板：为啥不能买梨。

小老板说：你是真傻还是装傻，梨就是离，离就是分开，你们还没到一块儿呢，怎么能分开呢！

来到院子门口，小老板大声喊：秦风玲女士在家吗？

秦风玲对卫君梅说：来啦来啦。

卫君梅说：别着急，存住气，端着点儿。

秦风玲存不住气，也不知怎么端，她闻声就迎出去了，说在家，来啦来啦！她打扮得有些花枝招展，跟一个新娘子差不多。

小老板介绍说：这就是尤师傅，他可是当朝的四品官哪！

秦风玲不知四品官从何说起，她注意到了尤四品手里提着的两兜子水果。

小老板说：初次见面，尤师傅特意给你买了香蕉和苹果，接着吧。

秦风玲把尤四品手里提着的水果接下了，说来就来了，还花钱干什么！说着，她看了一眼尤四品，发现尤四品也正在看她。她发现尤四品的眼睛和一般人的眼睛不大一样，一般人的眼珠是黑的，尤四品的眼珠有些发黄。待要把尤四品的眼睛再仔细看一下，尤四品有些躲避似的，把眼皮塌下了。

进得屋来，小老板看见了卫君梅，他一口就叫出了卫君梅的名字，说卫君梅，你怎么在这里？

卫君梅反问：我和风玲是姐妹，我怎么不能在这里？

小老板是明眼人，一眼就看出卫君梅是秦风玲请来的，坐镇帮助秦风玲相亲。他说很好很好，我给秦风玲介绍了一个对象，你正好可以帮助秦风玲参谋参谋。

卫君梅说：我哪里会参谋什么，我到风玲这里来串门，碰巧你们也来了。要是知道你们今天来，我就不来了。你们要是不方便，我这就走。

我走我走，你们说话吧。小老板不顾尤四品眼巴巴地看着他，不想让他走，他还是走了。

147

一个没结过婚的人，面对两个结过婚的女人，尤四品显得有些紧张。不管是从数量的对比上，从经验的对比上，还是从目光强度的对比上，他都处在下风。他的眼没地方放，心没地方放，眼和心似乎都有些飘忽不定。好在他手里有烟卷儿，总算有一点儿可以抓挠的东西。他抽烟抽得有点贪，还有些凶，一口抽下去，烟卷在明显缩短。眼看把一支烟抽到了过滤嘴那儿，他没有把烟扔掉，利用烟的余火，把又一支烟点燃接续上了。

秦风玲注意到了尤四品抽烟的细节，谈话从抽烟开始，她说：尤师傅，你的烟瘾可是有点大呀！

噢，抽不好，抽着玩儿。

你一天抽几盒？

不多，也就是一两盒。

在井下不是不让抽嘛。

尤四品惊了一下，差点把烟掐灭。矿上对胆敢在井下抽烟者的处罚非常严厉，与对待刑事犯罪差不多。但他很快搞清了自己在哪里，说：你吓了我一跳，这不是没在井下嘛，这不是在地面嘛！

你抽的烟多少钱一盒？

贵烟我不抽，抽的都是比较便宜的烟。烟越贵越没劲儿，越便宜抽起来越过瘾。

再便宜的烟恐怕也得十几块钱一盒吧。

没有，我抽的这种烟，一盒才六块多。

就算一盒六块吧，平均下来，每一颗烟就划三毛。你嘴里冒了几股烟，三毛钱就没了。你以为你是烧烟呢，其实你是……

卫君梅见秦风玲老是把话纠缠在抽烟上，打断了秦风玲的话，插话问：尤师傅，听说你是弟兄四个，你是老四，你的三个哥哥都成家了吗？

尤四品答：我大哥成家了，三哥成家了，二哥还没成家。

卫君梅继续问：二哥的岁数也不小了吧，怎么还没成家呢？

二哥是个哑巴。

卫君梅噢了一下，点点头：那你呢，怎么到现在还没有成家呢？

尤四品把头低下了，把脚前的一个烟把子踩住了，用脚趋了趋，说：弟兄们多呗，家里穷呗，盖不起房子呗。

你现在情况不同了嘛，你在采煤队上班，每个月的工资都好几千，完全有条件成家了嘛！你不想有个家吗？

想呀。尤四品抬起头，像是有些羞涩地笑了一下。

听卫君梅说到尤四品的工资，秦风玲又把话接了过去，她问尤四品：你就一个人，工资那么高，你怎么花呢？怎么理财呢？是寄给父母，还是自己存起来呢？

说到工资的走向，尤四品意识到秦风玲在摸他的底。人人都有自己的底，谁都不愿意轻易向别人交底。尤四品拒绝交底拒绝得有些笨，他咽了一口烟，没有说话。

秦风玲希望尤四品对她交底，她认为这是她对尤四品的考验，最终能不能嫁给尤四品，就看尤四品是否能经得住考验。她进一步问：你的存款至少也超过十万了吧？

尤四品赶紧否认：没有没有，哪有那么多！

眼看事情陷入僵局，卫君梅再次插话打圆场，她对尤四品说：尤师傅，风玲要是跟了你，你一定要对风玲好。风玲的娘家离这儿远，她只有一个儿子，可以说她举目无亲，无依无靠，孤儿寡母的，很不容易。你说，你能对风玲好吗？

尤四品点点头，说能。

秦风玲听卫君梅说到孤儿寡母,她心里一酸,满眼都是泪光。她让卫君梅帮她相亲,真是找对人了,卫君梅最能理解她的苦处,说话总是能说到关键的地方。

你打算怎样对风玲好呢?能说给我们听听吗?

这个这个,这个问题尤四品还没有想过。他抓了一下后脖梗,又抓了一下后脑勺,说怎么对她好呢,她说咋着就咋着,都听她的,行了吧!

有这个表态很好,还有呢?

还有,以后发了工资都交给她掌握。尤四品看到了秦风玲眼里的泪光,他心中升起一种同情的感情。他想起了小老板所说的感情、文化和意义,秦风玲大概就是一个讲感情的人吧。

你说的这一条也很好,表明你对风玲有诚意,表明你确实想拥有一个家。还有呢?

还有什么呢?尤四品想不出来了,连秦风玲也想不出来了。秦风玲几乎满足了,几乎认可了尤四品,一个一切都听她的,一个发了工资交给她,有了这两条,不就齐了嘛,还要求什么呢?至于以后成了两口子,至于把关系发展到床上,尤四品再如何对他好,如何伺候她,恐怕说不出口吧!

可是,卫君梅的神情是郑重的,也是严肃的,她还有话要说。她说:尤师傅,你对风玲好,我不怀疑,但还有最重要的一条,你没有说到。

秦风玲和尤四品都目不转睛地看着卫君梅,等她说出最重要的一条。

卫君梅说:风玲跟了你,你在井下一定要注意安全,这才是最重要的。你天天安安全全的,就是对风玲最大的好。你要是不注意安全,就是对风玲最大的不好。不光对风玲，要是出点儿事，对谁都说不上好。卫君梅说这番话时，一定想到了自己的丈夫陈龙民，想到了秦风玲的丈夫陶刚，想到了全矿一百多个陡然失去顶梁柱的矿工家庭。甚至想到了各行各业、千千万万个有着同样遭遇的家庭。卫君梅的心是江，此时她的心正在翻江。卫君梅的心是海，此时她的心正在倒海。江，奔腾不息；海，波涛翻滚。江海涌起的浪花打到她鼻子上了，打到她眼眶上了，于是她眼里就有了泪花。她不想让一对正相亲的人看见她眼里的泪花，她转过脸去，看墙上贴的一张奖状。那张奖状是秦风玲的儿子陶小强上小学四年级的时候获得的。别人在相亲时，有谁会把男人的安全放在第一位呢，有谁会把男人的安全说成是对女人最大的好呢，恐怕只有有过丧夫之痛的矿工的妻子才会说出这样铭心刻骨的话啊！

第十一章　留住孙子

　　周天杰骑车去矿上的办公区，看见了同样骑着自行车走在他前面的卫君梅。卫君梅骑的是一辆加重车，不是轻便车；是一辆男车，不是坤车；是一辆黑色的车子，不是彩色的车子。周天杰一眼就认出来了，卫君梅骑的是她丈夫陈龙民生前所骑的那辆自行车。陈龙民在采煤队上班时，周天杰还没有退休，说周天杰是陈龙民的师傅也可以。周天杰熟悉陈龙民，也熟悉陈龙民每天上下班所骑的自行车。自行车是永久牌，周天杰夸过陈龙民的自行车是名牌，结实，耐骑。可惜，陈龙民的自行车还"永久"着，陈龙民已经不在了，陈龙民还比不上他的自行车"永久"。换了别的工亡矿工家属，对丈夫的遗物一般是不再使用了，要么卖掉，要么扔掉，或者封存起来，任它一点一点销蚀，免得睹物思人，伤心落泪。可卫君梅不，她接过丈夫的自行车，同时接过了丈夫的遗志，旧物新用，让自行车继续运行。这表明卫君梅是勇敢的，也是坚强的，她有她自己的一套思路。或许在卫君梅想来，怀念一个人不能凭空，得有线索，得有实物。而卫君梅在怀念陈龙民时，陈龙民留下的自行车就是有效的线索，就是扎实的实物。卫君梅一摸到陈龙民摸过的自行车的手把，一骑上陈龙民骑过的座位，就会想到陈龙民，甚至感受到陈龙民留下的指纹和体温。从这些意义上说，周天杰对卫君梅是佩服的。

因卫君梅是儿媳郑宝兰的好同学、好姐妹、好朋友，二人多有交往。周天杰通过儿媳言谈话语中所透露的信息，对卫君梅的情况有所了解。周天杰听说，矿上选煤楼有一个姓蒋的小伙子，同情卫君梅，爱上了卫君梅，欲娶卫君梅为妻，可卫君梅就是不答应。小伙子要长相有长相，要才华有才华，还从来没结过婚，条件相当不错。倘若换了另一个丧失丈夫的女人，碰见这样的主儿，求之不得呢，贴上去唯恐不及呢！卫君梅呢，她没有去贴小伙子，相反，是姓蒋的小伙子主动贴她，却贴不上。卫君梅说出的话很多人都知道，她就是要靠自己的力量把两个孩子养大。卫君梅简直是梅花的姿态，她要傲霜斗雪，独立于世。周天杰更佩服卫君梅这一点。报纸上，电视上，成天价说这事迹，那事迹，好多事迹都是拼凑出来的，都是假的，是宣传的需要，是糊弄人的。而卫君梅的事迹才是真正的事迹，才真正值得宣传，值得大家学习。且不说别人，褚国芳、郑宝兰都应该以卫君梅为榜样，好好向卫君梅学习。除了褚国芳、郑宝兰、所有失去丈夫的妻子，都应该向卫君梅学习。

周天杰放松车闸，让一路下坡的自行车滑行得快一些，追上了卫君梅，他叫着卫君梅，说你好啊！

卫君梅扭头看见周天杰，说周师傅好。

卫君梅，你很了不起，我佩服你！

周师傅，可不敢这么说，我可当不起。

真的,我觉得你是有事迹的人,你的事迹应该上报纸,上电视。

周师傅你是叔叔辈的人,可不能跟晚辈开这么大的玩笑。我哪里有什么事迹!

越是有事迹的人越不承认自己有事迹,这本身就是事迹。我正要去找你呢,没想到在路上碰见你了。你知道吗,宝兰的嫂子褚国芳要改嫁了,褚国芳把她的女儿小云也带走了,宝兰的爹娘气得要死要活,把宝兰的心也弄得很乱,成天愁眉苦脸。你抽个空儿跟宝兰谈谈,劝劝宝兰,让她想开点儿。

我听宝兰说了,你和大婶儿都对她挺好的,对她像亲闺女一样。

宝兰真是这么对你说的?

你应该比我更清楚,宝兰是一个心地善良的人。

跟着好人学好人,跟着巫婆子装假神。都是因为你善良,宝兰跟着你学得也善良了。

那不是,宝兰本来就善良,善良是宝兰的天性。出于为郑宝兰着想,卫君梅还是给周天杰提了一个建议,她说:宝兰如果想出去做点儿事,你最好别拦着她,让她出去为好。宝兰还年轻,老窝在家里不是个事儿,得让她融入社会。她接触的社会面宽了,心就宽了。

周天杰不禁感叹了一声哎呀,他说:卫君梅,你说得太对了,你是真心实意为我们家着想,我该怎么谢你呢?

说话之间,他们已来到矿上大门口。卫君梅说她去上班,跟周天杰摆摆手,说了再见。

周天杰心里有一件事,路上还没来得及跟卫君梅说。这件事也许还需要保密,在没落实之前,暂时还不能对别人提及。许多事情都是这样,该跟谁说,得找准方向和对象,一旦乱了方向,找错了对象,事情不一定办得成。什么事情呢?他这次到矿上的办公区来,是找工会的洪主席，想让洪主席给郑宝兰安排一份工作。他知道，矿上职工家属多，闲人不少，想在矿上找一份工作不是那么容易。可周天杰下了决心，要找洪主席说一下试一试。没有了儿子周启帆之后，他原来一直不主张郑宝兰出来工作。矿上的男人那么多，社会上来矿区打工的男人更多，那些男人对女性的渴求都是又饥又渴，看见街上走过一个女人就想入非非。加上如今社会风气不是很好，男女交往越来越随便。郑宝兰一出来工作，难免抛头露面，跟一些男人打交道。郑宝兰作为一个年轻的寡妇，长得也不丑，不知有多少男人想打她的主意呢，想对她发起进攻呢。只要把郑宝兰放出来，恐怕就由不得郑宝兰本人了，他还能不能继续当郑宝兰的公爹，郑宝兰是不是还继续当他的儿媳妇，恐怕就很难说了。他觉得还是让郑宝兰待在家里好一些，在家里不与社会上的男人接触，就可以避免受到那些男人的追求和攻击，相对来说会安全一些。另外，让郑宝兰在他眼皮子底下，也便于他对郑宝兰的监视。有一次，郑宝兰提出，想到矿街上一家新开的面馆里帮忙。他一听，就把郑宝兰的想法否定了。他说：孩子，我每月领的有退休工资，咱家吃不愁，穿不愁，我可不想让你去受那个辛苦。街面上人很杂，鱼鳖虾蟹都有，谁知道去面馆里吃饭的是鳖是蟹呢，弄不好被鳖咬上一口，后悔都来不及。我看你在家里带着小来，教小来认认字，背背唐诗，给小来启启蒙，就是最大的功劳，比干什么都好。

自从郑宝兰的嫂子改嫁之后，自从他感觉到失去儿媳和失去孙子的危机在向他迅速逼近后，周天杰的想法改变了，要留住儿媳和孙子，也许最好的办法不是关门，而是开门；不是封闭，而是开放。春天是关不住的，一个女人的心也是关不住的。春天到了，必定山花烂漫。关得了女人的身，关不住女人的心。你越是限制女人的身，女人的心就有可能飞得更远。褚国芳就是现成的例子。他的亲家郑海生对褚国芳采取的是就关的办法，就不愿让褚国芳外出打工。关来关去怎么样呢，关得住人，关不住心，褚国芳到底还是飞走了。有亲家的教训在身边，他得改改主意了。说是让郑宝兰待在家里，其实郑宝兰在家里并待不住。老吴和郑宝兰差不多已经成了对头，两个人嘴里呼出来的都不是氧气，都是氮气，谁都接受不了谁的氮气。这样发展下去，婆媳俩迟早会翻脸，会发生一场你死我活的恶战。俗话说一个槽上不能同时拴两个叫驴。从他家的情况看，一个槽上也不能同时拴两个女驴。特别是儿子死去后，婆婆和儿媳的关系很难继续维持。郑宝兰说是带孩子出去玩，谁也不知道她去了哪里。更有甚者，郑宝兰有时连个招呼都不打，连孩子也不带，就出去了，谁也不知道她干什么去了，这样的行为更让人不放心。

　　当务之急是给郑宝兰找个活儿干。从某种意义上说，活儿才是一道门，正好可以把郑宝兰关在门里。活儿还是一根绳子，正好可以把郑宝兰拴在工作岗位上。工作是什么，工作也是限制。有了限制，郑宝兰就不会到处走了。当然，工作中她会接触到男人，可工作中接触到的男人毕竟有限。加之有工作单位的领导和纪律管着，那些男人一般不会乱来。你看人家卫君梅，卫君梅的工作是在食堂里打扫卫生，一上班就在餐厅里走来走去，不少男的能看见她，跟她搭话也不难。卫君梅作为一个少妇，正是一朵花儿开得最鲜艳的时候，赏花儿的人肯定有，想把花儿据为己有的人也会有。人家卫君梅怎么样呢，该清风还是清风，该明月还是明月。别说那些想占卫君梅便宜的人，就连走正规道路追求卫君梅的正道人小蒋，卫君梅还没有答应呢。走进工作门，修行在个人。说来说去，归根结底，还是看个人的品性，看你能不能守住自己。除了卫君梅，矿上的选煤楼、单身职工宿舍、矿灯房，都安排有工亡矿工的妻子，她们干着一份活儿，领着一份工资，身和心都有所寄托,好像都很安心。周天杰有些后悔,没有早走给郑宝兰安排工作这步棋,没有早点利用给郑宝兰安排工作的事笼络郑宝兰。智者千虑,必有一失,他承认自己在这个事情上失算了。好在事情还没走到不可挽回的地步,他现在补救还来得及。他相信,凭着他的资格和痛苦,还有他的智谋和泪水,给儿媳郑宝兰在矿上谋一份活儿干,应该不是大问题。矿上的领导考虑问题也不够全面,为什么不照顾他一下,给他的儿媳安排一份工作呢,难道会哭的孩子才有奶吃,不会哭的孩子就不给奶吃!人有血就有泪,谁不会哭呢!

找到工会的洪主席,周天杰按下让洪主席给儿媳找工作的事不提,开言先说的是自己的身体。他说入秋以来,感觉自己的身体很不好,吃东西时,老是觉得食道那里有些堵,像是有什么东西在那里挡着。喝水喝稀饭时还好一些,一吃烧饼、馒头等比较干糙的东西,就难以下咽,把脖子伸得像鹅脖子都咽不下去。他怀疑自己得了噎食病,也就是医生所说的食道癌。

洪主席说:不会吧,周师傅,你不要自己吓自己,我看你身体挺好的,挺精干的。

精干什么,你没看我比原来瘦得多吗。我心里有数儿,比上一次我来见你时,我至少瘦了十斤。

你去医院查了吗?我建议你尽快去医院查一下。矿上的医院条件有限,你去集团公司总医院去查吧。

不用查我也知道,我得的十有八九是食道癌。我估计我活不长了,说不定连春节都活不到。

周师傅,你不要这样悲观。现在什么病都能治,你要相信科学。

不是我要悲观,是老天爷要我悲观。老天爷不可怜苦命人,我有什么办法呢。我死了不要紧,我的得了老年痴呆的老母亲怎么办呢?

我的老婆怎么办呢？我的年幼的孙子怎么办呢？这一连串的怎么办形成了一种逻辑动力，推动着他往悲惨悲痛处想象。他的想象是砖，砖是叠加的，越垒越高，很快就高到了云霄。他的想象是波浪，波浪是繁衍的，越翻滚越远，很快就滚到了天边。他的想象是钻，钻是打井用的，越钻越深。比如，在想象中，他一开始说怀疑自己得了食道癌，接着说自己十有八九得了食道癌，后来说自己肯定得了食道癌，再后来就死掉了。他一死，老母亲受不住打击，很快也死了。他死时，妻子哭得死去活来，边哭边诉，靠山山倒，靠河河干，她可怎么活啊！最作悲的，是他对孙子小来的想象。他明明已经死了，小来还拉着他的手不愿撒手，小来大声哭喊：爷爷，我不让你死，我不让你死！于是，他的鼻子酸了，眼圈红了，眼泪流了出来。他说：洪主席，我有点受不了啊！这样说着，他就哭了起来，哭出了声。他听见了自己的哭声，哭声有些粗，既熟悉，又陌生。哭声如鼓，对自己的身体有一种震动作用，对隐藏着的悲痛也有一种调动作用。在"鼓声"的震动和调动下，刻骨铭心的丧子之痛重新被唤回，使得他的悲痛获得了真正的动力，他哭得有些不管不顾，声音越来越大。

年轻的洪主席被周天杰的哭声吓慌了手脚，他说：周师傅，不要哭，不要哭！劝着周师傅不要哭，他的眼睛也湿了。

听见周天杰的哭声，工会别的办公室的工作人员也过来了，他们问怎么了？怎么了？什么情况？有人扶住了周天杰的肩膀，有人给周天杰递面巾纸，让他擦眼泪，劝他平静一些。

洪主席说：周师傅，工会就是职工的家，有什么困难你只管说，我们尽量帮你解决。

绕了那么大的弯子，动了那么大的感情，周天杰要的就是这句话，他把哭声减弱一些，说：我临死之前，我希望洪主席能给我儿媳郑宝兰安排一个工作,这样的话,我死的时候就能闭上眼了。

洪主席并没有权力为矿工家属安排工作,但他没有拒绝周天杰的要求,他答应尽快跟有关领导汇报一下,尽量满足周天杰的要求。

那我哪天再过来找你呢?

你不用来回跑了,等有了消息,我去通知你。

我听说现在求人办事都要送礼,我也不知道送什么,我只有这张老脸。

周师傅,你这样说就外气了,就没有真正把工会组织当成你的家。你别看我年轻,我也是从农村出来的,也是受过苦的人。将心比心,我能够理解你的心情,你就放心吧。

果然,洪主席没有让周天杰失望,过了不几天,洪主席就派人到周天杰家,通知周天杰,让周天杰的儿媳到矿上的大食堂报到,上班。

郑宝兰到食堂去了,食堂分配给她的工作是在卖饭的窗口卖饭。郑宝兰穿上食堂配发的工作服,工作帽,感觉像戏台上挂了帅的穆桂英一样,精神顿时振奋了许多。从小到大,她一直羡慕有工作的人,一直希望自己能有一份工作,好像工作着才能实现自己的价值,才会被别人高看。她的这个希望终于变成了现实。她往卖饭窗口里侧一站,有人要烩面,她给人盛烩面;有人要馒头,她给人拿馒头;有人要稀饭,她给人盛稀饭,有要必应,她干得兴致勃勃。

卫君梅和郑宝兰上的刚好是一个班,卫君梅有时会转到郑宝兰值班的窗口,跟郑宝兰说上几句话。她说:宝兰,我看你最近气色好多了。

是吗?真的吗?

不信你可以回家照照镜子。

我好久没照镜子了,我以为自己都快变成老太太了。

净瞎说。

郑宝兰把鬓角的头发往工作帽里掖了一下,笑了。她好久没有这样笑过了。

郑宝兰去上班,让压抑已久的老吴轻松了许多,她不用再天天看郑宝兰的脸子了,不用再天天揪着心了。郑宝兰好比是堵在她胸口的一团棉花,现在她终于把棉花掏出来了。又好比郑宝兰是压在她心上的一块石头,现在这块石头终于落在了地上。郑宝兰上班走后,老吴把看管孙子小来的责任完全负了起来,带小来到卖鱼的地方看鱼,带小来到养兔子的地方看兔子。听说附近有一个场子里养了狐狸,老吴把小来背在背上,走了挺远的山路,带小来去看狐狸。小来问她:奶奶,我妈妈呢?

奶奶说:你妈妈上班去了。

上班,上班干什么呀?

上班挣钱哪。

挣钱干什么呀?

你说挣钱干什么,挣钱给小来买好吃的呀,给小来买玩具呀。

不,我不让妈妈上班,我让妈妈带我玩。

奶奶带你去玩不是一样嘛,奶奶也是你的亲奶奶,奶奶可喜欢我的宝贝孙子了。

我不喜欢你。

为什么呢?

小来把奶奶的脸一指,你脸上光长皱纹儿。

噢,因为这个呀。奶奶老了呗,人老了都会长皱纹儿的。

我妈妈不长皱纹儿。

你妈年轻呗。你还想去哪儿玩,奶奶带你去。

我不喜欢狐狸。

为什么呢?

狐狸太狡猾了!

谁说的?

妈妈。

那好吧,奶奶听小来的,奶奶再也不带小来去看臭狐狸了。那,今天咱们两个玩藏猫儿猫儿可以吗?谁先藏?

小来说:我先藏。小来藏到一张桌子下面。

奶奶问:藏好了吗?

藏好了!

那我开始找了。奶奶看看门后,掀开床单看看床下,找到东,找到西,就是不往桌子下面找。奶奶明明知道小来藏到了桌子下面,她在故意拖延找到小来的时间。奶奶一边找一边不停地念叨:我的孙子可真会藏呀,他会藏哪里去呢?东找找,西找找,我怎么老也找不到呢,那个小家伙真够厉害呀,恐怕他比孙悟空还厉害。奶奶装作焦急的样子,说急死奶奶吧!

小来以为奶奶真的着急,大声报告:我在这儿呢!

奶奶说:藏猫儿猫儿不能说话,一说话不是自我暴露了嘛!奶奶装作又找了一会儿,终于在桌子下面把小来找到了,奶奶显得很惊喜的样子:好小子,原来你在这儿藏着呢,我揪猫儿猫儿的尾巴,我揪猫儿猫儿的长尾巴。

小来躲着奶奶,乐得哈哈的。

奶奶跟着孙子,也哈哈乐。

郑宝兰不在家里,老太太也发现了,老太太问:宝兰呢,怎么看不见宝兰呢,宝兰也去学习了吗?

周天杰告诉她：宝兰上班去了，宝兰在食堂上班，当炊事员。

老太太的评价是：当炊事员好，一天吃一钱，饿不死炊事员。

你说的是老皇历上的话，现在炊事员吃饭都不要钱，随便吃，跟吃自助餐一样。

啥是自助餐？

别问了，跟你说，你也听不懂。一辈人有一辈人唱的歌，一辈人有一辈人说的话。别说你了，现在年轻人说的话，连我都听不懂。

郑宝兰下班回到家，周天杰给她下达了一个任务，说宝兰，你奶奶一整天看不见你，想你了，你去看看你奶奶吧。在郑宝兰上班之前，周天杰不敢指使郑宝兰，不敢给郑宝兰派任务，他让矿领导给郑宝兰安排了工作之后，自觉在家里的威信增加不少，有资格给郑宝兰布置一些不难完成的任务。

郑宝兰方面呢，她心里一顺畅，也乐意完成公爹交给她的任务。郑宝兰来到奶奶住的小屋，叫着奶奶问：你知道我是谁吗？

奶奶说：知道，你是我的孙子媳妇宝兰。

回答完全正确。奶奶，我现在到矿上上班去了。

好，上班好，上班光荣！

郑宝兰听着这话新鲜，马上转告周天杰说：爸，我奶奶说上班光荣。

周天杰说：你奶奶说的都是老话，不过这一次她说对了，上班是够光荣的。

老太太把郑宝兰的手抓住了，抓得有些紧。大概老太太觉得孙子媳妇难得跟她这样亲近，她也抓住了跟孙子媳妇亲近的机会。她说：小来都这么大了，你们该要第二个孩子了吧，再生一个小闺女儿也好呀！再生一个小闺女儿，你们就儿女双全了。

这话是敏感的，奶奶的孙子不在了，郑宝兰跟谁一块儿要第二个孩子呢！郑宝兰解释说：奶奶，现在有计划生育管着，人家不让生第二胎。

奶奶说：什么计划不计划，计划害死人，不要管它！

妈妈，你藏到哪儿去了，我怎么找不着你呢？

听见小来喊她，郑宝兰答应着来啦，这才从奶奶手里脱出来。

第十二章　世俗是什么

　　蒋妈妈带王俊鸟到医院妇产科做了检查，证实王俊鸟确实怀了孕。按照工会洪主席的安排，蒋妈妈在医院陪着王俊鸟，让医生为王俊鸟做了流产手术。流产也是产，也会给女人的身体造成损失。王俊鸟做完流产手术后，蒋妈妈没把王俊鸟送回家，领到自己家去了。她让王俊鸟在她的床上躺好，她给王俊鸟沏红糖茶，擀薄面叶儿，打荷包儿蛋，像伺候月子婆娘一样伺候王俊鸟，为王俊鸟补充营养。

　　王俊鸟躺在蒋妈妈的床上，拿过蒋妈妈的一件毛衣，团巴团巴，把毛衣团巴成一个娃娃模样，轻轻拍着"娃娃"，像是在哄"娃娃"睡觉。蒋妈妈，我生娃娃了，生了一个胖娃娃！她有些欣喜地对蒋妈妈说。

　　蒋妈妈说：俊鸟你给我记住，生娃娃是两个人的事，冯俊卿不在了，你不会再生娃娃了，再生娃娃就该让人家笑话了。

　　在呢，冯俊卿在呢！

在，在哪儿呢？你这孩子，真是痴心不改啊！算了，你刚做完手术，正是容易招病的时候，我可不敢惹你哭。

到蒋妈妈家里来过的工亡矿工的妻子和父兄姐妹不止王俊鸟一个，有十几个，或者几十个。所不同的是，王俊鸟是被蒋妈妈像领小孩子一样领到家里来的，别人是自己找上门的。去年中秋节的前几天，一位工亡矿工的父亲登门找到蒋妈妈，说上一年过中秋节时，矿上给每位工亡矿工家庭发了一桶花生油，还发了一盒月饼，这年的中秋节也快到了，矿上怎么一点儿动静都没有呢。那位父亲想让蒋妈妈出面到矿上问一问，这年还发不发过节的物品。蒋妈妈说：这个事情不用问，到了该发的时候，矿上自然会发。果然，到了过节的前一天，矿上不仅给每家发了油、月饼，还各发了二百元钱。一次，两位工亡矿工的妻子一块儿去找蒋妈妈。她们从报纸上看到，现在外省矿上发生事故，工亡矿工的抚恤金每人涨到了二十多万到三十万，而她们当年每家领到的抚恤金才十万。她们想让蒋妈妈带她们去省里或北京上访，看看能不能把抚恤金增发一些。蒋妈妈说，这个头她不能带，一个时间有一个时间的抚恤政策，不可能让过去的政策向现在的政策看齐。她举了自己家的例子，她说她丈夫出事的时候，矿上别说给十万了，发的抚恤金才八千多块，外带半卡车煤。听了蒋妈妈的话，那两位妻子就打消了上访的念头。还有一位工亡矿工的妻子比较特殊，她来到蒋妈妈家，见到蒋妈妈，只说她心里好难过啊，一开口就哭起来，哭得痛彻心肺，泪涕横流。但她始终没说出痛哭的原因，哭完了，用蒋妈妈递上的热毛巾擦擦眼泪，站起来就走了。临走还对蒋妈妈说：哭哭心里好受多了。蒋妈妈，谢谢您！

蒋妈妈说：什么时候想哭你只管来。

这位工亡矿工妻子的哭，使蒋妈妈受到一些启发，看来有的时候，人是需要哭一哭的。人需要笑，更需要哭。笑在多数情况下是应酬性的，是假的。哭是真的，不动真情哭不出来。笑一般来说是肤浅的，皮笑了，肉不一定跟着笑。哭是深刻的，是从心肺内部生发出来的。若拿运动量来衡量，浅浅一笑，谈不上有什么运动量。而人们每哭一次，运动量却不算小。有不少药物用来给人的身体排毒，但没有任何一种药，是让人哭的药，是让人流眼泪的药。其实从某种意义上说，人类的痛哭也是一种发泄，有着类似排毒的功效。眼泪流出来了，体内的毒素就排出来了，人就舒服了。当然了，有个别时候，人的笑也能笑出眼泪，那是笑哭合一，也几乎达到哭的效果了。

泪从情发，哭从心来，世上没有能让人流泪和痛哭的药，那，有没有替代品呢？蒋妈妈想了想，替代品好像是有的，那就是一些被人们称为艺术品的东西，比如戏剧、小说、电影之类。于是，蒋妈妈到音像制品商店买了一些艺术光盘，放在家里。她不买相声、小品和唱歌跳舞的光盘，只买戏剧光盘。在戏剧光盘中，她也是挑着买，只买那些苦戏，悲情戏。她知道，那些去找她的工亡矿工不是憋着笑，是憋着哭。他们来了，如果拿一些一味搞笑的片子"胳肢"他们，让他们发笑，那是不人道的，也是残忍的。笑一笑，十年少。那是愚弄人的，是骗人的鬼话。他们肚子里不是装满了委屈嘛，他们不是想哭嘛，好吧，蒋妈妈就满足他们的愿望，让他们把眼泪流出来，把委屈释放出来。她给人倒了茶，拿了糖果，问人家想听戏吗，人家如果说想听，她就给人家放戏剧片。如果说来人的泪水是一个蓄水池，蒋妈妈在电视上放的戏剧片就是一个导水渠，通过"导水渠"的引导，她总是能顺利地打开"蓄水池"的闸门，让来人的泪水畅快地流出来。

首先来说，是蒋妈妈自己爱看苦戏。所以在别人看苦戏的时候，她不当局外人，不当旁观者，别人看，她也看，她甚至看得比别人还专注，还投入。别人流眼泪，她也流眼泪。别人的眼泪流得长，她比别人的眼泪流得还要长，还要汹涌。

有时同时到她家看苦戏的，是好几个工亡矿工的妻子。看到戏的高潮处，你哭我哭她也哭，泪飞顿作倾盆雨。擦眼泪的毛巾不够使了，好在蒋妈妈事先备有抽拉式的面巾纸，谁擦眼泪谁自己抽纸。沾满泪水的面巾纸很快就在茶几上扔了一片，茶几上如开着一片白花。

他们一边看苦戏，难免一边联系自己的实际。联系实际的结果，他们的感情得到了升华，思想也得到了提升。他们知道了，人世上受苦受难的不光是他们，好多人都在受苦受难。不光他们肚子里有苦水，很多人都有倒不完的苦水。那些人有女人，也有男人；有老人，也有孩子；有今人，也有古人；有中国人，也有外国人。你看戏里那些主角，一个二个都是苦主，都是苦而又苦的人。不然的话，他们不会哭得愁肠百转，大放悲声，惊天地，泣鬼神。比起戏中人的那些苦，他们心中的苦比人家差远了。起码来说，他们的苦是自然灾害造成的，而戏中的人苦多是有冤枉的成分在里面，多是让人痛心的人祸。他们还知道了，人来到世上，主要不是享福的，是受苦的；主要不是笑的，是哭的。没有苦，哪里会有福呢！没有哭，笑何所依呢！说来说去，谁的人生最终不是以悲剧谢幕呢！

如此一来，那些工亡矿工的亲人们，一传十，十传百，都愿意到蒋妈妈家里待一会儿。他们很少去找矿领导，矿领导大都太忙，没时间接待他们。而蒋妈妈有的是时间，他们什么时候去找蒋妈妈，一找就能找到。他们去找矿领导，矿领导总认为找麻烦的来了，脸子呱哒就撂下来，对他们一点儿都不热情。而他们不管什么时候找到蒋妈妈，蒋妈妈总是见他们如亲人，对他们很是欢迎。蒋妈妈的家仿佛成了自发成立的工亡矿工家属俱乐部。如果不愿意说"俱乐"，把蒋妈妈家说成工亡矿工家属心理治疗中心或精神抚慰中心也可以。

蒋志方下班回到家，有时会遇到一些登门去找蒋妈妈的人，听见妈妈在客厅里跟人家一块儿说话，陪人家一块儿看戏。蒋志方能够理解妈妈的所作所为，知道妈妈是在帮助别人，其实也在帮助自己。他不管妈妈的事，也不参与妈妈他们的任何活动。只是有一次，他听见客厅里哭成一团，有些吃惊，才出来看了看。妈妈对他说，没事儿，他们被剧情感动了，哭一会儿就过去了。蒋志方遂退回自己住的屋子里，关上了房间的门。

蒋志方的房间自成一统，房间里有单人床、书柜，还有写字台。蒋志方的书柜里，除了煤矿机电方面的书，更多的是一些文学方面的书，有诗歌，也有小说。业余时间，蒋志方就在房间里看看书，戴上耳机听听音乐，或者写写诗，给卫君梅发一个短信。他已经写了不少诗了，诗稿已攒了一叠。他写的诗多是爱情题材。因他处在求爱的青春时期，因他心里充满了爱，所以他看到的都是爱。山是爱，水是爱；花是爱，草是爱；鱼是爱，虫是爱；扳子是爱，钳子是爱；君是爱，梅是爱，连卫君梅的卫字也是爱。他的诗主观色彩很强，属于"感时花溅泪，恨别鸟惊心"的那种。在黑板报上发表这些诗是不合适的，但除了黑板报，他还不知道自己的诗该往哪里投。也许，他觉得自己写的诗还不是诗，写完了自己看看就行了。如果有机会的话，顶多拿给卫君梅看一看。贸然投给报纸、杂志的编辑部，说不定会惹人笑话。

通过手机短信，蒋志方已经把自己比较满意的诗句摘录一些，发给了卫君梅。他给卫君梅打电话，卫君梅还是不接。他早就把充电器送给了卫君梅，卫君梅的手机也是畅通的状态，有一次他给卫君梅打电话，是卫君梅的女儿慧灵接的，慧灵问：喂，你是谁？他是谁呢？他没敢答话，没敢说他是蒋志方，赶紧把电话挂断了。卫君梅现在已经学会了操作手机,学会了用拼音在手机上回短信。他给卫君梅发的诗句,没有得到卫君梅的赞赏和回应。倒是他发给卫君梅的一些家常式的短信,卫君梅回复过几回。有一天冷空气来袭,北风刮了一夜,杨树叶子落了一地,蒋志方一大早就给卫君梅发短信,说天冷了,让卫君梅注意添衣,保暖。谢天谢地,卫君梅总算给他回了短信,卫君梅回的是:知道了,谢谢你!他不敢稍有停顿,马上给卫君梅回复:不客气,应该的。卫君梅没有再给他回信。第一场小雪落下时,蒋志方及时给卫君梅发了一条短信:下雪了,你看见了吗?他在短信中附了两句诗:不畏风霜犹喜雪,梅花香自苦寒来。这一次卫君梅不但给他回了信,说看见下雪了,还夸赞了他一句,说他真像个诗人哪。诗人?在蒋志方的心目中,诗人是一个高不可攀的称谓,卫君梅说他像一个诗人,他万万不敢当。不过蒋志方心里有点美,卫君梅说他像个诗人,至少等于承认他是一个文化人,而不是一个粗人。按照传统的标准,凡是信下面都要有落款,也就是要署上写信人的名字。如果不写,谁知道是哪个写的呢。蒋志方每次给卫君梅写信,下面必不忘记写上自己的名字,写得工工整整的,是手机的字库里存的仿宋体。让蒋志方感到遗憾的是,卫君梅每次给他回信都不留名字。虽说手机号码显示的是卫君梅,可以确认是卫君梅的回信,他还是希望能看到卫君梅的署名。好比一个人写一篇文章,署名和不署名是不一样的,愿意署名,表示愿意承认文章是自己写的,并愿意为所写的文章负责。不愿意署名呢,那就得另说,心情恐怕会复杂一些。还有,蒋志方每次给卫君梅发短信,都是先写上卫君梅的名字,先向卫君梅问好。而卫君梅每次给他回信,都不写抬头,既不写小蒋,也不写蒋志方,更不写志方。这样的回信就没有专指,它不像是专发,发给谁都可以。这些细节都让蒋志方心里没有底,一颗心老是悬着,一会儿上,一会儿下；一会儿高，一会儿低，七上八下，七高八低。

　　世上的人千千万，谁对儿子最关注呢？谁对儿子最关心呢？谁的心和儿子的心连得最紧呢？当然是儿子的母亲。十月怀胎时，儿子和母亲由一根脐带连着，儿子血管里流的是母亲的血，母亲的心跳就是儿子的心跳。儿子出生后，虽说把连接母亲和儿子的脐带剪断了，但如同剪不断的血缘一样，母子之间的心灵脐带和精神脐带永远联系着。儿走千里母担忧，"慈母手中线，游子身上衣"，说的就是这个意思。说是"慈母手中线"，那个线是物质意义上的线，又不是物质意义上的线，它既是母亲为儿子缝衣服的线，又是母亲手中所牵的精神脐带，无限延长的精神脐带。无论儿子走到哪里，无论儿子遇到什么事，母亲这头都是会有心灵感应的。

　　蒋妈妈和蒋志方，这对母子也是如此。

　　儿子蒋志方在追求卫君梅，蒋妈妈是知道的。蒋妈妈自己有所察觉，也听好几个人跟她说过。那些人有工亡矿工的妻子，有工亡矿工的妈妈，还有在矿街上做生意的人。有人说，看见蒋志方帮卫君梅家收玉米。有人说，看见蒋志方帮卫君梅修自行车的链子，还为卫君梅的自行车打气。还有人说，在食堂里看见蒋志方送给卫君梅一个给手机充电用的充电器，卫君梅怕人看见似的，赶紧把充电器放进自己工作服的口袋里去了。他们向蒋妈妈报告上述信息时，样子都有些神秘，几乎有了告密的性质。他们的观点是一致的，都认为蒋志方和卫君梅不合适，卫君梅配不上蒋志方。他们当了蒋妈妈的面，当然都是站在蒋妈妈的立场，都是在替蒋妈妈着想。他们没有具体说蒋志方和卫君梅怎样不合适，还有人说得很抽象，说一个是天，一个是壤；一个是云，一个是泥，够不着嘛，差距太大了一些嘛！

　　无论别人跟蒋妈妈怎么说，蒋妈妈都不会跟着别人说。她只是微微笑着，静静地听着。在别人说话时，能做到自己不说话，蒋妈妈有这样的涵养，也有这样的耐心。蒋妈妈不是不尊重为她提供信息的人，也不是不愿意和说话者交流，实在说来，在这个重大的问题，蒋妈妈不能轻易说话，不能轻易表态。一句话说不好，一个态表不好，就有可能会造成不良的后果。

一个人不说话，不等于无话可说。也许肚子里装满了话的人，说出来的话才少。一个人对某件事情不表态，不等于他没有态度。也许他正在考虑，一旦表态就极其慎重。蒋妈妈就是这样，在儿子蒋志方找对象的问题上，还有谁比她更上心呢，还有谁比她更有发言权呢！可以说从儿子出生那一天起，从确定生出来的是一个男孩儿那一天起，蒋妈妈就想到了将来为儿子找对象的问题。任何一个当妈妈的都是这样，她们一口奶一口饭地喂儿子，一把屎一把尿地带儿子，一个字一个音地教儿子，先是希望儿子成人，再是希望儿子成材。儿子成人成材后干什么，当然有许多大话可以说，但有一些小话也不容回避。大话往往空泛，不着边际。小话才更实际一些，才真正代表着妈妈们本质性的愿望。比如说，每个当妈妈的都希望儿子能娶一个好媳妇。儿子稍不听话，或儿子犯了什么错误，当妈妈的都会说：你就不听话吧，你就不上进吧，这样下去，将来没人会跟你，你连一个老婆都找不到。这些话她们像是早就打好了腹稿，都是现成的，一不小心就说了出来。这样的话，代表着妈妈的一个目标，一个大目标。让儿子听话也好，上进也好，成材也好，都是为了增加儿子的吸引力，提高儿子的价值，为儿子谈对象打下基础，使儿子将来能顺利找到老婆，找到好老婆。蒋妈妈也应该说过这样的话。就算她当过老师，话说得不会这样直白，但她肯定这样想过。如果连这样的想法都没有，那就不是好妈妈了，那就是和儿子无关的局外人了，甚至是狼外婆了。

没错儿，蒋妈妈是个合格的妈妈，她早就在心中勾画过未来儿媳的标准了。她没有把儿媳的标准无限拔高，是参照儿子制定的，是以儿子为标准。儿子是健康的，五官端正，身材不高不低，不胖不瘦。儿子有着很好的德性，都是与人为善，从不与人为恶，不论是和同学，还是和工友，都相处得很和谐。儿子爱学习，参加工作时间不长，很快就掌握了本职工作中应知应会的专业知识和技能。儿子很热爱自己的工作，有敬业精神，已经多次获得过队里的奖励。以儿子为准绳，儿子所找的对象，也应该是身体健康，长相端庄，品性周正，肯学上进，各方面起码能和儿子相匹配。除了以儿子为标准，蒋妈妈还难免想到了自己。在一般情况下，蒋妈妈不愿让别人超越自己，但在找儿媳的事情上，她宁可让未来的儿媳能够超越自己，希望儿媳比自己长得更高，面貌更好，更聪明，更贤惠，各方面都比自己更胜一筹。只有这样，才能真正实现长江后浪推前浪，一代更比一代强。

蒋妈妈责任重大。丈夫蒋清平活着时，还可以为她分担一部分责任。丈夫死了，为儿子成家的责任落在了她一个人身上，她必须当仁不让地为儿子的婚姻大事负起全面责任。看见街面上走过一个不错的女子，她马上想到的是自己的儿子，把儿子和女子比对了一下，觉得儿子和这个女子谈一下或许合适。在电视里看见人家办婚礼的场面，看到新郎挽着新娘，她想到的也是自己的儿子。等到儿子结婚的那一天，她也要把婚礼好好办一办。她希望儿子早谈对象，早点结婚。她甚至希望，儿子结婚后早点要孩子。趁她现在还不算太老，身体还可以，可以帮助儿子和儿媳带孩子。那样的话，她就对得起丈夫了，对得起儿子了，对得起蒋家的先人了，也对得起自己了，她一生的人生使命就算完成了。

她的梦在打击她的梦想。她做了一个梦，又做了一个梦，都是梦见儿子谈一个对象，吹了，又谈了一个对象，又吹了。直到儿子老大不小了，对象都没有谈成。她接受了丈夫活着时她从反面理解梦的教训，不再相信梦和现实相反的说法，宁可相信日有所想，梦有所思，相信人有所忧，梦里就很难欢天喜地。这样的梦仿佛给了蒋妈妈不太乐观的暗示，她不由自主地有了一些紧迫感。她不止一次地提示过儿子，岁数不小了，该谈对象了。她举了老家村里一些男孩子的例子，说谁谁结婚了，谁谁已经有儿子了。儿子说，慌什么，不着急。她问过儿子：是你自己谈呢，还是我托别人给你介绍呢？儿子的回答是，他自己谈。她说：那好吧，我相信你的能力。她还笑着对儿子说：你是不是要给你妈一个惊喜呀！儿子说：也许吧。她说：那我就等着惊喜。等了一段时间，她没有等到惊喜，连一般的喜也没等到。她开始在私下做工作，托这个托那个，让人家看见合适的女孩子给她儿子介绍一下。有人真的给她儿子介绍了一个女孩子，那是矿灯房里一个收发矿灯的女工。她小心地对儿子说：人家给你介绍了一个女孩子，听说女孩子挺不错的，你见见吧。儿子一口拒绝，不见！为什么？我说过自己谈，凡是别人给我介绍的对象，我一律不见！你这孩子，我看你就拖吧，看你拖到什么时候。树有树龄，花有花期。人到了该谈对象的年龄就得谈，过了这个年龄段，谈恋爱的心情就淡了。

  蒋妈妈得到的信息，没让蒋妈妈喜，只让蒋妈妈惊。她受惊受大了，几乎有些不相信自己的耳朵。她万万没有想到，儿子蒋志方看上的竟然是卫君梅。卫君梅没到她家来过，她没有看见过儿子和卫君梅在一起，也没听见过儿子给卫君梅打电话，怎么就算儿子看上了卫君梅呢？怎么就算儿子在和卫君梅谈恋爱呢？她所设想的未来儿媳的样子有一百个，但没有一个像卫君梅这样的，她一开始就把卫君梅排除了，从没有把卫君梅算在她所设想的未来儿媳的范围之内。乍一听说儿子看上了卫君梅,她的第一反应是否认,一百个否认,不可能,怎么可能呢,一点儿可能都没有嘛!可是,蒋妈妈得到的信息是那样具体,那样细致,不能不让她心生怀疑。不行,她要当面问一下儿子,看看那些信息到底有多少真实性,听听儿子如何否认那些信息。这天吃过晚饭,蒋志方刚要回到自己的房间,蒋妈妈把他叫住了,让他在沙发上坐下,要问他一点事。蒋妈妈做得跟平时与儿子拉家常一样,口气是轻松的,话出口也很委婉:你知道一个叫卫君梅的吗?

蒋志方愣了一下,神情顿时凝重起来,他说:知道。

听说你对她印象不错?蒋妈妈没有问儿子是不是在和卫君梅谈恋爱,那样问,她怕儿子接受不了,她自己也接受不了。

蒋志方的回答是肯定的:是的,卫君梅人挺好的。

怎么个好法儿,可以跟妈说一说吗?我对卫君梅不是很了解。

蒋志方没有具体说卫君梅怎么个好法儿,他说的还是那句话:反正我觉得卫君梅挺好的。

那你有什么打算呢?

没什么打算。

真的没什么打算?

你今天想起来问这些干什么?

我儿子的事,我当然要关心。没什么打算很好,一切还来得及。有一个意思,我不知道该说不该说,我说出来,供你参考。我觉得,你和卫君梅是不合适的。

这时蒋志方说了一句话,就把他追求卫君梅的秘密暴露出来了,也证实了蒋妈妈的担心。蒋志方说:怎么不合适?他的话是问的口气,意思却是肯定的,话后面的意思是,我看合适。

怎么不合适呢?蒋妈妈认为不合适的地方太多了。因为太多,她还没来得及梳理，没有分成一条两条三条四条五条六条七条八条九条。蒋妈妈说了一个笼统的反正：反正我觉得不合适。蒋妈妈也意识到这样说过于笼统，缺乏说服力。她换了一个角度，说：不光我觉得不合适，恐怕卫君梅也会觉得不合适。我估计，卫君梅不会同意。

蒋志方说：那不一定。

信息得到证实，儿子蒋志方的确看上了卫君梅，的确把卫君梅当成了他所追求的对象。事到如今，蒋妈妈怎么办呢，蒋妈妈想哭的心都有。她没有埋怨儿子，她生自己的气。儿子追求卫君梅，事先她怎么一点迹象都没有看出来呢，自己对儿子还是关心不够啊！她太相信儿子的眼光和能力了，对儿子太放手了，儿子毕竟刚刚步入社会，人生经验还不够，儿子毕竟还是一个孩子啊！为难之际，她想起了自己的丈夫，对丈夫有所埋怨。她默默叫着丈夫蒋清平的名字，说咱家的事你真的一点都不管了吗，你儿子的事你难道一点儿都不操心了吗？这样埋怨着，她的眼泪就流了下来。

蒋妈妈对卫君梅的情况了解一些。如果卫君梅才二十多岁，如果卫君梅还没结过婚，如果卫君梅没生过两个孩子，儿子把卫君梅列为一个追求对象，不是不可以。问题是，卫君梅目前的情况与儿子的条件完全是错位的，哪一个条件都对不上。好比把自行车的齿轮对到飞机的齿轮上，对哪个齿子都是错。好端端的一个儿子，怎么能找一个结过婚的、生过两个孩子的、比儿子大得多的、死了丈夫的人呢！

蒋妈妈是受到了世俗社会的影响吗？她也是一个俗人吗？如果有人冷不丁地对蒋妈妈说：蒋妈妈，你太俗了！蒋妈妈如受到指责，甚至像挨了骂一样，或许不愿承认。可如果蒋妈妈面对现实静下来，对自己扪心自问，自己能超凡吗？自己能脱俗吗？问的结果，或许她自己也不得不承认，自己也是凡胎，也是吃五谷杂粮的俗人。世俗是什么？世俗是谷子，是大豆，是小麦；世俗是谈恋爱，是结婚，是生子，是养老；世俗是吃喝拉撒睡，包括上床做爱；世俗还是柴米油盐酱醋茶。这是从物质方面说的，也是从实的方面说的，说得概括一点，所谓世俗，就是人们赖以生存的日常生活。那么，从虚的方面说，世俗又是什么呢？有实才有虚，虚的东西是从实的东西上面来的，虚的东西也不少。虚的东西有民风，民俗，唱歌，说话；有人际关系，约定俗成，家庭伦理，生物禁忌；还有遗传基因，文化心理，生命密码，行为逻辑。说得简单一点，也就是日常生活的常识。实的世俗和虚的世俗结合起来，形成强大的合力，就把人缠住了，也把人限制住了。也就是说，生在俗世为俗人，一个人要挣脱世俗的约束是很难的。谁敢说自己不过日常生活呢？谁敢说自己不食人间烟火呢！同样的道理，谁敢拒绝学习和接受日常生活的常识呢！谁敢违背日常生活常识的逻辑呢！所以在世俗的大山面前，人们往往只能选择退让和妥协。这样说来，人们就比较能够理解蒋妈妈的心情和心理了，也能感受到一个母亲所承受的巨大压力了。

　　有一句俗话，叫清官难断家务事。它的意思是说，作为一个清官，可以在公堂上频频拍案，可以把案子断得清清爽爽，让人信服。可清官一回到家里，一遇到自己家里的家庭纠纷，就不灵了，就理不清乱麻，清官就有可能变成糊涂官。蒋妈妈目前所面临的处境，跟清官的处境有些类似。在外面，蒋妈妈可以在全矿安全生产大会上讲得情真意切，头头是道。可以为别的矿工家庭处理纠纷，解决矛盾。可以抚慰留下心灵创伤的工亡矿工家属的心灵。可以保护像王俊鸟那样心智不健全的弱者。在大家的心目中，蒋妈妈是一个仁者，一个智者，跟传说中的清官差不多。可是，蒋妈妈一遇到自己家里的事，特别是遇到了儿子蒋志方的婚姻大事，她也有些犯难，有些头疼。她不能干涉儿子的婚姻，不能给儿子下命令，不能把自己的意志强加给儿子。在这个问题上，她必须小心谨慎，不可简单行事，更不能粗暴行事。倘稍稍不慎，有可能会惹出儿子的逆反心理，等于把儿子往卫君梅那里推动，直至儿子把自己牢牢拴在卫君梅那棵树上，再也拉不下来。她必须耐下心来，调动自己的全部智慧，对儿子动之以情，晓之以理，看看能不能说服儿子，使儿子改变自己的想法。

更重要的是，蒋妈妈要瞅一个时机，去跟卫君梅谈一谈，摸一摸卫君梅的脉，听听卫君梅究竟是什么想法。与卫君梅谈话，也许会是一个交锋，交锋就交锋吧。

第十三章　矿上来了演出队

龙陌矿的大门口贴出了大幅海报，在一个特定的日子，本部在北京的中国煤矿文工团下属的一个歌舞团，要到龙陌矿进行慰问演出。大红的海报不仅贴到了矿上的办公区和生产区，还一路贴到了矿街上，并从矿街延续到生活区、家属院。一时间，矿区的人们奔走相告，北京的明星、大腕们要来矿上演出了。

作为煤矿人，对煤矿文工团多多少少有所了解。煤矿文工团是中国老牌子的文化艺术工作团，1947年成立于东北解放区的黑龙江鸡西煤矿。文工团里，有在全国闻名的歌唱家、节目主持人、相声演员和电影电视剧明星。在中央电视台的综艺节目频道和各种全国性的文艺晚会上，时常能看到他们活跃的身影。只在电影电视里看到他们，虽说对他们的形象已经很熟悉，因为没见到真人，还不算见过他们。这一回，他们以"深入"和"慰问"的名义，要到山沟里的龙陌矿来了，给矿区人的感觉，那些明星、大腕们跟神仙下凡差不多。百年等一回，谁不想目睹一下"神仙"的真容颜呢！谁不想近距离的对"神仙"顶礼膜拜呢！谁不想给自己增加一点吹嘘的资本，日后说我见过谁谁谁、谁谁谁呢！在他们看来，即将到来的演出，像是个节日，一个盛大的节日，比任何节日都节日。什么元宵节、端午节、中秋节、包括春节，过得都相当平淡，波澜不惊。这一回，不是年，不是节，什么好日子都不是，他们却要好好过一下。

且慢，确定下来的演出的日子真的什么日子都不是吗？不是，说来有些伤痛，对这个日子矿上的人们还是敏感的，还是记忆犹新的。不必隐瞒，这个日子就是四年前龙陌矿井下发生重大事故的日子，也是一百多位矿工的忌日。那么，为何要选择这个日子进行慰问演出呢？当然是有道理的。这是因为，自从那次事故之后，四年了，矿上再也没有发生过一起因工死亡事故。不但没有工亡事故，连一个受重伤的都没有。集团公司认为，龙陌矿在狠抓安全生产方面做出了突出成绩，对该矿提出表彰，并给全矿职工发了安全奖金。奖金的数额不小，发到每个矿工手上都够数一阵子的。既然如此，矿上应该召开一个庆祝会，庆贺一下全矿实现安全生产四周年才是呀！

不敢，矿上可不敢为安全生产召开什么庆祝会，这方面的教训太多，例子不胜枚举。有一个矿，实现连续安全生产一千天，矿上举行了庆祝大会。结果就在第二天，也就是在第一千零一天，井下发生了透水事故，淹死了好几位矿工。还有一个矿，为了庆祝全矿实现安全生产五周年，出资在煤炭报发了一块宣传企业形象的专版。矿长、党委书记等，在专版上发了大块文章，大谈如何搞好安全生产的经验，并配发了彩色照片。专版印出来了，矿上专门订购了五百份报纸，准备发给每个班组，让大家好好学习。结果怎么样呢，去北京拉报纸的小车还没回到矿上，就在当天夜里，嘭的一下子，井下发生了瓦斯爆炸，一下子炸死了十五位矿工。去拉报纸的宣传科长听到消息，打电话请示矿长，专版怎么办？还往不往矿上拉？矿长骂人：谁让你们他妈的搞专版的，给我统统就地销毁。这样的事出得多了，矿上的人得出一个结论，搞安全生产这事如哑巴逮驴，只可闷逮，不可夸口。只能低调行事，万不可唱高调。他们甚至有些迷信，说哪个矿长要想开庆功会，庆贺安全生产搞得好，就得准备两手，一只手准备向矿工们挥手致意，另一只手准备抽自己的嘴巴子。还有人说得更悲观，说矿长要为安全生产庆功，至少要准备两张嘴，一张嘴用来报喜，别一张嘴用来报丧。

鉴于种种教训，龙陌矿当然不会开什么庆祝会。他们变通了一下，请煤矿文工团的歌舞团来矿进行一场慰问演出。这样的演出有多重意义：既是对生者的慰问，又是对死者的告慰；既可以扫除一下悲伤气氛，又可以振奋一下矿工的精神；既是对矿难的一次纪念，也是对开创美好未来的一个宣誓；既能活跃一下矿工的文化生活，又能在本矿的企业文化史上留下浓墨重彩的一笔。

为了能让更多的观众看到难得一见的演出，矿上嫌矿内的广场太小，把露天舞台搭到邻近农村的"广阔天地"里去了。那里原本是当地农民的一块菜地，因不少矿工买了小轿车，矿内放不下那么多车，矿上就把农民的菜地租过来，打成水泥地坪，做成了停车场。现在需要演出了，矿上就提前贴了告示，把停车场腾空，在停车场北面搭建了一个临时性的舞台。舞台是就地挖土筑成的一个高台，高台上铺了木板。舞台后幕的巨幅背景图片，是连绵起伏的群山和高高的井架。

矿上特意放了一天假，除了井下的水泵房、变电站等要害岗位，需要留人值班，绝大部分矿工都可以留在井上看演出。

定下的演出开始时间是下午两点，当天早上刚吃过早饭，人们就陆陆续续往停车场赶，也是到歌舞场集合。矿上的职工家属来了，陈家湾的老乡来了，在矿区打工的众多农民工来了，四面八方的人都来了。这天是个周日，附近一所武术学校的学生们也来了。学生们剃着光头，都是少林武僧的模样。来的人都不能开车，只能步行。因为车开不进来，就算能开进来，也没地方停。不少人手里提着或肩上扛着小板凳、小椅子、小马扎，他们是提前到演出场地占地盘来了，占位置来了。

天气不错，是农历十月小阳春的气候。没有风，黄黄的阳光照到哪里都是暖色调。天很高，很蓝，几乎没有云彩。个别云朵在天空中一动不动，像棉花糖。排成人字型的雁群从空中飞过，飞到歌舞场上空，它们似乎放慢了速度，想探究一下那么多人聚集在一起干什么。

生意人总是很敏锐，他们及时捕捉到商机，把生意做到歌舞场去了。他们卖花生，卖瓜子，卖泡泡糖，卖冰糖葫芦。他们还卖蒸红薯、蒸芋头、煮鸡蛋、煮玉米。除了卖吃的东西，卖玩具的也来了。他们用气筒给气球打了气，五颜六色的气球很快就攒成一堆。他们把电动的孙悟空放在地上让孙悟空表演，孙悟空可以连续翻跟头。

这种热闹的场面像是春天里人们在赶庙会，但这与赶庙会有所不同，赶庙会要烧香，要磕头，要许愿，到这里不用烧香，不必磕头，也不用许愿。到这里把自己当成神仙就是了。有人说，顾客是上帝，观众是上帝。那么，他们就趁机当一把上帝吧。

现在电视里动不动爱说同比如何如何，这一天与四年前的那一天相比，不知算不算同比。如果也可以同比的话，那差别就大了。那天是紧张的，这天是轻松的；那天是悲痛的，这天是喜庆的；那天是哭声震天，这天是锣鼓喧天。如果拿天气作比喻，那天是狂风暴雨，这天是风和日丽；那天是冰雪交加，这天是暖意融融。有人在矿街上边走边吼:要唱你就唱吧,不要错过;要跳你就跳吧,不要错过;要爱你就爱吧,不要错过;要快乐你就快乐吧,不要错过……

周天杰把自行车后座上的儿童座椅卸下来,在后座上放上一个棉垫子,抱老母亲坐上去,推着老母亲往歌舞场方向走。老母亲问他:儿呀,咱这是要去哪儿?是去接启帆吗?是我孙子要回来了吗?

我不是跟你说过了嘛,我带你去看演出。

啥是演出?

就是唱歌跳舞。

烧香不烧香?

演员都是从北京来的。

你说北京我知道。北京是在北边吗?还是在南边?

你说北京你知道,我看你还是不知道。北京北京,当然是在北边。南京在南边,东京在东边,西京在西边。

你说东京我知道,铡死陈世美的老包,就住在东京。老母亲好久不出家门口了,见矿街两边起了楼,还竖了不少招牌,看得两眼像是有些不够用。她问周天杰:儿呀,这就是北京吗?

周天杰没跟老母亲说这不是北京,一个人的脑子成了一盆糊涂,跟她说再多都如同给瞎子点灯。他说:你说是哪儿就是哪儿,你看着像北京,就算是北京。

老母亲较起真儿来:不对呀,你说是北京,我怎么没看见天安门呢,天安门城楼子的房檐子可是挑角儿的。

别着急呀,天安门在前边,咱们再往前走走,兴许就到天安门了。

老吴扯着孙子小来的手,跟在周天杰的自行车后面。除了郑宝兰上班离不开,他们家的老老小小都出动了。

街边有人卖一种新玩具,那些玩具是用彩色的塑料薄膜做成的,有的做成鲤鱼形,有的做成龙形,有的做成兔子形,有的做成螃蟹形,不一而足。在没有充气之前,那些玩具只是一些叠在一起的花花绿绿的塑料薄膜。一往里面充了气,就变成了各种各样的动物形状。也就是说,没充气之前,那些东西只是动物的皮,往皮里充了气呢,动物就活了,顿时变得龙腾虎跃起来。不知卖玩具的人往动物身体里面充的是什么气体,反正一旦充了气,动物就漂浮起来,并升到了空中。好在每只动物下面都有一根塑料绳,卖玩具的人把各色动物像牵风筝一样牵在手里。漂浮在空中的动物有着很好的广告性和招徕性,小来远远地就把那些玩具看到了,他指着那些玩具对老吴说:奶奶,我要那个。

奶奶问:那是什么?

我就要那个,会飞的那个。

你得说出那是什么。

大鲤鱼,我要大鲤鱼。

问你爷爷,看你爷爷同意不同意给你买。

小来还没有问爷爷,爷爷就说:不买,那些玩意儿都是蒙人的,里面就是一股气,要是皮破了,气跑了,就变成了塑料垃圾。

小来开始撒娇,闹人,嚷着买嘛,就买嘛,我就要大鲤鱼!

奶奶为孙子求情说:买一个吧,出来就是为了哄孙子高兴呗。

爷爷做出了让步:买一个也可以,但是,这次出来只买这一样玩具,不许再要别的玩具,你能做到吗?要是能做到,咱就买,要是做不到,就不买。

小来点点头,表示能做到。

钱都在周天杰身上带着,周天杰问卖玩具的人:鲤鱼多少钱一条?

六块。

太贵了，一点空气，哪值这么多。三块吧，三块钱我给小孩儿买一个。周天杰拦腰把价钱砍了一刀。

不卖。空气是不值钱，我把空气收到一块儿就值钱了。

周天杰把价钱五毛五毛往上添，添到五块，人家才同意卖给他一条。卖玩具的人说：你这个老师傅，太会讲价钱了。

不是我会讲价钱，是你太会要价钱了，你要的虚头太高了。

得到鲤鱼，小来想把鲤鱼抱在怀里。鲤鱼不重，只是个头太大了，小来双手抱着鲤鱼，奶奶就没法领他的手。街上人这么多，不紧紧领着孙子的手可不行。奶奶要小来不要抱着鲤鱼，只牵着拴鲤鱼的绳子就行了。奶奶把绳子头交给小来，让小来攥紧绳子，把鲤鱼松开。小来一把鲤鱼松开，鲤鱼就像水中的葫芦一样漂了起来。小来只顾仰着脸看升高的鲤鱼，奶奶的注意力也在鲤鱼身上，结果小来没把绳子攥紧，鲤鱼脱离了小来的牵引，像拖着一条细尾巴一样拖着绳子，升到空中去了。周天杰最先发现鲤鱼飞走了，他说哎哎，赶快抓住！他手上推着自行车，自行车上坐着老母亲，他腾不出手去抓鲤鱼。老吴也发现鲤鱼飞走了，她顾不上埋怨小来，蹦着高儿，企图把鲤鱼的"尾巴"抓住。然而，鲤鱼像是长了翅膀，鱼变成了飞鱼，变成了飞鸟，悠悠地向天空飞去。

街上不少人驻足仰脸观看"飞鱼"，认为这景致很不错。还有人喝彩：好，好，飞得越高越好！

小来哭起来了，向天空伸着手喊：我的鲤鱼，我要我的鲤鱼！

周天杰斥责小来：要个屁，飞走就没有了。机会只有一次，谁让你不把绳子抓紧呢！

老吴见孙子哭得可怜，看着周天杰，用眼神跟周天杰商量：要不然再给孙子买一个吧！

周天杰态度坚决，说不行，从小就不能保护自己的东西，长大就可能不会保护自己的老婆，我要让他记住这个教训。

小来哭着要找妈妈。

周天杰说：找谁也不行，找老天爷也不行！

郑海生的胳膊挽着妻子的一只胳膊在矿街上走。妻子的双眼已完全失明，脚下是平地，她不知是平地，走得深一脚，浅一脚。受到妻子走路节奏的影响，郑海生走得也不太顺溜。也许在别人看来，这对老夫老妻相挽相携，让人羡慕。其实郑海生一点儿都不愿带妻子出来，他的脸子一直很难看。妻子听说矿上有演出，向郑海生提出，她也要去看。她一开始没有直接提要求，而是绕了一个弯子。他问郑海生：枪毙死刑犯之前，是不是要让死刑犯吃一顿肉？

郑海生说：好像有这样的说法。

我快死了，也想吃一顿肉。

郑海生问她想吃什么肉，是猪肉还是鸡肉？

人肉。

想吃人肉容易，你把我吃了不就得了。

我才不吃你的肉呢，你的肉发酸。

那你想吃谁的肉呢？是不是想吃褚国芳的肉呢？

你不要跟我提那个守不住屁股的女人，提起她我就恶心，恶心恶心恶心！

那就没办法了。

妻子这才提出：我去矿上看戏。

你拿什么看，拿脚丫子看吗？

眼不行了还有耳朵，看不见我听。

那你去呗。

185

你带我去。

我不去凑那个热闹,我没那个心情。

你要是不带我去,我现在就死给你看。

你不要拿死吓唬人,谁不死呢,谁都有一死,死不算个能说事儿的事儿。说不定我比你还先死呢!

后来妻子哭着提到了儿子郑宝明,并摸索着要到儿子坟前去,让儿子带她去看演出,郑海生才不得不答应带她去。

老吴看见前面两个胳膊挽着胳膊的人像是郑海生和他妻子,再一辨认,果然是他们的亲家。她悄悄把亲家指给周天杰看,让周天杰慢点走,别让亲家看见他们。

周天杰明白老吴的意思,他们若是和亲家打了照面,就得说话,就得请亲家看完演出后到他们家里去,说不定还要请亲家吃饭,都是麻烦事。可周天杰不这么认为。作为龙陌矿的一个老工人,他就是矿上的主人,矿上就是他的地盘。亲家来矿上看演出,他当然要以主人的身份,对亲家尽地主之谊。于是他紧走几步,走到郑海生和妻子旁边,热情打招呼:海生老弟,弟妹,你们看演出来了,欢迎你们!

郑海生说:我说不来,她非要来,你看我们来一趟多费劲。

来看看好,机会难得。

老吴对小来说:快喊姥爷,姥姥。

小来还在为失去鲤鱼的事不高兴,他把小脸使劲往旁边一扭,谁都不理。

老吴说:这小子,越来越不懂事儿。

周天杰说:看了演出到家里坐坐。

郑海生说:不了,看了演出,我准备和宝兰她妈去看看宝兰。

这样也好,你们去食堂找宝兰,让宝兰给你们盛好吃的,想吃啥肉，让宝兰给你们盛啥肉。

郑海生想起妻子说的要吃人肉的话，不由得笑了一下。

郑海生的妻子说：你看你们家多好呀，我们家鸡飞蛋打，算是完蛋了。

都一样，都一样。话刚出口，周天杰就意识到自己把话说快了，他们周家怎么能和郑家一样呢！他赶快又说：我们家还不是多亏了宝兰，宝兰可是个好孩子。

这时褚国芳骑着自行车带着女儿从他们身旁经过，褚国芳看见了以前的公公婆婆，但她装作没看见，径直骑了过去。

坐在后座上的褚国芳的女儿说：我看见爷爷奶奶了。

褚国芳说：不要说话！

我要爷爷奶奶！

你要他们，他们要你吗！再说话我就不带你看演出了。

卫君梅不主张提前到演出场地去占位置，能看就看一眼，看不见也没什么。但女儿慧灵很积极，带着弟弟慧生和两只小板凳，上午就去把靠近舞台的位置占好了。为了占位置，两个孩子中午连午饭都没有回家吃。卫君梅吃过午饭，骑上自行车，去给两个孩子送吃的。演出队来矿上的消息，最早是蒋志方通过手机短信告诉她的，建议她不要错过机会，一定要看一看。她已经收到蒋志方给她发的好几条短信，蒋志方向她介绍了好几位著名艺术家的情况。蒋志方还告诉她，矿上派蒋志方等人当这次演出的安全员，戴上红袖标，在演出现场维持秩序。卫君梅想到了，她一到现场，就有可能会看到蒋志方。不知为什么，她想看到蒋志方，又有点儿害怕看到蒋志方。蒋志方给她发的短信越多，她心里越紧张，越不知如何面对蒋志方。

还没走到演出场地，卫君梅已经看到那里人山人海，恐怕连放自行车的地方都没有。卫君梅只好就近把自行车推进矿里,在存车处存下来,再去找两个孩子。来到演出场地,卫君梅还没看到两个孩子,也没看见蒋志方,倒先看见了秦风玲和尤四品两口子。两口子肩并着肩,都是如鱼得水的样子。秦风玲对卫君梅说:君梅,我看见蒋志方了,他在那边。说着,朝蒋志方所在的方向指了一下。

这个秦风玲,说话还是嘴不把门,蒋志方在哪里,和我有什么关系呢!卫君梅脸上不由得红了一下,赶紧岔开了话题,问:小强呢,小强没跟你们一块儿来吗?

秦风玲说:来了,他还能不来,吃过早饭就来了。现在的孩子,见明星比见爸爸妈妈还亲。

给秦风玲和尤四品当过媒人的小老板拍了一下尤四品的肩膀,说过来,我跟你说句话。

尤四品看了一眼秦风玲的眼色,见秦风玲没有阻拦他,就跟小老板到旁边去了。尤四品说:中介费不是给你了嘛,还有什么事?他给了小老板两千块钱的中介费。

小老板问他:怎么样,肥不肥?

什么肥不肥?

你不要跟我装迷,哪儿肥,你心里清楚。你放心,我不会跟你分肥的。哎,摸一把怎么样?

听小老板说摸一把,尤四品心里顿时有些痒痒。他不敢自专,扭过脸看秦风玲的脸。小老板说的摸一把,是邀他去摸麻将。

秦风玲的脸子拉了下来,喊尤四品过去。

尤四品只好摊了一下手,说没办法,老婆不让他摸。

小老板说:你老婆把你管得够严的,早知道这样,我就不给你介绍秦风玲了,我给你介绍卫君梅。我看卫君梅比秦风玲温柔得多。

尤四品瞥见秦风玲还在和卫君梅说话，对小老板说：你不要瞎说，让卫君梅听见，她会骂人的。

她要是骂我就好了，打是亲，骂是爱。

秦风玲又喊了一声尤四品，尤四品赶紧回到她身边去了。秦风玲问他：他跟你说什么？

没说什么。

他是不是拉你去打麻将？

我没同意，再说我身上也没带钱。

什么打麻将，麻将就是蚂蟥，他就是利用满桌子的"蚂蟥"吸你的血呢！等把你吸干了，把你吸得赔了老婆，你就老实了。

演出的号召力出人预料，它给人们提供了大聚会的机会。蚂蚁也有大聚会，它们的聚会多是为了获取食物，为了打群架，或者是为了迁徙，为了游行。人类的聚会与蚂蚁的聚会略有不同，他们不光是奔物质性的东西而去，更多的聚会奔的是精神性的东西，是为了感动，为了笑，为了流眼泪。聚会一起，该来的和不该来的都来了，愿意看到的和不愿意看到的也来了。卫君梅刚在舞台前面的观众堆里找到自己的两个孩子，不经意间，看到小叔子陈龙泉和弟媳申应娟，带着他们的两个孩子，也到矿上看演出来了。按道理说，卫君梅在矿上工作，属于矿上的人，丈夫的弟弟和弟媳来到矿上，她应该主动跟他们打招呼，表现出亲人之间应有的热情。可卫君梅不敢跟他们打招呼，怕招致没趣。现在卫君梅跟他们断了来往，走碰面都不搭腔，亲人几乎变成了仇人。慧灵占的位置和和申应娟的女儿占的位置离得很近，卫君梅不扭脸看不见他们，一扭脸就看见了他们。那么，卫君梅就避免扭脸，眼睛或是往前看，或是向下看。她的情绪低落下来，一点儿看歌舞的心情都没有了。

蒋妈妈去看演出，没忘了带上王俊鸟。矿上的保卫科没查出冒充冯俊卿致使王俊鸟怀孕的是谁，那人还在暗处潜伏着，这不能不让蒋妈妈提高警惕。现在蒋妈妈把王俊鸟盯得很紧，王俊鸟一上街，蒋妈妈能跟着她，尽量跟着她。蒋妈妈外出呢，能带上王俊鸟，就尽量带上她。老吴每天带孙子小来玩，主要任务是保证孙子的安全。蒋妈妈暂时无孙子可带，她带的是王俊鸟。蒋妈妈的主要任务也是保证王俊鸟的安全，避免王俊鸟受人欺负，遭人伤害。蒋妈妈除了自己保护王俊鸟，她还动员了不少工亡矿工家属，让大家都来保护王俊鸟。她说王俊鸟是个可怜的孩子，我们不可怜她，谁可怜她呢！王俊鸟现在对蒋妈妈很依赖，把蒋妈妈挂在嘴上，动不动就喊蒋妈妈。有人对王俊鸟说：王俊鸟，蒋妈妈对你不错呀，都成了你的保镖了。

王俊鸟不知道保镖是什么，以为保镖是骂人的话，拿这话骂蒋妈妈，她可不依。她骂了人家的妈，说：你才是保镖呢！

那人说：我说的是好话，你怎么能骂人呢，再骂人我揍你！

王俊鸟双手往腰里的一掐，横着眉说：你敢，我有蒋妈妈，我让蒋妈妈打你，把你打成臭蛤蟆。

说话蒋妈妈走过来了，蒋妈妈问：又怎么了？

那人说：我说你对她不错，她张口就骂我。

王俊鸟把那人一指说：是他先骂你的，他骂你是保镖。

蒋妈妈说：保镖不是骂人，人家没有骂我。你可不能骂人家，骂人不是好孩子。蒋妈妈又对那个人解释说：凡是以前没听过的话她都不懂是啥意思，原谅她吧。

蒋妈妈带王俊鸟来到演出场地，在外围维持秩序的矿工会女工部的韩部长看见了蒋妈妈。韩部长对蒋妈妈很是热情，说蒋妈妈，你们怎么来这么晚，人都坐满了，恐怕进不去了。

蒋妈妈说：没关系的，我们站在外边，听听就行了。

韩部长说：要不这样吧，我去办公室给你们搬两把椅子，你们站在椅子上看。

千万别去搬椅子，我就是带俊鸟到这里赶赶热闹。你知道的，俊鸟也听不懂什么，我们转一圈儿就走了。

演出开始了，出来报幕的果然是那个全国闻名的节目主持人，他一露面，全场就响起一阵热烈的掌声。既然是煤矿的歌舞团，又是到煤矿演出，节目的内容多是煤矿工人的生活。第一个节目是一个舞蹈，叫《快乐的掘进工》。八个小伙子，头上戴着矿帽、矿灯、身着蓝色工装，足登深腰胶靴，手执电钻，在欢快音乐的伴奏下，且舞且蹈，英姿勃勃。接下来的好几个节目都与矿工生活有关。有《矿工老哥》《矿山的女人》《脸黑怕什么》《我是太阳》《矿工万岁》等等。其中有一个小品，说是有一位受伤后截瘫的矿工，天天摇着轮椅到井口去，嘱咐下井的弟兄们一定要注意安全。有一天天降大雪，家人劝他别再去井口了。他坚持要去，说一天不去，他一天不放心。他冒着大雪，还是赶在当班的矿工下井前来到了井口。他眼含泪花，大声对那些矿工说：弟兄们，我多想再到井下去看看啊，可是，我去不了啦，一辈子都去不了啦！他的表演让很多人动容，全场响起经久不息的掌声。

见别人拍手，王俊鸟也拍手。不仅拍手，她还跳脚，高兴得像个孩子。高兴完了，她问蒋妈妈：那个人说的是什么？

蒋妈妈也被小品感动了，她叹了一口气说：俊鸟啊，怎么没人把你写进戏里呢，要是把你写进戏里就好了。

杨书琴凑到蒋妈妈身边，小声对蒋妈妈说：蒋妈妈，我跟你说句话。杨书琴的样子有些神秘，她的意思是让蒋妈妈跟她到一旁去说。

191

蒋妈妈认识杨书琴，知道杨书琴是蒋志方的工友。蒋妈妈听人对她说过，杨书琴对蒋志方有些意思，一心二心想与蒋志方接近。蒋妈妈指了指王俊鸟，说王俊鸟离不开人，让杨书琴有啥话只管说。

杨书琴说：蒋妈妈，你这人太好了，大家都说你好，我特别尊重你。

谢谢你！

谁要是摊上你这样一个婆婆，算是八辈子烧了高香。

蒋妈妈听出杨书琴话里有话，笑了一下，没有接话。

我跟志方是一个队，都在选煤楼上班。我们队里的人都说志方是一个秀才。

他就是爱看书，爱写点儿东西，哪里称得上秀才。

杨书琴把声音压低，说蒋妈妈，你跟志方说说，让他千万不要对卫君梅有任何想法。

为什么呢？

什么想法都是白费心思，都是白白耽误自己的青春。

我不明白你的意思。

此时舞台上两个演员正在说相声，相声挺逗乐儿的，台下响起阵阵笑声。蒋妈妈和杨书琴都没笑，因为她们没有听相声，她们的心思不在相声上。

卫君梅说过，她不会再嫁人了。

噢，是这样。

我问过卫君梅，是她亲口对我说的。

是什么原因呢？

原因是她跟弟弟、弟媳没搞好关系，她的弟弟和弟媳都希望她赶快嫁人，她只要一嫁人，就把她全家从老宅子上赶走。卫君梅不是不想改嫁,是不敢改嫁。为了守住老宅上的房子,为了能守住家,她只能守寡。

蒋妈妈很重视这些信息,她说:你这样一说,我就明白了。

王俊鸟对杨书琴有意见了,说杨书琴老说话,老说话,真烦人。又说:这是我的蒋妈妈,不是你的蒋妈妈。说着,抱住了蒋妈妈的一支胳膊。

杨书琴说:蒋妈妈是大家的蒋妈妈,不是你一个人的蒋妈妈。

王俊鸟又说:就是我一个人的蒋妈妈。

蒋妈妈说:好了,看节目吧。

第十四章　改嫁之后

矿灯主要由两部分组成,灯盒和灯头。连接灯盒和灯头的,是一根一米来长的、指头粗细的胶皮电线。灯盒用来蓄电,是方的。灯头用来照明,是圆的。用专用灯带把灯盒往腰后一系,把灯头一侧的开关一扭,将灯碗子里的灯泡扭亮,往头顶的矿帽上一卡,就可以照明了。井下黑咕隆咚,如果没有矿灯照明,矿工寸步难行。矿灯往头顶上一带呢,炽白的光柱就会刺破黑暗,指向前方,照到哪里哪里亮。矿工都很爱惜矿灯,愿意把矿灯比喻成矿工的眼睛。到井下,人的两只眼睛看不见了,只能借助于矿灯这只大眼睛,独眼睛。煤矿上有不少写诗的人,他们无一例外都曾拿矿灯作创作素材,都赞美过矿灯。也有人喜欢把矿灯比喻成男人的生殖器,说有一盏矿灯一样的生殖器,作为一个男人,那是多么阳刚,多么威猛。有一位煤矿的画家,画了一幅展示矿工裸体的油画,在应该画生殖器的部位,画家画上去的是一只矿灯的灯头。用灯头代替了生殖器,"生殖器"光芒四射。这幅遂成为一幅名画，名画的名字就叫《矿工》。这幅油画告诉人们，矿灯就是矿工的命根子，矿灯是和生命连在一起的。

人需要吃饭，一天需要吃三顿饭，以补充热量，能量。人如果不及时补充能量，就会心慌体虚，干活儿就没有力气。矿灯也是同样的道理，一只矿灯只能用一个班，最多能用十几个小时。这是因为灯盒蓄电池的蓄电量是有限的，如果使用时间过长，超过了限量，灯光就会发红，变弱，直至熄灭。以前的劳动模范要在井下连续加班，他们的办法是下井时多带两只矿灯，用乏一只，再换一只。

尤四品和秦风玲结婚后，他所沿用的是给矿灯充电的办法，每天都要给自己的"矿灯"充电，一天都不落。因为窑哥们儿在井下谈论女人比较多，尤四品受到刺激，他的激情每天都很充沛，每天都要和秦风玲做那件事。他体会到了，挖煤和做那件事走的不是一经，用的不是一股劲。哪怕他在井下挖煤挖得再累，只要回家一见到秦风玲，他马上就来劲，就斗志昂扬。

有时尤四品下班回到家，秦风玲也把饭做好了。秦风玲说正好，吃饭吧。尤四品不急着吃饭，他要求"充电"，先给"矿灯充电"，等"充完电"再吃饭。

秦风玲不拒绝为尤四品"充电"，她身上有的是"电"，她就是尤四品的"电源"。家里只有他们两个人，想"充电"方便得很，把门一关，随时都可以充。他们甚至连门都不用关，敞着门照充不误，反正不会有人到他们家里来。有时会进来一只鸡，或进来一只狗，那没关系，有鸡或有狗看着他们，像是有了观众，使他"充电"充得更有趣味。秦风玲问过尤四品，给真的矿灯充电一般要充多长时间才能充满。尤四品说，要充够八小时以上。那么给尤四品身上的"矿灯"充电呢，秦风玲要求尤四品慢慢充，不要着急，不要充得那么快。当

"灯头"插进秦风玲身上的"插座"后，两个人的感觉都相当不错。尤四品能感觉到"电流"嗞嗞的，正源源不断地往他的"矿灯"里充。不仅把"灯头"充得棒棒的，似乎他的整个身体都变成了"灯头"，都充得棒棒的。尤四品直哎呀，说风玲，你身上的电可真多呀！

秦风玲说：我身上的电都是好电，你就可劲充吧，充死你！说是给尤四品充电，给她的感觉，也是尤四品给她充电。尤四品通过"灯头"正把"电流"注入她的身体深处。她似乎能感觉到，"矿灯"是打开的，"光柱"不断探照，不断延伸，把阴暗处照得一派光明。正因为"灯头"是带电的，"光柱"带有一定的热量，使她觉得"灯头"烫烫的，好受死了。更为难得的是，由于"灯头"不断摩擦，有时会零星冒出一簇簇"火花"。"火花"在秦风玲的身体内部开放，仿佛她的整个身体都在开放，她喊尤四品：老公，我的老公，有老公真好啊！

尤四品毫不谦虚：有老公好吧，我很棒吧！

秦风玲提起了卫君梅：卫君梅那娘们儿可真傻呀，她是放着舒服不舒服呀，她到底要给谁留着呢！

你别管人家傻不傻，只要你自己舒服就行了。

那不行，卫君梅是我的好姐们儿，我舒服了，我想让她也舒服。

怎么让他舒服？你总不会把我让给她吧！

放屁！就你这样的，卫君梅的脚趾头都不会看上你。

她看不上我，我还看不上她呢！

你怎么看不上她？

她成天老端着，一点儿都不浪。

那我浪吗？

浪不浪你自己知道。

你嫂子才浪呢，你姐才浪呢，你妹子才浪呢！这样说着，秦风玲的身体有些颠簸，不知不觉间又"浪"了起来。

尤四品哎着哎着，控制着控制着，再也控制不住，"火花"顿时放成了"焰火"。怒放的"焰火"有着爆炸般的效果，放得满天满地，绚烂无比。尤四品说：看看，把"电"给你充满了吧！

秦风玲的理性很快得到恢复，说：什么你给我"充电"，是我给你"充电"，你不要弄颠倒了。

这天尤四品上的是八点班。按一个班八个小时计算，他应该是早上八点上班，下午四点下班。可这样的计算在煤矿是不适用的，也是不实际的。八小时之前，要加上一两个钟头。八小时之后，还要加上一两个钟头。八小时之前加的时间是用来开班前的安全会，还用来在井下的巷道里赶路。每一座煤矿，井下都像是一个城市，"街道"纵横交错，四通八达。乘罐笼下到井底，再从井底走到工作面或掘进窝头，少则十几分钟，多则超过一个钟头。八小时之后加的时间呢，除了用来走路，还有交灯，洗澡，换衣服。这样累计下来，煤矿工人说是八小时工作制，实际上从出门到回家，差不多要花去十二个钟头。好在矿工们都习惯了，矿工的家属们也习惯了，谁让他们吃上了煤矿这碗饭呢，谁让他们是一个特殊的生态群体呢！秦风玲又不是第一次给矿工当老婆，她对矿工的作息规律是熟悉的。尤四品上八点班，她五点多就起床，六点钟就把早饭给尤四品做好了。尤四品下班之后呢，她要等到下午的五六点钟才开始给尤四品做饭。矿上给每个矿工发的有班中餐的钱，每上一个班，补贴二十元。可尤四品不爱带班中餐，不习惯在井下吃饭，把午饭省略了。在给尤四品做早饭和晚饭时，秦风玲很注意给丈夫增加营养，早饭必须有蛋，晚饭必须有肉。要说充电的话，让丈夫吃好喝好，才是真正的充电。这天的晚饭，秦风玲给丈夫准备的是羊肉烩面。面早就和好了，羊肉也煮烂了，并切成了方块，单等丈夫一回到家，她就开始抻面，把裤带一样的面往沸腾的羊肉汤锅里下。从五点等到六点、七点、八点、九点，从白天等到黑夜，仍不见尤四品回来。秦风玲心里叫了一声，坏了，尤四品的老毛病又犯了。结婚前，秦风玲只知道尤四品爱抽烟，烟瘾很大，但他不知道尤四品还爱打麻将，打麻将的瘾头也很大。尤四品挣钱不算少，存钱不算多，他挣的钱大部分都在哗哗作响的麻将桌上输给了别人。麻将是固体，不是液体。但因固体一换算成钱，就变成了液体。液体抓来抓去是抓不住的，抓得越快，流失得就越多。麻将是方的，不是圆的。但在输赢的意义上，麻将又像是圆的，圆得琉璃珠子一样，一不小心就在桌面上滚远了。秦风玲对尤四品打麻将所持有态度是坚决反对，没有丝毫妥协和调和的余地。她把打麻将和输钱之间画了等号，认为打麻将就是给人家送钱。尤四品冒着生命危险挣下的血汗钱，却白白送给别人，这让秦风玲万万不能容忍。戒不掉尤四品的烟瘾，她必须帮助尤四品戒掉赌瘾。打麻将的人必须具备两个条件，一是用手，二是用钱。要把尤四品的手指剁断，她下不了那个手。目前最有效的办法，是把尤四品的钱路切断。切断尤四品的钱路并不难，把尤四品的工资卡要过来就是了。矿上不管发什么钱，都不再发现金，都是通过卡片上的号码，直接打到卡上。尤四品抽烟怎么办呢？秦风玲给他买，一天两盒，定量发给他。至于别的零钱，秦风玲认为尤四品花不着，连一个钢镚子都不给他。尤四品身上一分钱都没有，他拿什么打麻将呢？

　　直到晚上十点多，尤四品才回到了家。秦风玲的眼珠子瞪得像斩鬼的一样，命尤四品说吧，干啥去了？

　　尤四品自知理亏，低着头，低着眉，在搓自己的手。那是一双在井下工作面挖煤的手,也是一双在麻将桌上码麻将的手。由于常年不见阳光,他的手指有些发白,似乎连一点血色都没有。

低着头干什么?看着我!

尤四品把头抬起来,看着秦风玲。他想抽一支烟,把烟盒从口袋里掏出来,烟盒成了空的,里面连一支烟都没有了。他把烟盒攥扁,攥成一团,仍攥在手里。

我以为井下又发生瓦斯爆炸了呢,我以为你再也不会回来了呢!秦风玲说着这样的狠话,难免想起自己的前夫陶刚,泪珠子一下子就滚了出来。

尤四品见秦风玲掉泪,心里更加害怕,他说:我再也不敢了。

狗改不了吃屎。上次你也说过再也不敢了,我再也不相信你的话了。你哪儿来的钱?

他们三缺一,非要拉我玩一会儿。我说没带钱,一个人借给我五十块钱。

钱呢,塞到哪个屁股眼子里去了?

尤四品说,他这一回没有输,除了还上借人家的五十块钱,还赢了十二块。说着把十二块钱从口袋里掏出来,讨好似的往秦风玲手里递。

秦风玲没有接钱,伸嘴往钱上呸了两口,说:我嫌脏,我嫌恶心,你给我扔掉!

尤四品顺从地把钱扔在地上。

秦风玲犹不解气,把钱踩在脚下,踩了两脚:我叫你不长记性,我叫你没出息!又说:卫君梅还说你是个善良的人呢,我看你一点儿都不善。那次相过亲后,秦风玲征求卫君梅的意见,问卫君梅对尤四品的印象如何?

卫君梅说：看样子像个老实人。你注意看他的眼睛了吗？

没怎么看，我看他的眼珠好像有些发黄，跟咱们的眼珠不一样。

是不一样，他的眼睛是典型的羊眼。

人脸上长羊眼，这话怎么说？

说是羊眼，也不是把羊眼安到人眼上，只是他的眼睛长得像羊眼。人的眼睛多种多样，有的像龙眼，有的像凤眼，有的像猴眼，有的像羊眼，有的像牛眼，也有的像猪眼。据说眼睛像猴眼的人都比较机灵，比较精明，眼睛像羊眼的人，都比较善良，比较温顺。

那我的眼像什么眼呢？

你的眼睛吊吊着，长得这么漂亮，像凤眼呗！

你的眼睛呢？

我的眼睛你就不用管了，你只要和尤四品看对眼就行了。不要因为尤四品的眼睛长得像羊眼，你就把人家当绵羊，你就欺负人家。

秦风玲认为自己没欺负尤四品，是尤四品欺负了她。尤四品不乖，不听话，就算欺负她。秦风玲小时候在娘家时放过羊，知道有的头上长角的公羊也是很犟的，牴起人来也是很厉害的。

满屋子都是羊肉和羊肉汤的香味，尤四品的鼻翅子张着，往锅灶上看了一眼。自从早上六点多吃了早饭，十六七个钟头过去了，他没有再吃饭。在井下，他吃的黑色的粉尘，出的是黑色的汗水。他累坏了，也饿坏了。但因为自己做下了错事，秦风玲没有发话，他不敢提出吃饭。

秦风玲也从尤四品眼巴巴的眼神里，看到了尤四品对饭的欲望，她说：看什么看，看也不给你吃。饿你一顿，让你长点儿记性。一个人不长记性，就该拴住腿杀吃，像杀一只羊一样。我本来给你准备的晚饭是你最喜欢吃的羊肉烩面，想给你增加点儿营养，你既然把麻将当成了麻糖,一摸麻将就忘了吃饭,那你就别吃了。

话虽这样说,若真的让尤四品饿肚子,秦风玲又有点不忍心。秦风玲懂得,对于一个挖煤的人来说,有两样东西必须给予保证,一是让挖煤的人吃饱饭,二是让挖煤的人睡好觉。吃不饱饭,就挖不动煤。睡不好觉,迷迷糊糊,对人身安全不利。她还是给尤四品下面去了。下好了面,把碗盛上,秦风玲对尤四品说:吃去吧。

尤四品说:你不是说不让我吃嘛!

记吃不记挨吵的东西,不让你吃,你能做到吗!

咱俩一块儿吃吧。

我吃不下,你把我气都气饱了。

尤四品端起饭碗,秦风玲问他:以后还打麻将吗?

不打了。

再打怎么办?

你说怎么办就怎么办。

我不说,我让你自己说。

你用切菜刀,把我的手指头剁掉。

我才不剁你的手指头呢,你自己剁。

尤四品喝了一口汤,说真香,我老婆做的饭真好吃。

他一连吃了两大碗羊肉烩面,吃得满头大汗,满面红光。吃完了面,他对秦风玲说:发烟吧。

秦风玲借给尤四品发烟的机会,又拿了尤四品一把:你以后还干坏事吗?

干什么坏事?

赌博不是干坏事吗?

不干了,坚决不干了,谁拿麻绳拴我的头,我都不去了。他对自

201

己说：你老婆对你这么好，天天给你做好吃的，天天给你发烟，还天天给你"充电"，你还有什么不满意的！

这几句话还像人说的话。秦风玲这才按定量把两盒烟发给尤四品。

尤四品一口气抽了两支烟。

两个人钻进被窝儿，尤四品一接触到秦风玲的身体，他的"灯头"迅速膨胀起来。他说：搁上吧，"充电"吧。搁上是当地的土话，是开始的意思。

秦风玲今天态度不积极，她要继续拿捏尤四品。老婆拿捏男人，两种办法采用得最多，一是不给男人做饭，饿着男人；二是拒绝和男人做那事儿，在另一种意义上饿着男人，也是干着男人。秦风玲说：你今天犯了错误，还"充"什么"电"，"充电"的事儿就免了。一个人犯了错误，就得付出代价。如果一点儿代价不付出的话，所犯的错误就记不住，下一次还会犯同样的错误。

尤四品的意思是不能免，"充电"的事十分重要，别的事儿都可以免，"充电"的事儿免不得。他拿真的矿灯需要充电跟秦风玲说事儿，说如果不给矿灯充电呢，矿灯就不明。矿灯不明呢，在井下就无法干活儿，就完不成生产任务，就要扣工资，挣到的钱就少了。为了能够完成生产任务，能够多挣钱，还是给矿灯及时充电好一些。

秦风玲说：你蒙谁呢，这"矿灯"不是那矿灯，这"矿灯"是假装的，"充电"只是你的一个说法。

道理是一样的，来吧，充上吧。

不充。跟我结婚之前，你没地方"充电"，不是也能活嘛！

活跟活不一样，没有你活得不痛快，自从有了你，活得才痛快了。别把"电门"关着，不能"充电"，我不痛快，你也不痛快。再不让"充电"，我就睡着了。说着，尤四品闭上眼睛，喉咙里打起了呼噜。

他一边打呼噜,"灯头"一边在秦风玲身上乱杵。

秦风玲知道,尤四品"充电"也有瘾,不让他把"灯头"放进来,他不会罢休。但"充电"是最后的条件,也是男人最看重的条件,她还是要拿这个条件跟尤四品讲条件。她说:那你赌个咒吧。

赌什么咒呢?尤四品像是想了一下,赌咒说:我要是再打麻将,你就永远不给我"充电"。

不行,这个咒太轻了。我要是不给你"充电",你死皮赖脸,光缠磨我。

什么样的咒算是重咒呢?当然,死算是重咒。煤矿工人不愿拿死赌咒,他们对这样的咒是忌讳的。大约因为他们在井下面临的危险太多,万一被咒语咒中,那就不好了,不是应验,也是应验。尤四品的样子有些为难,他说:卫君梅说让我对你好,我对你这么好,你一点儿都不知道。那天卫君梅当着你的面跟我说了什么,你还记得吗?

不记得。

卫君梅要我对你好,说最大的对你好,就是注意自身的安全。我的矿灯要是不充好电,到井下黑灯瞎火,怎么能保证安全呢!要是我不能确保安全,怎么能实现对你的好呢!心里一百个想对你好,也不能对你好了。

尤四品这样说话,显得有一些悲观了。而悲观的话历来比乐观的话有力量。它的力量之一,是能帮人打开记忆之门,而且是悲伤的记忆之门。这扇门打开之后,不知为什么,秦风玲脑子里出现的竟是她和陶刚最后告别的一幕。陶刚的尸体火化之前,殡仪馆的人把陶刚上上下下打扮了一番。陶刚脸上被涂了油脂,抹了白粉,还画了红脸蛋。陶刚穿了一身铁灰色的西装,头上戴的是鸭舌帽,脚上穿的是云头鞋。不管怎么看,陶刚的这身打扮都让秦风玲觉得陌生和别扭。真是人一死就成了历史,人家想怎么打扮,就怎么打扮。但让秦风玲不能接受的是,陶刚的脖子里竟然系了一条领带,还是一条带花儿的领带。陶刚生前从不系领带,家里连一条领带都没有。有一年过春节,她对陶刚说,要给陶刚买一条领带。她认为男人系领带是一种时髦,她想让自家的男人也时髦一下。陶刚坚决反对系什么领带,说领带像是裤腰带,人的脖子又不是腰,裤子又不穿到脖子上,好好的脖子,系一根裤腰带干什么!如今陶刚死了,一切都不能自主,人家违背了他的意愿,在他的脖子里系了一根"裤腰带"。陶刚下一步要走远路,脖子里系着一根"裤腰带",肯定很难受。不行,她要把陶刚脖子里的"裤腰带"解下来。与陶刚的遗体告别时,由矿上指派的两个女工作人员分别架着她的一只胳膊,她一直是号啕大哭的状态。她哭着喊:解下来,解下来!

工作人员没明白她的意思,不知道她要把什么解下来。工作人员抱紧她的胳膊,控制着她的挣扎,想尽快把她从陶刚的遗体前拖开。

她使劲往下打着坠,还是哭喊:解下来,给他解下来!

一个工作人员问她:解下来什么?

裤腰带,裤腰带!

陶刚的尸体马上就火化了,这时家属提这样的要求,显然是不合适的。工作人员要她节哀,节哀!说裤腰带不能解。

不是裤腰带,是领带,领带!

工作人员说:领带也不能解,这次遇难的师傅们统一着装,要是给陶师傅解下领带,着装就不统一了。

此时此刻,秦风玲脑子里只有一根筋,认准的只有这一条死理,誓死也要把陶刚脖子里的领带解下来。这是她最后的要求,也是最后的抗争,她哭喊道:你们要是不把他的领带解下来,我就跟他一块儿去死！

工作人员经过紧急商量，最终还是把系在陶刚脖子里的领带解了下来。他们没有把领带交给秦风玲，把领带团成一团，装进陶刚的西装口袋里去了。

由陶刚想到尤四品，尤四品也从来不打领带。让秦风玲吃惊的是，尤四品对领带的看法与陶刚是一样的，也说领带像裤腰带。在秦风玲走神儿的工夫，尤四品已上了秦风玲的身。

秦风玲说：我还没同意呢，你怎么就上来了？

我知道，你一定会同意的。

尤四品每次"充电"，都不戴避孕套。他说避孕套是绝缘体，一戴上那玩意儿，"矿灯"就充不上电了。

秦风玲说：怀上了怎么办？

怀上你就给我生一个，隔布袋买猫我不挑，你给我生个男孩儿女孩儿都可以。

种瓜得瓜，种豆得豆，那就看你的本事了。

不能说尤四品种得不勤奋，种得不卖力，他种了一回又一回，老也种不上。

秦风玲安慰他说：这事儿你不必着急，种得越勤种子越不饱满，发芽儿的概率越低。你把种子憋一憋，憋得饱满了，或许一种就种上了。

尤四品哪里知道，秦风玲早就戴上了避孕环，生过第一个孩子后，就让一个带弹性的金属环把子宫底部的位置占住了。卵子在子宫里坐不住床，精子们再活跃，再竞争，再呐喊，再钻营，也是白搭。秦风玲有一个孩子就够了，她不想再要孩子了。

第十五章　黄鼠狼把公鸡的脖子咬断了

周天杰还上着班时，每天都要洗澡。洗澡几乎成了他的一种负担，让他心烦。退休之后，不用天天洗澡了，他又想洗澡了，开始怀念洗澡的日子，几天不洗就有些着急。这不光是一个习惯问题，也不光是心理问题，也是生理上的需要。几天不洗澡，他身上就痒痒，好像所有的皮肤都在嚷嚷：我们受不了啦，我们要洗澡，带我们去洗澡！没办法，周天杰只好带他们去洗澡。好在矿上的澡堂对老矿工始终是敞开的，他随时可以到澡堂的汤池里泡一泡。当稍稍有些发烫的热水淹到他的脖颈时，他舒服得几乎长出了一口气。他这才体会到了，原来洗澡是一种福利，也是一个很大的享受。从洗澡的意义上说，煤矿工人是有福的，也是干净的。

每次去矿上的澡堂洗澡，周天杰都带着孙子小来。小来不好好洗澡，把洗澡池变成了游泳池。周天杰喜欢看孙子光光的小身子在水里走来走去，也会捉住孙子，以给孙子搓澡的名义，把孙子揽在怀里搂一搂。久违的肌肤之亲，让周天杰觉得无比幸福。有人问周天杰：这是你孙子吧？周天杰乐意回答：是呀，长得像我吧？问话的人说：不像。又说：比你好看多了。周天杰笑了：那是的，我老了嘛！周天杰记起，儿子小的时候，他也带儿子到矿上的澡堂洗过澡，儿子也是喜欢玩水，也很调皮。儿子没了，总算给他留下了一个孙子。有孙子在，他的日子就有盼头。

儿媳郑宝兰没上班的时候，有时是郑宝兰带小来去洗澡。如今郑宝兰天天上班，没时间带小来洗澡，就由周天杰带小来洗澡。周天杰对妻子老吴说过，让老吴带小来洗一次澡试试，说小来的小光屁股在水里可好看了。他的意思，让老吴趁带孙子洗澡的机会，把自己也洗一洗。老吴历来不爱洗澡，说一个女人家，洗什么澡！当着澡堂里别的女人，她没法脱衣服。周天杰说：你都老成老黄瓜了，没人注意了。没人注意也不行，老吴坚持不到公共澡堂洗澡。实在需要洗个澡了，她就在家里烧点热水，关上门用毛巾蘸水把身子擦一擦。老吴还有一个观点，说小来一天比一天大了，不能再带小来去女澡堂，小孩子的眼睛是干净的，去女澡堂会脏了小孩子的眼。

周天杰老母亲的说法更绝，她说动火就是为做饭，不做饭就不动火，哪有动火烧热水是为洗澡的！又说人不能用热水洗澡，一洗就会秃噜一层人皮。要想保住人皮，就不能用热水洗澡。她自己的办法，夏天天热时用凉水擦身，到了冬天天冷了，就把自己封闭起来，一冬天都不擦身。

这天下午，周天杰带孙子洗完澡从澡堂里出来，在矿上的广场遇见洪主席，洪主席问他：周师傅，你身体好吗？最近感觉怎么样？

还好，还好。上次为了让洪主席给郑宝兰安排工作，他说怀疑自己得了噎食病，并在洪主席面前哭了一场。郑宝兰上班后，他几乎把自己说过的话忘记了,洪主席一问他,他知道洪主席还惦记着他的身体情况。他说:吃饭时还是有些噎,不过现在好多了。谢谢洪主席惦记!

洪主席说:我建议你还是抽时间到医院检查一下,如果确实没什么问题,让医生帮你排除一下,你就放心了。万一有什么问题呢,最好别拖着,早检查早治疗为好。

没事儿,咽不下干的,我就喝稀的。老天爷不能下手太狠,总得给人留一条活路。我估计短时间内死不了人。洪主席,你不知道,我最怕去医院,医院是挑毛病的地方,也是折腾人的地方,就算你没有毛病,他们也能给你折腾出毛病来。

这没办法,人终归都有毛病,生了毛病就不能怕人家挑。

有人跟洪主席打招呼,跟洪主席说话。趁人家跟洪主席说话,洪主席不再注意周天杰,周天杰带着孙子走了。

天黑了,这里的人说成天落黑了。天上会落雨,落冰雹,落霜,落雪,人们大概说顺嘴了,把落下夜幕也说成了落黑。有落黑,当有落白。天下霜,下雪,算不算落白呢?如果下霜不算落白的话,把下雪说成落白,还说得过去吧!这天周天杰带着孙子洗完澡刚回到家,天就落黑了。就在落黑的同时,天也开始落白。

这是入冬后的第二场雪,也是一场比较像样的雪。人们对像样的雪总是很期待。好像等过了春,等过了夏,等过了秋,终于又把大雪等来了。雪是人们的老朋友,好朋友,对每个人来说都是好朋友。当春天到来时,这个好朋友就悄悄退走了,走远了,远得一点儿信息都没有。但人们知道,这个好朋友是诚实的,守信的,到了该回来的时候,她一定会回来。当好朋友如期归来时,人们的欣喜之情不言而喻。落雪有着普遍的性质,人人都看到了下雪,不必再互相转告。但人们有些情不自禁似的，不知不觉就要报告一下，这个说，下雪了！那个说，下雪了！一时间，人人都在说下雪了！

别看是入冬后的第一场大雪，雪来时一点儿都没有试探性，一点儿都不羞怯，一上来就下得洋洋洒洒，如铺如盖。拿每一朵雪花来说，开得都很大，都是盛开的状态。好比春来时花园里的第一茬花儿，因为花蕾孕育得时间长一些，劲头攒得足一些，花头总是很多，花朵总是很大。这样水分充足的雪花儿有着极强的粘附力，她逮哪儿粘哪儿，逮谁粘谁，不管是静止不动的，还是乱走乱串的，都被她无一例外地粘附上了。不一会儿，地上白了，树上白了，房子上白了，汽车白了，狗身上白了，人身上白了，一切的一切，都由别的杂七杂八的颜色，变成了统一的白色。色彩是多元的，统一总是很难。只有漫天大雪有这个能力，仿佛大笔一挥，世界的颜色就统一起来。又仿佛，世界是一幅画，老天对这幅画不是很满意，要把画涂掉，重新画一下。老天使用的颜料是雪白，涂抹是覆盖性的，几乎带有一笔勾销的性质。于是乎，整个世界似乎又变成了一张白纸。有了"白纸"，一切就可以重新开始，可以画最新最美的图画。

在不下雪的日子里，矿区的主色调是黑。井下的黑就不用说了，它的黑是全天候的，全方位的，比任何浓的黑夜都要黑。煤拉到井上以后，在露天的储煤场里，在运煤的路上，风难免会把煤面子刮走一些，播撒一些。日复一日，日积月累，矿区各处就变得有些黑，几乎变成了煤的世界。路边的杨树叶子是黑的，田里的玉米叶子是黑的，小孩子的手是黑的，女人的眼圈儿是黑的。矿区的人一般不穿白衬衣，倘穿件白衬衣，到矿街上走一圈儿，回家白领子就差不多变成了黑领子。有人说得比较夸张，说鸽子到矿区飞一趟，白鸽子就会变成黑鸽子。也许无处不在的黑使生活在矿区的人们感到过于单调，过于沉闷，过于压抑,也许人们白得太久了想黑,黑得太久了想白,反正矿区的人们格外盼望下雪,喜欢下雪,大雪的到来,使他们显得格外高兴。在别的地方,天一下雪,人们有可能躲到屋里去了,不让雪落到他们身上。在矿区就不同了,越是下雪,人们越是喜欢到外面去。他们故意不打伞,任天女散花一样的雪花落在他们身上。特别是那些刚升井的矿工,他们会在雪地里驻足,仰脸,让白色的雪花落在他们的黑脸上。他们会禁不住欢呼:下雪啦,太好了,太他妈的好了!

小来拉住了周天杰的手:说爷爷爷爷,你带我去堆雪人,打雪仗。

爷爷答应得很爽快,说好的。但是呢,雪下得还不够厚,材料还不够,还堆不成雪人,团不成雪球,打不成雪仗。等雪下够一夜,下满一菜园子,明天一起来,爷爷就带你出去玩,和你一块儿堆雪人,团雪球,打雪仗,怎么样?

不嘛,我现在就要堆雪人嘛,现在就要打雪仗嘛!小来晃着爷爷的手,拉着爷爷往外走。

臭撒娇!再撒娇就撒成一朵雪花了,一见水就化了。

爷爷只好带孙子来到门外菜园边,从地上抓起一把散雪在手里攥。散雪在爷爷手里一攥就化了,只剩下一个小蛋蛋。

小蛋蛋小来也要,说:给我,给我。

爸爸把小蛋蛋给了小来,说不许吃,吃雪屙鳖,屙一只活鳖出来就不好了。

爷爷越说不许吃雪,小来越是把雪蛋蛋捏起来,放在嘴边,张着嘴,欲往嘴里放。他的眼睛看着爷爷,像是看看爷爷有什么表现。

爷爷说:你故意调皮捣蛋是不是,再捣蛋爷爷就不跟你好了,让黄鼠狼咬你的小鸡鸡。

小来这才把雪蛋蛋从嘴边拿开了,说:我逗你玩呢!

老太太拄着拐棍，也出来看雪。老太太不往地上看，往天上看。老太太看得可能有些远，远到不知名的地方去了。老太太不像是看雪，像是在忆雪。或许看的是新雪，忆的是旧雪。看了一会儿，老太太有些喃喃：又下雪了，该死的还不死，该回来的还不回来。

周天杰听得出来，老母亲所说的"该死的"和"该回来的"都有明确所指。人糊涂到一定程度，说的话都是真话。下了面的稀饭叫糊涂，糊涂一熬就糊涂了。但糊涂里面往往下的还有黄豆，不管稀饭怎么熬，黄豆不糊涂。黄豆还是真的，一粒还是一粒。周天杰让老母亲回屋去吧，说外面冷，别冻着。

老母亲说：冻不着我。下雪不冷化雪冷，这个我懂。

等冻着就晚了。人老了要听话。周天杰扶着老母亲，还是把老母亲送回屋里去了。

下雨天，下雪天，都是适合睡觉的天气。人作为动物之一种，大约最早接受的训练就是天气的训练。下雨了，下雪了，不方便到处觅食，就找一个地方睡觉。久而久之，"动物"就养成了雨雪天睡觉的习惯。只不过，夏天下雨时会打雷，巨大的雷声会把人们从睡梦中惊醒。而落雪无声，她是那样的静谧，那样的轻柔，那样的小心翼翼，那样的善待一切，绝不会对睡梦中的人们有半点惊动。

人们想把漫天飞舞的雪花儿多看一会儿，再多看一会儿，舍不得早早去睡。但雪里含的像有催眠曲儿一样，只把落雪看了一会儿，眼睛就有些朦胧，脑子就有些朦胧，睡意就上来了。

半夜里，是鸡的叫声把周天杰吵醒了。鸡叫得啊啊的，声音很惨。不是公鸡的叫声，是母鸡在叫。不是一只母鸡在叫，三只母鸡都在叫。一听它们的叫声，周天杰激灵一下，马上得出判断，鸡们一定是受到了攻击，遇到了危险，这是鸡们以集体的方式向他报警，并发出呼救。

周天杰急忙起床披衣，说：我去看看。

老吴为周天杰拉亮了电灯，说：外面冷，你穿好衣服再出去。骤亮的灯光把老吴的眼角照得有些发湿。

周天杰说：一定是那只黄鼠狼又来捣乱了。

你不是把鸡窝门口扎得很紧嘛，黄鼠狼不是钻不进去嘛！

周天杰已裹上棉大衣，并穿上了下井时穿的深腰胶靴，说还是去看一下。

雪还在下着，菜园里的积雪大约已有一拃多深。周天杰踩着积雪向鸡窝走，一踩一个脚窝。还没走到鸡窝边，周天杰就发现了，新雪上面有两行爪子划过的印迹，印迹从菜园一角的白菜地那边划过来，又朝白菜地那边划过去。不用说，这是那只该死的黄鼠狼留下的印迹。他不知道黄鼠狼的窝在哪里，但他知道黄鼠狼就住在附近，是他的邻居。黄鼠狼对他所养的几只鸡觊觎已久，早就在打那几只肥鸡的主意。大概因为今夜天下雪了，黄鼠狼无处觅食，就把黑手伸向了鸡窝。很可能，鸡们一阵大声呼叫，黄鼠狼就逃走了。也有可能，黄鼠狼发现屋里亮了灯，感到形势不妙，意识到鸡的主人会出来干预它的行为，便迅速撤离。

此时鸡们已经安静下来。只有个别母鸡喉咙里偶尔呻吟一声，像是松了一口气，又像是感到了下雪天冷。

周天杰伸手把鸡窝门口铁条之间的距离试了试，再次确认，如此狭窄的缝隙，黄鼠狼的脑袋是钻不进去的。黄鼠狼来了，只能闻闻鸡屁，只不过骚扰一下而已，鸡们大可不必惊惶失措，大呼小叫。

回过头来，周天杰循着黄鼠狼留下的印迹，向黄鼠狼追踪而去。他追踪到白菜地那里，又追踪到菜园的篱笆一角，就不见了黄鼠狼的踪迹。菜园的篱笆比不上鸡窝严密，篱笆有的地方空隙大一些，黄鼠狼进出都不成问题。周天杰这时候想，他要是有一条狗就好了，狗可以循着黄鼠狼的印迹，嗅着黄鼠狼特有的气息，一直追到黄鼠狼的老窝，把讨厌的黄鼠狼揪出来。人类老是觉得自己厉害，好像无所不能。其实拿嗅觉来说，人的鼻子比狗的鼻子差远了。狗的鼻子可以闻到十里以外的气息，而人的鼻子呢，连女人排卵的气息都闻不到。人鼻比狗鼻，人的鼻子跟瞎鼻子也差不多。

周天杰没有马上回屋睡觉，他退到门口的台阶上，还要观察一会儿，看看狡猾的黄鼠狼还会不会来捣乱。老母亲天天坐的圆凳子还在门口一侧放着，他没有坐凳子，就那么站着观察。凳面上积累了厚厚一层雪，看上去凳子上像放了一个巨型的发面馒头。

倘若只是阴天，没有下雪，外面会漆黑一团，跟井下的工作面差不多。一下雪就不一样了，雪花子毕竟是白的，在空中荧荧闪烁，使夜幕看起来不再那么密实。雪花子比不上萤火虫，不像萤火虫那样会在夜空中发出淡黄色的萤光，但也不能说雪花子一点儿光也没有，不然的话，天空怎么会显得有些灰白呢！

地上的白更明显些，白雪铺在地上，像铺满了遍地月光。如果没有"月光"，菜园里或许什么都看不见。有了"月光"的关照呢，菜园里的一切似乎都能辨认。

白菜还长在地里，没有往屋里收。每一棵白菜都包了头，都用红薯秧子捆住，长得瓷丁丁的。这样的白菜不怕冻，在地里长得到过春节都不会烂帮子。白菜上落了雪，但积雪暂时还没有把白菜埋住。每一棵白菜都有些发胖，都像一尊大腹便便的雪人。

雪落在蒜苗上，几乎把蒜苗覆盖住了。伸展的蒜苗等于是蒜苗的手臂，手臂上的分量在一点一点增加。一开始，当分量增加到一定程度时，蒜苗的手臂还欢呼似的抬一下。当分量增加再增加，蒜苗的手臂就抬不动了，只得垂下来。但总有个别蒜苗还奋力把手臂举着，仿佛在高喊：我在这儿呢！

菠菜和韭菜是看不见了，它们被积雪盖了个严严实实，连一只耳朵，一根头发都不曾露出。它们一点儿都不着急，相反，身上如同盖了一层被子，使它们觉得很温暖，很舒坦，很美气。

屋里的灯光老吴没有关掉，灯光从窗户透出来，映在雪地上，是一方橘黄的颜色。飞雪一进入灯光所能映照的范围，也都变成橘黄色，顿时显得十分活跃。

周天杰在雪地里撒了一泡热尿，打了一个寒噤，才回屋去了。屋里的灯很快黑掉。

黄鼠狼没有跑远，更没有回家睡觉，它趴在一个洞口处，一直在观察周天杰的动静。黄鼠狼不怕下雪，不怕冷，它外面穿了一件黄色的长绒皮大衣，贴身还穿着灰白的短绒皮袄，把自己武装得相当暖和。长绒皮大衣和短绒皮袄都是它入冬后刚换的新装，如同小孩子都喜欢在过节时显摆自己的新衣裳，黄鼠狼也愿意在下雪天把自己的新装展示一下。长绒皮大衣的特点是不粘雪，雪一落在上面就滑掉了。短绒皮袄的特点是保暖，风雪严寒都别想穿透它。黄鼠狼还随带着一条长长的、蓬松的、价值不菲的围脖，那是它的尾巴。一般情况下，黄鼠狼并不把围脖围在脖子里，但它必须随身携带，仿佛只有这样，才能显出它的富有和姿态的高贵。这就不难理解，为什么越是下雪天黄鼠狼越来精神。有的人是人来疯，黄鼠狼是雪来疯。

见周天杰一回屋，屋里的灯一关掉，黄鼠狼旋即又从洞口钻进了菜园。进入菜园后，它没有马上向鸡窝扑去，而是钻进白菜地，在雪人一样的白菜之间潜伏下来。它还要步步为营，作进一步的观察，看看鸡的监护人，那个精明的老家伙，是不是真的回屋睡觉去了。黄鼠狼深深懂得，别看人只有两条腿，人是很狡猾的，是最难对付的。老家伙也许是虚晃一枪，装作回屋睡觉了，实际上却躲在窗户后面，正瞪大眼睛往雪面上观察。说不定老家伙手里还握有一杆猎枪。如果那样的话，它的命能不能保住就很难说了。黄鼠狼不止一次领教过老家伙的恶毒。有一次，老家伙放一挂新鲜鸡肝在鸡窝门前，诱惑它，让它吃。它只是嗅了嗅，没有吃。它嗅出来了，鸡肝里有一种毒药的味道。亏得它留了一个心眼，没有贸然吃鸡肝，不然的话，它早就完蛋了。还有一次，老家伙在鸡窝门口布下了一个大号的铁夹子。亏得它小心谨慎，心明眼亮，及时发现了机关，没有往铁夹子上踩，要不然，它的皮毛和尾巴早就变成围在老家伙老婆脖子里的围脖了。

雪还在静静地下，地上的雪越积越厚。黄鼠狼又观察了一会儿，确认老家伙真的睡了，并似乎隐隐听见老家伙打起了鼾声，它才敢向鸡窝靠近。

上一次靠近鸡窝时，它调转身子，撅起尾巴，露出屁眼，冲鸡笼里面放了一个屁。而后，把长长的尾巴探进鸡窝里，在鸡窝里搅活。黄鼠狼的屁有一种特殊的臊味，臊味作为黄鼠狼的武器之一种，具有非同凡响的能量。它的构想是先拿臊屁把鸡们熏一下，把鸡们熏得晕头转向，再对鸡们进行骚扰。它明白，它的脑袋伸不进鸡窝，嘴巴伸不进鸡窝，要喝到新鲜的鸡血，吃到美味的鸡肉，不大可能。尽管如此，它还是愿意把可爱的鸡子们骚扰一下。比如一个男人不能和他喜爱的女人睡觉，把女人调戏一下也是好的。下雪天它不愿意睡觉，也不能让公鸡母鸡好好睡觉。就算吃不到鸡肉，闻闻鸡的味道也是一种安慰。它的尾巴，通过鸡窝门口的缝隙，可以插进鸡窝。别看它的尾巴看上去又粗又长，但尾巴芯子上的毛是蓬松的，尾巴芯子只是一根小蛇一样的细棍。比如鸡毛掸子，鸡毛是张扬的，看上去也有些声势。

不过那声势是虚的,包在鸡毛里边的是一根细细的竹棍。两者的区别在于,"小蛇"是活跃的,而竹棍是僵硬的。黄鼠狼骚扰鸡子们的办法,就是发挥它的尾巴的活跃性,搅得鸡子们不得安生。

鸡子们都喜欢睡觉,天就是它们的钟表,大钟表,天一落黑,它们就钻进鸡窝,开始睡觉。平常日子,它们喜欢睡觉,下雪天,它们更喜欢早早入睡。外面大雪纷飞,把任何可以吃的东西尽行掩盖,它们不睡觉干什么呢,男鸡女鸡们不挤在一块取暖干什么呢!

黄鼠狼刚一接近鸡窝,鸡子们就闻到了黄鼠狼身上散发的刺鼻的臊味,都醒了过来。但它们并没有显得特别惊慌,只是小小躁动了一下。它们万万没有想到,黄鼠狼这次对它们使用的是新战法,竟撅起屁股,对它们放起了臊屁。当臊屁打进了鸡笼,着实让善良的鸡子们感到震惊。须知黄鼠狼的臊屁浓度是很高的,恐怕跟传说中的井下超标的毒瓦斯差不多,一遇明火就会爆炸,就会大面积死人。它们不知道黄鼠狼施放的毒屁会不会爆炸,要是会爆炸,那后果就严重了。它们正要掩鼻,正要屏住气息,这时黄鼠狼又把它的尾巴伸了进来。黄鼠狼的尾巴伸进来时,尾巴上的毛上抿着的,一旦伸进了鸡窝,那些被称为狼毫的毛就支乍起来。如果说毛抿着像蛇,一条一般的菜蛇,毛一支乍起来,就像是一条蟒蛇。蟒蛇当然是可怕的,它张开血盆大口,一口吞下一只母鸡不费吹灰之力。鸡子们吓坏了,仿佛面临的是被生吞之灾,"蟒蛇"刚左右动了两下,它们就吓得啊啊大叫起来。

黄鼠狼没想到群鸡会叫得这么响。它只知道那只公鸡负有每天早上打鸣的责任,伸长脖颈,叫得很响,没想到母鸡们叫得也很响。看来母鸡们平时没遇到凶险,没被逼急,一旦把它们逼急了,它们也会直着嗓子大呼大叫。黄鼠狼不敢恋战,抽出尾巴,转身逃窜。它知道,鸡的主人听到鸡的叫声很快就会出来。果然,屋里的电灯叭地亮起,那个身手还算敏捷的小个子老家伙很快就跑了出来。

黄鼠狼这一回再次改变战术，它悄悄地接近鸡窝，打屁的不要，插尾巴的也不要，要耐心和鸡子们周旋一下。它立起身子，两只爪子趴着用细钢筋栅成的鸡窝门，从左边移动到右边，试试哪个钢筋之间的空隙大一些，试试到底有没有空子可钻。它很快试了一遍，所有的空隙距离相等，它可以探进胡须，可以伸进一点嘴巴和长在嘴巴前面的几颗牙齿，头是绝对进不去的。就算把它的头分成两瓣，恐怕也钻不进去。头钻不进去没关系，黄鼠狼武器多多，除了尾巴，除了尖嘴利齿，还有爪子，它的爪子是可以伸进鸡笼子里去的。它选择了一个中间的位置，将一只爪子伸进鸡笼里去了，如同向站在最前面的公鸡伸出了手，仿佛在说：哥们儿你好，咱们握个手吧！

公鸡当然知道黄鼠狼没安好心，它对黄鼠狼假惺惺的示好不予理睬。此时的公鸡完全表现出了一个男子汉应有的英雄气概，它仿佛在对母鸡说：有我在，你们不必担心。你们都往后站，让我来对付黄鼠狼这个狗日的。公鸡对它的三个妻妾都很喜爱，都视为心肝宝贝儿。平日里，它和它们一块儿玩耍，一块儿吃饭，分别和每个妻妾做爱，相处得十分和谐。它不能容忍它的任何一个宝贝儿受到伤害。公鸡早就认识这只黄鼠狼了，这只十恶不赦的坏蛋一直在与它们鸡的家族为敌。自从它们一出生，黄鼠狼就是它们的天敌。它们的天敌大约有三种，一种是长翅膀的老雕；一种是大尾巴的黄鼠狼。还有一种最大的天敌，公鸡不大好意思说。这个，这个，这个嘛，还是说了吧。公鸡最大的天敌是人类。到人类所开的农贸市场和餐馆里看看吧，哪里不卖鸡肉呢！鸡肉的做法多种多样，有烧鸡、熏鸡、烤鸡、扒鸡、炖鸡、黄焖鸡，还有什么白斩鸡、小炒鸡、辣子鸡丁、麻辣鸡翅、葱姜鸡、豉油鸡、大盘鸡、卤鸡肝、泡椒凤爪，等等等等。不过呢，人类作为鸡类的最大天敌是不错,但人类和老雕、黄鼠狼不同些,老雕和黄鼠狼都是抓住鸡就吃,带有抢劫的性质。而人类这个天敌讲究一点艺术,他们假装跟鸡类交朋友,假装是鸡类的守护神,不但喂给鸡类一些好吃的东西,进行一些投入,还不许别的动物对他们的鸡有所侵犯。直到把鸡养肥了,人类才微笑着,露出最大天敌的本来面目。小鸡小鸡你莫怪,你是阳间的一刀菜。人持刀杀鸡时就是这么说的。鸡为鸡肉,人为刀俎,鸡对人一点办法都没有。对付黄鼠狼的态度就不同了,可以说它们对黄鼠狼深恶痛绝,恨之入骨。黄鼠狼对它们一点付出都没有,凭什么就要吃它们!去你姥姥的满身臊气的黄鼠狼吧,你趁早给我滚远点儿,免得鸡爷爷发脾气。

黄鼠狼表现出了足够的耐心,它的爪子往鸡窝里伸得更深一些,还把爪子摇晃着,仿佛在说:来嘛,交个朋友嘛!

公鸡觉出有样东西在它脸前晃,它梗起脖子,伸嘴往那样东西上啄了一下。它没有啄到黄鼠狼的爪子,啄到空地里去了。

黄鼠狼高兴了,说好,好,再来,我手上是有肉的,是很好吃的。黄鼠狼对鸡子们太了解了,它们的眼都是鸡宿眼,都是夜盲症,天一黑,它们就什么都看不见了。也就是说,天黑了,鸡子们的眼睛也黑了,在黑夜里,所有的鸡子们都成了瞎子。而黄鼠狼本身呢,它们天生就是夜游神,就是黑暗中的杀手,越是天黑,它们的眼睛就越亮。想想看,一个明眼人和一个瞎子斗法,明眼人当然有优势,而瞎子只能处在弱者的位置。

公鸡再啄,再啄。如瞎猫碰到了死耗子,公鸡总算把黄鼠狼的爪子啄到了一下。

公鸡的嘴巴相当尖硬,也有一定的杀伤力。如果有一只小老鼠胆敢从公鸡面前经过,公鸡一啄,就能把老鼠啄住,并把老鼠在地上摔死。不过，公鸡的嘴巴对黄鼠狼来说不算什么，公鸡在它爪子上啄了一下，像给它挠一下痒痒差不多。黄鼠狼心说：老子是谁？老子可不是老鼠！虽说老子的名字里带一个鼠字，但老子不是老鼠，是黄鼠。更重要的是，老子的名字里还有一个狼字。狼，知道吧！我们的基因里有狼的基因，狼性才是我们的本性。狼可不是好惹的，连不可一世的人类都对狼惧怕三分，何况你们这些手无缚鸡之力的小鸡子乎！可黄鼠狼装的是受疼不过的样子，说哎呀，你啄住我了，你啄得好厉害呀，疼死我了！哥们儿，咱们是好邻居，好朋友，你嘴下留点情好不好！

黄鼠狼只把爪子往回缩了一下，很快又把爪子伸进鸡窝里。这正是黄鼠狼的计谋，它把自己的爪子当成了诱饵，正一步一步引诱公鸡上钩。它的爪子暗藏着好几只锋利的弯钩，一旦把公鸡钩上，公鸡就别打算再逃脱。

公鸡的脑袋比黄鼠狼的脑袋小，公鸡的脑容量不如黄鼠狼大，公鸡果然上当了。公鸡把黄鼠狼的爪子啄到一下，就当成自己所取得的一次胜利，啄得有些紧追不舍。

黄鼠狼呢，公鸡每啄到它的爪子一下，它都假装出乎意料似的哎呀一下，同时，它会把爪子往后缩一点，说好小子，有种你再来。

公鸡把黄鼠狼的诈退，当成了真的害怕它的进攻，当成了真的节节败退，它情绪高涨，越战越勇，喉咙里发出咕咕的声音。它似乎在告诉它的妻妾们：看看本丈夫表现得怎么样？在关键时刻，本丈夫是冲得上，打得赢的。

母鸡们都挤到鸡窝的底部，吓得簌簌发抖。听见丈夫在与黄鼠狼搏斗，它们的确有些佩服。它们承认自己胆小，不敢与凶恶的黄鼠狼有半点儿接触。女人嘛，在遇到危险的时候，才体会到家有男人有多么重要。它们像是在为男人喝彩：亲爱的，好样儿的，你好伟岸！

妻妾们的喝彩让公鸡更加忘乎所以，它追着黄鼠狼的爪子，一不小心，竟把自己的脑袋伸出了鸡窝。

黄鼠狼的头大，钻不进鸡窝。公鸡的头小，可以从鸡窝的空隙里伸出来。黄鼠狼看到了这一点，它所利用的也正是这一点。它采取的是引蛇出洞的战法，只要把蛇引出洞子，蛇还能不能回到洞子里，就由不得蛇了。

当公鸡把头伸出鸡窝时，黄鼠狼瞅时机，以闪电般的攻势，一口把公鸡的脖子咬住了。是的，它放过了鸡嘴，鸡头，咬的是鸡的脖子。它所咬的部位就在鸡头下面一点，有经验的人杀鸡，就是从那个部位下刀。黄鼠狼一咬住公鸡的脖子，就把尖利的牙齿钉进公鸡的皮肉里，钉进公鸡的气管里，钉进公鸡的骨头缝里，钉得死死的，再也没有撒嘴。它的牙齿测量着公鸡的呼吸，直到公鸡完全停止了呼吸，它才会撒嘴。

黄鼠狼咬住公鸡脖子的一刹那，公鸡猛然意识到，坏菜，它中了黄鼠狼的奸计了。它不愿就这样就擒，两腿戗在地上，屁股使劲后坠，在作最后的挣扎，试图把脖子从黄鼠狼的嘴里抽回。它想喊它的主人快来救它，但它的喉咙被万恶的黄鼠狼死死掐住，它喊不成了。它觉出来了，自己的热血正汩汩地流出来，染红了脖子里的羽毛。

没有被黄鼠狼咬到脖子的公鸡的妻妾们本来可以大声喊叫，上次黄鼠狼把尾巴探进鸡窝里骚扰，它们的喊叫效果就很好。这一次它们大约是被吓坏了，吓破了苦胆，它们虽然没被掐住脖子，但极度恐惧像一张无形的嘴，似乎从精神上把它们的细脖子掐紧了，它们噤若寒蝉，抖成一团。

黄鼠狼一股劲把公鸡咬死后，奋力把公鸡往鸡窝外面拖。它明知由铁栅栏拦着，不可能把公鸡的肉体拖出来，但它贪心不足，还是想拖一下试试。其结果，它只把鸡的脖子拖到鸡的嗉子那里，就被鼓鼓囊囊的鸡嗉子卡住了。眼看着近在眼前的大餐不能尽情享受，黄鼠狼感到有些遗憾。黄鼠狼的收获还是有的，它把鸡的脖子从中间切断，连同鸡头、鸡眼睛、鸡耳朵、鸡冠子，还有鸡的脑髓，一块儿叼走了。

公鸡的鲜血洒在雪地上，如在洁白的雪地上点画出朵朵红梅。"梅花"虽美，可惜显示的时间不太长，后续的雪花很快就把血染的"梅花"盖住了。

早上，老吴起来小解，顺便向窗外望了一眼，发现雪停了。她对周天杰说：不下了。

周天杰醒了，说噢。

老吴说：今天我怎么没听见鸡打鸣呢，每天这个时候，公鸡打鸣都该打两遍了。老吴说得不错，她家的公鸡一贯很负责任，每天都会按时打鸣。打鸣打够三遍，天才会亮。他们家有钟表，公鸡也像是一只钟表，一只活的、会引颈高歌的钟表。

周天杰说：可能天一下雪，到处一片白，把公鸡的生物钟弄乱了。

不会吧？公鸡要是以为天亮了，更应该早点打鸣呀！公鸡会不会让黄鼠狼咬死了呢？你昨天晚上出去看见黄鼠狼了吗？

不可能，我把鸡窝扎得万无一失，黄鼠狼不可能咬到公鸡。话是这么说，周天杰还是穿衣起床，要到鸡窝前查看一番。一只天天打鸣的公鸡，突然不打鸣了，总是让人觉得有些不正常。公鸡会不会让黄鼠狼吓着，精神上受到刺激，得了人们所说的抑郁症呢？

周天杰踏着没过脚面的积雪，到鸡窝前一看不要紧，他心上一惊，精神上险些受到刺激。公鸡的脖子被黄鼠狼咬断了，公鸡的头颅没了去向，公鸡成了无头公鸡。公鸡的脖颈被咬断处，皮毛退缩下去，一段颈骨凸显出来。颈骨上血已经凝固，颈骨呈现的是冰红的颜色。雪落在公鸡断裂的颈骨上，并没有把露在鸡窝外面的颈骨全部掩埋，那冰红的信息在顽强地从落雪下面透露出来。不难想象，公鸡是为了保护母鸡，在与黄鼠狼搏斗时，才被黄鼠狼咬死的。公鸡是英勇的，公鸡的死是悲壮的。

周天杰往天上看了看，雪是不下了，天还阴着。周天杰往菜园的雪地上看了看，积雪把黄鼠狼作案的痕迹抹得平平整整，黄鼠狼早就不见了踪影。该天杀的黄鼠狼，你干吗非要和我的公鸡过不去，干吗非要和我周天杰过不去，我日你八辈祖宗！

周天杰打开鸡窝的铁栅栏门，拎着公鸡的翅膀，把公鸡的尸体取了出来。在他往外掏公鸡时，那三只母鸡咕咕了一阵。公鸡死后，它们定是哭了半夜，神情都很悲戚。它们像是和它们可爱可敬的丈夫作最后的告别。

吃早饭时，周天杰觉得喉咙下面有些噎。他咬了一口馒头，伸着脖子，用手捋着脖子，向下捋了捋，才把一口馒头咽下去。再咬一口馒头，又被堵在了半道。周天杰不信这个邪，他的脖子又不是公鸡的脖子，他的脖子又没被黄鼠狼拦腰咬断，干吗就不通畅了呢！于是他闭上嘴巴，调动一切往下咽的能力，使劲往下咽。这一次，他咽得直翻白眼，也没能把馒头咽下去。他觉得有一样东西在往上顶，顶得他干呕起来。这一呕，把没有咽下去的馒头呕了出来。

老吴说：你怎么了，吃饭慢点，快喝一口稀饭，往下冲冲。

周天杰没有喝稀饭，他还是想呕，遏止不住地想呕。这一呕，就呕出了一口鲜血。

他一见自己呕出来的是鲜血，顿时脸色刷白，嘴角痉挛，眼里涌满泪水。他涌上来的第一个念头是，完了，看来自己真的得了噎食病。

老吴吓坏了,她赶紧扶住丈夫,喊着天杰,天杰,你这是怎么了?

我没事儿。你赶快到矿上工会找洪主席,让他派人来救我。

此时,郑宝兰已踏着雪上班去了,小来还在被窝里睡懒觉,老母亲喝了一碗稀饭,已经回到自己住的小屋。老吴说:你看,我早说让你买一个手机,你说用不着,舍不得花那个钱。现在要是有个手机多好,一个电话就打给了洪主席。

周天杰摇了摇手,有气无力地说:别说那么多了,赶快去吧。

矿上派救护车把周天杰拉到了集团公司总医院,医院的检查很快有了结果。医生让周天杰别回家了,住院吧。

周天杰对医生说:我得的是什么病,我自己清楚,你们不用瞒着我。请明确告诉我,我得的是不是噎食病?见医生面有难色,他又说:你只管说,我挺得住。

医生没有说他得的是噎食病,医生说他患的是恶性食道肿瘤,也就是人们常说的食道癌。

周天杰说的是挺得住,但到底没有挺住,他一听就哭了起来,说我不能死啊,你们一定要救救我啊!我上有八十多岁的老母亲,下有没有长大的小孙子,我儿子已经在瓦斯爆炸中死了,我要是再死了,我们这个家还怎么过啊!

第十六章　蒋妈妈和卫君梅谈话

　　蒋妈妈曾去过卫君梅家一次，知道卫君梅的家住在哪里。
　　蒋妈妈那次讲安全，感动了许多人，收到了很好的安全教育的效果。矿上的意思想把好效果加以推广，想动员别的工亡矿工的妻子向蒋妈妈学习，也站出来讲一讲。矿上的人找到卫君梅，想让卫君梅讲讲自己的切身体会。根据矿上了解到的情况，卫君梅与丈夫陈龙民有着很深的感情，陈龙民遇难后，卫君梅哭得昏厥过去好几次。没了丈夫，卫君梅一个人带两个孩子，遇到了不少困难。加上卫君梅的弟弟、弟媳急着把卫君梅和卫君梅的两个孩子从老宅上撵走，使卫君梅很是烦恼。矿上的人估计，卫君梅肚子里一定憋了不少委屈，一定有不少话想倾诉。他们愿意把卫君梅请上讲台，给卫君梅提供一个倾诉委屈的机会。矿上的人不怕卫君梅诉委屈，怕卫君梅不诉委屈。卫君梅把委屈诉出来了，目的是让每个矿工在安全生产方面警觉起来，避免他们的妻子再受和卫君梅一样的委屈。可是，卫君梅不愿讲，不管矿上的人说什么，她只是摇头。纵有千般委屈，万般痛楚，她宁愿一个人默默承受。她说她不会说话，人少的地方她不会说话，到了人多的地方，她更不会说话，一见人多，她的头就发蒙。没办法，矿工会女工部的韩部长只好请蒋妈妈出马，让蒋妈妈劝说一下卫君梅试试。尽管蒋妈妈和卫君梅不是一代人，但她们都是工亡矿工的妻子，有着差不多相同的命运。不知蒋妈妈对卫君梅说了些什么，反正卫君梅没让蒋妈妈白跑，同意去讲一下试一试。她问蒋妈妈，她讲什么呢？那时蒋妈妈还不知道自己的儿子蒋志方看上了卫君梅，却把卫君梅称为孩子，说我的孩子，你想讲什么，就讲什么。我相信你讲的都是心里话。卫君梅说，她要是讲不好，请蒋妈妈千万不要生气。

上次蒋妈妈到卫君梅家时，卫君梅家的门口还是朝院子里开。这次来到卫君梅的家门口，见门口用砖头垒上了，成了一部分墙壁。咦，这是怎么回事呢，房的门脸怎么变成了房的后背呢？蒋妈妈愣了一下，很快就明白了。她听人说过，卫君梅和住在对门的弟弟、弟媳失了和气，两家的大人不能再打照面，卫君梅只好和她家的房子一起转过脸去。蒋妈妈正要从院子里退出来，卫君梅的弟媳申应娟看见了她，申应娟问：你找谁？是质问的口气。

我找一下卫君梅。

她不在这儿住了，她改嫁了，她跑了！

是吗，我不知道，对不起！蒋妈妈不敢再多说什么，赶紧从院子里走了出去。

你是谁？申应娟在她背后问。

蒋妈妈没有回答她是谁，只管走了。她听出来了，这样的女人是惹不起的，不管你说你是谁，她都不会给你好果子吃。蒋妈妈绕到院子东边，才把卫君梅家新开的房子门口找到了。

卫君梅的班倒成了夜班,午夜零点上班,早上八点下班。卫君梅和两个孩子吃过了晚饭,这会儿卫君梅正给慧灵检查算术作业。十道算术题,慧灵做错了四道,让卫君梅有些生气,她说:这怎么能行呢,如果是考试的话,如果一道题按十分计算,你才得六十分,刚刚及格。你平时学习成绩不是这样的,如果正常发挥,你应该能得八十分到九十分,得一百分也不是没有可能。就是因为你惦着看电视,心里不安静,才导致出现错误。卫君梅命慧灵重做,不但要把做错的四道题都要做对,已经做对的六道题也要重抄、重做一遍。不要想着你弟弟看电视,你也可以看电视。看电视是闲事,做作业才是正事。只有把正事做好了,才有资格消闲一下。正事做不好,别打算看电视。你现在是学生,要给你弟弟今后的学习做出一个榜样。

蒋妈妈带了一兜子苹果,还给卫君梅的两个孩子都买了礼物。她给慧灵买的是一只海绵塑料的文具盒,盒盖上带有磁铁,盒盖往下一盖,哒地一下就吸住了。他给慧生买的是一本彩绘的大开本的画书,《小蝌蚪找妈妈》。

蒋妈妈的到来,使卫君梅稍稍有些紧张。因为蒋志方的关系,她觉得有些对不起蒋妈妈,有些害怕见到蒋妈妈。蒋妈妈登门来找她,灵透的卫君梅马上意识到,蒋妈妈定是为蒋志方的事而来。她早就隐隐觉得,蒋妈妈一定会找她。她害怕蒋妈妈找她,又像是盼望着蒋妈妈找她。之所以害怕,她老是觉得自己像是做下了什么错事,对蒋妈妈心怀愧疚,怕蒋妈妈找她谈话。之所以盼望,她认为是福不是祸,是祸躲不过。蒋妈妈早一天找她谈话,她早一天跟蒋妈妈解释清楚,并表明自己的态度,她和蒋志方的事情就可以结束了。害怕也好,盼望也好,雪该下还是要下,冰该结还是要结,蒋妈妈还是来了。卫君梅对蒋妈妈很是热情,说蒋妈妈,您怎么来了!路上有雪有冰,不好走，要是把您摔着了可是我的罪过。有啥事您让人通知我一声，我去找您请教就是了，哪敢让您冰天雪地地到我家来呢！卫君梅赶紧扶住了蒋妈妈的一只胳膊。

蒋妈妈说：我没啥事，我来看看两个孩子。她把提来的苹果交给卫君梅，把带来的两样礼物直接分发给两个孩子。把文具盒给慧灵时，蒋妈妈把文具盒一开一合，给慧灵展示了一下。慧灵接过文具盒，说：谢谢奶奶！

蒋妈妈说：真乖，不用谢！

蒋妈妈把画书送给慧生时，把书名念了一遍：《小蝌蚪找妈妈》。问慧生：喜欢吗？

慧生说：喜欢。谢谢奶奶！

蒋妈妈把慧生的头摸了摸，说真乖，一个比一个乖，你妈妈教育得真好！蒋妈妈回过头问慧灵：今天的作业完成了吗？

慧灵还没有回答，一直跟在蒋妈妈身后的卫君梅说：我刚才正批评她呢，老师留的十道算术题，她做错了四道，这怎么得了。她急着看电视剧，做作业就分心了。

蒋妈妈说：我说看着孩子怎么有点儿不高兴呢，原来是这样。你妈妈批评你是对的，学生学生，要把学习放在第一位。写作业是主要的，看电视剧是次要的。只有把作业全部完成了，才能考虑看电视剧的事。看电视剧也不能看得太晚，不能影响明天的学习。好了，把作业本给奶奶看看。

慧灵看了一眼妈妈。

妈妈说：给奶奶看看吧。奶奶可不是一般的奶奶，奶奶以前当过老师。

慧灵这才把作业本递给奶奶。慧灵的亲奶奶不识字，从来不看慧灵的作业本。

蒋妈妈对卫君梅说：你有事只管忙你的，我帮孩子看看问题出在哪里。

卫君梅说：您看还让您费心，真让人过意不去。她脑子里闪出一个念头，谁能摊上这样的婆婆真不错。这个念头只是闪了一下，她很快就把念头掀了过去。比如念头是一张写了字的纸，她连纸上的一个字都不及辨认，就把字纸压下了。她拿起一张铁锹，想把门口两侧未化尽的冰雪再清理一下。可她只把锹拿了拿，又放下了。蒋妈妈在屋里辅导女儿学习，她到门外干活儿，这不合适。她坐在儿子旁边，想看一会儿电视，也看不下去。电视上的节目老是千方百计逗人发笑，她不想笑，她笑不出来。卫君梅心里忐忑得很，有些站也不是，坐也不是。蒋妈妈说是来看看两个孩子，卫君梅明白，蒋妈妈绝不是来看孩子，看孩子可能是一个开头，或者说是一个迂回，蒋妈妈肯定有话跟她说。

在蒋妈妈的劝说下，卫君梅那次到台上讲了，但讲得效果并不好。卫君梅讲到，她的丈夫陈龙民以前曾经遇到过一次危险。她记得很清楚，陈龙民遇险时，他们的女儿刚出生不久，还没有满月。陈龙民那次遇到的是透水事故。当老空区的积水涌出来时，他们攀着巷道边的支柱，顶着激流往上走。他们深谙水往低处流的道理，人必须往高处走，他们不能顺应激流，必须逆流而上。面对即将到来的灭顶之灾，他们没有慌张，没有迷失方向，及时做出了正确的选择。也许他们遇到的凶险多了，使他们的意志变得无比坚强，在任何情况下都不失理智。然而，井上的路，条条大路可以通北京，井下的巷道，却常常是死胡同。井下的死胡同与街面的死胡同又不同，街面的死胡同再死，再无路可走，上面总算还有天空。人们可以翻墙，可以上房，还可以从原路退回去。井下巷道的死胡同，是真正的死胡同，当透水或冒顶把人们逼向胡同的尽头时，他们无墙可翻，无房可上，连退路也被闸死了，完全处于幽闭状态。更可怕的是，处于幽闭状态下的狭小空间，连氧气也会变得越来越稀薄，直至连氧气也呼吸不到了，只能慢慢等死。死有时并不可怕，可怕的是人们有时间慢慢去想死。那一次，陈龙民和他的十几个工友就遇到了被幽闭的情况。他们逃到一条巷道的尽头，水淹到了他们的腰窝，没有再往上涨，总算没有灭顶。水淹到腰窝虽然停止了，但水位也没有下降，把他们生生泡在水里了。时间没日没夜地过去，眼看他们生还无望，一个跟班的技术员，拿出了装在塑料袋里的随身带的记事本和圆珠笔，把记事本的纸撕给每个弟兄一页，让他们把给亲人最后要说的话写在纸上，再集中起来，仍装在塑料袋里。他们估计，矿上一定会千方百计营救他们，就算他们不能活着出去，救护队员也会找到他们的尸体。那样的话，他们留给亲人的遗言亲人就会看到。陈龙民也给卫君梅留了言。好在矿上在陈龙民他们避难的"死胡同"上方打了钻孔，通过钻孔往"死胡同"里输送了氧气和面汤，矿工们才没有被憋死、被饿死，侥幸得以生还。生还后的陈龙民，从技术员那里要回了他写给卫君梅的留言。陈龙民没有把留言撕掉，而是把留言带回了家。可不知为什么，陈龙民把留言带回家后，并没有给卫君梅看，把留言放进了抽屉。陈龙民跟卫君梅讲过他们在井下避险的经过，但没有提及矿工们各自给亲人写留言的事。直到几年以后，陈龙民遭遇瓦斯爆炸身亡，卫君梅在整理陈龙民的遗物时，才把陈龙民写给她的留言看到了。应该说卫君梅讲话的切入点是不错的，她讲到这里时，全场的听众都瞪大了眼睛，竖起了耳朵，屏住了呼吸，会场里静得似乎能听见圆珠笔写在纸上的声音。陈龙民的留言显然构成了一个悬念，一个动人情肠的悬念，所有人都想知道悬念是什么。卫君梅说，她不知把留言看过多少遍了，每一句话，每一个字，都铭记在心。这么说来，卫君梅把陈龙民的留言复述一遍，当不成问题。如果她照原文把留言复述一遍，肯定会取得很好的效果，从安全教育的角度衡量，说不定比蒋妈妈讲安全的效果还要好。卫君梅能够理解大家的心情，也想把陈龙民的留言复述一遍，可她两次努力都没能成功。陈龙民在留言的抬头不是写了一个君梅，是连写了两个君梅，带有呼唤的意思。陈龙民接着写的是：我的恩人啊，我怎么舍得离开你呢！卫君梅唤了君梅，君梅，只复述了这两句话，声音就开始哽咽，眼泪就开始涌流，嘴唇就开始颤抖。坐在卫君梅身边的韩部长赶紧把事先准备好的面巾纸递给卫君梅，让卫君梅擦擦眼泪，平静一下，慢慢讲。卫君梅没有接韩部长递给她的面巾纸，从口袋里掏出了自己的手绢。她没有用手绢擦眼泪，把手绢捂在了自己的嘴上。显然，她担心自己哭出声来，就采取强制性的办法，把自己的嘴堵上了。稍事平静，她试图重新复述：君梅，君梅：我的恩人啊，我怎么……我怎么……我不行……对不起……我实在是讲不成……卫君梅没能控制住自己的情绪，到底还是哭出了声。关于留言的悬念没能得到释解，听众们都有些遗憾。他们设想，陈龙民一定给卫君梅写了一些痛彻心肺的话，一定写了一些惊天地、泣鬼神的话，不然的话，卫君梅不会一提起来就感情大恸。

因为那次讲演的失败，卫君梅觉得自己辜负了蒋妈妈的期望，有些对不起蒋妈妈。她甚至有些恨自己，嫌自己能力太差，是死猫扶不上树。不知不觉间，她对蒋妈妈有些回避。看见蒋妈妈在前面走，她就压下步子，不敢追上蒋妈妈。哪怕是看见王俊鸟在矿街上玩耍，她也要左右看看蒋妈妈是否在王俊鸟附近。她知道，蒋妈妈几乎成了王俊鸟的监护人，王俊鸟走到哪里，蒋妈妈就会出现在哪里。如此一来，她等于对王俊鸟也回避了。当然了，卫君梅之所以回避蒋妈妈，主要的心理障碍还是起自她和蒋志方的事。

蒋妈妈毕竟是当过老师的人,不知她教给慧灵一个什么样的学习方法,慧灵很快就把做错了的四道题都做对了。慧灵高兴地向妈妈报告:妈妈,我把四道题都做对了!

卫君梅说:好,做对了好。看来还是奶奶有办法。

蒋妈妈对卫君梅说:慧灵很有灵气,一点就透。

卫君梅说:这孩子仿她爸爸,她爸爸可喜欢她了。

爸爸是个沉重的话题,听妈妈一提到爸爸,慧灵就把头低下了。按照妈妈的要求,她开始把全部十道题重抄重做。

蒋妈妈说:你的作业不是完成了吗!

慧灵说:妈妈让我重抄、重做一遍。

蒋妈妈说:好,就按你妈妈的要求去做。算术题就是要多做,多做才能熟,熟才能生巧。蒋妈妈又对卫君梅说:这孩子这样有心,这样有志气,想学习不好都难。

卫君梅再次提到孩子的爸爸,她说:孩子的爸爸不在了,我把希望都寄托在两个孩子身上了。我不但希望他们能够健康长大,还希望他们能够成材。那样我就对得起他们的爸爸了。她当着蒋妈妈一再提起孩子的爸爸,提起自己的丈夫,是无意,也是有意;是不自觉,也是自觉,无意和有意之间,不自觉和自觉之间,她在向蒋妈妈传递着一个信息,表露着自己的心迹,那就是,她心目中只有自己的孩子,自己的丈夫,别的任何人,她是不会往心里放的。她又对慧灵说:你到里屋去写吧,我跟奶奶说会儿话。

慧灵拿起作业本和蒋奶奶送给她的文具盒,到里屋去了。

白天出了太阳,屋顶的积雪开始融化。雪化成水,从屋檐滴下来。到了晚上,太阳一落山,气温一低,雪融就逐渐停止。屋檐滴水的声音，节奏越来越慢，间隔越来越长，如果白天每秒钟滴一滴到两滴的话，到了这会儿，每五秒钟甚至十秒钟才滴上一滴。冰凉的水滴在屋檐的滴水瓦尖越攒越大，摇摇欲坠，摇摇欲坠，终于轰然落在地上。

只有卫君梅和蒋妈妈两个人在外间屋。蒋妈妈坐在一张椅子上，卫君梅坐在一只矮脚凳子上。卫君梅给蒋妈妈倒了水。蒋妈妈说她不渴，接过水杯，放在桌子上了。卫君梅拿过一个苹果，让蒋妈妈吃苹果。蒋妈妈把苹果接着了，只拿在手里，却没有吃。卫君梅说：蒋妈妈，我给你削削吧！

蒋妈妈说：千万别，我一会儿就走了。

屋里还有一张椅子，蒋妈妈示意卫君梅也坐在椅子上。

卫君梅没有听从蒋妈妈的示意，坚持坐在蒋妈妈面前的矮脚凳子上。椅子高一些，凳子低一些，卫君梅执意把自己放在较低的位置。

话总是要说的，谁先起头呢？从哪里说起呢？两个人都稍稍有点紧张。

卫君梅是一个失去丈夫的女人，蒋妈妈也是一个失去丈夫的女人。如果她们不失去丈夫，也许会各自循着自己的轨迹生活，也许一辈子都不会走到一起，一辈子都不会相识。正是因为她们都突然失去了自己的丈夫，才改变了原有的生活轨迹，才鬼使神差般地让她们走到了一起，并有了一些微妙的联系。

这时卫君梅的手机响了一下，是提示有短信的发来的声音。短信的提示音是一滴水珠落在水里的声音，不是屋檐滴水落在地上的声音。水不是浅水，好像还是深水，水珠落在水面发出的声响是清脆的，一点儿都不破碎。水珠落在水里后，好像并没有马上散开，而是有着穿越性的力量，在向深处沉去。卫君梅没有把手机从口袋里拿出来，没有看短信。不用看，她就知道短信是蒋志方发来的。每天晚上这个时候，蒋志方都会给她发来一条短信。短信的内容多是向她问好，祝她有一个好心情。最近的短信说的多是路况，有冰路滑，短信要卫君梅上班路上多加小心，最好别骑车去了。跟以前一样，蒋志方发来的短信卫君梅会看，看得心里暖意融融，几乎产生了依赖感，但她还是不给蒋志方回信。

蒋妈妈，有什么话您只管说吧。我相信，蒋妈妈说什么话都是好话，蒋妈妈说什么都是对我好。卫君梅把话头挑开了。

那么，蒋妈妈有什么话呢？她怎么开口呢？她可不愿意对卫君梅有半点伤害。她说：真的，我没什么事儿，就是想看看两个孩子。你是当母亲的人，我也是当母亲的人，我知道你带两个孩子不容易。

蒋妈妈，您的意思我明白。天下的母亲对儿女的心是一样的，您放心，我绝不会做半点儿对不起您的事。卫君梅接下来的话有些重了，几近发誓的意思，她说：我要是做下半点儿对不起您的事儿，天地都不容我！卫君梅这样说着，心里突然颤抖起来，委屈也涌上来，眼泪即时夺眶而出。

听从了蒋志方的短信提醒，昨天半夜里，卫君梅去上班时没有骑自行车。前面说过，上班的路是一路下坡。在路面结冰的情况下，车闸的作用是有限的，骑车上路的确不安全。当卫君梅踩着冰碴儿走到半路时，突然从路边的杨树林里蹿出一个蒙面人，从后面用胳膊勒住了卫君梅的脖子，欲把卫君梅往杨树林子里拖。

卫君梅奋力挣扎，喊着放开我！放开我！她以为坏人是劫财的，说我没有钱，我身上没带钱。

蒙面人不说话，也没掏她的口袋，而是用一只手摸了一下她的下身。

卫君梅明白了，坏人对她欲行不轨。这是万万不可以的。在第一时间，她想到的是蒋志方，她想给蒋志方打一个电话，让蒋志方赶快来救她。她知道这是不可能的，坏人不会让她打电话，他要是把手机掏出来，说不定坏人会把手机抢走。在这紧急时刻，卫君梅没有慌乱，没有被吓傻，仍不失理智。从勒住她的人不敢说话这一点，她判断出这是一个她认识的人。这个人不是陈大夫，陈大夫是一个讲分寸的人，不会干这种强摘瓜的事。眼看她被拖下路基，就要拖进小树林里，她一边挣扎，一边把自己的判断说了出来，她说：我认识你，你这是干什么！她觉出勒住她的人像是愣了一下，继续打攻心战说：这不能怨你，不是你自己要来的，是别人指使你来的，你上了别人的当了。我告诉你，我死也不会同意的，除非你把我勒死。我要是死了，你也得吃枪子！

坏人的一只手摸到了她的裤腰带。

一辆汽车从生产区方向自下而上轰轰开过来。卫君梅拐起胳膊肘子，朝坏人的肚子上狠狠捣了一下，她说：我丈夫在瓦斯爆炸中死了，我下边还有两个年幼的孩子，你欺负我这样的人是会遭报应的！

汽车开得不快，但汽车的大灯已探照过来。

救命啊！卫君梅对着汽车的灯光大喊一声。

坏人这才丢下卫君梅，向杨树林的深处逃去。

事后卫君梅有些后怕，她想了一会儿陈龙民，又想了一会儿蒋志方，眼圈儿红了一阵又一阵。她的手握住了口袋里的手机，几次想给蒋志方打一个电话，把她的遭遇对蒋志方诉说一下。但她担心自己一开口会哭出来，最终还是忍住了。刚握到手机时，手机还是冰凉的，直到她的手把手机握热，热得像一颗跳动的心，她都没有把手机掏出来。

见卫君梅落泪，蒋妈妈的眼圈也湿了。蒋妈妈不由得叹了一口气说：君梅真是一个可怜的好孩子，对不起，惹君梅伤心了！

卫君梅意识到自己不该在蒋妈妈面前流泪，应该坚强起来，遂用手绢抹去泪水，摇摇头，对蒋妈妈微笑了一下。她的笑有些苦涩，有些无可奈何。

蒋妈妈说：君梅，我没有别的意思，就是想听听你的真实想法。

主题是绕不过去的，绕来绕去，终归还是得回到主题。绕的路越多，铺垫越充分，主题或许会显得更加突出。卫君梅说：蒋妈妈，我的真实想法很简单，我不会再嫁人了，只守着两个孩子过。我就是要试一试，不依靠别的任何人，能不能把两个孩子养大成人。我坚决不给孩子找后爹。我丈夫留给我的遗言，在那天的会上我没有说成。遗言其中有一个意思，说他如果不能生还，让我再走一家，不要苦着自己。丈夫的话什么我都可以听，只有这个话我不能听他的。我哪里都不走，要在这个家过一辈子。卫君梅这样说着，看了一眼放在条几上的丈夫陈龙民的遗像。

遗像不会说话，但谁看他，他就"看"谁。陈龙民像是在"看着"卫君梅和蒋妈妈，在静静地听她们说话。

卫君梅站起来了，走到条几前，拿起相框，用手把相框上的玻璃擦拭了一下。而后，又把遗像端端正正在条几上靠后墙放好。

蒋妈妈看出来了，卫君梅的这个动作是在为她刚才说的话作注释。一般来说，人们是用语言为动作作注释，卫君梅反过来了，她是用动作为语言作注释。言之不确则行，行动总是显得比语言更有力量。卫君梅用动作进一步告诉蒋妈妈，她心中只有陈龙民，曾经沧海难为水，除却巫山不是云。蒋妈妈说：听你这样一说，我就知道你的想法了，也知道你的决心了。其实咱俩的想法是一样的，要不是一样，我也不会走到今天。让我想不到的是，孩子大了有孩子大的难处，不管孩子走到哪一步，还是牵着你的心。我的那个志方呀，人一大就有了自己

235

的主意，也有了自己的秘密，有些话也不跟我说，我拿他一点办法都没有。他要是做得有什么不对的地方，请你原谅他。

蒋志方有什么做得不对的地方呢？卫君梅说不出。蒋妈妈说到了蒋志方，卫君梅就不必再回避，她说：蒋志方是什么人？我是什么人呢？如果蒋志方是天上的星星，我连地上的一只蚂蚁都不是。星星不必看蚂蚁，蚂蚁也没资格看星星。我要敢对蒋志方有半点儿想法，我就不算一个人，连一只爬在地上的蚂蚁都不如。

君梅把话说重了，人与人之间人格上是平等的。志方不像你说得那么高，他在有些方面还不太成熟。

人格上的平等，不等于条件和地位的平等。我很清楚自己的条件和地位，会找准自己的位置，不会有任何痴心妄想。

志方要是痴心不改怎么办呢？

那就是他的问题，不是我的问题。我想不会的。

屋后传来申应娟的叫骂声：死去吧，死去吧，你怎么还不死呢！成天就知道浪，就知道吃。你偷吃嘴都吃到树林子里去了，难道还没把你的肚子塞满吗！

卫君梅听得惊了一下。她猜想到坏人拦路欺负她可能是受人指使，她的猜想几乎从申应娟嘴里得到证实。说不定指使坏人欺负她的事就是陈龙泉和申应娟干的，不然的话，申应娟骂人的话里怎么加上了树林子呢！他们赶不走她和孩子，就在背地里使诡计，下黑手，真是恶毒啊！

蒋妈妈也听到了骂声，问了一句：这是谁在骂人？骂得这么难听！

我兄弟媳妇。

她骂谁呢？

卫君梅不想让蒋妈妈知道弟弟和弟媳对她们一家人的排挤，轻轻地说：她是骂她家的羊。

屋檐不再滴水。随着温度下降,降得越来越低,水滴就在屋檐凝结下来,一点一滴凝成了冰条子。水滴顺着冰条子往下走,使冰条子越结越长。

蒋妈妈起身告辞时,卫君梅从衣服口袋里掏出了手机。她不是要看蒋志方刚才给她发来的短信,而是把手机递向蒋妈妈,说:蒋妈妈,这是蒋志方送给我的手机,我用不着,请您替我还给他吧!

蒋志方给卫君梅送手机的事,事前蒋志方没有跟蒋妈妈说过,蒋妈妈并不知情。是事后有人告诉蒋妈妈的。蒋妈妈人缘好,她的"眼线"不少。蒋妈妈知道后,装作不知道,一次都没问过蒋志方。蒋志方既然不愿告诉她,是不想让她知道。儿子大了,自己有自己的心理空间,她不可轻易走进儿子的心理空间,或者说她得尊重儿子的自尊。蒋妈妈连连摆手,说可不敢,可不敢,他送给你的,你就留着用吧,现在的年轻人,都离不开手机。她没有说明,蒋志方是背着她送给了卫君梅手机。

卫君梅把手机附带的充电器也找了出来,说:真的,蒋妈妈,我用不着手机,手机放在我这里纯粹是一个浪费。

那也不行。君梅你听我说,志方那孩子有脾气着呢,我要是把手机拿回去,不知他怎么生我的气呢,说不定三天都不吃饭。你不知道,志方气性大着呢,我可不敢惹他生气。我到你这里来,没有跟他说,你千万不要跟他说我到你这里来过。好了,我走了。

卫君梅没有再坚持把手机和充电器交给蒋妈妈,她喊两个孩子从里屋出来,跟奶奶说再见。

慧灵、慧生从里屋出来了,说奶奶再见!

好,再见!蒋妈妈对慧灵说:哪天你带弟弟到奶奶家去玩,奶奶给你们讲故事。

第十七章　把错事做对

母亲刚从卫君梅家里走出来,蒋志方就知道了。

不是卫君梅告诉蒋志方的。卫君梅已把手机关掉,从今以后,蒋志方送给她的手机她可能再也不会打开了,让手机处于永久关闭状态。是蒋志方亲眼看见母亲从卫君梅家里走了出来。他还看见卫君梅扶着母亲的一只胳膊,一再请母亲慢点儿,小心路滑。蒋志方是无意中看见母亲的。

心里装着卫君梅,蒋志方愿意到卫君梅的家门口走一走,站一站。有时他走着,走着,不知不觉就走到卫君梅的家门口去了。他不一定非要走进卫君梅的家,不一定非要和卫君梅说话,只要在门外不远处看看卫君梅的身影,听听卫君梅说话的声音,他心里就很踏实,很愉悦,很满足。他对自己并不是很理解,不知道自己为何变成了这种样子。可他有些管不住自己似的,一天两天看不见卫君梅,他心里就空落落的,好像失去了依托。对卫君梅的爱恋和追求,他还没有对母亲说。他迟早会对母亲说，只是时机还不太成熟。他想等事情有了一些眉目，才正式向母亲汇报。要是汇报得早了，会于事无补。他了解母亲对他的期望，母亲是不会同意他追求卫君梅的。但从母亲的言谈话语中，他隐隐约约听出，母亲似乎已经得到了一些信息。在找对象的事情上，母亲曾征求过他的意见，问他是自己谈呢，还是托人给他介绍呢？他的回答是，他自己谈。母亲说，自己谈当然可以，现在恋爱自由嘛！不过呢，最好是找个差不多的。

差不多？这是一个什么标准呢？差多少算多？差多少算少呢？

母亲作了补充，等于把标准说了出来。母亲说，一般来说，男青年找对象要找一个比自己小的，不要找比自己大的。

蒋志方听母亲这样一说，就听出了母亲话后面的话，就听出了话的针对性。他在心里说：哪里规定男的一定要比女的大呢，女的大一点有什么不好呢！这些话他不敢说出来。

还有一次，母亲对他提起了他的父亲，说他父亲很注重蒋家的传宗接代，能不能把蒋家这一支的香火延续下去，能不能为蒋家生一个亲骨肉，全部希望就寄托在他身上了。他父亲虽然不在了，但他父亲的在天之灵一直在关注着他。母亲说得这样语重心长，显然也是在提醒着他，并警告着他。提醒他要找一个没生过孩子的对象，警告他不要找已经生过孩子的女人。

母亲没有提到过卫君梅，母亲像是在刻意回避着什么，但母亲话里透出的意思是明确的，就是不同意他和卫君梅谈对象，在阻止他和卫君梅发展关系。

蒋志方一向对母亲是尊重的，当教师的母亲一手把他带大，她耳边响的都是母亲的教导，他从来都是一个听话的好孩子。这一次怎么办呢？蒋志方在心里的回答是：不，绝不！以前他的事都是母亲做主，现在他长大了，在婚姻问题上，他不能再依靠母亲，要自己为自己做主。世界上许多事情的动力不一定都是从正面来的，有时是从反面来的。比如弹簧的动力是从压制中得来的，母亲的反对不但没能阻止他对卫君梅的爱恋和追求，反而激发了他的执拗劲，使他获得了追求卫君梅的反动力。这动力如火车爬坡时加在列车后面的火车头，在推动火车隆隆前行。蒋志方有了一些紧迫感，在他和卫君梅的事情上，看来他需要加油了，需要提速了。

最近卫君梅上的是夜班，他还是上白班。他上班期间，卫君梅已经下班回到了家。等他下了班呢，卫君梅还在家里。他在食堂里看不见卫君梅了，只能下班后到卫君梅的家里看一看卫君梅。两天看不见卫君梅，他似乎就有些怀疑，吃不准卫君梅是不是还存在。他必须尽快证实卫君梅还存在着，才能打消自己的怀疑。他这种怀疑，其实也是对自己的怀疑，他已经把卫君梅对象化了，把卫君梅的存在当成自己存在的一个参照，证实卫君梅的存在，也是证实自己的存在。如果参照找不到，似乎连他自己也找不到了。

蒋志方刚刚走到村街上，还没走到卫君梅的家门口，门开处，就看见卫君梅送母亲出来。蒋志方没想到母亲会到卫君梅家里来，他赶紧退到一个墙角，在墙角后面的暗影里躲了起来。直到母亲走远了，直到卫君梅关上了门，蒋志方仍没有从浓重的暗影里走出来。

母亲到卫君梅家里来干什么？难道母亲还要动员卫君梅讲事故给她造成的痛苦吗？大概不会了吧！那么，母亲是不是为他和卫君梅的事而来呢？是不是来打探卫君梅的口气呢？是不是就她心目中的儿媳标准向卫君梅交底呢？是不是给卫君梅施加压力呢？是不是劝阻卫君梅不要再搭理他蒋志方呢？提出这一连串的疑问之后，对每一个疑问他的答案都是肯定的。他的心在颤抖，手在颤抖，牙在颤抖。他听见自己的牙磕出了声。他把牙咬住，牙才停止了颤抖。可他刚把牙松开，牙又切切磕磕地抖起来。母亲啊，您怎么能这样呢，您不该这样做啊！

天是冰天，地是冰地，外面很冷。可天气不能让蒋志方冷静。他要给卫君梅打一个电话，通过卫君梅的声音判断一下卫君梅此时的情绪，并判断一下卫君梅对他的态度。打过去的电话很快就有了回音，不过不是卫君梅的声音，是一个电子录制的声音：你拨打的电话已关机。蒋志方不相信似的，又打了一遍。手机里传回的还是已关机。通过关机这个细节，蒋志方似乎已经判断出来，母亲来找过卫君梅之后，卫君梅的情绪是低落的，对他的态度是拒绝的。蒋志方不甘心，他要敲开卫君梅的门，看一看卫君梅，跟卫君梅谈一谈。卫君梅家的门缝里透出的有少许灯光，表明卫君梅还没有休息。

蒋志方刚从墙角后面转出来，见一个黑黑的人影向卫君梅家门口摸去。怎么，难道母亲又返回来了？他站下定睛一看，黑色的人影不像是母亲，来人个头高，母亲个头低。来人走得蹑手蹑脚，像一头站立起来的、逐步向目标接近的黑熊。"黑熊"走到卫君梅家的门口时，没有撞开门，也没有敲门，像是往门上贴了一样什么东西，又悄悄离开了。

黑夜是一个掩护，在黑夜的掩护下，什么事情都有可能发生。这人搞的是什么名堂呢？往门上贴的是什么东西呢？不会是封条吧？蒋志方等了一会儿，确定"黑熊"不会再回来，才轻轻地向卫君梅家的门口走去。他看见了，门上贴的是一张白纸，白纸上写的好像还有字。借助门缝里透出的一点灯光，他凑上眼睛仔细辨认了一下，才认出上面所写的字，纸上写的是：姓卫的不要脸！姓卫的滚蛋！这不好，这是侮辱人格的话，这是卑鄙的勾当，卫君梅看见一定很生气。不行，他要马上向卫君梅报告一下，让卫君梅把字纸撕下来。这是他新得到的敲门的理由，这个理由比较有说服力。

蒋志方举起手刚要敲门，屋里的灯倏地熄灭了，这表明卫君梅和她的两个孩子要休息。上夜班的卫君梅十一点就要起床，在这之前，她还可以睡一会儿。蒋志方弯起的手指没有敲在门上，把手指悬空着停下了。如果说有人在门上贴字纸辱骂卫君梅是一个事件的话，这个事件使蒋志方的注意力有所转移，心绪也稍稍冷静了一些。爱一个人，首先要尊重人家，人家已经躺下休息，再把人家叫起来就不好了，就是违背人家的意志。罢罢罢，改天再说吧。

蒋志方不愿让卫君梅看到字纸，不愿让他爱着的人受到伤害，他把糨糊未干的字纸揭了下来。他想了想，没有把字纸撕碎，而是折叠起来，装进了自己的口袋。

退回到村街上，蒋志方像是一时失去了目的。他往哪里去呢？他往哪里走呢？他没有回家属区，没有向回家的方向走，而是沿着村街，朝相反的方向走去。经过车轮碾，人脚踩，路中间的雪化得差不多了，白的雪变成了黑的雪。路两侧的积雪尚未化尽，还是白的。夜色中看过去，两侧的雪像是岸，中间的路像是河，白岸对黑河构成了夹岸之势。蒋志方走在路上，如同走在河里。"河面"结了薄冰，他一踩就把薄冰踩碎了。咔嚓，咔嚓，他一路走，一路都是破碎的声音。他走出了陈家湾，走到了卫君梅家责任田的田头，才站下了。这块田地的玉米收完后，经过翻耕，整理，已经种上了冬小麦。蒋志方像这块地的主人一样，曾不止一次到麦田看过。麦苗出得不稀不稠，麦根儿茁壮，苗情相当不错。落在麦苗上的雪不见变薄，还是白花花的，像是盖着一层白色的被子。地边的那棵小松树，秋天在什么地方立着，冬天还在什么地方立着，没有丝毫移动。也许再过十年、二十年，甚至五十年、一百年，松树还在这个地方立着。松树的一个特点是立场坚定，风来了，雨来了，它坚定不移。霜来了，雪来了，它依然傲霜斗雪，岿然不动。当然了，松树会长高，会一年一年扩大它的年轮，小松树会长成大松树，长得顶天立地。蒋志方把小松树看了一会儿，小松树再次幻化成卫君梅的身影，上面是卫君梅的头，下面是卫君梅的并立的腿，中间是卫君梅的腰身。卫君梅不说话，也不向他招手，就那么不声不响地站在那里。蒋志方看过一些爱情故事，在有的爱情故事里，相爱的一方为了显示对爱情的忠贞不渝，或者变成了石头，或者变成了树。蒋志方自己不愿意变成石头，不愿意变成树，也不愿意看到卫君梅变成石头，变成树。他需要的是活着的卫君梅，是会哭会笑的卫君梅，是有血有肉的卫君梅，是有温度的卫君梅。

在瓦斯爆炸事故之前，蒋志方并不认识卫君梅，不知道卫君梅在矿区的存在。那时，蒋志方是矿上选煤队的工人，卫君梅还是一个农民。蒋志方在选煤楼上修理机器，卫君梅在农村修理地球。他们不在一个单位，日常劳动不是一个性质，各有各的社交圈子，各有各的生活轨迹。卫君梅虽说是矿工的妻子，和矿上的生活有着一些联系，她会到矿街上买东西，会到矿上的女澡堂洗澡，但蒋志方不会注意到她。每一个矿区都是一个小社会，社会上人来人往，多得像行色匆匆的蚂蚁一样，谁知道从对面走过的是"张蚂蚁"，还是"王蚂蚁"呢！

是矿难的发生，让蒋志方有机会接触到卫君梅，使卫君梅进入了他的视野。

倘若蒋志方在井下工作，上的也是那个倒霉的夜班，说不定他也会丧生。因父亲的缘故，矿上照顾他，没有把他安排在井下工作，这让他深感幸运。

事故发生的时间在后半夜，地面上的人们都在沉睡，家属院和矿街上都静悄悄的。季节是在秋季，地里的玉米、谷子、大豆都已成熟，树上的苹果、柿子、梨子硕果累累，压弯了枝头，到处是一派丰收的景象。矿上小花园里的月季花还在开，水池里的金鱼还在游。应该说龙陌矿的生产生活秩序都处在正常的状态。就在这个时候，一场灾难，以巨大的能量，爆炸性地降临在正在井下挥汗采煤的龙陌矿矿工的头上。一阵突如其来的、排山倒海般的飓风和一声闷响之后，他们不少人还没来得及做出任何反应，就被一种摧毁性的冲击波击倒在地，或贴在巷道的石壁上，永远失去了反应能力。

是矿山救护车的骤然鸣叫，打破了矿区的平静，把井下发生事故的信息播散开来。集团公司的救护车，邻近各个矿的救护车，在接到集团公司总调度室的调度命令后，持续鸣叫着，一路呼啸着，迅速向龙陌矿疾驰，集结。身穿橘红色工作服、头戴防毒面具、身背氧气罐的救护队员，一个个表情严肃，跳下车就往井口跑。养兵千日，用兵一时，现在是用得着他们的时候了。

很快，集团公司的领导赶来了，市里的领导赶来了，省里的领导也来了。紧接着，全国总工会和煤炭工业部的领导也赶来了。也许，有的领导从没有来过龙陌矿，听没听说过这个矿都很难说。因为龙陌矿发生了特别重大的瓦斯爆炸事故，他们才不得不来到这个矿，才牢牢记住了龙陌矿的名字。按矿工家属的说法：天爷，小轿车多得像黑老鸹一样，龙陌矿都扎不下了。

救护车撕破夜空的叫声，把矿上所有的人都惊醒了。大事不好，井上的矿工和家属们披上衣服，纷纷向矿上跑去。有丈夫在井下上班的矿工的妻子，不祥的预感使她们心跳加速，腿杆子发软，跑着跑着就跑不动了。等她们跑到矿上的大门口，门外已用绳子拉起了警戒线，警戒线内有手持对讲机的公安干警严密把守，不准一个家属进入。在十分压抑和紧张的气氛中,家属们没有哭。她们还不敢哭。她们的目光惊恐,呆滞,还有一些侥幸。她们对这场灾变的性质还把握不住,似乎也弄不清这场灾变与自己到底有多少利害关系。显然,她们没经过这种事情,这种事情的严重程度超出了她们的想象力,她们有些蒙了。

被阻挡在警戒线以外的除了本矿的矿工和矿工家属,还有附近农村的村民,以及从全国各地闻讯赶来的媒体记者。村民就不用说了,他们想知道瓦斯爆炸有多大威力,这场事故究竟死了多少人。对于外人在他们这里开矿挖煤,他们一直有看法,认为是动了土地爷的宝藏。土地爷不是好惹的,看看,把土地爷惹恼了吧!记者的嗅觉是灵敏的,他们似乎从这场事故中嗅到了非同寻常的气息,都想尽快深入事故现场,抓到独家新闻。可当他们向公安干警出示记者证时,干警连看都不看,别说记者证,啥者证都不行,当务之急是救人,与救人无关者,一律靠边站。记者急得团团转,恨不能变成苍蝇,从警戒线上飞过去。又恨不能变成老鼠,打个洞子钻到井下去。不能插翅,又不能打洞,他们只能先做一些外围的采访,捕捉一些外围的新闻。这些记者以前大都不知道中国有一个龙陌煤矿,是该矿发生的瓦斯爆炸,让他们蜂拥而至。好比很多人不知道世界上有一个地方叫广岛,有了原子弹在广岛的爆炸,人们才记住了广岛这个地名。

一些幸免于难的矿工陆续从井口出来了,走出罐笼后,他们并没有去灯房交灯,没有到澡堂洗澡,走出井口不远,他们就黑着脸,黑着手,坐在了地上。他们惊魂未定,几乎是瘫坐在地上的。他们的身体虽然出来了,他们的魂似乎还在井下。有治安队员向他们走过来,问他们是哪个队的,都是叫什么名字?他们一时说不出自己的名字,好像把名字忘记了。

负责维持秩序的警力不足，由矿上的保卫科牵头，紧急成立了治安队。整个矿全面停产，治安队临时从机关各科室和地面的选煤队、机修队抽调而来，他们都是年轻力壮的男性。蒋志方被抽调到了矿上的治安队，左胳膊上戴上了印有治安字样的红袖标。在干警的指挥下，他和其他几位治安队员一起，负责把守警戒线，防止有人越过警戒线，冲进矿内。用绳子扯起的警戒线，是第一道防线。这道防线是固定的，但也是薄弱的，带有象征性。干警和治安队员组成的警戒线，算是第二道防线。这道防线是流动的，也是目光炯炯的，严阵以待的，这才是真正的防线。

　　蒋志方从未见过这样的场面，他脸色发白，稍稍有些紧张。他难免想起父亲。那次事故，遇难的只有父亲一个人，动静不会这么大，不会惊动这么多人。据私下里传递的消息，保守估计，这次事故遇难的人数恐怕要超过百人，百人哪，太惨重了！

　　天是阴天，迟迟不见太阳出来。随着矿街上的路灯熄灭，天色发白，前来等候消息和围观的人们越来越多，与干警和治安人员形成了对峙的局面。蒋志方看到了，站在警戒线外边的人群中，有女人，有男人，有老人，也有孩子。他们的神情是慨然的，目光里充满了期盼。当妻子的在盼丈夫，当父亲的在盼儿子，当女儿的在盼爸爸，当哥哥的在盼弟弟，当妹妹的在盼哥哥，盼，盼，盼，只盼亲人早生还。

　　遇难矿工的尸体一具一具被救护队员用担架抬了上来。每运出罐笼一具尸体，都要让队里的干部或工友辨认一下，以便登记在册。有的遇难矿工可以辨认出来，而有的矿工面目全非，已辨认不出是哪一位。不管可辨认的，还是不可辨认的，统统抬上救护车，拉走，拉到集团公司总医院去，经过清洗和整理后，再作进一步辨认。

　　有消息通过小道不断传出来，谁谁死了，谁谁的尸体抬上来了；

谁谁谁被炸烂了，找到了矿帽，找不到脸了。每传来一个不幸的消息，人群中就一阵躁动。这时有人开始哭，有人要求到井口去看看。

一个年轻妇女，把警戒线往上一掀，从警戒线下面钻过，大步向矿上的大门口走去。

手持对讲机的干警命年轻妇女站住，站住，问她要干什么？干警没有对着对讲机讲话，对讲机是与其他干警联络用的，他直接对年轻妇女讲话。对讲机的样子像一块精致的小砖头，在必要的时候，他有权力把对讲机当砖头用一用。

年轻的妇女没有和干警"对讲"，她像是没有听见干警对她讲了什么，闯关一样只管向前闯。

包括蒋志方在内的几个年轻的治安队员没有在第一时间做出反应，年轻妇女突然性的举动使他们一下子愣住了。他们原以为，不会有人往警戒线里面闯，临时调他们来协助维持秩序，不过是一个象征，一个摆设。年轻妇女的闯入显然超出了他们的预料，他们一时不知如何应对。

还愣着干什么？赶快抓住她！干警对几个治安队员下命令。

治安队员们的脚下开始有了移动，但动作有些迟疑，并不迅捷，闯进来的是一个女人，还是一个年轻的女人，而不是一个男人，而他们都是男人，男人怎么可以对年轻女人动手呢！

干警看出了他们的顾虑，骂他们混蛋，说治安对象不分男女，你们不动手还等什么！

几个治安队员同时冲了过去。跑在最前面的两个治安队员分别抓住了年轻女人的一只胳膊。

年轻妇女往前伸着脑袋，往后蹬着脚，在奋力挣扎，企图摆脱治安队员的牵制。她一边挣扎，一边大声喊：放开我，放开我，我要下井，我要去救我男人！

矿井下面从来都是男人的世界，怎么能容许一个女人下井呢，怎么能容许一个只穿着家常衣服、没有任何安全装束的女人下井呢！特别是目前井下还是火一片、毒一片、血一片的非正常情况下，一个女人喊着要下井，要到井下去救她的男人，简直匪夷所思，异想天开。那些仍守在警戒线外边的人们也听到了年轻妇女的喊声，他们能够理解年轻妇女的急切心情，但同时也认为，这个妇女一定是急火攻心，急昏了头。

两个治安队员虽然各抓住了年轻妇女的一只胳膊，虽然对年轻妇女的前冲造成了干扰，但没有阻止年轻妇女的冲动，也没有完全阻止年轻妇女向井口方向挣扎。几个年轻力壮的小伙子，连一个妇女都限制不住，恐怕说不过去。情急之下，又一个治安队员只好抱住了年轻妇女的腰。

出于对女性身体的禁忌，蒋志方不敢抱年轻妇女的腰，但出于一个治安队员的责任，他的表现不能太差劲，不能一点儿作为都没有。蒋志方的选择，是协助其中一个拉住年轻妇女胳膊的治安队员，再加上一只手，拉住了年轻妇女的手腕子。他没有拉年轻妇女的衣服。在人与人的对抗中，力量是千钧，衣服是一发，万一把人家的衣服扯破就不好了，恐怕跟罪过差不多。他没有拉年轻妇女的手。十指连心，手总是敏感的，他还没有拉过一个年轻女性的手，对他而言，拉任何一个年轻女性的手，都是一个不可轻举妄动的重大行动。他别无选择，只能拉住年轻妇女的手腕子。手腕子不是手，但不由分说，上来就拉住一个从不认识的、年轻女性的手腕子，对蒋志方来说仍然不是小事情。至于事情有多大，一时还不分明，但平生第一次发生的这件事情，也许会深深留在他的记忆中，直至永远。蒋志方觉出来了，这个年轻妇女的手腕子是粗壮的，充满了力道，还有一些发烫。所有这些感觉都出乎他的意料。年轻女性的手腕子，他应该看见过，可没有仔细观察过，没有往心里去。哪儿不好看，老看人家的手腕子干什么！就算他仔细观察过年轻女性的手腕子，但观察过和接触过却大不相同。若没有接触，所谓观察常常是无效的，还是意料占据着上风。在蒋志方的意料中，女性的手腕子一般来说比较细。当他握住这个年轻妇女的手腕子时，他稍稍有些吃惊，没想到妇女的手腕子竟会这般粗壮。在蒋志方的意料中，女性的手腕子应该比较柔弱，没什么力道。他握住这个年轻妇女的手腕子才知道，原来女人家的手腕子也会这般结实、有力。特别是当年轻妇女攥紧拳头的手腕子在蒋志方手中乱挣乱拧、企图摆脱他的钳制时，给他的感觉，这哪里像一个女人的手腕子，不管是坚韧力，还是爆发力，男人的手腕子不过如此。如果让他单独和这个年轻妇女扳一下手腕子的话，他能否取胜，恐怕都很难说。还有，蒋志方没想到这个年轻妇女的手腕子这样烫手，难道她的热血在沸腾？身体在发烧？不管如何，蒋志方是不会松手了，不会让对方的手腕子从他手中抽走，他要和其他三个治安队员一起，把这个胆敢冲进警戒线的年轻妇女拖住，制服。

哪怕是一头力大无比暴怒的大象，也抵挡不住四头雄狮的围攻和拖累。年轻妇女前进不成，身子往下一坠，坐在地上大哭起来。她边哭边呼唤：龙民，龙民，你在哪里？你怎么还不出来？你千万不能丢下我和孩子不管啊！

干警对着对讲机在紧急呼叫：马队（长）马队（长），我是洞3，我是洞3，我这里有一个妇女在冲击警戒线，请调女警前来支援，请调两名女警前来支援！完毕！

龙民，龙民，你可以舍下我，你怎么舍得下你的两个年幼的孩子呢！我的天哪，我也不活了……

女警还没有赶来，倒是一男一女穿白大褂的医生跑过来了。因为年轻妇女已经哭得浑身抽搐，瘫倒在地，昏厥过去，需要赶快抢救。妇女倒地时，上衣揪上去，露出了身体的一段白。

四个治安队员都松了手。他们都像犯了错误一样，手足有些无措。

女医生蹲下身子，替年轻妇女往下拉了拉衣服，把露出的身体盖上了。并招来担架，用担架把年轻妇女抬到医院抢救去了。

蒋志方重新回到警戒线那里，听见不少人在议论。在人们的议论中，蒋志方知道了，昏倒的年轻妇女是一位采煤工的妻子，采煤工的名字叫陈龙民，陈龙民妻子的名字叫卫君梅。蒋志方还不知道卫君梅是哪三个字时，就记住了卫君梅的名字。蒋志方后来还听说，直到事故发生后的第三天，在采煤工作面深处遇难的陈龙民才被救护队找到。而在此期间，躺在医院病床上的卫君梅又哭得昏过去两次，都被守护在旁边的医生及时抢救过来。她拒绝吃饭，拒绝喝水，靠医护人员给她打点滴维持生命。

卫君梅给蒋志方留下的印象不是印的，是刻的，是深刻的，既深深刻在他的脑子里，又深深刻在他的心上。要把卫君梅忘掉，无论如何是不可能了。从那时起，他就产生了一个想法，以后要找机会接近一下卫君梅，他或许可以帮卫君梅做一点什么。在那之前，他和卫君梅没有任何交往，甚至连卫君梅的面都没见过，从不知道卫君梅是谁。同样的，卫君梅也不知道矿上有个蒋志方，也不认识蒋志方是谁。他虽然在执行任务时拉了卫君梅的手腕子，卫君梅仍然不会知道拉过她手腕子的人是谁。这就是说，蒋志方对卫君梅的爱意，是在卫君梅还不知道蒋志方为何人的情况下发生的，从一开始就具有单向的性质，几乎是一厢情愿的意思。

蒋志方对卫君梅的爱，不是因为卫君梅爱他，是因为卫君梅爱别人。这个别人不是别人，是卫君梅自己的丈夫陈龙民。这事情好像有点奇怪。一个男人，爱上了一个女人，不是因为那个女人爱他，而是因为那个女人爱另外一个男人。这似乎有些不合常理。奇怪吗？好像又不太奇怪。爱常常不合理，不按常规出牌。就是因为卫君梅对陈龙民爱得忠贞不渝，铭心刻骨，才深深感动了蒋志方，让蒋志方感到卫君梅的可爱。也就是说，卫君梅越是爱陈龙民，蒋志方越是爱卫君梅。卫君梅对陈龙民的爱有多深，蒋志方对卫君梅的爱就有多深。

这样的事情是有的，就是因为林黛玉爱上了贾宝玉，才让世间数不清的多情男儿爱上了林黛玉，以致对林妹妹爱得长吁短叹，痛彻心扉。一代又一代，那么多的男儿爱着林黛玉，林黛玉一点儿都不知情。就算林黛玉知情又能怎样呢，也许心性高傲的林黛玉会拂袖而去。因为她心中只有一个贾宝玉。

这样类比起来看，蒋志方对卫君梅的爱几乎有了浪漫的情怀，几乎接近了艺术的性质。浪漫和艺术好是好，人人都可能为浪漫疯狂，因艺术流泪。但浪漫和艺术也有一个问题，往往不大切合实际，不够实用，又往往会在现实中碰壁。蒋志方目前所面临的情况正是这样，当人们得知他在追求卫君梅时，没有一个人明确表示支持他，工友、朋友、同学、领导、亲戚等，几乎一片反对之声，他完全处在一种孤军奋战、孤立无援的境地。

蒋志方就此退缩吗？就此放弃对卫君梅的追求吗？不，绝不！他就是要一意孤行，追求到底。就算别人都认为他的选择是错误的，就算他的追求真是一场错误，他也要把错误坚持下去，直至把错事做对。蒋志方业余时间喜欢写诗，也许他天生有着诗人的气质，艺术的气质。如果从诗人的角度理解蒋志方，也许对蒋志方的所作所为就不会感到奇怪了。

夜越来越深，气温越来越低。蒋志方在小松树旁站到双脚发木才往回走。走到卫君梅的家门口。他又把关闭的木门看了一会儿，才慢慢地向矿上的家属区走去。夜深人静，踽踽独行，蒋志方突然有些想哭。

第十八章　同情还是爱情

走到自家楼下，蒋志方抬头看了看，见他家的窗口还亮着灯，没有马上上楼，在楼下停住了脚步。家里亮着灯，表明母亲还没休息。他想在楼下站一会儿，等家里的灯熄灭后他再回家。母亲去找了卫君梅，他今天不想跟母亲说话。

他在楼下站了一会儿，又到附近的小花园里转了一圈儿，回到楼下再看，家里还是亮着灯。蒋志方看了看手机上显示的时间，夜里十一点都多了。整座家属楼上，别人家的灯光都熄灭了，只有他家的灯还亮着。窗口若代表眼睛的话，在寒冷的冬夜里，别人的家"眼睛"都闭上了，只有他家的"眼睛"还睁着，明亮地睁着。他家的"眼睛"不是他的"眼睛"，是母亲的"眼睛"。如果他不回家，母亲的"眼睛"有可能一直睁下去。母亲也许在看电视剧，一边看电视剧，一边等他回家。他只好硬着头皮上楼去了。

来到家门口，他没有听见屋里有电视播放的声音，一切静悄悄的。

他开门进屋,见母亲坐在客厅里的沙发上,戴着老花镜,正一针一线纳鞋垫子。矿上在开展"千双平安鞋垫送矿工"活动,动员全矿的职工家属,自愿为井下生产第一线的矿工纳平安鞋垫祝福,每一只鞋垫上都要绣上"平安是福"的字样。这个活动是在母亲的建议下发起来的,母亲当然要带头为矿工纳鞋垫子。

回来了!母亲跟他说话。

他低下眼,脱下皮鞋,换上拖鞋,只嗯了一下。

外面冷吧?

他说不冷。他说的是不冷,口气却冷冷的。

你今天回来得可是有点晚哪!

他把羊角型的金属门把往下一按,已推门走进自己的卧室,没有再接母亲的话。进卧室后,他连灯都没开,回手就把门掩上了。他卧室的门是实心木门,封闭性能很好,把门一关,室内顿时黑成一块,客厅里的灯光一点儿都透不进来。

母亲还在跟他说话。尽管有木门相隔,母亲说话的声音听来很小,蒋志方还是听见了,母亲说:我给你烧了热水,想让你泡泡脚再睡呢!累了就早点睡吧,明天还要上班。

蒋志方摸黑躺到床上,闭上了眼。眼睛闭上了,脑子闭不上。脑子里很乱,乱得嗡嗡响,理不出一点儿头绪。脑壳子胀得厉害。忽儿胀大,忽儿又缩小了。胀大时,大如斗。缩小时,像一颗皱皮的核桃。他翻过来,掉过去,迟迟不能入睡。

见儿子关上了门,母亲也收了针线,闭了灯,到自己的卧室休息去了。母亲也是翻来覆去,迟迟睡不着。

一夜无话。

母亲每天总是起得很早。儿子上早班时,每天七点一刻就要出门。

母亲呢，五点就起床了，她要给儿子做早饭。这天早上，她熬的是小米红薯稀饭，馏的是包子，还煎了一个鸡蛋。包子是素包子，里面的馅儿是萝卜丁、豆腐丁和粉条。包子不是从矿街上买来的，是母亲自己发面，自己调馅儿，在家里蒸出来的。儿子在老家时，吃母亲蒸的素馅儿包子吃惯了，口味和胃都留下了记忆。到了矿上，他还是爱吃这一口儿。儿子爱吃什么，母亲就给他做什么。儿子吃得香，母亲心里就香。儿子吃得甜，母亲心里就甜。儿子吃得多，母亲心里就欢喜。儿子起床后，刚到卫生间刷牙，洗脸，母亲就对他说：志方，给你熬的小米红薯稀饭，馏的包子，煎的鸡蛋，趁热吃去吧。

蒋志方没有说话。往日里，母亲说给他做了什么，喊他吃饭，他都会高高兴兴地答应，说好的。可他今天没有吭声。

他正在刷牙，牙刷子在嘴里刷得哗哗响，嘴唇嘴角都是白沫子，他有借口不说话。

那么，他刷完了牙，洗完了脸，总该跟母亲说话了吧？总该去吃早饭了吧？然而，他穿上棉衣，换上皮鞋，不吃不喝，也不说话，竟要出门而去。

这就不正常了，这就反常了！母亲看出来了，儿子这是跟她在赌气，她说：志方，你还没吃早饭呢，吃了饭再走吧，时间还早，上班来得及。

蒋志方再不搭理母亲，无论如何说不过去，他说：我今天不太饿，不想吃。

怎么能不吃饭呢，饭是力气，不吃饭干活儿就没力气。人不管跟谁赌气，都不能跟饭赌气。跟饭赌气，就是跟自己赌气。

蒋志方赌气了吗？他不会承认自己在赌气。凡赌气的人都不会承认自己赌气，不承认自己赌气的人本身就是赌气。他说：我真的不饿，真的不想吃。说罢，只管出门去了。

儿子不吃饭，当母亲的当然也吃不下。儿子走后，母亲一下子瘫坐在沙发上，想哭的心都有。母子关系（包括母女关系），恐怕是人类最亲密的关系。通过十月怀胎，母亲给了儿子骨肉，给了儿子血液，也给了儿子呼吸。母子之间的关系是骨肉关系、血脉关系，也是心心相连、气息相通的关系。儿子有什么心事，或儿子生了气，母亲不必问儿子，不必等儿子说出来，只要看一下儿子的脸色，闻一下儿子的呼吸，就可以知道个八九不离十。同样的道理，如果儿子心里有什么秘密，或做下了什么错事，也别想瞒过母亲。有时当母亲的没有及时、当面给儿子指出来，并不是儿子瞒过了母亲，是母亲尊重儿子的自尊，在给儿子留面子。儿子昨天晚上回来得那么晚，母亲就觉得不对劲。儿子不喜打牌，不爱喝酒，朋友也不多，若不是到矿上的俱乐部里看演出或看电影，一般都能按时回家。参加什么活动时，儿子会提前跟她说一声，说下班后干什么干什么，让妈别着急。昨天早上儿子上班走时，没说下班后要干什么，却连晚饭都没回家吃。她想，或许儿子又看电影去了，儿子爱看电影，每有新电影在俱乐部上映，儿子都不愿错过。趁儿子不在家，她一个人吃过晚饭后，就到卫君梅家去了。她估计，等她从卫君梅家回来，儿子差不多也该到家了。可她回家后，见家里还黑着灯，儿子并没有回家。那么她就一边纳鞋垫子，一边等儿子归来。一只鞋垫子已经纳好，她正在往垫面上绣字，她想，等她把平字绣好，儿子就该回来了。可她一笔一画把平字绣好了，绣得横是横，竖是竖，一个点都不少，还不见儿子归来。她看了看挂在客厅墙上的圆盘电子表，开始绣安。她想等她把安绣好，儿子无论如何也该回来了。然而，直到她把安字也绣完了最后一笔，门外还是一点儿动静都没有。秒针在嘀嗒嘀嗒地走，母亲的心一点一点下沉，儿子今天这是怎么了，不会出什么事吧？儿子没在井下干活儿，面临的凶险相对少一些，在平安方面应该不会出什么问题。可是，且慢，凶险不只是矿井下有，可以说无处不在。路上行车如虎，结冰的路面又那么滑，儿子会不会滑倒呢？会不会被车碰着呢？想到这里，母亲心跳加快，有些坐不住了，不行，她要到矿街上去看看。

母亲穿上棉衣，戴上围巾，刚走到门后，她又站下了。这时有一个猜测出现在她的脑际，儿子是不是找卫君梅去了呢？有一次，儿子回家也很晚，问起来，儿子支支吾吾。后来还是郑宝兰告诉母亲，那天晚上，儿子在月光下帮着卫君梅家收玉米去了。既然儿子可以帮着卫君梅家收玉米，就有可能帮助卫君梅家做别的事。一个男的爱上了一个女的，什么事都可以帮女的做。就算不做什么事，他们也愿意到一块儿去。顺着这个思路想下去，母亲还想到，她去找卫君梅，儿子也去找卫君梅，儿子会不会发现她去了卫君梅家呢？要是那样的话，就不好了，有可能会造成儿子对她的误解。这样想着，她几乎把自己的猜测固定下来，是了是了，定是儿子看见她到卫君梅家里去了，以为她在干涉儿子的恋爱，对她有意见了。不然的话，儿子为什么迟迟不愿回家呢！找儿子不如等儿子，母亲回到沙发上，继续在鞋垫上绣字。

母亲就是母亲，母亲只有一个，不可代替。要不怎么说母亲和儿子心相连、气相通呢，还没见着儿子的面，当母亲的就把儿子的心事猜准了，就把儿子的脉搏摸到了。儿子一回到家，一切得到证实。儿子脸上结了冰霜，儿子的呼吸带了怨气，儿子不愿正眼看她了，儿子不想搭理她了，这是多么骇人的一个误会啊！人活一口气，吸是一口气，呼也是一口气。不管是吸气还是呼气，气都看不见，摸不着。但气千变万化，因人而异，因天而异，因时而异，因情绪而异。同样一个人，有时呼出的是正气、诚气、和气、静气和善良之气，有时呼出的却是邪气、伪气、怨气、躁气和恶毒之气。家里有一个人气不顺，整个家庭的气氛都会受到影响。气不顺的人不一定重手重脚，摔东打西；不一定咬牙切齿，出言不逊；不一定脸上挂相，阴云密布；也不一定气由鼻出，叹声不露，只要他呼吸，不好的气息就不可避免地会散发出来。不好的气息像是带有病毒，对正常空气有着极大的杀伤力，不一会儿，不好的气息就会弥漫开来，充满整个房间，波及到家庭里的每一个成员。母亲受到儿子压抑气息的传染，她的心情也沉重起来。母亲的意志是坚强的，对自己的情绪有着超强的控制能力。一般情况下，她都能做到心平气和。可这一次不大一般，儿子的反常情绪使她的心有些倾斜，气也不那么和顺了。

人说睡觉是一剂良药，滋生了什么不好的情绪，睡上一觉，情绪就会有所缓解。还说睡觉如小死，一场小死过后，头天想不开的事第二天就想开了。母亲原本也指望，儿子睡一觉醒来，心情会好一些。可事与愿违，儿子的不良情绪不但没有缓解，而且变本加厉，似乎更加恶劣。儿子不但不想跟她说话，连她做的饭都不想吃了。显然，儿子这是拒绝进食的意思，也是向她抗议的意思。看来良药也好，小死也好，必须有一个前提，那就是要睡得好。如果睡不深沉，达不到小死的程度，就收不到缓解和想开的效果。不用说，昨天晚上儿子没有睡好，说不定一夜都没有睡着。这可不行，这种状况绝不能再继续下去。这不仅仅是情绪问题，儿子睡不着，不吃饭，还会影响到儿子的身体，儿子的健康，和儿子的安全。时不我待，她必须抓紧时间，好好跟儿子谈一谈，跟儿子把话说开，把儿子心里的疙瘩解开。

下午，在儿子下班后，母亲借用别人的手机，给儿子打了一个电话。电话接通后，她没问儿子是不是下班了，没问儿子这会儿干什么呢。母亲懂，在很多时候，不要轻易向人问话，发问往往会给被问的人造成被动，甚至会招致被问话人的不高兴。对别人是这样，对自己的儿子也是这样。特别是在儿子情绪不好的时候，更不可以家长自居，上来就对儿子问这问那。母亲说：志方，晚饭我给你擀杂面条，面条锅里放黄豆芽儿，再炒一盘鸡蛋辣椒，都是你爱吃的，早点儿回来吃吧。

蒋志方像是迟疑了一下，没有拒绝回家吃饭。但他说，做好您先吃吧，不用等我。

那怎么能行呢，你要是不吃，妈什么饭都吃不下。母亲的意思是告诉儿子，因为儿子早上没吃早饭，母亲早饭也吃不下，午饭也没吃。

那好吧。蒋志方口气有些勉强，还是答应了回家吃饭。

杂面条是用小麦面、黄豆面、红薯干面，三样面粉掺在一起擀成的。水要清，面要杂。多种面掺在一起，擀成的面条才耐煮，才越吃越香，营养丰富。母亲把面条擀好了，擀得薄，切得细。豆芽儿、辣椒、油腌葱花也备齐了，锅里的水轻沸着，单等儿子一进家，母亲就炒菜，就往锅里下面条。

蒋志方进门叫了妈，说我回来了。

有母亲在，儿子进门叫妈，这是天经地义。可母亲却像是有些感动，她答应着，眼睛热了一下。她说：好，我马上去下面条。

母子俩吃着热气腾腾的杂面条，母亲一句都没提昨天晚上和今天早上的事。吃饭时，吃饭是第一位的。吃饭不说事儿，说事儿不吃饭，这是他们一贯遵循的理念。如果有什么让人高兴的事儿，还可以说一说。倘若有什么可能引起家人不愉快的事儿呢，在饭桌上万万说不得，一句话说不对头，中断了吃饭就不好了。但一家人总闷着头吃饭也不是事儿，如吃饭须就着小菜儿，随意说点闲话，才是题中应有的家庭

259

气氛。母亲问儿子：面条的咸味怎样？

儿子说：挺好的。

我没敢做得太咸，这样你可以多吃点菜。母亲用筷子指一下鸡蛋炒辣椒，示意让儿子吃菜。母亲又说：做这样的面条，要是放点芝麻叶就更好吃了。芝麻叶本身就含油，香味厚。可惜现在很少有人种芝麻。就算有人种上一小片，芝麻棵子上老是生虫子。一生虫子就得打药，不打药芝麻就长不成。往芝麻叶棵子上打几遍药，农药渗到芝麻叶子里，芝麻叶就没法吃了。现在也不知道哪来的那么多虫子，不管种什么庄稼，都得拿农药伺候着。农药的品种越多，虫子就越多，打都打不离。我记得生产队那会儿，队里种芝麻，一种就是一大片。芝麻叶子长得绿油油的，厚墩墩的，摘下一片芝麻叶子，差不多能当扇子扇。那时候家家都会打不少芝麻叶，放在锅里一炸，摊在太阳地里晒干，收到高粱篾子编的篓子里，一冬天都吃不完。

蒋志方没有跟母亲讨论芝麻叶，他无心讨论关于芝麻叶的问题。他心里的问题不是芝麻叶，也不是芝麻，比任何芝麻叶和芝麻都大得多。当然，他的问题也不是所谓西瓜所能比拟，什么西瓜不西瓜，滚一边好了。至于他的问题是什么，恐怕连他自己都说不清。说不清的问题，本身就是问题。凡是说得清的问题，都不算什么大问题。只有说不清的问题，才更加折磨人。蒋志方听得出来，母亲是在故意跟他说闲话，目的在于缓和谈话气氛，为进入正题作铺垫的工作。看母亲这个架势，母亲一定会跟他谈到正题的。蒋志方稍稍有些紧张，还有一些抵触。他相信，母亲的立场和观点都有预设。不管母亲的立场和观点是什么，反正母亲和他不会一致，这是肯定的。他的打算是，母亲说什么，他听什么，既不和母亲讨论，也不和母亲辩论。

昨天晚上我去了一趟卫君梅家。母亲说。蒋志方刚吃过饭，放在饭桌上的碗筷还没有收拾，母亲就提到了卫君梅。

母亲的话让蒋志方觉得有些突然，他以为母亲是瞒着他去了卫君梅家，还会继续隐瞒下去，不会轻易承认去了卫君梅家。母亲开门见山，一进入主题就说到去了卫君梅家，这是他没有想到的。还有，母亲以前对卫君梅这三个字像有所回避，他似乎从未听到母亲说起过卫君梅。母亲口里说出的卫君梅，让他听起来有一些陌生，还有一些重大，牵得他的心里慌了一下，又疼了一下，有些猝不及防，不知不觉间就把眼皮塌下了。

母亲接着说：上次我去卫君梅家，动员她出来联系自己的体会讲安全，惹得她伤了心，一直觉得有些对不起她。我买了东西去看看她，也是去看看她的两个孩子。我听说你认识卫君梅，你们两个好像还有交往。我去她家也没跟你说，要是跟你说一声就好了。我要是让你跟我一块儿去看卫君梅，你会去吗？

这个这个？这是一道难题。蒋志方皱了眉头，眨了眼皮，也回答不出会去，还是不会去。会去，还是不会去，似乎都不是正确答案。既然一时找不到正确答案，就让这道难题空在那里好了。蒋志方无声地笑了一下，笑得有些羞涩。

卫君梅真是一个好孩子，她很自信，很坚强，家里收拾得井井有条。看树看树叶，看人看细节。我跟你说一个细节，你就知道卫君梅的心劲有多大了。卫君梅家门后放着一双深筒胶靴，胶靴是井下矿工的劳保用品，显然是卫君梅的丈夫留下来的。雪化后路上有泥巴，卫君梅就把丈夫留下的胶靴穿上了。头天踏了泥巴，第二在还要踏泥巴，一般来说，胶靴上粘的泥巴不及清理，靴底、靴面和靴筒上都会粘有不少泥巴。可卫君梅家的胶靴不是，胶靴上上下下都被她清理得干干净净，一点儿泥巴都不见。别的人家，胶靴穿过后随便往哪个角落一扔，靴筒会折下腰来。卫君梅把两只胶靴并排放好，靴筒立得直直的，腰一点儿都不折。从这个细节可以看出，卫君梅对她的丈夫有多么尊重，对家里的物件有多么爱惜，对家里日常生活多么一丝不苟。

这话蒋志方不排斥。这样的细节他没有注意到，母亲却注意到了。粗枝大叶的人，眼里只有大叶粗枝。只有心细的人，才能发现细微的东西。从这个意义上讲，母亲比他心细。都说父母对儿女是交叉遗传，女儿仿父亲，儿子仿母亲。可从心细这方面看，他跟母亲差远了。母亲在说卫君梅的好话，不是笼统说的，是用细节说的。细节总是很有说服力，一百句笼统的好话，都抵不上一个具体结实的细节。这表明母亲对卫君梅的人品是认可的，至少是肯定的态度，不是否定的态度。这样的话，话就好说一些。蒋志方没有附和母亲的话，没有顺着母亲说卫君梅的好。卫君梅的好，谁都可以说，唯有他蒋志方不用说。那还用说吗？不说正好，说一句都是多。

母亲还说到卫君梅的两个孩子，夸两个孩子也很好，一个比一个懂事，一个比一个有礼貌。这都是因为卫君梅言传身教教育得好。说到这里，母亲说了她的一个看法，说不幸的家庭变故，对孩子也是一种教育。如果引导得好，在这样的家庭中长大的孩子，往往能很快成熟起来，并能够自强自立。母亲说着说着停住了，没有再往下说。在说别人的时候，她把自己的家庭忘记了。当她自己的耳朵听见自己的口里说出的话时，才忽然联想到自己的家庭。她的家庭也出过变故，她也是中途失去了丈夫，她的儿子也是早早没有了爸爸。当着儿子的面，她把家庭变故说成是一种教育，并把变故家庭中的孩子早成熟说成是一种普遍现象，不知儿子能不能接受，这样的看法对儿子来说是不是有点儿残酷。

蒋志方是敏感的，母亲一说到家庭变故，他就想到了因工死亡的父亲，也想到了他自己。对于母亲所说的家庭变故对孩子也是一种教育，他是同意的，但他自己是不是成熟了，是不是达到了自强自立的程度，他还有些吃不准。

外面有人敲门，喊蒋妈妈，让蒋妈妈开门，开门。

蒋妈妈一听就听出是王俊鸟的声音，她看了一眼蒋志方，说着来了，起身去给王俊鸟开门。

王俊鸟手里拎着一只死兔子。

这是什么？蒋妈妈问。

兔子。王俊鸟把拎着的死兔子高高举起，给蒋妈妈看。

蒋妈妈看见了，王俊鸟拎来的死兔子是一只野兔儿。野兔儿的毛黄中带灰，身体已经僵硬。野兔儿不算大，也不太肥，像是当年刚出生的兔子。兔子的两只眼睛还睁着，白白的，像两只玻璃球。哪儿来的？蒋妈妈问。

人家送给我的。

送给你的，你不提回家，提到这里干什么？

王俊鸟嘻嘻笑着，说她不会剥兔子皮，不知道从兔子头上剥，还是从兔子屁股上剥，请蒋妈妈帮她把兔子皮剥下来。

这个你可难住我了，我也没剥过兔子，我也不会剥。

不，你骗人，你会剥，你就会剥。

蒋妈妈还有正事，她跟儿子谈的事刚开了一个头，还没进入正题，这会儿可没心思哄王俊鸟玩。她说：这样吧，俊鸟，你先把兔子提回去，咱明天再想办法。

不，你现在就想办法，我要吃兔子肉。

可怜之人也有难缠之处，蒋妈妈没有办法，只好让王俊鸟暂且把死兔子放下，说她什么时候把兔子皮剥下来，什么时候把兔子肉煮好，再去告诉她。

王俊鸟把死兔子放在地上,人还不走,两眼直盯盯地看着蒋志方。

蒋志方可不愿意让王俊鸟这样看他,有一次,也是在家里,王俊鸟把他叫成冯俊卿,可把他吓得不轻,他赶紧纠正:我叫蒋志方,我可不是冯俊卿,你不要乱叫。他还对王俊鸟说:你叫我一声蒋志方,我看你记住了没有?蒋志方让她叫一声,她竟一迭声地叫,蒋志方,蒋志方,蒋志方,叫了七八声还打不住。蒋志方说:好了好了,够了够了,不要再叫了。王俊鸟这样看他,他心里有些发怵,王俊鸟是不是把他的名字忘了呢?是不是又要把他叫成冯俊卿呢?他收拾起饭桌上的碗筷,躲避似的到厨房去了。

不知蒋妈妈用了什么样的办法,总算把王俊鸟劝走了。王俊鸟临下楼时,蒋妈妈对她说:外面天黑路滑,走路小心点儿。直接回家去吧,别再到街上去了。

知道了!王俊鸟大声回答。

蒋妈妈把死兔子提溜到阳台上去了。

蒋志方把碗筷收拾到厨房的水池里,打开水笼头,用流动的水清洗碗筷。母亲曾对他说过,不要用流动的自来水刷筷子刷碗,那样用水太多,会造成对水资源的浪费。他手上刷着碗,心里想着别的事,就把母亲的话忘了。

母亲说:放那儿吧,别刷了,一会儿我刷。

母子重新在客厅里坐下,母亲对儿子说:卫君梅不准备嫁人了,你知道吗?

蒋志方先是摇头,后又说不知道。

她没跟你明确说过吗?

没有。

卫君梅可是跟我说得很明确，态度也很坚决，她只带着两个孩子过，不容许任何人加进去。

为什么？

卫君梅跟我说了两个原因：一是她再也找不到像陈龙民那么好的人了，今生今世她只爱陈龙民一个，谁都不能代替陈龙民。二是她不愿给孩子找后爸，怕她的孩子受委屈。她决心靠自己的力量，把自己的两个孩子养大成人。还有一个原因卫君梅没有跟我说，是别人告诉我的。卫君梅和她的弟弟、弟媳有矛盾，弟弟、弟媳在逼她改嫁，想把他们一家从老宅的房子里赶走。卫君梅要与弟弟和弟媳较劲，说想让她改嫁，没门儿，她死也要死在陈家的老宅子上。她有儿子，弟弟、弟媳没有儿子，她决心让自己的儿子当陈家的继承人。

蒋志方不说话了。他不知道说什么。这些原因他都知道，但他觉得，哪一条原因都构不成真正的原因。原因是供人找的，供人说的，不是供人遵守的。你不找它，不拿它说事儿，它什么都不是。树上的果子就是果子，阳光、空气、水分、风等等，都不一定能和树上的果子形成因果关系。

你打算怎么办？母亲求的是果。

什么怎么办？蒋志方拿不出果献给母亲，他给了母亲一个反问。

你准备一直耗下去吗？

什么叫耗下去？蒋志方不喜欢这个耗字，这个字不管怎样解释，恐怕都解释不出吉利的意思。不好和对抗的情绪再度从蒋志方的心头涌起，他删除了耗字，说出是等字。他刚才的打算是，母亲说着，他只对上一双耳朵听，不跟母亲顶嘴。听着听着，他就有些管不住自己。他说的是：我等她！他说得声调并不高，表达却相当清晰，语气里透出铁板上钉钉子的执拗。

她一辈子不结婚，你难道要等她一辈子吗？

等一辈子怎么了？等她一辈子也没什么！

母亲生气了。母亲生的气有些大。母亲好久没生过这么大的气了。母亲的脸拉了下来。母亲的脸红了一阵，又白了。母亲的脸白过之后，没有再缓过来。母亲愣了一下，目光有些发直。这样的目光焦点并不集中，也不尖锐。但正是这样的目光，才有着沉郁的力量，深远的悲伤。母亲的手在发抖。她伸手够放在面前茶几上的茶杯，像是要喝一口水，以镇定一下自己。她发现自己的手在发抖时，没有再够茶杯，半道把手收了回来。将发抖的手指弯曲起来，攥到自己手里。气真是一种奇怪的东西，它可以在瞬间改变人的状态。人们把改变人的平常状态的气说成是"生气"。在不"生气"的情况下，人平静如水。一旦"生气"，"水"就不平静了，如风吹浪打，翻江倒海。气一旦聚集起来，它的能量是巨大的，据说世界上所发生的第一次工业革命，就是由聚集起来的蒸汽发动和推动的。母亲说：蒋志方，你能把你的话再说一遍吗？母亲好久没有这样全名全姓地叫蒋志方的名字了，都是省略了蒋，叫成志方。母亲还在老家的学校当老师的时候，蒋志方还是母亲老师的学生的时候，母亲把他叫成蒋志方。他顶替父亲到矿上参加工作后，母亲一直叫他志方。现在，母亲又把他叫成了蒋志方。这样叫是严肃的，架势是吓人的，似乎使他们的母子关系又回到了以前的师生关系。蒋志方不敢再说话。

蒋志方不说，母亲要说。母亲说：我认为你这样说话是欠考虑的，是极不负责任的。是对你父亲蒋清平不负责任，对你们蒋家的祖宗不负责任，也是对你自己不负责任。一辈子是个什么概念，你想过吗？人有几个一辈子，你想过吗？动不动说一辈子是轻率的，起码是不成熟的表现。怎么，难道你非要在一棵树上吊死吗？你就这样准备自绝于你们蒋家的先人吗？

　　我也承认卫君梅那棵树是一棵不错的树，问题的关键是，那棵树拒绝任何人在树上上吊，你有什么办法！怎么，你难道要把上吊强加给人家吗？要牛不喝水强按头吗？这与耍野蛮有什么区别呢！现在都什么时代了，你违背人家的意愿，单方面追求人家，没觉得对人家不够尊重吗？没觉得对人家是一个伤害吗？同时，你没觉得自己不够理性吗？不够自尊吗？不够自爱吗？不够自重吗？且不说别人，倘若现在有一个人，在知道你妈不准备再嫁人的情况下，死里活里追求你妈，让你妈嫁给他，要给你当后爸，你心里什么滋味儿？你心里肯定不乐意！

　　还有一个问题，我必须提醒你。你要问一下自己，你对卫君梅的感情，是同情？还是爱情？我个人认为，这两者之间是有区别的。至于有哪些区别，我也说不大清楚。但从你的情况来看，我认为你对卫君梅的感情是同情，而谈不上爱情。你见卫君梅失去丈夫后悲痛欲绝，见卫君梅一个人带着两个孩子处境困难，对卫君梅产生同情之心，这可以理解。但同情和爱情是两码事，同情是单方面的，是给予。而爱情的产生应该是双方互相倾心的结果，既有互相给予，也有互相接受。比如我也很同情卫君梅，矿上不少人都很同情卫君梅，这些都是同情，不能说成是爱情。要是说成爱情，就可笑了。好了，说说你的看法吧。母亲说了一大篇子话，生的气像是有所发泄，气不像刚才那么大了。

　　说什么看法呢？蒋志方一时想不起自己有什么看法。母亲的话像一场倾盆大雨，里面还夹着冰雹。"大雨"浇在他身上，把他浇成了"落汤鸡"。"冰雹"砸在了他头上，把他砸得有些发蒙。他脸上的"雨水"还未及擦去，头上砸出的"包"还不及摸一下。他确实说不出什么。他突然觉得有些委屈。为自己委屈，也为卫君梅委屈。他的眼圈儿有些红。

　　蒋妈妈看出了儿子的委屈，意识到自己有些话说得可能有些重，她说：你今天要是不想说，先不说也行。你回头好好想一想，再说也不迟。你有什么想法，我还是希望你能跟我说出来。你只有说出来，咱们才能商量，才能寻求最好的解决办法。我是谁，我是你妈，是你的亲妈。不管我说什么，都是为你着想，都是为你好。别人才犯不着和你说这些话呢，你爱怎么着怎么着，对别人来说无关痛痒。只有妈才会对你说这些话，才会把你的事时时刻刻挂在心上。你焦虑，妈比你还焦虑；你痛苦，妈比你还痛苦，谁让妈就你这么一个儿子呢！好了，今天就说到这儿，你早点休息吧。

第十九章　失怙少年陶小强

秦风玲接到一个男的打给她的电话，问她：你是陶小强的家长吗？

秦风玲以为打电话的是她儿子的班主任老师，说是呀，你是严老师吗？

我不是严老师。

那你是谁？你怎么知道我的电话？

我是丰登县城关镇派出所的民警，请你尽快到派出所来一趟。

秦风玲吃了一惊，民警？民警找她干什么？难道儿子陶小强出什么事了？难道又是诈骗电话？在她还没有和尤四品结婚的时候，有一次，她接到一个诈骗电话，说她儿子在校门口被汽车撞了，正在医院抢救，需要交入院押金，要她赶快打一万元过去。打电话的人给她说了银行卡号码，要求她不要挂电话，以便随时跟她联系。她问儿子的情况怎样，伤得严重不严重？对方口气很急，要她不要问那么多了，不要再耽误时间了，救孩子的命要紧。秦风玲平时把钱看得很紧，丈夫死后得到的抚恤金全部被她存成了定期。一万块钱可不是个小数目，她到哪里弄这么多现金呢！情急之下，她给卫君梅打了电话，看看卫君梅能不能借给她一些钱。卫君梅说，陶小强在校期间受了伤，应该由校方负责，押金应该由校方出，怎么能让学生的家长出呢！卫君梅问秦风玲，打电话的人是谁，是不是学校的老师。秦风玲说，她没听出打电话的人是谁，她也没问。卫君梅知道秦风玲记有陶小强班主任的电话，让他马上给班主任打一个电话。秦风玲把电话打过去，班主任告诉她，陶小强正在教室里上语文课，什么事儿都没有。那次亏得她及时给卫君梅打了电话，听从了卫君梅的建议，不然的话，她受骗就受大了。想起上次的诈骗电话，这次接到陌生人的电话，她顿时警惕起来。她说：你说你是民警，怎么让我相信你是民警呢？你叫什么名字？

民警报上了自己的名字。

我一贯遵纪守法，走得正，站得正，你们找我有什么事？

你儿子陶小强昨天晚上出了点儿情况，你过来，我们向你通报一下。

什么情况？

情况并不是很严重，还是等你来了再说吧。你不要着急，思想也不要过于有压力。

你先跟我说说不行吗，陶小强杀人啦？放火啦？还是强奸人家女人啦？

这些情况都没有。

那是什么情况？你不跟我说，我就不去，权当没有这个孩子。

陶小强抢了一家小卖店的钱。

抢多少？

不管抢多少，都构成了抢劫，都触犯了法律。陶小强还是未成年人，你作为陶小强的法定监护人，按规定，我们总要和你见面的。你如果实在不想到派出所里来，我们到你家里去找你也可以。我们的想法，是想为陶小强保密，不想扩大影响，所以才请你到派出所里来。我们要是到你家里去，被街坊邻居看见，想保密就难了。你看呢？

秦风玲像是想了一下，说：那还是我去吧。

秦风玲骑上摩托车，她没有直接奔派出所，而是先拐到卫君梅家里去了。卫君梅下了夜班刚回到家，眼圈儿有些发黑。秦风玲上来就说：君梅，小强出事儿了！接民警的电话时，她没怎么难过。不知为何，见到卫君梅，她突然就难过起来，两眼一下子就泪花花的，声音也很不对劲。

卫君梅赶紧安抚她：别急，慢慢说，出什么事儿了？

小强抢了人家的钱。

不会吧，我看小强这孩子挺老实的。谁告诉你的？

派出所的民警。

确实吗？这一回人家没让你打钱吧？你问过小强的老师了吗？

一句话提醒了秦风玲，她骂自己猪脑子，马上掏出手机，给儿子的班主任打电话。她很希望事情像上次一样，她一给班主任打电话，班主任就说，陶小强正在教室上课，什么事儿都没有。电话打过去，回说：你拨打的号码正在通话中，请稍后再拨。秦风玲刚要重拨一遍，班主任把电话打了过来，班主任问秦风玲：派出所的民警跟您联系了吗？

联系了。民警让我到派出所里去。陶小强到底出了什么事。

班主任像是迟疑了一下才说：也不是什么大不了的事儿。

您不能跟我说说吗？

我还是听校长告诉我的，说陶小强同学昨天晚上放学后，在街上抢了人家的钱，被人家抓住，送到派出所里去了。

人家打他了吗？

这个我不清楚。您还是去派出所，让派出所的民警跟您说吧。陶小强同学平时的表现还是不错的，您跟民警好好说，让陶小强尽早回校上课。

看来与诈骗无关，这一回儿子真的出事儿了。她宁可受一百次诈骗，也不想让儿子真的出事儿啊！家里不出事儿，秦风玲的主意多着呢，家里一旦出了事儿，该她拿主意的时候，她就没了主意。她眼巴巴地看着卫君梅，说我该怎么办呢？

班主任说的话，卫君梅也听见了。孩子的事可是大事，孩子从小到大，不管在家还是在外，孩子的每一步，都踩在父母的心上。孩子出了这样的事儿，谁都会意乱心慌。卫君梅想到自己的孩子，将心比心，很能体会秦风玲此时的慌乱心情。只有自己也有孩子，也是当父母的人，才能深切体会到别的父母孩子出事儿后的心情。她问秦风玲：尤师傅呢？这事儿尤师傅知道了吗？

他下井去了，还不知道。

你应该跟尤师傅说一声，他毕竟是孩子的爸爸。

跟他说不说两可，他见孩子一点儿都不亲，对孩子一点儿都不关心，只知道关心他自己。

话恐怕不能这样说。他以前没当过爸爸，对孩子的感情总得有一个培养的过程。你打算怎么办呢？

我也不知道。民警让我到派出所去。

那你赶快去吧，还磨蹭什么！

我想让你我一块儿去。我不知道派出所在哪里，怕摸错庙门。我也害怕见民警，见了民警不知道说什么。

我跟你去算怎么回事呢，我不是小强的家长，也不是小强的亲戚。你看我，下班刚进家，连脸都没顾上洗一把呢！

谁说你不是小强的亲戚，你不是我的妹子嘛，你不是小强的姨嘛！我知道你上了一夜的班，应该休息，我不该打扰你。可我不找你找谁呢！你不可怜我，谁可怜我呢！倒霉的事怎么都让我摊上了呢！秦风玲的眼泪流了下来。

好好，别说了，我跟你一块儿去还不行吗！卫君梅把未及解下的围巾重新包在头上，系好，跨上秦风玲骑来的摩托车的后座。

到医务室上班的陈大夫看见了她们两个，打招呼问：这么早出门，有什么事儿吗？

卫君梅说：没啥事儿，出去转转。

秦风玲也擦去了眼泪，强作笑颜说：我们去庙里烧点儿香。

陈大夫和她们打招呼：慢点儿骑，路上小心！

秦风玲和卫君梅来到丰登县的城关派出所，接待她们的所里的一位副所长。副所长要登记一下她们的名字，问她们带身份证没有。两个人都摇头，都没带。她们没有出门带身份证的习惯。那么，就让她们报上自己的名字。秦风玲说，她叫秦风玲。

副所长问：哪个风？是凤凰的凤？还是刮风的风。

秦风玲答：刮风的风。

玲呢？是金字旁的铃？还是王字旁的玲呢？要说风铃，应该是金字旁的铃。

什么王字旁，金字旁，哪来的那么多旁！秦风玲说，她也不知道。

卫君梅替秦风玲回答：是王字旁的玲。

你是陶小强的妈妈吧?

这还用问吗?

要问的。我问什么,你如实回答就是了。

是。

陶小强的爸爸叫什么名字?

尤四品。

副所长放下笔,用一根手指摸了摸眉毛,像是有些疑惑地问:陶小强的爸爸怎么姓尤呢?

他的亲爸爸叫陶刚,尤四品是他的后爸。他的亲爸爸在瓦斯爆炸中炸死了。

我知道,是那场一次炸死了一百三十八人的瓦斯爆炸事故吧!那一次,我也去龙陌矿参与了维持秩序。有一个家属,冲进了警戒线,哭着喊着,要到井下去救她丈夫。我让几个治安队员拽住了她,她哭得昏了过去,挺可怜的。也不知道那个家属后来怎样了?

卫君梅一听就听出来,副所长说的那个家属指的就是她。事情过去了好几年,卫君梅相信,副所长不会认出她来。尽管如此,她还是回避似的低下了眉,脸也微微扭向窗外。

你呢,你叫什么名字?

秦风玲碰了卫君梅一下,卫君梅似乎才回过神来,说:是问我吗,我叫卫君梅,是陶小强的表姨。

卫君梅?这个名字我怎么好像在哪儿听说过呢?

卫君梅心里打鼓打得厉害,生怕副所长再继续问她,生怕副所长认出那个哭昏过去的家属就是她。那样的话,说不定她又要流泪。

好在副所长没有再深究,便开始向她们介绍陶小强犯事儿的经过。晚上放学后,陶小强跟同学一起,到附近一家网吧玩游戏。陶小强玩枪战，玩飙车，玩杀人，还玩偷菜。每当他战胜了对手，取得了胜利，就会跳出一个漂亮的小姑娘向他献花，表示祝贺。这样玩来玩去，陶小强就有些着迷，有些上瘾。到网吧玩游戏是需要花钱的，玩得时间越长，花的钱就越多。而家里给陶小强的钱是有限的——说到这里，副所长问秦风玲，一个月给陶小强多少生活费？

二百块。秦风玲说。

副所长替陶小强算了一下，一个月二百块，平均每个星期五十块。一个星期去掉双休日，就按五天算吧，每天的生活费才十块钱。十块钱吃饱肚子都紧巴，哪有多余的钱去玩游戏呢。要想玩游戏，就得省下吃饭的钱。饿肚子省下的钱还不够玩游戏怎么办呢，陶小强看到小卖店里盛在一个纸盒子里的钱，就起了心思。趁小卖店的店主转过脸在货架子下方取货，陶小强爬在柜台上，伸手往钱盒里捞了一把就跑了。店主发现后大喊一声抓小偷儿，陶小强没跑多远，就被街上的人抓住了。陶小强抓到的是一些零碎钱，连一张大面值的钱都没有，最大的钱是十块钱一张的，加起来才二百零几毛。可不管抓到的钱是多少，陶小强的行为都构成了抢劫，都触犯了法律。副所长强调，他所讲的这些都是陶小强在派出所里自己交代的，派出所把陶小强的口供都作了笔录。

秦风玲很关心她的儿子挨打没有。她曾看见过有人在矿街上打小偷儿，把小偷儿的一条腿都打断了。她问：陶小强挨打了吗？

副所长说：挨打是难免的，不过打得并不严重，只是一些皮外伤。

皮外伤，也是伤。听说儿子受了伤，秦风玲有些着急，问：我儿子现在在哪里？我能看看他吗？我能带他回家吗？

镇静，你听我把话说完。考虑到陶小强还是未成年人，以前也没有犯罪前科，不再对他进行起诉。但是，要把他拘留十五天，以便对他进行教育。在陶小强拘留期间,你暂时还不能看他,更不可能把他带回家。听明白了吧?

你不让我看我儿子,不让我把儿子带回家,你让我来干什么?我儿子吃饭怎么办?上学怎么办?

副所长的脸子虎了起来,他看了一眼记在本上的秦风玲的名字,严肃地叫了一声秦风玲:我告诉你,陶小强出了这样的事儿,作为家长,你是有责任的。我们通知你来,是向你当面通报情况,希望你今后能够加强对陶小强的教育,使陶小强痛改前非,成为对社会有用的人。至于吃饭问题,这个你放心,我们不会让陶小强饿肚子的,说不定比他在学校吃得还要好,还要饱。至于上学问题,只能等拘留解除再说。有一句话我也许不该说,你们这些家长,动不动就把孩子送到民办的寄宿制学校上学,本身就是一种图省事的做法,是对孩子不负责任的做法,我是不赞成的。好了,就这样吧,你们可以回去了。

秦风玲站起来了,一直未说话的卫君梅还坐着不动。卫君梅把副所长叫成了领导,说领导,我能说两句吗?

副所长没否认他是领导,让卫君梅说吧。

卫君梅说:陶小强正在上学,要是耽误十五天的课,学习再跟上就难了。一步跟不上,步步跟不上,孩子的学还怎么上呢!

你的意思是——

我想请领导开开恩,别把陶小强拘留那么长时间。

这不可能,这不是开恩不开恩的问题。拘留十五天,恐怕一天都不能少。

陶小强拘留得时间一长,陶小强的同学难免会知道情况。要是同学们都知道了陶小强被公安机关拘留过,有可能会造成对陶小强的歧视和孤立,那样的话,陶小强的处境会变得很艰难,说不定在学校里都待不下去。

不至于吧，那就不是我们所管的范围了。

领导，我们都是有孩子的人，我们都对孩子寄有厚望，谁不希望自己的孩子顺利成长呢，谁不希望自己的孩子好好的呢！可在孩子成长的道路上，谁也不知道会遇到什么磕磕绊绊，我们能帮孩子一把还是帮孩子一把吧。

我发现你这个女同志挺会说话的，我也知道各家培养孩子都不容易，可是，要缩短对陶小强的拘留时间，我的确不敢答应你们，因为我没这个权力。陶小强不在派出所，已经被送到在郊区的看守所了。陶小强一送到看守所，就不归我们管了。

那我们去找哪位领导呢？

我劝你们哪位领导都别找了，在家里耐心等待。半个月之后，陶小强会回到你们身边的。你们实在想找的话，只能到县局去找局领导。局领导最近正在牵头办大案，忙得很，我估计你们找也是白找。

卫君梅在报纸上看见过有关丰登县公安局办案的报道，知道局长姓金，还是一位女局长。从派出所出来后，卫君梅对秦风玲说：走，咱们去找公安局的金局长。金局长是个女的，女局长应该更能理解我们女人的苦处，心叶儿也会软一些，好说话一些，咱们只管去找她说说试试。

秦风玲对卫君梅很是佩服，说君梅，你可真行，哪儿都敢去，嘴也会说。亏得你跟我一块儿来了，要是我一个人，我可没头儿摸。见了当官儿的，我也不知道往哪儿说。你对我这么好，让我怎么感谢你呢！

废话！你自己先把自己管好，比什么都强。

她们来到公安局，在门口值班的门卫告诉她们，金局长到山里办案去了，不在局机关。

卫君梅问：金局长什么时候回来呢？

门卫说，他也说不准。

二人骑摩托走在回家的路上，秦风玲听不见卫君梅说话，对卫君梅说：君梅，你不要睡觉，你没睡着吧？

不会的。

你搂着我的腰。

卫君梅两手抓着车座子，没有搂秦风玲的腰。她说不用。

秦风玲的手机响了。别看秦风玲开着摩托车，手机响第一声，她就听见了。秦风玲手机的铃声是那种快节奏的铃声，如锣鼓中的紧急风。秦风玲对每一次来电话都很看重，好像每一个电话都有重要事情找她，好像她终于等来了电话。无论在什么情况下，不管正吃饭也好，或是上厕所也好，只要听见手机铃声，她都会中断正干的事情，跑着去接电话。秦风玲把摩托车开到路边，停下来，人还在摩托车上跨着，就两脚支地，取出了手机。电话是派出所那位副所长打来的，他问秦风玲：跟你一块儿来的那个卫君梅，她丈夫是不是也是在那场瓦斯爆炸事故中遇难的？

是。

那次哭得昏过去的那个家属，是不是就是她？

卫君梅听见了副所长的问话，赶紧把手伸到秦风玲脸前，连连摆手。

秦风玲把手机捂上，扭过脸，小声问卫君梅：我怎么说？

你就说，我也不知道。

秦风玲把手机松开，说：你就说，不是，我说，我也不知道。

没错儿，我想起来了，那个家属的名字就是叫卫君梅，她丈夫叫陈龙民。你现在跟卫君梅还在一块儿吗？

秦风玲再次捂上手机，向卫君梅请示怎么说。

你就说不在一块儿。问他是啥意思？

你啥意思嘛？

鉴于你们家庭的实际情况，我已向局里有关领导建议，争取早点把陶小强放出来。你们等通知吧。

这次秦风玲没等卫君梅教她怎么说，她一感动，话脱口而出：谢谢领导！领导真是一个好心人哪！

嗜，不瞒你说，我有一个表弟，也是在那场事故中遇难的。身伤伤一人，心伤伤一片哪！

秦风玲把副所长的话学给卫君梅听。

我都听见了。卫君梅说。

你的手机呢，带着没有？秦风玲问卫君梅。

没带。

为啥不带呢？

我用不着。

咋会用不着呢！没有用不着，有了就离不开。我打你的手机，老是关机关机，为什么？

走吧。

你老是关机，蒋志方找不到你怎么办？

我说走，你听见没有？该说话的时候，你的嘴扎着，不该说话的时候，你唠叨个没完。你再多嘴，我就不坐你的车了。

好好，坐好。秦风玲这才把车开动了。

派出所的那个副所长没蒙秦风玲，陶小强只被拘留了七天，就提前放了出来。副所长打电话让秦风玲去看守所接陶小强，因摩托车的后座只能坐一个人，秦风玲就没拉卫君梅跟她一块儿去。秦风玲在看守所的接待室里办了相关手续，签了字，按了手印，一个警察才把陶小强从一个铁门里带了出来。

小强，妈来接你回去！秦风玲想着，小强看见她后，会向她跑过来，会喊妈妈，会哭。然而，小强看见她后，不但没向她跑过来，反而站下了。小强也没有喊妈妈，更没有哭，只看了她一眼，就塌下了眼皮。

秦风玲走过去，摸了一下小强的头，蹲下身子，看小强的脸。当妈的一眼就看见了，儿子挨打后留在左边脸上的巴掌印痕还没有完全消失，虽说印痕由红色变成青色，印痕的边缘也有些模糊，不像是活人留下的手印，更像是骷髅留下的手印，但手印还存在着。凭手印就可以想象出，打人的人下手多么狠毒。俗话说打人不打脸。秦风玲生气时也打过儿子，但她从来不打儿子的脸。印痕留在儿子的脸上，疼在妈妈心上。儿子没有哭，妈的眼泪却流了出来。妈用手在儿子脸上轻轻抚了抚，问儿子还疼吗？

儿子没说疼，也没说不疼，他抬起手，把妈的手从自己脸上推开了。

警察说：陶小强，你妈来接你回家，你还没喊你妈呢！要懂礼貌！

大概是慑于警察的威严，陶小强这才喊了一声妈。一声妈叫出口，陶小强的双眼才湿了，才带了哭腔。

秦风玲让儿子跟警察叔叔说再见。

警察把手掌往上一竖，说免了，到别的地方可以说再见，在这个地方最好不要说。我希望陶小强再也别到这个地方来。好，注意安全，一路走好！

领着儿子往看守所大门外的摩托车旁边走，秦风玲像是害怕再失去儿子似的，拉住了儿子的一只手。

儿子连拧带挣，把手从妈的手里抽了回去。妈一伸手，儿子把手背在身后，往后一退。妈再伸手，儿子再往后退。儿子还皱起眉头，对抗似的看着妈妈，站下不走了。

你这孩子，在这儿还没待够吗？你走不走，你不走我走了！秦风玲到底没拗过儿子，只好对儿子做出让步，说：好儿子，听话，妈不拉你了还不行吗！有啥话咱们回家再说。

走到半路，秦风玲想起今天不是星期六，也不是星期天，是星期一，问小强：咱们是回学校呢？还是回家？

回家！小强的回答非常干脆。

小强回家住了一晚，第二天一大早，天还不亮，秦风玲就骑着摩托车，把小强送回了学校。

一天、两天、三天，陶小强只到学校去了三天，星期四下午，他就背着双肩挎的书包回家来了。

秦风玲有些吃惊：咦，你怎么回来了，还不到星期六呀！

回来了。

为啥？

啥都不为。

啥都不为，为啥回来。

不上了。

为啥不上了？

不想上。

为啥不想上？

不想上就是不想上。

秦风玲立起眼睛，骂了小强的妈，说：我看你是想作死呀！正是

281

上学的时候,你不上学,你能干啥?

啥都不干!

啥都不干,那你干啥?

啥都不干,还是啥都不干!连啥都不干你都听不懂,你傻吗?

秦凤玲气坏了,她傻,她当然傻,她是个大傻驴。她要是不傻,怎么会生出这个孽种。她转着脑袋,在找顺手的家伙,要狠狠揍这个孽种一顿。案板上有擀面杖,锅门口有火锥,门后还有铁锨,不管她抄起哪样家伙,打在孽种头上,都够孽种受的。可她哪样家伙都没抄,她意识到了,儿子已经不小了,站起来像根半大的驴桩子,再不是揍所能解决问题。说不定她抄起的家伙还没揍到儿子头上,就被儿子攥住了,她怎么都夺不下来。在力量的对比上,她已经不是儿子的对手。不能揍儿子怎么办,她只能转过矛头揍她自己。她舍不得揍自己的脸,揍得是自己的大腿帮子。她把大腿帮子揍得哗地响了一下,骂道:活狗日的陶小强,我日你祖奶奶,你气死我吧,你把我活活气死吧!要是知道你这样气人,我压根就不该把你尿出来,把你憋死在肚子里。

你憋呀,我让你憋,我看你怎么憋!陶小强扎好了架势,脸上露出了微笑。他扎的架势是霸王龙的架势,他的微笑是恶毒的微笑。

秦凤玲大喊一声:陶刚,你死到哪里去了,也不回来管管你儿子,我可是管不了他了!他喊的不是尤四品,是她的前夫陶刚。喊过陶刚之后,她悲从心来,就坐在地上哭起来。

哭了一会儿,秦凤玲起来到院子里,给儿子的班主任打电话,说儿子从学校回来了,是怎么回事?

可能有的同学揭了陶小强的短,对陶小强说了难听话,陶小强面子上下不来,一赌气,就回家去了。

你们学校怎么不管管那些学生呢!

管了，我在班上反复讲过，同学们要团结友爱，互相尊重，不能互相揭短，互相攻击。他们在课堂上都答应得很好，一到下面就管不住自己。你不知道，现在的学生都是大爷，厉害得很，别说同学之间，他们连老师都敢讽刺。现在的老师是越来越难当了。

你别跟我说那么多，我只问你，我儿子陶小强的事怎么办？

你劝劝陶小强，让他的意志还是坚强一些，用时间把过去的事情慢慢消化掉。陶小强毕竟还是个未成年人，可塑性还很强，我们学校不会把他推出去不管，学校的大门始终对他敞开着。

他说他不想上学了。

是他自己说的吗？要是他自己不愿意再上学，那就不好说了。

这时，尤四品下班回来了。一见秦风玲在打手机，他就满肚子不高兴。他自己不买手机，不打手机，也反对秦风玲老打手机。手机是什么，手机就是外面的世界，世界里活跃着各种各样的人。秦风玲一打开手机，就等于把外面的世界打开了，在和外人说话。一个女人家，一个被称为家里人的女人家，跟外面的人联系那么多干什么，反正不会是什么好事。一个人的感情就那么多，跟外面的人联系多了，难免会分走一些感情，他所得到感情的份额就会打折扣。又打手机，又打手机！饭做好了没有？我都饿了！尤四品没好气地说。他故意说得声音很大，故意让接电话的人听见。

秦风玲把电话掐断，对尤四品说：小强回来了，他不想上学了，我正跟他生气呢！

听说陶小强回来了，尤四品就不再说什么。他进屋一看，果然见陶小强在一个矮脚凳子上坐着，正虎视眈眈地看着他。他走到床前，连鞋都没脱，一下子仰倒在床上。他等于把自己摔在了床上，摔得有些重，压得席梦思床垫子里面的弹簧铮地响了一下。

但他很快又坐了起来,在使劲咳喉咙。咳了一阵,就叭地吐出一口痰来。他吐出的痰是黑的,落在地上如一粒洗选过的上好的煤炭。不管是咳喉咙,还是吐痰,他都是给陶小强听的,给陶小强看的。他在正告陶小强,他才是这个家里的爹,他绝不是好惹的。"正告"之后,他又躺倒在床上。

秦风玲说:你先歇一会儿吧,我马上给你做饭。你想吃什么?

吃什么?吃屁!满屋子都是屁,尤四品吃屁都吃饱了。他没有说话。

自从走进这个家,自从第一次见到陶小强,尤四品就觉出来了,这个男孩子并不欢迎他。男孩子的妈妈欢迎他,是因为男孩子的妈妈需要他,既需要他的钱,也需要他的身体。可男孩子并不需要他,他对男孩子来说是无用的,男孩子不需要他这个后爹。男孩子对他何止是不欢迎,简直就是排斥,就是敌视。秦风玲在把他介绍给陶小强时说:这是我给你找的新爸爸,你今后就管他叫爸爸。

陶小强把脖子一梗说:不,我爸爸叫陶刚!

陶刚已经死了。

不,我爸爸没死!

你说他没死,他在哪儿呢?

我爸就没死!

尤四品说:算了算了,不叫就算了。

陶小强不把尤四品叫爸爸,秦风玲就让小强把尤四品叫叔叔。

小强连叔叔也不叫。他看见尤四品,把眼皮一塌,跟没看见一样,什么都不叫。当着尤四品的面,他拣起一根树枝,一下接一下往地上抽,直到把树枝抽断。他拿一块煤,奋力向墙上投去,煤块击墙,煤块一下子就变得粉碎。尤四品看出来了,这小子在用发狠的方式在向他抗议，对他示威。陶小强强调陶刚没死，尤四品一开始还不大明白，后来他才明白了，陶刚是没死，是陶小强接过了陶刚的魂，就变成了陶刚的化身，变成了新的陶刚。新的陶刚在保卫着这个家，不许别的人闯入。在秦风玲的劝说下，尤四品也曾给"陶刚"买过东西，跟"陶刚"说过软话，试图和"陶刚"达成和解。可"陶刚"横眉冷对，根本不买他的账。随着"陶刚"越来越大，力量越来越强，他在这个家不会有好日子过。特别是"陶刚"一不去上学，天天守在家里，他更不会得到什么快乐，恐怕连日常的"充电"都充不成。狗小子连人家的钱都敢抢，连监狱都住过，他什么事干不出来呢！

尤四品不睡了，他一挺身子起来，硬脖子硬腿地向门外走去。

秦风玲说：我正给你做饭，一会儿就得了，你上哪儿去！

我饿了，我等不及了，到街上随便吃点儿。

你哪儿来的钱？是不是又去打麻将？

尤四品只管往外走。

尤四品，你给我站住！你今天要是敢走，就别再回来了！

不回来就不回来，这可是你说的！

第二十章　一手托两家

周天杰被确诊得了癌症后，逮谁跟谁哭：我可不能死啊，我儿子没了，我们家上有老，下有小，还指望我呢，你们救救我吧！

做完手术，周天杰被推进重症监护室，他就哭不成了。麻醉的作用大概还没有过去，他双眼闭着，处在昏迷状态。他身上连接着七八个管子，那些管子帮他活着，好像离开哪个管子都不能活。他浑身发抖，好像很冷。周天杰本来身量就不大，做完手术后，他显得更加瘦小，像一个未成年的孩子。他一边发抖，一边像是在说梦话：我死了吗？我真的死了吗？小来……小来呢？小来，来来来来来……

守护在病床边的老吴心疼得早已泪流满面，她紧紧拉住丈夫一只颤抖的手，安慰说：天杰，你没死，你还活着呢！有我在这儿呢，不怕，咱不怕，啊！

回家，回家！

别动，别动，一会儿就好了，等你好了咱就回家。

周天杰稍清醒一点儿，挂念的还是孙子小来，他问老吴：小来来了吗？

小来在家里呢！

谁看着小来呢？

他妈看着他。

他妈没上班吗？

他妈去上班，他在家里跟着他老奶奶。

那怎么行呢，老奶奶连自己都顾不住自己，哪里能看孩子呢！

你就别操那么多心了，要不是操那么多的心，要不是啥事儿都在心上压着，你也不会得这么大的病。衣服都是磨破的，病都是攒起来的。一攒一攒，小病就攒成了大病。

周天杰不同意妻子的说法，但他不和妻子争论。他生病了，妻子却没生病。没生病的人总是爱帮生病的人找病因，妻子爱怎么说，就怎么说吧。动了大手术，把他的元气伤掉不少，他现在还没有力气和妻子争论。不过，心还是要操的。不操心不行啊！他还是说想看看小来。

下班后，郑宝兰到医院看公爹来了。她带来了牛奶，还带来了黑芝麻糊儿，这两样食品都是食道癌患者恢复进食后可以吃的流食。她来之前跟卫君梅商量了一下，卫君梅建议她买这两样东西。郑宝兰把公爹的病看得很严重，她的心情也很沉重。她听人说过，人类对癌症还没有办法，人只要得了癌症，就等于判了死刑，离死就不远了。就算一年半载死不了，死刑还是在那里等着，跟缓期执行也差不多。丈夫周启帆死了，这个家就够倒霉的了。如果公爹再死，这个家怎么办呢？在她的想象里，公爹已经死了，只有她才能代替公爹的儿子为公爹披麻戴孝。她哭丈夫苦命，哭公爹苦命，也哭自己苦命，哭得痛彻心肺,哀哀欲绝。可到了公爹的病床前,她得忍着,暂时还不能哭。好比瓦斯爆炸之后,在尚未确定亲人是不是死了之前,家属也不能哭。哭等于是一个宣布,宣布亲人已经不行了。郑宝兰把沉重的心情放松一些,轻轻问:爸,爸,你好些了吗?

是宝兰哪!你把小来带来了吗?

没有,我把小来送到幼儿园里去了。

去幼儿园好,幼儿园能学东西。

我去找了蒋妈妈,蒋妈妈领着我去找了幼儿园的园长,蒋妈妈帮着说了好多好话,人家总算把小来收下了。因为幼儿园还不到招生时间,小来算是插班生。人家一般不招插班生,对咱家算是特殊照顾。

蒋妈妈是好人哪,回去我得谢谢她!

爸,你不用挂念家里,奶奶由我照顾,鸡我也会按时喂。有妈在这儿伺候你,你只管安心养病。

宝兰你放心,爸死不了。那天我到阎王爷那里去了一趟,阎王爷拉着脸子,对我一点儿都不欢迎。阎王爷对我说:老周,你怎么来了?你孙子还没长大,你来干什么!等你孙子长大,等你孙子娶了媳妇,你再来报到也不迟。我一听阎王爷这么说,说好好好,误会了,我马上回去。两旁站着的牛头马面,直眉瞪眼,乱向我发威,我吓得脊梁沟子直冒凉气,赶紧跑了回来。宝兰,你听明白了吧,阎王爷的意思,要让我亲眼看到小来长大娶了媳妇,才让我去报到呢!

郑宝兰明白,公爹是在编笑话,在用笑话宽她的心。公爹的头发白了许多,人也瘦了不少。公爹盖着白被子的肚子鼓得高高的,那里大概还缠着厚厚的纱布。这个老人家不光命苦,还长着一颗苦心,真是难为他了。为了配合公爹的笑话,郑宝兰勉强笑了一下,说那好,只要阎王爷有那个话,你就好好活着。

公爹问郑宝兰的爸爸妈妈还好吗,让郑宝兰常去看他们。

郑宝兰说:他们都挺好的,没事儿。

郑宝兰临离开病房的时候,公爹交代给她一件事,让她回到矿上跟工会的洪主席说一声,他的手术做得很成功,身体恢复得不错,再过几天就可以出院了。让洪主席别挂念他,不用到医院来看他了。

好,我回去就跟洪主席说。郑宝兰虽说这样答应了,但她回到矿上并没有去找洪主席。他明白公爹的意思,公爹说是不让洪主席到医院去看他,实际上是希望洪主席到医院去看他。不然的话,去跟人家洪主席说个什么劲呢!人家领导那么忙,矿上有困难的人那么多,能不给领导添事儿就别添了。

尽管郑宝兰没跟洪主席说,过了两天,洪主席还是到医院看周天杰来了。洪主席上来就递给周天杰一个信封,说:周师傅,这是两千块钱,我代表矿领导来慰问您,祝您早日康复!

周天杰支着胳膊欲坐起来,说哎呀哎呀,我说了不让洪主席来看我,洪主席还是来了,让我说啥好呢!

周师傅,您别动。洪主席上前拉住周天杰的一只手,把装钱的信封放在周天杰手里,说:我们也不知道给您买什么营养品合适,您自己看着买吧。

周天杰接过信封,压在枕头底下,马上掀开被子,让洪主席看他胸口一侧开刀后留下的长长的疤痕。仿佛以疤痕证明,他跟洪主席说的怀疑自己得了噎食病并没有瞎说。

洪主席让他赶快盖上吧,别着了凉。

周天杰出院后回到矿上,他的处世哲学或者说处世策略有所改变。他不再逮谁跟谁哭了,而是动不动掀起自己的衣服,让人家看他的疤痕。有人得了癌症后隐瞒着,不想让别人知道自己得过癌症。他不是这样，他好像想让天下的人都知道，周天杰得过癌症。好比上战场打仗的战士，把流血说成挂彩，把受伤说成挂花，都是受奖的意思，自豪的意思。周天杰没上战场，他不是从战场归来，是从医院归来。可周天杰的神情似乎有些自豪，他把衣服一掀，把疤痕展示给人看，仿佛在说：看，多漂亮！

他把疤痕给别人看，还给自己的母亲看。母亲的样子有些吃惊，刚要伸手摸一下，周天杰又把疤痕盖上了。母亲说：我生你的时候，你身上没有这一道呀，这一道从哪儿多出来的？

我得了噎食病，这是大夫用刀子给我拉的。

母亲似乎记起来了，前段时间儿子是到医院看病去了。她说：我听说得噎食病的人都不能活，你怎么活着回来了？你是人还是鬼？让我摸摸你的手热乎不热乎。

周天杰把手伸给母亲，让母亲摸。

母亲摸出来了，说：你的手是热乎的，你还是个活人，你这孩子命真大。

我不能死。我要是死了，你怎么办呢！

小来问周天杰：爷爷爷爷，癌症是啥？

爷爷答：癌症就是小虫子。

小虫子多吗？

多呀，小虫子密密麻麻，每个小虫子嘴里都长着毒牙。

小虫子咬你了吗！

咬了，咬得我好疼好疼，疼得我吃不下饭，睡不着觉。我只好去医院，让大夫在我肚皮上拉了一个口子，把小虫子都取出来。

拉的口子在哪儿呢，我可以看看吗？

当然可以。

周天杰刚要掀起衣服让小来看他的疤痕，老吴说：又不是什么好看的东西，别让小来看了，别吓着孩子。

没事儿，我孙子勇敢。

小来看见疤痕有些害怕，吓得直往后退。他问：我妈妈肚子里有虫子吗？

没有，你妈妈身体很好。

我奶奶肚子里有虫子吗？

你奶奶肚子里也没虫子。

那我呢，我肚子里有虫子吗？

你肚子里更没有虫子。

阿姨说吃饭前要洗手，肚子里就不会长虫子。

对，完全正确，来来去幼儿园真学了不少东西。

不知小来从哪儿翻出一张旧报纸，让奶奶给他叠飞机。

奶奶说：我不会叠什么飞机，等你妈回来，让你妈给你叠。她往旧报纸上看了一眼，不由得呀了一声，说你这孩子，就会乱翻东西，这报纸你是从哪儿翻出来的，快去给你爷爷！

爷爷听见了，问：什么事儿呀，一惊一乍的。拿来，给爷爷看看。

小来把旧报纸拿给爷爷，爷爷一见，脸上也寒了一下。报纸上登着一张大幅照片，是周天杰抱着孙子，在焦急地、眼巴巴地向一个地方张望。照片的背景是一片模糊的、黑压压的人群。照片的题目是《父盼儿，子盼父》。报纸虽然旧得稍稍有些发黄，但印在上面的黑白照片不但没有褪色，反而有些凸显似的，显得更加清楚。照片像是一个线条，一下子引起了周天杰对往事的回忆。照片又像是一个可伸可缩可远可近的照相机镜头，一下子把周天杰拉回照片所显示的那一幕。那是龙陌矿井下发生瓦斯爆炸的当天上午，他抱着还不满周岁的孙子小来，去矿上的大门外等儿子周启帆归来。作为一个老矿工，周天杰深知瓦斯爆炸的厉害，一听说井下发生瓦斯爆炸，一看到矿上如临大敌的紧张场面，他的预感就很不好。但他不愿相信、也不敢相信自己唯一的儿子会遭到不幸，就抱着孙子，固执地在外面等。当时孙子刚学会说话，还不会走路，孙子不可能理解爷爷在等什么。孙子不愿意让爷爷在原地站着，拧着小身子，往回家的方向指。他只能紧紧地抱着孙子，小声对孙子说：别乱拧，咱等你爸爸！这时在人群里趸来趸去的记者过来了，把镜头对准他和孙子，连着拍了好几下。他和孙子等来等去，最终等来的只能是一场悲剧。

照片登在北京一家青年类的报纸上，周天杰没看到报纸，矿宣传科的一个宣传干事看到了。干事也在家属院里住，回家属院时把报纸捎给了他。干事说，报纸上有他的形象，让他收着吧。他把报纸给妻子看过，两口子唏嘘之后，他就把报纸叠起来，放到床头柜的一个抽屉里去了。周天杰在井下流了很多汗，挖了很多煤，但在他退休之前，没有一个记者给他照过相，他从没有上过报纸。不承想，在他儿子出事儿时，他却上了报纸。周天杰以前从不保存报纸，以为报纸都是官家的，只和官家有关系。他只是一个平民，报纸出得再多，都和自己没关系。可这张报纸他没舍得扔，还是存了起来。报纸存下来之后，他就没有再拿出来看过。他并没有把报纸忘记，也知道报纸在哪里存在着，他就是不敢看。他怕看了伤心。原来他保存的是一份伤心。

看到小来把报纸翻了出来，周天杰倒不像妻子那样紧张，他把报纸打开，指着报纸上自己的照片问小来：这是谁？

小来把照片看了看，又把爷爷看了看，说：是爷爷！

对，完全正确，我孙子好眼力！那，这个小家伙是谁呢？周天杰把照片上的小来指给小来。

这个我不认识。

你想想,爷爷抱着谁呢?

我!小来大声回答。

没错儿,爷爷抱着的正是小来,我孙子真聪明!

爷爷,你抱着我干什么呢?

这是一个问题,这是一个棘手的问题,爷爷一时不知怎样回答。答案是有的,爷爷还不能把答案说出来。儿子周启帆遇难的事,他们还一直瞒着小来,没有跟小来说明真相。他们跟小来说的与跟小来的老奶奶说的一样,都是说小来的爸爸到国外学习去了。小来的小伙伴跟小来闹气时,说过小来的爸爸死了。小来一回家问,他们就装出生气的样子,坚决否认。他们打算一直瞒着小来的老奶奶,直到老奶奶离开人世,都不让老奶奶受到失去孙子的打击。他们估计,老奶奶活在人世上的时间不会太长了。至于小来,迟早会知道事实真相的,对小来瞒得过初一,瞒不过十五。可目前他们还不想让小来知道,想让小来再过一段"爸爸在国外学习"的生活。他只跟小来含糊地说了一句:爷爷抱着你在外边玩呢!

周天杰没有把报纸撕开叠成纸飞机。他说报纸不够硬,叠成飞机飞不远。他要找一张比较硬的纸,给孙子叠飞机。他把报纸重新叠好,放到了小来够不着的衣柜顶上。记者也给周天杰的母亲照过相,还把母亲给惹了,此后母亲老惦着照相的事。可是,周天杰没看见母亲的照片登在报纸上。也许登在报纸上了,报纸没有走到矿上,他就没看见。没看见等于没登。他曾想把登了他和小来的照片的报纸拿给母亲看,又怕母亲与他和小来攀比,惹得母亲不高兴,就罢了。

周天杰给小来找的比较硬的纸是一张陈年的挂历,挂历的正面是一个演电影的女明星。他把挂历裁开,把"女明星"做成了"飞机"。

他看见过小孩子玩"飞机",自己却没有做过"飞机"。他做的"飞机"老也飞不远,一投出去,就一头栽下来。他说:完犊子,栽下来了,倒栽葱。

小来倒很开心,也学着爷爷的话,说完犊子,说倒栽葱。他说:给我,给我,我倒栽葱!

周天杰从医院回家不久,他的亲家郑海生也发病进了医院。郑海生与周天杰的情况不同些。周天杰是竖着进的医院,还是竖着出来。郑海生呢,是横着进的医院,出院时还是横着出来。什么竖着横着,直着说吧。周天杰回家后,可以自己走路,自己吃饭,自己上厕所,还可以带孙子玩,可以到菜园干活儿。而郑海生呢,到医院经过抢救,命是保住了,人却瘫痪在床上了。他不会走路了,不能自己吃饭了,连厕所也上不成了。他的腿还存在着,胳膊还存在着,他想把胳膊腿儿使唤一下,可胳膊和腿儿怎么也不听使唤了。他使唤的想法从脑子里生发,也停止在脑子里,与他的四肢好像已处于失联状态。好比他使唤的想法是飞机场的雷达,而他的四肢是一架飞机,飞机一头栽进海里去了,再也找不到了。郑海生身上能动的地方还是有的,还能体现他的主观能动性。比如他的眼珠子,他的嘴,他的牙,他的舌头,他的肠子,还都能动。一个人的身体,要能动,都能动,才好。一部分能动,一部分不能动,就麻烦了。郑海生的手拿不住筷子,端不住碗,郑宝兰就得把他扶得半躺着,一勺饭一勺饭地往他嘴里喂。起初,他不张嘴,不吃,说:宝兰,我不能拖累你,你别管我,我死了他!

郑宝兰说:你这是干什么?你看我的日子好过是吗?谁到头来都是个死,你嫌我死得慢是吗?

郑海生张开了嘴,表示不再拒绝吃东西,但他说:你弄点药给我喝。

你不是不想活了嘛,还喝药干什么!

我喝农药。

这就是农药,你喝吧。张嘴,把嘴张大点儿。郑宝兰把一勺大米粥喂到爸的嘴里去了。

郑海生把嘴咂巴咂巴,说这不是农药,一点儿药味都没有。

那是你喝得少,你喝得多了,药味儿就出来了。现在我吃啥都是苦的,吃啥东西都像吃药。

母亲在一旁说:那是的,人的命苦嘴就苦,嘴苦饭就苦。咱这一家人,算是苦到一块儿去了。

郑宝兰一到班上,刚换上工作服,卫君梅就向她走来。卫君梅说:宝兰,你来了!

来了。

她们的对话就这样平平常常,好像还有些平淡,只是互相打了一个招呼而已,一点儿都不显得热情。

可是,郑宝兰需要看见卫君梅,需要卫君梅跟她打招呼。她到食堂来上班,很大程度上就是奔卫君梅来的,一看见卫君梅,她心里就踏实多了。卫君梅一跟她说话,她就如同得了一种支撑性的力量。又好像她吃饭并不能获取热量,卫君梅一安慰她,她身上就有了热量。郑宝兰的父亲一发病,卫君梅就知道了。卫君梅对郑宝兰说:宝兰,你一定要挺住。

郑宝兰说:君梅姐,我的工作可能保不住了。

卫君梅马上说:宝兰,千万别这样想,你的工作千万不能丢。有困难咱千方百计想办法克服,无论如何也不能辞掉工作。你的工作就是你的抓头儿,有抓头儿在手,你的日子还好过一些。要是没了抓头儿,你的日子会更难过。卫君梅给郑宝兰打了一个比方,说郑宝兰就像是一个落水的人，水还很深。而郑宝兰的工作，就是漂浮在水面的一块木板，郑宝兰抓住木板不放，人就不会沉下去。要是松开木板呢，整个人就会沉下去，沉到不知有多深的水里去。

郑宝兰听了卫君梅的话，没有放弃自救，没有就此沉到水里去。不管多忙多累，她都坚持来上班，坚持拿起勺子往矿工的碗里打饭。

别看卫君梅也是一个女的，郑宝兰有些离不开君梅姐。她一直觉得，君梅姐是一个心劲儿很大的人，也是一个很有志气的人。人说船的劲在帆上，人的劲在心上。君梅姐的劲果然在心上。人又说人凭志气虎凭威。君梅姐的确有着非同寻常的志气。郑宝兰听得出来，君梅姐平平常常一句来了，话后面包含着千言万语，是期待她如期而至，是担心她不能来，这是多么巨大的关怀啊！郑宝兰有时还觉得，君梅姐对她的关爱像是一种母爱。母爱是一种感情，也是一种智慧，一种能力。自己的母亲病成那样，已经没有能力爱她。而君梅姐像是代替着母亲，源源不断地给予她一种新的母爱。如此一来，郑宝兰对卫君梅就有些依赖，有啥话都愿意对卫君梅说。她说：君梅姐，我上一辈子一定做下了什么亏心事儿。

郑宝兰说了这一句，卫君梅就知道她下一句要说什么。卫君梅说：又瞎说。人只有眼前的这一辈子，没有上辈子，也没有下辈子。能把这一辈子过到头儿就算不错。

我这一辈子怎么这么倒霉呢，什么倒霉事儿怎么都让我摊上了呢！

这看怎么说了。人来到世上，不可能都一样，有在天上的，就有在地上的；有在地面种庄稼的，就有在地底下挖煤的；有撑死的，就有饿死的，怎么过都是一辈子。谁也过不了两辈子，三辈子。倒霉的事儿谁都会遇到，就看你认它不认它。你认倒霉，倒霉就跟着你走。

你不认它,只管往前走你的,它拿你也没办法。宝兰,你要多看你的希望。你的希望还是有的,小来就是你的希望。

好,君梅姐,我听你的。

郑宝兰不能在家里住了,每天下班后,她骑上自行车,必须赶回娘家,照顾自己的父母。她对公爹周天杰说:爸,我爸我妈,一个瘫了,一个瞎了,我得回去给他们做饭。我要是不给他们做饭,他们就没饭吃。郑宝兰说着,眼里泪花花的。

见儿媳伤心,周天杰心里也沉了一下,他说:你只管过去照顾你爸你妈吧,这边有我和你妈撑着,你放心。抽空儿我也过去看看。

郑宝兰往自行车的后座上捆自己的被子,周天杰建议说:宝兰,你买一辆摩托车吧,来回快一些。你的钱要是不够,我给你添。我看秦凤玲就买了摩托车。

再说吧。

手机最好也买一个。我也准备买一个。你什么时候想小来了,我就让小来跟你说话。

我会经常回来的。

小来问:妈妈,你去哪儿呀?你去找我爸爸吗?

我去你姥姥家。郑宝兰赶紧说。

那你带着被子干什么呀?

郑宝兰没敢说她住在姥姥家,晚上不回来了,只说:天冷了,你姥姥盖的被子有点儿薄,我给你姥姥送一条厚被子过去。

我也去!

小来乖,小来听话,小来跟爷爷奶奶在家里,啊!

不嘛,我就跟你一块儿去嘛!我让姥爷给我逮蛐蛐儿。

天冷了,蛐蛐都冻死了,现在哪里还有蛐蛐儿。郑宝兰把小来抱起来,在小来的脸蛋上亲了一下说:你要是听话,妈妈给你买玩具小汽车。

不,我要飞机。

好,妈妈就给你买飞机。

郑宝兰又回到娘家来了。人说嫁出去的女,泼出去的水。意思是说,闺女一旦嫁出去,就像一盆泼出去的水一样,再也收不回来了,也不打算收回来了。到了郑宝兰这里,这个由来已久的说法被打破了,郑宝兰"这盆水"又回来了。父亲母亲给了她生命,她回来是为了维持父亲母亲的生命。如果她不回来,父亲母亲就得饿死,生命就无法维持。哥哥死了,嫂子改嫁了,侄女也被嫂子带走了,谁都指望不上了,她只得把责任担当起来。她打起精神,把父母的衣服洗了一遍,把家里收拾了一遍,把院子里的地也扫了一遍。她早起伺候父母吃完早饭,还要把午饭做好,盖在锅里,留给父母中午吃。到了晚上下班后,她再回来给父母做饭吃。

郑海生卧床之前,都是他把饭做好,盛到碗里,端给老伴儿吃。老伴儿的眼睛瞎了,手还不瞎,嘴还不瞎,不用他喂,自己就能把饭吃到嘴里。郑海生一卧床呢,他不但不能伺候老伴儿了,老伴儿还得反过来伺候他。郑宝兰给他们预备的午饭放到中午已经凉了,要吃必须热一下。老伴儿摸索着走到锅门口,摸索着点火,火一烤脸,估摸着把火点着了。因为眼睛看不见了,整个人间都变成了黑的,黑得如同实填,摸那儿都是一手黑。她认为自己已经离开了阳间,来到了阴间。阴间不就是两眼一抹黑嘛!不管摸索着干什么,她嘴里都说着话。跟谁说话呢?跟她的儿子郑宝明说话。既然儿子早已到了阴间,她也到了阴间,她说话儿子应该听得见。她说:宝明,宝明,你干什么呢?你看你这孩子,也不过来帮帮我。你帮我掀开锅盖看看,饭热好了没有？你小心，别烫了手。饭已经热好了？好，好，到底还是我儿子，还是跟妈亲。

饭热好后，她摸索着先自己吃。等她吃饱了，再摸索着去喂郑海生。

郑海生还是惦记着死，他的意见是：咱不能再拖累宝兰了，我看咱们还是死了干净。

老伴儿说：我已经死了，刚才我还跟宝明说话，宝明还帮我掀锅盖呢！

你死了怎么还会说话呢？怎么还会吃饭呢？

我啥都看不见了，就等于死了。你想死你死，不用管我。你知道自己爬不动了，知道自己的手连只鸡都掐不死了，知道自己死不成了，才口口声声拿死说事儿。你还有劲死的时候，为啥不死呢！别老拿死恶心我。说吧，你吃饭不吃？不吃明说，我还懒得喂你呢，我还怕找不着你的屁眼子呢！

想死都没了能力，郑海生眼角流出了泪水。

老伴儿喂郑海生吃馒头时，她揪一块儿，摸索着放进郑海生嘴里，再揪一块儿，再放进郑海生张开的嘴里，虽时有错位，大致方向还算不差。她喂郑海生喝稀饭时就不行了，分寸很难掌握。她不能用小勺往郑海生的嘴里喂稀饭，因为她看不见小勺里盛到稀饭没有。就算小勺里盛到了稀饭，她的手在运行过程中抖抖索索，不是歪了，就是斜了，小勺还没挨到郑海生的嘴，稀饭已经洒得差不多了。她的办法是直接用碗喂郑海生喝稀饭。她盛半碗稀饭，用嘴唇试试稀饭不热不凉，就一手端碗，一手摸到郑海生的嘴，把碗口对在人口上，往人口里喂稀饭。无奈碗口大，人口小，好比老虎和老鼠亲嘴，老也对不好。郑海生的嘴唇总算碰到了碗的嘴唇，老伴儿把碗一倾，郑海生喝稀饭不及，稀饭流到郑海生的脖子里去了，流到郑海生的领口里去了。领口倒是口大，可"吃"到"领口"里不管事儿啊！郑海生有些烦，郑海生生气了，他竟然骂了人，骂了老伴儿的妈，质问：你长眼没长眼，你的眼呢？

不能说老伴儿没长眼，老伴儿当初嫁给郑海生时，可是长着一双美丽的大眼睛。就说目前，老伴儿的眼珠子还在，眼眶子还在，眼睫毛还在，只是看不见东西了。因为她得了糖尿病，时间长了，眼睛才一点一点失去了光明。老伴儿不能明白，尿尿的地方在低处，眼睛在高处，尿和眼睛根本不搭界，她怎么就把自己的眼睛浇灭了灯呢！郑海生还有脸问她的眼，她的眼原是好眼，就因为她嫁错了人，嫁给郑海生这个狗日的，才把她的好眼弄坏了。听见郑海生竟然敢骂她，她生的气比郑海生还大，她把稀饭碗扔到地上去了，回敬道：操你妈的，老娘还不想伺候你了呢！你长本事了是不是，我看你敢再骂一句，老娘就给你一个嘴巴子吃，还是脆的，你信不信？老伴儿举起了巴掌。

郑海生看了老伴儿的巴掌。很不幸，他的眼睛还很好使。他把眼睛闭上了。他绝望至极。但他仍不屈服，破口大骂。他骂的不是老伴儿，是瓦斯：瓦斯，毒瓦斯，我操你八辈儿祖宗，你还我的儿子……

第二十一章　不信东风唤不回

井下机器设备检修，天轮暂停转动，运煤的皮带暂停运行。选煤楼上不上煤，当然也不上矸石。无矸石可拣，那些拣矸石的女工可以休息一会儿。休息当然好，谁都不反对休息。机器开着时，机器隆隆运转，把人变成了机器的一部分，想放个屁都放不痛快。休息下来就好了，有屁想怎么放就怎么放。无屁攒一个屁放放也可以。但是有一条，休息必须在原地，必须保持待命的状态，不能离开工作岗位。休息期间，除了不能干私活儿，闭目养神，聊天儿，上厕所，或看书看报，都可以。听说井下检修，那些拣矸石女工面露欣喜，很快就找一个地方坐下了，或躺下了。选煤楼上煤尘飞扬，几乎是井下工作场所的延伸，地上也积有煤尘。女工们才不管什么煤尘不煤尘，她们有的在地上铺一张旧报，有的什么都不铺，随便往地上一躺，就把自己撂到煤窝里去了。这里是拣黑乎乎的煤矸石的地方，又不是造药片、制食品的地方，哪里有那么多讲究！

拣矸石女工也是矿工,她们是延伸意义上的矿工,是广义的矿工。与井下的矿工相比,她们除了不戴安全帽,不戴矿灯,也不穿深筒胶靴,其他装束都跟矿工差不多。她们的工作服是黑的,鞋是黑的,袜子也是黑的。一班干下来,她们的手、脸、脖子,也变成了黑的。所以她们无所谓,黑不嫌她们,她们也不嫌黑,哪里都是休息的好地方。别看她们的工作服是黑的,有一些破旧,被称为劳动布的布料也很粗糙,还是能看出她们作为女人的体态之美。她们的肩是窄的,腰是细的,臀是肥的,呈现的是丰满的状态。粗糙的衣服不但不会使她们的皮肤变粗,恰恰相反,粗糙对她们的皮肤形成一种反衬,工作服越是粗糙,越衬托出她们皮肤的细腻。要是有一幅巨大的油画就好了,可以把东倒西歪的女工们画下来,既可以勾勒她们的身体,也可以刻画她们的表情,油画的名字就叫《拣矸女工》、《休憩》,或者是《光荣》。可惜,画家关注不到她们。

杨书琴没有躺在地上,她背靠皮带下面的钢铁支架,在那里坐着。如果皮带重新起动开始运行,钢铁支架就会发生震动,震动传导到杨书琴身上,第一个醒过来并做出快速反应的人很可能就是杨书琴。其实杨书琴并没有睡着,她的眼睛微微眯着,睫毛之间留的还有那么一条缝儿。留缝儿也是留心,她留的是蒋志方的心,希望蒋志方能走过来。作为选煤楼上的修理工,蒋志方的主要职责是保证运煤皮带的正常运行,他每个班都要对全部皮带巡视好几遍。蒋志方只要走过来,杨书琴就能看到他。杨书琴只要看到蒋志方,心里就很美气。从里往外美,再从外往里美,仿佛五脏六腑都很美气,都美得往外流蜜。杨书琴是彻底喜欢上蒋志方了,以致蒋志方已走进她的梦里,并走到了她的床上。在梦里,蒋志方对她的动作是颠覆性的,简直有一些粗暴。她梦寐以求的就是这样的粗暴。梦醒以后,她仍在感动着,感动得都快要哭了。只要蒋志方没有和卫君梅结婚，也没和别的女人结婚，她的希望就存在着。杨书琴设想，要是她嫁给了蒋志方，蒋志方天天打她，她都乐意啊！把自己身上的肉，一块儿一块儿割给蒋志方吃，她都心甘情愿啊！

等了一会儿，不见蒋志方过来，杨书琴想起来了，蒋志方一定在配电柜旁边的那个角落里待着，一定是在那里看书。如同坐长途汽车外出游玩的人，头天谁坐在哪个座位，第二天还是坐那个座位，始终都不会变。没人提出要求，原来坐哪个座位还坐哪个座位，可坐车的人自觉地就把座位固定下来，自觉地就形成了规矩。谁要是乱坐，就是不懂规矩，就有可能被人侧目。在选煤楼上班的工人们也是一样，得到工间休息的机会时，他们上一次在哪里卧靠，下次还是在哪里卧靠。好像他们的屁股把那个地方暖热了，只有再回到那个地方，才能把热度找回来。又好像一个萝卜一个坑，谁是从哪个坑里拔出来的，再放回那个坑里才合适。杨书琴呢，每次休息，她都是在皮带下边的那个支架上靠坐着。她不愿躺下，平躺显得胸脯太厚，侧躺显得屁股太高，形象不是很好。蒋志方从不和女工们在一块儿休息，因为有两个女工老是爱和蒋志方开玩笑，她们的玩笑开得很那个，让蒋志方招架不了。所以一到休息时间，蒋志方就躲到老地方看书去了。爱看书，看得进去书，也是杨书琴喜欢蒋志方的一个理由。她自己既不爱看书，也看不进去书。因为知道蒋志方爱看书，她也想找本书看一看，以便向蒋志方看齐，也便于与蒋志方在书的内容上进行交流。书找来了，她就是看不进去。一看黑麻麻的，都是字。再看，还是黑麻麻的。她看见了字，就是看不见字里面有什么路径，可以让她走进去。那些字像是一片黑夜，黑夜让她有些退缩。那些字又像是一堵墙，她怎么推都推不开那堵墙。她似乎明白一点，不是所有的人都跟书有缘，能看书的人是天生的，是一种命。能看书的人总是比不能看书的人多着一些世界，他们有地面的世界，还有井下的世界；有地上的世界，还有天上的世界；有当地的世界，还有外面的世界；有眼前的世界，还有过去的世界，甚至未来的世界。跟拥有诸多世界的人在一起，就有可能多看到一些景色。

杨书琴到那个角落里去找蒋志方，不出所料，果见蒋志方正坐在那里看书。让杨书琴不悦的是，有一个外号叫白煤的女工捷足先登，在蒋志方旁边坐着，在看蒋志方看书。看书的人心随书动，有时脸上会流露出一些表情，那些表情是很好玩的。蒋志方看书，白煤就看蒋志方的表情。杨书琴说：哟，你怎么在这里？

我怎么不能在这里！大概白煤也想跟蒋志方单独在一起，见杨书琴走过来，她也不悦。

是呀，她杨书琴可以来这里，人家白煤怎么不能在这里呢！杨书琴说：这地方不错，比较暖和。

白煤说：你还嫌不暖和吗，你的身体本身就是一个暖气包。

这样说话不够友好，明显是指杨书琴的身体有些肥胖，是一个短板。杨书琴真想反唇相讥，把白煤外号的来历说出来，给白煤一个难堪。但杨书琴忍住了，在蒋志方面前，她得表现出足够的涵养。她笑了一下说：是呀，谁要是怕冷，到我身边，我一定让他感到温暖。杨书琴听见了自己说的话，她为自己的机智感到得意。她表面上是回应白煤的话，实际上是说给蒋志方听的。她就这样化短板为优势，把白煤的话堵了回去。

白煤当然不甘示弱，说：我可不敢让你靠近我，我怕你把我烤煳了。

杨书琴打了一个擦边球，到底把白煤的一个煤字说了出来，她说：

你想让我靠近你，我还不想靠近你呢，我怕把你烤化，烤成一堆煤渣。

眼看白煤的脸一白一赤，由"白煤"变成了"红煤"，蒋志方赶紧打圆场说：好了好了，两位师傅别争论了好不好，伤了和气对谁都不好。

没事儿，我们说着玩儿呢。杨书琴见蒋志方把书本合了起来，说：志方，我跟你说句话，说着瞥了白煤一眼。

白煤的嘴撇了下来，白眼珠对杨书琴翻了翻，鼻子里嗤了一下。她听出杨书琴想让她离开这里，没门儿，先来后到，她才不走呢!

蒋志方说：有啥话你只管说呗。

杨书琴见白煤差不多变成了一块矸石，没有一点儿要走的意思，像是犹豫了一下，才说：卫君梅出事儿了，你知道吗?

不知道。

你想知道吗?

不想。蒋志方把书拿到膝盖上，又要翻开自己的书。

你是不是已经听说了?

我说过了，我不想知道。

你说不想知道，我看你还是想知道，你那么关心她。杨书琴一定要把那件事情告诉蒋志方，不是蒋志方想知道不想知道的问题，是她必须告诉蒋志方。不然的话，她会觉得对不起蒋志方，也对不起自己。她说：我听人家说，卫君梅在上夜班的路上被蒙面的坏人拉到小树林里去了，那个了。

蒋志方的眼睛暗了一下，问：你听谁说的？没根据的事最好不要乱说。

我听那个卖卤肉的人说的。我去买一只卤猪耳朵，他一边用铁叉子从锅里给我捞猪耳朵，一边就跟我说了。我问他坏人到底得手没有，卖卤肉的人说，一只饿狼扑一只兔子，兔子哪是狼的对手。

白煤的眼睛亮了一下，对这个话题似乎也很感兴趣，她很快与杨书琴站在同一个立场，说她也听街上的人说了。

看看，我没有瞎说吧。杨书琴说。

蒋志方说了不想知道，杨书琴还是对他说了，他还是知道了。他想站起来走掉，离开这两个女人。可是，他可能想表现得镇定一些，遇事儿能够经得住事儿，就坐着没动。他的脸色变得有些难看了。这种难看是一种不想让别人看出的难看，是一种复杂的难看，恐怕连他自己都不知道、也没见过自己的脸色难看成什么样子。他低下头，把放在膝盖上的书打开了。那是一本有着紫红色封面的长篇小说，写的却是黑色的煤矿工人的生活。他一直想找一本描写煤矿工人生存状态的小说看，前天终于在矿宣传科一位新闻干事那里借到了。据那个干事讲，有一年秋天，有一个作家到龙陌矿深入生活，给干事带来了这本小说。干事要蒋志方看完后一定归还给他，因为书的扉页上有作家给他的签名。蒋志方想通过看书的行动告诉杨书琴和白煤，他现在要看书了，请两位师傅别再跟他说话。他还想试一试，眼看在书上能不能掩盖一下自己此时的心情。书是打开了，这一次轮到蒋志方看不进去。他的眼睛看到了字，脑子里和心里的眼睛却捉不住字。他刚看到一行字，那行字倏地就滑走了，像流星一样滑远了，滑到不知名的地方去。与此同时，他脑子里打开了另外一本书。在那本书里，事情发生的背景也是在煤矿，时间是半夜，地点在离矿街不远的小树林，人物是两个，一个是去上夜班的卫君梅，别一个是蒙面歹徒。两个人物遭遇后，幻化成了两个动物，一只是凶悍的公狼，一只是弱小的兔子。因力量对比悬殊，结果可想而知。那本书里的内容还没落实到字面上，是蒋志方根据杨书琴提供的线索进行的想象。不要以为想象是什么好东西，想象是能带给人虚拟的幸福，但更多的时候，想象带给人们的是痛苦。可怕的是，每个人都不能主宰自己的想象，当痛苦的想象到来时，它像恶魔一样纠缠着你，你赶都赶不走。当一个人被持续痛苦的想象束缚住时，这个人离心碎就不远了，离崩溃就不远了。当杨书琴告诉他发生在卫君梅身上的事情时，他在心里对自己说：不要相信杨书琴的话，不要相信流言蜚语。他甚至想到，杨书琴的话有可能是编出来的，是别有用心。蒋志方没听自己的话，还是相信了杨书琴的话。凡是不听话的人，都不是不听别人的话，而是不听自己的话。凡是听话的人，都是听自己的话，相信自己的话。不听自己话的人，除了不自信，还有一个原因是管不住自己。此时的蒋志方就管不住自己了，他不但相信了杨书琴和白煤的话，还在痛苦的想象里越陷越深，不能自拔。

杨书琴见蒋志方看书老也不翻篇，估计蒋志方的心乱了，看书可能看不下去。她问：我跟你说了卫君梅的事儿，你心里是不是有点难受？

蒋志方的眉头皱了一下，没有说话。

白煤扒拉了一下杨书琴，说：没眼色，人家志方正心疼卫君梅呢，你别跟志方说话了！

杨书琴说：他心疼卫君梅，我还心疼他呢！她问蒋志方：志方，你渴不渴？我去给你倒点儿水吧？

蒋志方再也不能忍受，他把书啪地一合，到底还是走掉了。

你往哪里去呢？你往哪里行呢？蒋志方要去食堂，看一看卫君梅。他知道，卫君梅已经从夜班倒了八点班。他本来是可以在下班后去看卫君梅，可他等不及了。他要看看卫君梅上班没有，看看卫君梅现在怎么样了。他不一定要和卫君梅说话，更不一定求证卫君梅是否受到伤害，只要看到卫君梅还在上班，看到卫君梅还好好的，他就放心了。他不会认为卫君梅受到了伤害就有了污点，就对卫君梅产生不好的看法，放弃对卫君梅的追求，相反，他要把责任揽在自己身上，对自己进行谴责。他认为都是因为自己对卫君梅关注不够，保护不够，才出了这样让人痛心的事。卫君梅去上夜班时，他倘是去护送卫君梅一下，就不会出这样的事。卫君梅的丈夫陈龙民活着时，肯定没出过这样的事，那是因为卫君梅有陈龙民的保护。与陈龙民相比，他差得还很远啊！就这样，他不知不觉就把卫君梅当成了和自己生命攸关的人，甚至当成了自己的亲人。亲人无端遭到了歹徒的侵害，让蒋志方怎能不痛心疾首呢！

蒋志方找到当班的班长，不惜对班长说了谎话。他说，队里要他准备出一期迎新年的黑板报，趁这会儿休息，他去找队里领导商量一下，看看上哪些内容。

班长让他只管去吧，说井下检修一般一检修就是一个班，这个班可能不再出煤了。

蒋志方穿着工作服，背着工具袋，就来到了食堂。他没有直接走到食堂的餐厅里去，而是站在一扇窗子外面，透过窗子的玻璃往餐厅里面看。一看，他没有看见卫君梅的身影。他的心往上一提，怎么，卫君梅真的出事了？真的没来上班？二看，蒋志方的心又往上提了一下，还是没看见卫君梅的身影。他看见了在餐厅上班的另一个保洁员，保洁员和卫君梅穿的工作服是一样的，但她不是卫君梅。蒋志方手凉，脚凉，连越提越空的心也凉了半截。他觉得自己的头似乎有些晕，地好像也有些转。亏得他有了第三看，才长长出了一口气，心里悬着的一块石头才落了地。这第三看，他总算看到了让他牵肠挂肚的卫君梅。原来支撑餐厅的有几根方形的、巨大的水泥柱子，刚才卫君梅推着收拾餐具的小车，转到水泥柱子后面去了，被水泥柱子挡住了。这会儿，卫君梅才从水泥柱子后面转了出来。这就好了，卫君梅转出来就好了。在蒋志方看来，那根水泥柱子就像是一块幕布，刚才卫君梅被"幕布"挡在了"舞台"后面，这一刻"幕布"拉开，卫君梅终于出现在了"舞台"上。卫君梅的"出场"是悠然的，一步是一步，一点儿都不慌张。卫君梅的神情是平静的，似乎一点儿都不在意"观众"是否存在。卫君梅的姿态是优美的，以前如兰如梅，现在还是如兰如梅。谢天谢地，卫君梅总算没有让他失望。

　　按蒋志方原来的设想，只要卫君梅没有倒下，只要卫君梅还在食堂上班，他看一眼卫君梅就行了。可当他看到卫君梅后，他又有些不大满足，想马上转身离开不大容易做到。自从母亲登门找到卫君梅之后，他还没有和卫君梅交谈过，不知卫君梅现在对他的态度如何。他给卫君梅发短信，得到的回复都是"暂未收到您的短信"。他一再给卫君梅打电话，卫君梅的手机也都是关机的状态。从短信和电话这两个方面判断，卫君梅对他采取的是拒绝的态度。卫君梅不仅对他关上了门，连窗户也关上了。以前，尽管卫君梅从不给他回短信，但短信可以送达卫君梅的手机，卫君梅可以看到。现在，卫君梅连短信都不看了。以前，卫君梅还偶尔接听一下他打的电话。现在，电话根本打不进去了。他隐隐觉得，卫君梅所采取的这些措施都是针对他的。因为手机是他送给卫君梅的。他本想把手机变成一座桥，通过这座桥走近卫君梅。可卫君梅把桥拆掉了。他还想把手机变成一条纽带，用纽带将他和卫君梅联系起来。可卫君梅把纽带扯断了。卫君梅变成这样的态度，还是与母亲去找了卫君梅有关系。在母亲没去找卫君梅之前，卫君梅不是这样的。母亲找了卫君梅之后，卫君梅才变成了这样。至少来说，手机是无效了，他用手机跟卫君梅是联系不上了。不过，蒋志方的侥幸心理还是有的。手机是一种机器，机器难免会出故障。也许卫君梅的手机出了故障，卫君梅没顾得上去修理，手机就死机了。这个时候，正是用得着他蒋志方的时候。蒋志方很快打定了主意，他要帮卫君梅修理一下手机。同时，他要把自己的手机和卫君梅的手机交换一下，把自己没出故障的手机给卫君梅使用，等把卫君梅的手机修理好，他就自己使用。反正他和卫君梅的手机是同一个牌子。

嫂子你好！蒋志方走进食堂的餐厅，走到卫君梅面前，向卫君梅问好。

卫君梅脸上红了一下，愣住了。她没有向蒋志方问好。

你的手机是不是出了问题，我能帮你修理一下吗？

手机？噢，我也不知道。对了，正好你来了，把你的手机还给你吧，还有充电器。卫君梅从口袋里掏出用一个塑料袋包着的手机和充电器，递向蒋志方。

蒋志方接过塑料包，没有打开看，就把自己的手机掏了出来，说嫂子，我的手机你先用着，等我把你的手机修理好，我给你打电话，通知你。

卫君梅没有接蒋志方递给她的手机，她说：我跟你说过，我用不着手机。卫君梅说罢，推着小车走了。

蒋志方跟了过去，说现在是信息时代，有个手机获取信息还是方便些。

我不需要什么信息。

这会儿是半上午，到食堂吃饭的人不是很多，只有那么三五个。他们不是坐在一张桌子前就餐，东坐一个，西坐一个。见一个男的追着一个女保洁员说话，他们一时忘了吃菜，眼睛都像追光灯一样追着他们两个看。吃什么菜都不重要，看一个男的追一个女的，却比吃什么菜都有味道。

蒋志方把自己的手机放在卫君梅推着的小车里了。

卫君梅把手机拿出来,没有交还给蒋志方,就近放在一张餐桌上面了。没人在这张餐桌上吃饭,餐桌上没有盘子没有碗,手机放在上面有些显眼。

蒋志方没有把手机拿起来收回,任手机在空落落的桌面上放着。手机的样子有些可怜巴巴,但手机无话可说。在有些情况下,手机有可能会成为一件信物,这会儿它却好像变成了一件弃物。

嫂子,等你下了班,咱俩谈谈可以吗?

卫君梅断然拒绝:不可以,我跟你没什么好谈的!我不知道你是谁,我不认识你!

我妈跟你说了些什么,你能告诉我吗?

我丈夫叫陈龙民。

我做得有什么不对的地方吗?嫂子给我指出来,我好改正。卫君梅推着小车往水泥柱子后面走,蒋志方跟着卫君梅,也向水泥柱子后面走去。蒋志方觉出那些在餐厅吃饭的人和在食堂窗口卖饭的人都在看他,自尊心一向很强的蒋志方对那些人有些反感,他真想对那些爱看热闹的人大喝一声,说别看了,有什么好看的!但同样是自尊心在起作用,蒋志方克制住了自己,谁愿意怎么看就怎么看吧,反正他不能在公共场合失态,更不能在卫君梅面前失态。

卫君梅突然提高了声音,对蒋志方说:你这人怎么能这样!你老缠着我干什么!我欠你什么吗?

蒋志方的自尊心还是受到了伤害,受到了严重的伤害。他像是当头挨了一闷棍,又像是受到了雷击,他一时失去了反应,愣住了,呆住了,傻掉了,像一个木头人一样,像一个石头人一样。待他反应过来之后，他觉得五内波涛翻滚，在一涛一涛向上冲击。他有些不能自持，有些站立不稳。眼看"波涛"要冲破喉咙的闸门，冲破眼眶的堤坝，把他冲得一塌糊涂。这时候，蒋志方的自尊心上升到了意志力，他的意志力在关键时刻发挥了作用，他没有让眼泪流出来，更没有哭出来。不但没有哭，他还不失分寸、不失风度地轻轻摇了摇头，微笑了一下，对卫君梅做出了道歉。他说的是：嫂子，对不起！

道歉之后，蒋志方才离开卫君梅，出门去了。

走到门外，蒋志方听见有人在餐厅里大声喊：哎，这是谁的手机？谁的手机落在桌子上了？要是没人要，我可拣走了！

既然卫君梅用不着手机，蒋志方要手机也没用了。直到这时，蒋志方的眼泪才不可遏止地流了出来。

郑宝兰快步从食堂里边走了出来，替蒋志方，不，是替卫君梅，把手机从桌子上拣起来拿在手里。她一直关注着卫君梅和蒋志方的事，不用说，从蒋志方走进餐厅，她就看见蒋志方了。蒋志方和卫君梅对话，她也听到了。不知为何，郑宝兰的样子有些生气，气得脸都红了。不知她是生卫君梅的气，是生蒋志方的气，还是生自己的气。她把手机送到卫君梅面前，上来就质问道：怎么，连手机都不要了！

此时，卫君梅已走到餐厅一角，在一张餐桌前坐下了。她大概有些累了，需要坐下来休息一下。她看了看郑宝兰递给她的手机，没有伸手接。她说：宝兰，你替我把手机还给他吧。

凭什么我替你还给他，我算老几！你把我当成什么人了，你想让我当坏人是不是！

卫君梅不知道郑宝兰为何生这么大的气，她说：宝兰，你怎么了，你跟谁说话呢！

我就是跟你卫君梅说话。卫君梅，你太不像话了！郑宝兰好久没把卫君梅叫卫君梅了,都是叫君梅姐。在郑宝兰的眼里,君梅姐是一个强者,她是一个弱者。而今天,她们的力量对比好像突然间发生了变化,她变成了一个强者,卫君梅变成了一个弱者。

我怎么不像话了?

有你那样说话的吗!人家真心实意对你好,你怎么能说人家缠你呢!怎么能说到谁欠谁什么呢!人人都有一张脸,谁都是要脸的人,你那样说话,跟打人家的脸差不多,太伤人了!

轮到卫君梅发愣,发呆,发傻。她说过那样的话吗,那样难听的话是通过她的口说出来的吗?有一点毫无疑问,她说过一通话后,蒋志方就走了。人人都有弱小的一面,卫君梅不敢面对郑宝兰咄咄逼人的目光,她低下了眼,低下了头。低下头还不够,她的两只胳膊往桌面上一趴,把脸埋在弯起的臂弯里了。刚把脸藏起来,卫君梅的头就开始颤抖,脖子就开始颤抖,全身就开始颤抖,就哭得一塌糊涂。是的,她没有哭出声,是饮泣。泣有千声万声,都被她饮了下去。泣有千升万升,也被她饮了下去。卫君梅的肚子里能盛多少泣呢!卫君梅以圈起的胳膊掩面,不愿让别人看见她的汹涌的泪水。真正的哭都是哭给自己的,不是哭给别人看的,她的哭没有任何效果意识。

郑宝兰没有被卫君梅的哭吓住,她说:我不劝你,你应该哭,你就好好哭吧。她强硬地把卫君梅压在脑袋下面的一只手拉出来,掰开卫君梅因饮泣而痉挛的手指,将手机放进卫君梅手里。郑宝兰除了命卫君梅把手机拿好,她还说了一句话:别把自己弄丢!

当郑宝兰把煤块儿一样的手机放进卫君梅手里时,一开始,卫君梅的手指是张开的,手机在她手心上放着,她虽然没有拒绝,但也没有把手机握住。

郑宝兰没有再动卫君梅的手,就那么站在旁边看着她。

有人走过来,问卫君梅怎么了,是不是生病了?

郑宝兰说:没事儿,她一会儿就好了。

卫君梅哭了一会儿,才慢慢地把手指收拢,一点一点地把手机握住了。

结尾不是结束

　　每一块煤田的地质储量都是有限的，每一座矿井也有一定的开采年限。好比人生一世，草木一秋，人的生命有限，星球的生命有限，矿井的寿命也有限。一般来说，一座矿井的设计开采年限是六十到七十年。这和一个人的生命长度几乎是对应的。也就是说，一个人如果生在某个矿山，人转，井架上的天轮转，矿山老，人也老，天轮停止了转动，人的一生也差不多走到了尽头。

　　一座矿井在设计时规定了开采年限，但在实际开采过程中，并不一定按规定执行。有的矿井采着采着，就加大了开采强度，设计年产本来是二百万吨原煤，一放手一年就采出了二百四十万吨或二百八十万吨。这样一来，矿井的生命就会提前结束。还有一种情况是，大矿周边灵活机动的小煤窑麇集而来，疯狂地对大矿完整的肌体进行掠食，你抢一块，我夺一块，把一座座好端端的煤矿生生地糟蹋掉了。好比一个人，本来可以活到六十多岁，由于备受踩蹦，结果未到成年就夭折了。这样一平均,所有矿井的寿命就减去不少,恐怕还没有人的平均寿命高。

　　有的矿井报废了,矿工和他们的家属并没有离开,还在矿上继续生活着。几十年过去,他们和煤矿朝夕相处,相依为命,几乎都有了儿子,还有了孙子。矿上有他们的房子,有他们的家,有他们熟悉的矿街,熟悉的小酒馆,还有他们对煤矿的感情。矿井有多深,他们对煤矿的感情就有多深。矿井关闭了,有的矿工还会沿着老路,到井口去看一看。井架还在,但天轮被抽去了灵魂似的无极钢绳,凝固不动。锅炉房早已熄火。偌大的工业广场空无一人,只有一种灰鸟,在不知名的地方叫上几声,像是为报废的矿井唱挽歌。通往井口的铁轨还在,铁轨两侧和道心内,煤尘上面是灰尘,几乎把铁轨淹没了。矿工会怀着追思的心情,趟着积尘,向井口走去。通过粗钢管焊成的铁栅栏的缝隙,他们会使劲往井口里看。里面黑洞洞的,什么都看不见。只有他们熟悉的、所有矿井共有的气息还徐徐地从井底涌出来,使他们回想起在地底挖煤的难忘岁月。回首望去,残留在井口两边墙壁上用红漆写成的大字对联还在,上联是"汗水洒煤海深处",下联是"乌金献祖国母亲",横批是"安全为天"。母亲的说法会让他们突然间热泪盈眶,乃至于欲对矿井深深鞠躬。

　　在破产关闭的煤矿井口,不时会有人到那里烧纸,放炮,磕头,做一些祭祀的活动。矿井不是坟,为何到那里祭祀呢?祭祀历来是一个庄重的仪式,在哪里祭祀,自有其庄重的理由。那是因为,在矿井开采的几十年间,矿工们不仅在地层深处浇灌了汗水,抛洒了热血,贡献了青春,甚至还献出了宝贵的生命。可以毫不夸张地说,每座矿井下面都埋有不少矿工的英魂,少则几十个,多则上百个,甚至几百个。有一种说法,人在哪里死亡,灵魂就留下在哪里。所以每到工亡矿工的忌日，他们的亲人就到井口祭祀。祭祀也有烧纸化钱的意思，烧纸的同时，须用鞭炮声把井下的灵魂唤醒，并呼唤死者的名字，死者的灵魂才会从幽深的矿井里升出来，收到亲人送给他的钱。但是，倘矿工是因井下发生瓦斯爆炸而亡，烧纸时就不可放炮。因为瓦斯爆炸是爆炸，放炮也是炮在爆炸，虽说两种爆炸不可同日而语，但毕竟都会发出爆炸的声响。矿工的亡灵对爆炸极度敏感，并充满恐惧。他们听到放炮声，会以为瓦斯爆炸又来了，会吓得魂飞魄散，不但收不到亲人送给他们的钱，他们的灵魂还会受到再度伤害。

龙陌矿所在的煤田，田里的煤也快采完了。煤田里的煤，不像田地里的庄稼，庄稼收去一茬，还会再长出一茬，而煤是不可再生的矿物，一旦采去，就永远没有了。也许再过三年五年，或十年八年，龙陌矿就会宣告破产。等该矿彻底关闭之后，那些工亡矿工的家属也会在矿工的忌日到井口烧纸。但目前来说，煤矿仍在生产，天轮仍在飞转，井下井上还是一派热气腾腾的景象，每天仍有大量亮晶晶的煤炭通过火车运到需要它的地方。这时，人们还不能到井口烧纸，烧纸会影响生产，也会造成不好的气氛。特别是像龙陌矿这样的矿井，众多工亡矿工的忌日是那么集中，大家若在同一时间到井口烧纸，可怎么得了！要烧纸只能到生产区的外围去烧，或到工亡矿工的坟前去烧。

一个平常的日子，褚国芳到郑宝明坟前不是烧纸，却哭了起来。褚国芳改嫁之后，村里的人几乎把褚国芳忘记了。现在她回到了前夫郑宝明的坟前，不知遇到了什么难处。北风刮得呼呼的，冷空气冷得有些刺骨。褚国芳哭得哀哀的，边哭边诉：宝明，宝明，你不知道我的日子是咋过的，你把我丢得好苦啊，你难道一点儿都不管我了吗！

同样是改嫁的秦风玲，日子要比褚国芳好过一些。反正没人见她到陶刚的坟前去哭。自从陶小强不愿再上学回到家中，秦风玲的丈夫尤四品却不愿再回到秦风玲身边，他重新回到矿上的单身宿舍去住。他宁可放弃秦风玲热辣辣的身体，宁可放弃秦风玲为他"充电"，也不愿再回到秦风玲租住的那间房子里去。秦风玲找到单身宿舍，跟尤四品哭过，闹过，甚至要在单身职工宿舍里为尤四品"充电"，把尤四品的单身变成双身，尤四品还是不同意跟她一块儿回家。尤四品咬定一句话：结婚不自由。秦风玲问他怎么不自由了，承诺以后给他自由，想怎么自由就怎么自由。尤四品还是说结婚不自由。他不但不跟秦风玲回家，还提出了跟秦风玲离婚，重过自由自在的日子。无奈之际，秦风玲只好再次求助于卫君梅。卫君梅帮秦风玲找到了问题的症结所在，说症结不在尤四品身上，而是在陶小强身上，只要陶小强天天在家里待着，尤四品就不愿回家。陶小强正是学习的年龄，天天待在家里不是长久之计，必须给陶小强找点事情做才行。卫君梅听说矿街上有一家美容美发店在招收学徒工，她和秦风玲找到店老板，跟店老板说了许多好话，总算把陶小强送到美容美发店当学徒去了。看病要对症，吃药须吃准。看来卫君梅是把尤四品的"病症"摸对了，"药"也下准了，陶小强一去美容美发店当学徒，秦风玲再去喊尤四品回家，尤四品就没有再拒绝。

　　蒋志方不在选煤楼上班了，他调到了矿上的共青团委员会当干事。由工人变成了干部，全矿的青年都是他工作和服务的对象。身份的改变使蒋志方的责任心和自信心都提高不少，也使他有条件、有理由对一些青年人进行家访，和一些青年谈心。这天吃过晚饭，他到周天杰师傅家里来了，准备和郑宝兰谈一谈。他知道，郑宝兰和卫君梅是同学，是闺蜜，二人又同命相连，关系非同一般。他想通过郑宝兰，从侧面了解一下，卫君梅对他到底有什么看法。蒋志方一问郑宝兰在家吗，周天杰的样子就很警惕。凡是有男的来找郑宝兰，都会让周天杰心里打鼓，想到自家的儿媳还能不能保住。周天杰认识蒋志方，知道蒋志方是蒋妈妈的儿子。周天杰还听郑宝兰说起过，蒋志方在追求卫君梅，卫君梅不同意。难道蒋志方追求卫君梅不成，把目标转向郑宝兰了？他站在门口，没打算让蒋志方进屋，问：你找郑宝兰干什么？

蒋志方说：我调到矿团委工作了，郑宝兰也是青年，我想看看她有什么困难。

困难有。我家的电线老化了，要是冒了火花，着了火，就麻烦了。你能不能跟矿上的领导说说，让领导派人把我们家的电线换一换。

好，我明天就去跟有关领导反映，看看领导能不能派电工来你们家检查一下。要是他们顾不上，我来帮你们家检查也可以。

还有，我听说从明年春天开始，居民楼前面不让种菜了，一律种草，这个我坚决反对。别人家种不种菜我不管，反正我们家的菜园一定要保住。谁敢动我们家的菜园，我跟他没完。我得了癌症，已经是快死的人了，我谁都不怕。

您说的这个消息我还没听说。郑宝兰不在家吗？

周天杰这才告诉蒋志方：郑宝兰回她娘家去了，她娘家爹瘫痪了，她回去伺候她娘家爹去了。哎，我听说你在和卫君梅谈恋爱，谈得怎么样了？

还没有。

你和卫君梅谈恋爱，我赞成。卫君梅可是一个要强的人，一般的男人都比不上她的心劲大。

蒋志方笑了一下，有些不好意思。

你们办事儿的时候，别忘了告诉我一声，我去讨一杯喜酒喝。我和你爸爸可是好兄弟，可惜蒋哥走得太早了！

蒋志方来到郑宝兰的娘家找到郑宝兰时，让郑宝兰颇感惊奇，说哟，蒋书记，你怎么到这这儿来了？

蒋志方说：郑宝兰，你不要开玩笑，我刚调到团委，只是一个干事，哪里是什么书记！

反正当了干事，离当书记就不远了。蒋志方的造访，让郑宝兰稍稍有些紧张。她的紧张不是因为蒋志方当了干部，成了上级，主要还是因为她和卫君梅的那层关系。她有时会产生错觉，不知不觉间把自己和卫君梅当成是一个人。有人找卫君梅，她会以为找她。有人找她呢，她又会以为是找卫君梅。好比当年看见陈龙民时，她就免不了紧张，如今看见蒋志方，她还是免不了紧张。

耳朵很灵的郑宝兰的母亲，听见从外面进来了一个男人，大声问：宝兰，是谁来了？

君梅姐的朋友。

君梅有朋友了，那好。君梅没一块儿来吗？

没有。

你还年轻，你啥时候能找一个朋友呢？

找什么朋友，你瞎操那么多心干什么！

我眼瞎了，可不是瞎操心么！我和你爸成了这样子，有一天没一天的，你要是有个朋友，我们死了就放心了。

算了，不跟你说了。郑宝兰也很灵透，她略一想，就想到了蒋志方是为卫君梅而来，还是牵挂着卫君梅。她让蒋志方到另一间屋，对蒋志方说：那天你走后，你不知道卫君梅哭得有多伤心。她哭得浑身发抖，抖得都快散架了。自从她丈夫陈龙民死后，她好久没那样哭过了。她肯定是后悔了，后悔不该对你说那样的话，她才哭成那样。我知道她，她心里对你有一百个好，一个都不敢说出来。她有她的难处。

蒋志方想说我知道了，但他没有说出来。他五内沸然，心里的热浪往上扑得厉害。他担心一开口说话，嗓子不知会变成什么样子。他的嘴动了动，就把嘴唇闭上了。他只是点了点头，一连点了三下。他管住了自己的嘴，管不住自己的眼，他眼里涌满了泪水。

郑宝兰说：蒋志方，我跟你说，你现在到了团委，卫君梅就更不敢对你好了。可是，千万千万，你不要不理她。她的手机现在是开着的，你该给她发短信，只管发；你该给她打电话，只管打。她可能不给你回短信，也不接你的电话。可是，她只要看到你的短信，只要听到你打电话的铃声，心里就感动得不行，精神上就会得到很大的支持。你要是误会了她，真的不理她了，对她的打击可就太大了，她的精神可能会垮掉。

蒋志方把扑到喉头的热浪往下咽了一下，并转过脸，像是望远方望了望，还是把话说了出来：我知道了！

在蒋志方的建议下，矿团委成立了一个青年志愿者服务队，主要服务对象是矿上有困难的工亡矿工家属。蒋志方的想法和做法与蒋妈妈一脉相承，只不过，服务由个人行为变成了集体行为，服务对象的覆盖面扩大了不少，服务的力度大大增加。

服务队的一帮男女青年来到周天杰家，为周天杰家更换了老化的电线，把菜园的地刨了一遍，还帮周天杰的老母亲洗了头，剪了发。当老母亲提出要照相时，一个女青年用手机为她照了好几张。女青年当即把手机上的照片拿给她看，她说：是我，是我。

服务队来到卫君梅家，帮卫君梅扫地，擦桌子，修自行车，还辅导慧灵写作业，教慧生唱儿歌。卫君梅明白，志愿服务队是蒋志方安排到她家来的，因为一个服务队员受蒋志方之托，给她送来了手机的充电器。因此，卫君梅显得有些拘谨。服务队没来之前，她什么都会干，服务队一来，她好像什么都不会干了，干什么都插不上手。她只是一遍又一遍地说：谢谢你们，谢谢你们，我自己来吧，我自己能行。

服务队到郑海生家去得勤一些，隔一两天，就有年轻的队员到郑海生家去一次。特别是中午郑宝兰不能回娘家的时候，他们帮助热饭，为郑海生喂饭，还拿起郑海生的手，协助郑海生做康复活动。您别说，康复活动还真见效果，原来郑海生的手指头抽抽得掰不开，根本握不成拳头。经过康复训练之后，郑海生的手指头不但掰得一是一，二是二，四是四，五是五，还握成了拳头。看这个趋势，再训练一段时间，说不定郑海生就可以自己拿筷子，自己端碗吃饭。

志愿服务队的女队员带王俊鸟到矿上的澡堂洗澡，脱光衣服后，王俊鸟见澡堂里的人有些多，弯着腰，抱着胸，收着腿，不愿往大池子里走，她嚷着说：我害羞，我害羞！

女队员劝她说：没事儿，你下到水里，别人就不见你了。

王俊鸟一下到汤池里就不是她了，一下一下拍水，拍得水花儿四溅。她一边拍水，一边嘻嘻乐，高兴得像个孩子。

2014年6月29日—12月25日（圣诞节）
于北京和平里